Nybbas Träume

Schattendämonen 01

Jennifer Benkau

SIEBEN VERLAG

2. Auflage 2010

Printed in Germany
Umschlaggestaltung: Mark Freier, München
Satz: Sieben Verlag, 64372 Ober-Ramstadt
Druck und Bindung: AALEXX Buchproduktion, Großburgwedel
ISBN: 978-3-941547-02-5

www.sieben-verlag.de

Du, den ich rufe.
Gebiete über meine Träume.
Vernichte meine Feinde und nähre Dich an ihrer Qual.
Errette meine Seele und führe sie in den ewigen Untergang.

Greife nach der Frucht meiner Lenden,
nimm sein Fleisch und sein Blut als mein Geschenk.

Erhebe Dich!
Mein Sohn.
Mein Geliebter.
Mein Dämon.

1

Dem Nieselregen gelang es nicht, die Hitze von den Straßen zu waschen. Fauliger Geruch von verdunstendem Hafenwasser schwängerte die Luft. Der, den sie Nicholas nannten, betrat die alte Kirche. In ihrem Inneren war es angenehm frisch, und das durch die Mosaikfenster dringende Licht der Straßenlaternen tauchte alles in zarte Schatten bunter Farben.

Mit einem spöttischen Lächeln ließ er seine Fingerspitzen durch das Weihwasserbecken gleiten und strich sich im Weitergehen mit der feuchten Hand das Haar aus dem Gesicht. Der Hall seiner Schritte wurde von der hohen, kuppelförmigen Decke zurückgeworfen. Der Priester sah auf und trat dem späten Kirchgänger sogleich entgegen. Erst jetzt kam Nicholas die Erkenntnis, warum er die Kirche aufgesucht hatte. Es war nicht der angenehmen Kühle wegen. Sein Inneres war hungrig und hatte ihn hergeführt.

„Verzeihen Sie, aber ich wollte gerade abschließen", sagte der Priester. „Kann ich Ihnen zuvor noch helfen?"

Nicholas lachte leise. „Durchaus, das kannst du." Dieser junge und zudem gut aussehende Gottesdiener war alles, was er heute brauchte. „Mehr noch, Pfaffe. Du musst mir sogar helfen. Ich bin bedürftig."

Sofort bemerkte er die leichten Veränderungen im Gesicht des Geistlichen, dessen Stimme dünner wurde. „Sie haben etwas auf dem Herzen?"

„Kann man so sagen."

„Ich nehme Ihnen gerne die Beichte ab, mein …"
„Kein Interesse."

Nicholas verschränkte die Arme und blickte sein Opfer durchdringend an. Die Schweißtropfen auf der hohen Stirn waren nicht nur durch die Temperaturen verursacht. Sie rochen nach Nervosität.

Köstlich.

Der Mensch wich zurück, bis an die Stufen des Altarpodestes. Er spürte, dass etwas nicht stimmte. Das taten sie immer. Emotionen erfüllten die Kirche und verdrängten den Duft von gelöschten Kerzen und Weihrauch. Misstrauen, Angst und die Gewissheit, dass beides berechtigt war, breiteten sich aus. Nicholas sog den Geruch tief ein. Ein Cocktail seiner Lieblingsfrüchte.

Steh still!, befahl er mit seiner mentalen Stimme, die er im Kopf des Priesters laut werden ließ. Die Augen seines Opfers weiteten sich in Panik, aber er gehorchte. Ein schwacher Mensch. Unendlich schwach. Das machte es einfach – gab dem Dämon aber weniger Befriedigung.

„Gegrüßet seist du, Maria, voll der Gnade", begann der Priester stockend zu beten, „der Herr ist mit dir, du bist …"

Amüsiert hob Nicholas eine Augenbraue. „Ein Ave Maria? Wie theatralisch."

„Heilige Maria, Mutter Gottes, bitte für uns Sünder, jetzt und in der Stunde unseres Todes."

Der Geistliche hob das Kreuz, das er um den Hals trug. Filigrane Linien schimmerten auf goldenem Grund und demonstrierten katholische Eitelkeit. Das Schmuckstück entlockte Nicholas ein kopfschüttelndes Grinsen.

„Spar dir deine Predigt, Pfaffe. Es ist nicht mal Sonntag.“

Erbärmlich, wie sie es immer wieder und mit allen Mitteln versuchten. Dieser Mensch hier konnte tun was er wollte. Nicht einmal eine Kalaschnikow mit Silberkugeln hätte ihm geholfen, auch wenn er damit eine schöne Schweinerei verursacht und Nicholas' aktuellen Körper zerstört hätte. Ihn selbst jedoch nicht. Die armseligen Gebete waren vollkommen nutzlos.

Komm her!

Mit staksenden Schritten trat der Priester näher, immer noch sein Ave Maria wimmernd, obgleich die Stimme nachließ. Nicholas öffnete einladend die Arme.

Komm! Du bist schwach. Komm her und lehn dich an meine Brust.

Wie ein verängstigtes Kind schmiegte sich der Geistliche an seinen Körper, fast, als täte er es freiwillig. „Will nicht sterben“, vernahm Nicholas zwischen den gehaspelten Gebeten.

„Nicht? So wenig Vertrauen in deinen Gott?“ Sanft strich er mit den Händen durch das Haar seines Opfers, um sie in dessen Nacken ruhen zu lassen. „Auf dich wartet das Paradies. Oder hast du gar etwas auf dem Kerbholz?“

Um die Furcht zu schüren, platzierte er eine Vision in den schwachen Geist: Eine Halluzination des Jüngsten Gerichts, das kein gutes Haar an dem braven Priester ließ. Im Takt zum Schlag des illusorischen Richterhammers zuckte der Mann in Nicholas' Armen. Dass er nicht sterben würde, verriet Nicholas ihm nicht. Warum sollte er ihm die Angst nehmen, wenn Angst doch genau das war, was der Dämon heute schmecken wollte? Er seufzte leise, während er die Emotionen in sich aufnahm. Heiß und lebendig durchströmten sie den finsteren Schatten, den er in seiner menschlichen Hülle versteckt hielt. Ließen ihn erstarken und gegen sein Gefängnis aus Fleisch und Blut aufbegehren. Doch er durfte sich nicht erlauben, seiner schützenden Maskerade zu entfliehen, sosehr sie ihn auch einengte. Außerhalb eines menschlichen Körpers war er für die Wenigen auffindbar, die ihm gefährlich werden konnten. Die Clerica.

Fordernd drängte er seinen Leib härter an den des Priesters. Die Art und Weise, mit welcher der Dämon sich nährte, erregte das Fleisch um ihn herum. Dieser sich spürbar verhärtende Umstand verursachte weitere Angst in seinem Opfer. Herrliche Angst.

„Weiche von mir, Luzifer", jammerte der Priester, der Ohnmacht schon nahe. Er wurde schwer im Arm des Dämons.

„Luzifer nennst du mich?" Nicholas lachte leise. „Solche Macht vermutest du in mir? Oh nein, es ehrt mich, aber dein Luzifer bin ich nicht."

„Wer … wer bist du?"

Die Antwort sollte der Geistliche nicht mehr hören. Er brach bewusstlos zusammen. Zur Hölle, war das schnell gegangen. Besonders viel Spaß hatte er nicht geboten, dieser Schwächling. Nicht mal auf die Jungs der Kirche war heutzutage noch Verlass. Enttäuscht ließ Nicholas den Körper zwischen den Holzbänken zu Boden fallen, zog eine Schachtel Zigaretten aus der hinteren Hosentasche, schob sich eine zwischen die Lippen und ließ sein Zippo aufschnappen, um sie zu entzünden.

„Ich bin nur der Gaukler", murmelte er, als wäre er seinem Opfer noch die Replik schuldig. „Sie nennen mich den Nybbas."

Er verließ die Kirche schlendernden Schrittes. Am nächsten Morgen würde man den Priester finden. Ohne Erinnerung an den Dämon und vermutlich geistig verwirrt. Irrsinn oder Umnachtung hatte man es früher genannt. Heute hinterließ der Nybbas Nervenzusammenbrüche, Depressionen oder ein Burn-Out-Syndrom.

Nicht, dass es ihn interessiert hätte.

Zwei junge Männer kämpften sich durch einen dunklen Stollen. Schweigend drückten sie sich eng an den Wänden entlang, duckten sich unter Stalaktiten hindurch und drangen tiefer in den Berg ein. Im schwachen Schein ihrer Taschenlampen, die keine Schatten warfen, schimmerte der Sinter an den Höhlenwänden mal rötlich, dann wieder metallisch blau. Sie erreichten einen Schacht, der schräg in die Tiefe führte, und warfen sich verstohlene Blicke zu. Neugier und Nervenkitzel standen in ihren Gesichtern geschrieben, doch ihre Augen verrieten auch eine gewisse Furcht. Sie zwängten ihre Körper in die schmale Öffnung. Der Tunnel war eng, sodass sie nur robben konnten, viele Meter lang und voller scharfer Felskanten, die ihnen in die bloßen Hände schnitten. Sie schienen es nicht zu spüren. Immer weiter kämpften sie sich voran und hatten die Höhle am Ende des Schachtes schließlich erreicht.

Der Erste sank erschöpft auf den Boden nieder. Der Zweite, ein langer, schlanker Mann mit kurzem, braungelocktem Haar und ebenmäßigen Gesichtszügen, durchmaß mit dem Lichtkegel seiner Lampe das Innere der Höhle. Stalagnaten bildeten Gitter, schienen die Eindringlinge am Weitergehen hindern zu wollen. Dahinter stand eine verkorkte Tonflasche auf dem Boden. Der Braunhaarige streckte die Hand danach aus, berührte das Gefäß jedoch nicht. Seine Lippen bewegten sich, doch absolute Stille schien jedes Wort zu verschlingen.

Unvermittelt sprang der andere Mann auf die Füße und warf in der gleichen Bewegung einen Stein nach der Flasche, die darauf lautlos in tausend Scherben zersprang. Sodann sackte er in sich zusammen und ein gewaltiger dunkler Schatten blieb an seiner Stelle stehen. Blaues Licht leuchtete kurz um ihn herum auf.

Panische Angst erfüllte die Höhle, ließ sie erzittern und Steine von der Decke stürzen. Der Schacht nach draußen brach in sich zusammen. Der Braunhaarige konnte seinen am Boden liegenden Kameraden nur aus aufgerissenen Augen anstarren und darauf warten, dass er erschlagen wurde. Es blieb ihm noch genug Zeit, die Hände schützend über den Kopf zu heben, doch retten konnte ihn das nicht. Für einen Moment erschien eine zweite schattenhafte Gestalt, die an menschliche Umrisse mit dem Kopf einer Katze erinnerte. Dann brach die Decke ein und Finsternis verschluckte alles.

Joana erwachte von einem erstickten Laut aus ihrem eigenen Mund. Einen quälend langen Moment kämpfte sie gegen das Gefühl, nicht atmen zu können. Ihr Brustkorb war wie zugeschnürt. Um Luft ringend setzte sie sich auf und tastete mit hektischen Bewegungen nach ihrem Asthmaspray auf dem Nachttisch. Den feinen Sprühnebel tief einzuatmen verlangte ihr alle Kraft ab, doch schließlich löste sich der Knoten in ihrer Brust und das Luftholen wurde leichter. Schweiß klebte ihr das Nachthemd an den Körper und ließ sie im Zug des Deckenventilators zittern. Sie wollte nach dem Laken greifen, doch wie jedes Mal hatte der Traum eine Wirkung auf sie zurückgelassen, die ihren Körper schwer machte, ihn beinahe lähmte. Fast war ihr, als fühle sie selbst das Gewicht der Felsbrocken, die ihren Vater vor fast siebenundzwanzig Jahren unter sich begraben hatten. Die Tragödie geschah sechs Monate vor ihrer Geburt. Frederik Sievers hatte nie erfahren, dass seine Frau Mary schwanger war.

Schwerfällig verließ Joana das Bett und schlurfte barfuß Richtung Badezimmer. Sie stieß sich den Zeh an der Staffelei, die schon seit Jahren im Flur verstaubte, fluchte und gab dem Holzgestell einen Tritt. Es war fast fünf Uhr morgens, sie war nach der Spätschicht und reichlich Überstunden erst gegen zwei ins Bett gekommen und nach diesem Traum erschöpfter als zuvor. Doch Schlaf würde sie jetzt keinen mehr finden. Der Traum ließ immer das Gleiche zurück. Schweißausbrüche, Asthmaanfälle und Müdigkeit. Darüber hinaus grüblerische Gedanken, die jeden Versuch, sich zu entspannen, regelrecht verhöhnten. Sie drehten sich alle um ihren

Vater, dessen Tod ihr Unterbewusstsein in so vielen Nächten zu verarbeiten versuchte, ohne dass sie es gewollt hätte. Sie hätte etliches getan, um diese Träume endlich loszuwerden. Zumal es Schlimmeres in ihrem Leben gegeben hatte. Geschehnisse, die sich für Alpträume geradezu anboten.

Den Mord an dem Mann, den sie geliebt und schließlich mit zerschmettertem Schädel in einer Leichenhalle wiedergesehen hatte.

Das Baby.

Doch weder Sascha noch sein Kind erschienen ihr des Nachts. Stattdessen träumte sie von ihrem Vater – einem Vater, den sie nie kennen gelernt hatte. Absurd.

Joana warf das feuchte Nachthemd in den überquellenden Wäschekorb und stellte sich unter die Dusche. Trotz der schwülen Sommerwärme drehte sie das Wasser so heiß auf, wie sie es eben noch ertrug und suchte Trost in der Hitze, welche jedoch die Kälte tief in ihr nicht berühren konnte.

Ihr Vater hatte Journalismus studiert. Ein Kommilitone hatte ihn eines Morgens aus dem Bett geklingelt und wenig später waren die beiden Studenten nach Niedersachsen aufgebrochen, wo in einer Tropfsteinhöhle angeblich die Entdeckung des Jahrzehnts auf sie gewartet hatte. Niemand wusste, was die Männer dort gesucht hatten. Gefunden hatten sie den Tod.

Vom Dampf wurde ihr schwindelig. Sie stützte sich an die kühlen Kacheln und lehnte das Gesicht seitlich dagegen, drehte das Wasser aber nicht kälter. Der prähistorische Boiler gab nicht lange warmes Wasser her. Sie musste nur warten, es würde schneller kalt werden, als ihr lieb war. Ihr schwarzes Haar hing nass bis auf die Hüften und schien ihren Kopf nach unten zu ziehen, so schwer war es. Überhaupt zog alles nach unten. In manchen Momenten war es so schrecklich anstrengend, aufrecht zu stehen.

Ihre Psychologin hielt das Tongefäß in ihrem Traum für die symbolisierte Büchse der Pandora, auf deren Inhalt die Männer so neugierig gewesen waren, dass sie alle Vorsicht und die Warnhinweise in den Wind geschlagen hatten. Auch für das Erscheinen der beiden schattenhaften Wesen hatte sie eine Menge psychologischer Erklärungen vor Joana ausgebreitet. Keine davon war ihr neu. Doch nichts vermochte die Intensität der grausamen Träume zu verringern. Wer waren diese Gestalten? Was war mit ihnen geschehen? Und, verdammt, warum interessierte sie das überhaupt?

Das Wasser wurde kalt und brachte Erleichterung.

2

Gegen Mittag fuhr Joana mit ihrem Taxi zu ihrer Mutter, bei der sie zum Essen eingeladen war. Obwohl sie das Taxilicht abgeschaltet hatte und damit anzeigte, dass sie nicht frei war, versuchten mehrere Passanten, sie zu sich heranzuwinken. Einige schimpften ihr ärgerlich hinterher, da sie nur bedauernd den Kopf schütteln konnte. Fahrgäste zählten nicht immer zu den verständnisvollen Menschen, doch an und für sich liebte sie ihren Job trotzdem. In ihrem Passat durch den Hamburger Verkehr zu sausen, gab ihr die Illusion von Freiheit. Das Geplauder mit ständig wechselnden Fremden war oberflächlich, aber zumindest konnte sie sich einreden, damit ihren Bedarf an Kontakten zu decken, denn privat blieben diese oftmals auf der Strecke. Natürlich gab es Menschen, die sie gerne in ihrer Nähe hatte, doch abseits ihrer Familie waren diese schon immer rar gesät. Dass sie sich nach Saschas Tod noch weiter zurückgezogen hatte und mit kaum jemandem mehr sprach, als ein Mindestmaß an Höflichkeit es gebot, hatte ihren Freundeskreis weiter dezimiert. Joana konnte nicht behaupten, dass es ihr etwas ausmachte, und gerade diese Tatsache verunsicherte sie immer wieder. Es sollte ihr etwas ausmachen. Ihre Gleichgültigkeit kratzte bereits an einer ernsten Depression.

Vielleicht hatte Sascha viel mehr von ihr mit ins Grab genommen, als sie gedacht hatte. Oder diese Teile von ihr waren einfach nur zu tief in ihrer Seele vergraben. Ironisch, dass gerade sie Psychologie studiert hatte, ehe durch den Mord an ihrem Freund ihr ganzes Leben wie ein Kartenhaus in sich zusammengefallen war.

Joana schnaubte, schüttelte den Kopf und verbot sich die Melancholie. Ihr Selbstmitleid widerte sie an. Saschas Tod war drei Jahre her. Es war langsam an der Zeit, den Trauerschleier abzulegen und wieder klar zu sehen. Sie musste es wenigstens versuchen.

Um den guten Vorsatz, den sie schon so oft getroffen hatte, nicht gleich wieder mit einer Ausrede zu umschiffen, griff sie an der nächsten roten Ampel nach ihrem Handy und schickte eine SMS an ihren Kollegen Benedikt, in der sie ihn fragte, ob die Einladung fürs Kino noch galt. Nach dem Senden überlegte sie sich, wie lange es her war, dass Ben sie eingeladen hatte. Ein bis zwei Monate bestimmt. Ein Autofahrer hinter ihr hupte. Joana schüttelte die Gedanken ab und gab Gas.

Als sie beim Haus ihrer Mutter ankam, stand die Tür schon weit offen. Ein Zeichen, dass Mary in ihrer Küche beschäftigt war und die Speisen ihr selbst einen kurzen Gang zur Tür nicht verzeihen würden. Joana klopfte anstandshalber, wartete aber keine Reaktion ab. In der Küche wunderte sie sich über das bunte afrikanische Gewand und das passende Kopftuch, das ihre Mutter beim Kochen trug. Wenn Mary die traditionelle Kleidung aus der Heimat ihrer Eltern aus dem Schrank holte, konnte das nur bedeuten, dass ihre Schwägerin, Tante Agnes, zu Besuch war. Diese sollte mit möglichst viel afroamerikanischer Kultur provoziert und wieder vertrieben werden.

Mary hatte Afrika nie betreten. Sie war in New York aufgewachsen, wo sie Joanas Vater bei einer seiner Reisen kennen und lieben gelernt hatte. Die beiden hatten nicht lange gefackelt und wenige Wochen später in den Staaten geheiratet. Sehr zum Missfallen von Joanas Großvater – ihr Vater war prompt enterbt worden.

„Hi Mama." Mit einem inneren Seufzer drückte sie ihrer Mutter einen Kuss auf die Stirn und warf einen kurzen Blick ins Wohnzimmer.

„Deine Tante ist im Bad", grummelte Mary, tätschelte ihr zur Begrüßung die Hüfte und schob sie auf die Seite, um sich wieder dem Herd zuzuwenden.

Joana unterdrückte den Impuls die Augen zu verdrehen und machte sich wortlos daran, den Tisch zu decken. Warum nur war es nicht möglich, dass zwei Frauen, die durch gemeinsame Familie verbunden waren, normal miteinander redeten. Wenn der Kontakt für beide unzumutbar war, warum gingen sie sich dann nicht einfach aus dem Weg? Aber nein, Agnes lud sich immer wieder ein, und Mary biss die Zähne zusammen, lächelte und kochte. Für Agnes; sowie innerlich.

„Joana! Schätzchen, lass dich drücken!"

Die Begrüßung ihrer hereineilenden Tante war wie immer überschwänglich, Joana fielen fast die Teller aus der Hand. Nach der stürmischen Umarmung schob Agnes sie ein Stück zurück und der Blick scharfer, grüner Augen glitt musternd an ihr auf und ab. Ein fast schon rituelles Verhalten, das Joana immer wieder einen Schauer über den Rücken laufen ließ. Im Gegensatz zu ihrer Mutter liebte Joana ihre Tante – aber sie konnte den Umstand nicht ganz von sich weisen, dass diese ihr auch ein wenig unheimlich war. Man konnte Agnes nicht in die Augen sehen, ohne das Gefühl zu verspüren, sein Innerstes zu offenbaren und viel mehr von sich preiszugeben, als man wollte. Die Tatsache, dass Agnes grundsätzlich die falschen Fragen stellte – oder genau die richtigen tat ihr übriges.

„Wie geht es dir? Was machen die Träume, Kind?"

Joana wusste, dass sie Agnes nicht belügen konnte. Zu oft war das schon schiefgegangen. „Wie immer."

Agnes' Fingerspitzen berührten den haselnussgroßen Bernstein, den sie an einer Kette um den Hals trug. In seinem Inneren schimmerte etwas Bräunliches. Schon als Kind hatte Joana sich gefragt, was es wohl war, doch ihre Tante hatte immer nur gelächelt, wenn sie sie darauf angesprochen hatte.

„Wir haben uns viel zu lange nicht gesehen, Schätzchen", tadelte Agnes und Joana musste zugeben, dass sie recht hatte.

Fast ein Jahr war seit ihrem letzten Treffen vergangen, dabei lebte Agnes in Schwerin, was keine zwei Stunden Fahrt bedeutete. Sie fragte sich, wann das lockige Haar ihrer Tante so stark ergraut war. Ihr war, als hätte Agnes beim letzten Treffen noch dunkelbraunes Haar gehabt.

Als Mary mit dem Essen den Raum betrat, war Joana dankbar für die Ablenkung und beeilte sich, den Tisch fertig zu decken.

„Eine afrikanische Spezialität", stellte Mary klar, als alle am Tisch saßen.

Ob sie Agnes anlächelte oder ihr die Zähne zeigte, vermochte Joana nicht zu sagen. Um kein betretenes Schweigen entstehen zu lassen, mimte sie während des Essens wie üblich den Alleinunterhalter. Sie ließ ein paar Anekdoten ihrer Fahrgäste verlauten, regte sich gekünstelt über ihre neugierige Nachbarin auf, lobte das Hühnchen und flüchtete sich schließlich in nahezu verzweifelte Bemerkungen über das Wetter. Es war lächerlich.

Ihre Mutter rollte ihr Elfenbeinamulett zwischen den Fingern und strahlte dabei Provokation in solcher Penetranz aus, dass man es fast riechen konnte.

Agnes setzte dem ihre stoische Gelassenheit entgegen. Sie lächelte falsch über den Rand ihrer Brille, ließ ihren Blick immer wieder abfällig über jede unordentliche Ecke in dem gemütlichen Wohnzimmer schweifen und tat gar nicht erst so, als würde sie sich wohlfühlen.

Ein stummes Kräftemessen. Joana war dieses Verhalten seit ihrer Kindheit vertraut. Ebenso lange empfand sie es schon als albern und unnötig.

Ihre Mutter war der festen Überzeugung, dass Agnes sie nie als gut genug für Frederik befunden hatte und machte das an ihren afrikanischen Wurzeln fest. Agnes dagegen fühlte sich vom versteckten Vorwurf des Rassismus beleidigt. Keine der beiden Frauen war zum Gespräch bereit. Joana vermutete, dass sie ihre Antipathien über die Jahrzehnte hinweg so liebgewonnen hatten, dass sie gar nicht mehr willens waren, sie je abzulegen. Wer von beiden im Recht war, wagte sie nicht zu beurteilen. Dass Agnes Mary nicht respektierte war offensichtlich, aber Joana weigerte sich, dies an der Hautfarbe festzumachen. Sie hatte schließlich auch keinerlei Probleme mit Agnes. Als Mischlingskind besaß sie eine nicht ganz so dunkle Haut wie ihre Mutter. Mit ihren tiefbraunen, großen Augen und der wellenähnlichen Linie, die Stirn, Schläfe, Wange und Kinn modellierte, war sie Mary dennoch wie aus dem Gesicht geschnitten. Auch die Neigung, jedes Stück Schokolade auf den Hüften wiederzufinden, hatte ihre Mutter ihr dankenswerterweise vererbt. Das Erbgut ihres Vaters hatte lediglich dafür gesorgt, dass sie Mary um einen knappen Kopf überragte. Auch ihre Liebe zur Musik und schnellen Autos schrieb man Frederik Sievers zu. Joana seufzte lautlos und verbot sich die Frage, was er ihr ansonsten noch überlassen haben könnte. Vielleicht den Hang, in sinnlose Überlegungen abzuschweifen.

Wie es ihre Art war, fuhr Agnes gleich nach dem Dessert wieder nach Hause. Die Tür war noch nicht ganz zu, da riss sich Mary schon das Tuch vom Kopf und seufzte erleichtert.

„Ich bete den Herrn auf Knien um den Tag an, an dem sie uns leid sein wird."

Joana schnalzte missbilligend mit der Zunge. „Du könntest ihr einfach sagen, dass du keine Lust auf ihre Besuche hast."

„Das könnte ich wohl." Marys Stimme war tonlos und ließ erkennen, dass es nicht so einfach war, wie Joana es gern hätte.

„Wirklich, Mama, ich meine es ernst. Agnes kann auch mal zu mir zum Essen kommen, oder ich besuche sie. Mir will nicht in den Kopf, warum wir uns immer bei dir treffen müssen, wenn dir das zuwider ist."

Mary setzte zu einer Antwort an, schloss den Mund aber gleich wieder und rieb sich die Stirn. Für einen Moment wirkte sie bekümmert und sah viel älter aus, als sie war. Dann schüttelte sie den Kopf und das Lächeln, das Joana so liebte, legte sich auf ihre Züge.

„Vergessen wir es einfach. Erfahrungsgemäß meldet sie sich jetzt monatelang nicht. Komm, lass uns mal schauen, wie viel wir vom Nachtisch noch runter bekommen, ohne dass uns schlecht wird."

„Herr Nyrr?" Die monotone Stimme seiner Sekretärin Christina ließ Nicholas von seiner Zeitung aufsehen. „Die Testergebnisse sind da."

Er hätte gern an ihrer Reaktion erkannt, ob die Berichte mehr versprachen als die letzten, aber in ihrer Miene zeigte sich schon lange keine Regung mehr. Es ging ihm auf die Nerven, auch wenn ein Teil von ihm, den er der Tarnung wegen auf menschliche Empfindungen trainierte, wusste, dass er daran nicht unschuldig war. Sie war nur noch eine leergekratzte Hülle. Alles, was an ihr gelockt hatte, war ihr längst entzogen. Ihr anziehender Körper erinnerte ihn penetrant an das kraftvolle Temperament, das er von ihr bekommen hatte. Immer und immer wieder, und schließlich ein Mal zu oft. Süß war sie gewesen, so schrecklich süß in ihrer wilden Hingabe, ihrer Leidenschaft und ihrer Angst. Es ärgerte ihn, dass von dieser Süße nichts zurückgeblieben war. Er hatte ihr Inneres vollkommen ausgesaugt. Der Rest von ihr war zu einer braven, langweiligen Arbeitskraft aus menschlichem Gewebe geworden. Seine Inane. Eine Eingeweihte, die sein Geheimnis kannte. Inanen waren so leer, gleichgültig und gehorsam, dass sie kein Risiko darstellten. Sie waren Sklaven. Zu allem zu gebrauchen, nur nicht, um den Hunger zu stillen.

Nicholas zog die Akte aus dem Umschlag, lehnte sich in seinem Ledersessel zurück und überflog die Testergebnisse.

Niederlage. Viel mehr stand nicht drin. Dreck nochmal! Die von Meyers Pharmazeutika entwickelte Droge hatte mal wieder versagt.

„Kaffee“, knurrte er frustriert und Christina machte sich auf, das Verlangte zu holen. Er zog das Handy aus der Tasche und wählte Alexander Meyers’ Nummer. Alex war sein Boss. Einerseits in diesem albernen Pharmakonzern, den sie zunächst nur an sich genommen hatten, um durch den Verkauf von Migräne-Tabletten, Anti-Baby-Pillen und sonstigem Mist, den Menschen brauchten, einen angenehmen Lebensstandart sicherzustellen. Außerdem musste ihre Suche nach den anderen finanziert werden. Archäologische Ausgrabungen hatten ihren Preis. Auf die Idee, Drogen zu entwickeln, die Menschen gefügig machten, ohne dass sie dabei ihre nahrhaften Emotionen verloren, waren sie erst kürzlich gekommen.

Andererseits war Alexander auch außerhalb des Pharmakonzerns sein Befehlshaber. Er stand im Rang schlichtweg über ihm.

„Nicholas?“, meldete sich Alex nach schier endlosem Klingeln. „Was willst du? Ich bin beschäftigt.“

„Nur ein kurzer Lagebericht, reg dich ab. Die neusten Tests waren absoluter Dreck. Ich hatte gleich gesagt, dass wir das Adrenalin nicht noch höher dosieren dürfen. Acht von zehn Testobjekten hatten ‘nen Herzkasper. Die sterben wieder wie die Fliegen. Verdammt, jetzt brauchen wir schon wieder neue!“

Alex lachte gleichgültig. „Dein Problem, Kleiner. Von mir aus kannst du das ganze Projekt abblasen. Oder versuch’s nochmal. Du hattest doch noch eine alternative Rezeptur in petto. Mach halt einen weiteren Test, wenn’s dir so wichtig ist.“

„Du hast leicht reden.“ Das hatte er, fürwahr. Der Dämon in Alexander Meyers’ Hülle war der Whiro. Ein Wesen, das Krankheiten über Menschen brachte und sich von deren schwindender Gesundheit nährte. Seine Energiebeschaffung war wesentlich unauffälliger als die von Nicholas oder Lillian, der Dritten in ihrem Bunde. Er hatte so verdammt leicht reden.

Nicholas schluckte seinen Ärger hinunter. Es war nicht klug, Alexander gegenüber das Temperament durchgehen zu lassen und ihn damit zu beleidigen. Zumindest nicht, wenn man ihn nicht gegen sich stehen haben wollte, was wiederum äußerst dumm wäre. „Wie läuft die Ausgrabung?“, wechselte er das Thema. „Habt ihr weitere Hinweise gefunden?“

„Noch nicht.“

Nicholas spürte Unbehagen durch seinen Körper kriechen. Auch wenn ihn ein Ozean von seinem cholerischen Boss trennte, spürte er dessen Wut. Also verabschiedete er sich höflich und drückte das Gespräch weg.

Der Whiro war ein mächtiger Dämon. Und mächtig leicht reizbar. Vor allem, wenn er sich Misserfolgen gegenüber sah. Doch verglichen mit denen, die alle niederen Dämonen in Asien, Afrika und Amerika befehligten, war auch er nur ein Wurm. Eine Tatsache, die Alexander schier wahnsinnig zu machen schien. Er hatte sich in den Kopf gesetzt, einen der legendären, gebannten Höllenfürsten zu finden und zu befreien, um an seiner Seite zu einem mächtigen Herrscher zu werden. Sein Plan lautete, das gesamte dämonische Volk Europas zu vereinen, wozu er auf die Hilfe eines Fürsten angewiesen war. Bislang war seine Suche erfolglos gewesen. Er hatte nur Nicholas, Lillian und zwei weitere, niedere Dämonen aus dem Bannschlaf befreien können.

Die aktuelle Ausgrabung in Wales hatte Hinweise darauf versprochen, endlich einen entscheidenden Fund zu machen. Nicholas hoffte, Alexander würde dort etwas finden. Ansonsten sollten die kommenden Monate hart für ihn werden. Höllisch hart.

3

Eine Tour am späten Abend zwang Joana in einen Randbezirk von St. Georg, in dem die meisten Menschen sich schon am Tag unwohl fühlten. Außer einigen, größtenteils von Punks besetzten Häusern und einem halbverfallenen Fabrikgebäude, hatte der Straßenblock nichts zu bieten. Die Gegend galt als beliebter Sammelpunkt für diejenigen, die nach den Vergnügungen der Reeperbahn lechzten, aber nicht einen Bruchteil von deren Preisen zahlen konnten.

Der Fahrgast war ein nervöser Kerl, der heftig schwitzte, säuerlich stank und permanent mit den Lippen zuckte. Er drehte sich nach jedem Scheinwerfer und jedem Fußgänger auf der Straße um. Drogen, vermutete Joana. Vielleicht ein Dealer, der seinem eigenen Stoff nicht abgeneigt war. Er machte sie nervös. Warum hatte sie sich immer noch kein Pfefferspray besorgt?

Dass der Typ die Fahrt anstandslos zahlte, überraschte sie. Er lächelte sie kurz an und sie glaubte, der Geruch seiner faulenden Zähne würde in die Polster ihres Wagens dringen. Sie war heilfroh, als er endlich ausstieg. Die Uhr zeigte 23:05. Ihre Schicht war schon seit einer Stunde offiziell beendet. Sie loggte sich aus dem Zentralcomputer aus, schaltete das Radio an und gab Gas.

Nach etwa fünfzig Metern fiel ihr am linken Straßenrand eine Gestalt unter einer flackernden Straßenlaterne auf. Der Mann war in seiner dunklen Hose und dem modernen weißen Kurzarmhemd für diese Gegend viel zu gut gekleidet. Schwarzes Haar reichte ihm über die Ohren und eine Strähne fiel vor sein zu Boden geneigtes Gesicht. Als ihr Passat auf seiner Höhe war, blickte er auf und sah sie an. Der Augenkontakt dauerte nur den Bruchteil einer Sekunde, aber er reichte aus, um Joana wissen zu lassen, dass dieser Mann im schlimmsten Viertel der Stadt absolut nichts zu suchen hatte. Er wirkte deplatziert, sein Blick schien ihr nahezu verloren. Für einen Moment überlegte sie, anzuhalten und zu fragen, ob er ein Taxi bräuchte, verwarf den Gedanken aber wieder. Er würde schon seine Gründe haben, gerade hier spazieren zu gehen. Und seit wann sah man Menschen ihre Gesinnung schon auf den ersten Blick an?

Im Rückspiegel verfolgte sie, wie er ihr nachsah, sich dann umdrehte und die Straße zurück schlenderte. Joana schüttelte den Kopf und hätte den Mann vergessen, wenn ihr nicht im nächsten Moment eine zweite Person ins Auge gefallen wäre. Der Anblick brachte sie dazu, alle Fenster hochzulassen, auf die Bremse zu treten und sich umzudrehen. Ein weiterer Mann versteckte sich hinter den Betonpfeilern einer Hofeinfahrt. Die Augen verbarg er trotz der Dunkelheit hinter einer Sonnenbrille. Eng drückte er sich an die Mauer und beachtete Joana in ihrem Taxi nicht, sondern blickte dem anderen Mann nach, ohne dass dieser ihn hätte sehen können.

Sie war nicht sicher, aber sie glaubte, das Blitzen eines Messers wahrgenommen zu haben. Wurde sie jetzt hysterisch?

Sie verbarg sich hinter ihrem Sitz und beobachtete, wie der Mann seine Kapuze über den Kopf zog, sich hastig umsah und dann in raschen Schritten hinter dem anderen hereilte, der soeben um eine Ecke bog. Dort führte eine Sackgasse zu einem leer stehenden, mit Brettern verrammelten Supermarkt. Man hatte den Bau längst abreißen wollen. Ansonsten gab es da nichts. Vor allem keine Zeugen.

Sie griff nach ihrem Handy und hatte die erste Zahl schon gewählt, als ihr klar wurde, wie albern es wäre, jetzt die Polizei anzurufen. Die würden sie nicht ernst nehmen, schließlich war überhaupt nichts passiert. Noch nicht. Sie sollte weiterfahren. Es war dumm, nein, es war abgrundtief dämlich, in Gegenden wie dieser die Nase zu tief in die Angelegenheiten fremder Leute zu stecken. Andererseits war da diese düstere Vorahnung.

Wenn sie morgen im Radio erfuhr, dass hier etwas passiert war, würde sie sich Vorwürfe machen. Zu recht. Verdammt.

Sie legte den Rückwärtsgang ein und setzte zurück. Eine rot-weiße Absperrschranke verhinderte, dass Fahrzeuge in die Straße einfuhren, in der die Männer verschwunden waren. Joana konnte ein ganzes Stück weit sehen, aber da war niemand. Die Männer waren … weg.

„Shit“, flüsterte sie. „Gar nicht gut.“ Ihr Mund wurde trocken. Die Straße war wie ausgestorben. Nur in einem nahen Café flackerten Lichter hinter den Fenstern.

Weiterfahren. Der kleine Teil von ihr, dem Sicherheit das höchste Gut war, sprach zu ihr. Doch der Rest hatte schon entschieden, etwas völlig anderes zu tun.

Sie parkte ihren Wagen am Straßenrand. Es war der Wunsch zu helfen, redete sie sich ein. Eine gewisse Sorge um diesen Mann, der so unschuldig ausgesehen hatte. Vielleicht die Tatsache, dass sie seit Jahren auf Menschen fluchte, die in solchen Situationen einfach weitergingen. Wie viele hatten wohl registriert, dass Sascha in Schwierigkeiten gewesen war? Wie viele mochten weitergegangen sein, die Intuition verleugnend, die sich ihnen aufgedrängt hatte? Sascha könnte noch leben, wenn jemand einen Blick riskiert hätte.

Aber möglicherweise trieb sie auch etwas ganz anderes aus ihrem Wagen. Der Drang, sich durch den Nervenkitzel endlich wieder lebendig zu fühlen.

Zu lange schon versank sie in Gleichgültigkeit. Jetzt, in diesem Moment, spürte sie ihren dröhnenden Herzschlag so intensiv, als hätte sie ihn seit Jahren nicht mehr wahrgenommen. Er pulsierte bis in ihre Fingerspitzen und machte ihr unmissverständlich klar, dass sie lebte. Leben wollte. Es fühlte sich gut an. Sie wollte mehr davon. Klar war das leichtsinnig – und wenn schon.

Mit fahrigen Bewegungen verriegelte sie ihr Taxi und steckte Handy, Autoschlüssel und ihr Asthmaspray in die Taschen ihrer Cargohose. Dann huschte sie über die Straße und ging die Gasse entlang. Nur zwanzig Schritte, entschied sie. Wenn ihr bis dahin nichts verdächtig vorkam, könnte sie guten Gewissens wieder fahren.

Nach mehr als zwanzig Schritten blieb sie stehen und lauschte. Nur die Geräusche einer vielbefahrenen Straße lagen in der Luft. Irgendwo bellte ein Hund, in weiter Entfernung vernahm sie grölendes

Lachen. Sie zählte weitere zwanzig Schritte ab. Nichts.

War da ein Rascheln? Sicher nur Ratten.

„Hallo?“

Sie hatte rufen wollen, doch aus ihrem Mund kam nur ein Flüstern. Das T-Shirt klebte ihr inzwischen schweißnass zwischen den Schulterblättern. Verdammte Hitze. Zu allem Überfluss fröstelte sie dennoch und bemerkte, wie sich ihre Brustwarzen unangenehm auffällig unter dem dünnen, schwarzen Stoff abzeichneten.

Nein, hier war niemand. Mit verschränkten Armen drehte sie sich um und eilte zurück zu ihrem Wagen. Dabei beobachtete sie, wie ihr Schatten vor ihr den Gehweg entlang floss und schwächer wurde, bis er unter der nächsten Laterne für einen Moment verschwunden war. Als er nach ein paar Schritten wieder vor ihr auftauchte, erschien dicht daneben ein zweiter, größerer Schatten.

Für einen Augenblick konnte sie nicht atmen, dann fuhr sie herum, gleichzeitig nach dem Handy sowie dem Asthmaspray greifend. Ein Vibrieren hallte durch ihre Knochen, wie nach einem Stromschlag.

Vor ihr stand der Mann mit den schwarzen Haaren.

Er war viel größer, als sie ihn eingeschätzt hatte und sah kein bisschen hilflos mehr aus. Die Arme hatte er verschränkt und seine Muskeln spielten provokant unter der Haut und den Ansätzen einer Tätowierung, die sie an der Innenseite des rechten Unterarms erahnen konnte.

„Ich wollte dich nicht erschrecken.“ Seine Stimme war leise und ein wenig rau, die Worte unaufrichtig.

Joana biss die Zähne zusammen, damit sie nicht zu klappern begannen. „Das ist Ihnen ja wunderbar gelungen“, presste sie hervor.

Er zog einen Mundwinkel zu einem selbstgefälligen Lächeln hoch. „Verzeihung.“

Himmel, wie hatte sie eben noch denken können, er sähe verloren aus? Er blickte auf sie herab, wie die Schlange auf das Kaninchen. Dass er dabei nahezu verboten gut aussah, schmälerte die bedrohliche Aura, die ihn zu umgeben schien, in keiner Weise. Seltsam war, dass sie keine Angst hatte. Sie war fast zu Tode erschrocken, aber nun wurde sie mit jedem Herzschlag gefasster. Der Schreck ließ nach und wich einem Gefühl, das sie entfernt an trotzigen Widerstand erinnerte.

„Was wollen Sie?“ Joana wunderte sich, wie ruhig und fest ihre Stimme war. Ihre Finger schlossen sich in ihrer Hosentasche um das Asthmaspray.

„Gar nichts.“

Klar. Und genauso wenig Wahrheit lag in seinen Zügen. Sein Grinsen war so falsch wie schön. Vielleicht könnte sie ihn mit ihrem Spray täuschen. Wenn sie schnell genug war, glaubte er sicher, es würde sich um Reizgas handeln. Die Ablenkung könnte ihr ein paar Meter bringen, wenn sie flüchten musste. Zum Auto oder in dieses Café.

Sein Blick erfasste die Bewegung ihrer Hand. „Muss ich Angst haben, dass du eine Waffe ziehst?“

Sie versuchte, das arrogante Grinsen zu erwidern „Hättest du das denn verdient?“

Seine Augen zuckten für einen Moment. Im Zwielicht konnte sie nicht mehr erkennen, als dass sie dunkel waren. Er neigte den Kopf leicht zur Seite. „Touché." Sein Lächeln wurde ehrlicher.

Verwirrt suchte Joana nach Worten. Mit einem Mal schien er die unheimliche Art abgelegt zu haben. Entweder hatte sie Gespenster gesehen, oder er spielte ihr etwas vor. Bis eben hatte sie ihn für Mitte dreißig gehalten, doch nun war sie nicht mehr sicher. Mit diesem sanften Gesichtsausdruck würde er auch als zehn Jahre jünger durchgehen.

„Bist du mir deshalb gefolgt?", fragte er. „Weil ich es verdient habe?"

Ein Schauer lief ihren Rücken hinab. Hatte er gerade zugegeben, es verdient zu haben, mit einer Waffe bedroht zu werden?

„Nein." Sie musste sich räuspern. „Ich bin dir gefolgt, weil … weil da ein weiterer Mann war. Er ist dir nachgeschlichen. Ich wollte nur sehen, ob alles okay ist."

Sie rechnete damit, dass er sie als dumm, leichtsinnig oder unvorsichtig schimpfen würde. Doch er murmelte: „Interessant", und rieb sich das glattrasierte Kinn. Sein Blick bekam etwas Abschätzendes und glitt ihren Körper hinab. Sie fühlte sich begutachtet wie ein Stück Fleisch, dennoch straffte sie unweigerlich die Schultern und zog den Bauch ein. Er lachte leise. Ein Geräusch, das die Luft zu bewegen schien und auf ihrer Haut zu spüren war. „Selbstbewusst und ganz schön mutig. Das gefällt mir."

Die Worte schmeichelten ihr nicht, sie mahnten zur Vorsicht. „Ich muss zurück zu meinem Taxi.

Wenn ich in zwei Minuten keine Meldung gebe, schickt meine Zentrale die Polizei."

„Und nicht unvernünftig." Offenbar hatte er beschlossen, eine Bestandsaufnahme aller Eigenschaften durchzuführen, die sie ihm vorgaukelte. „Schön, tu das. Und dann gehen wir etwas trinken."

Nein, ganz sicher keine Gespenster. Unbehagen formte einen Kloß in ihrer Kehle. Das war keine Einladung. Keine Bitte. Nicht mal ein ungehobelter Flirtversuch. Es war eine Anweisung.

„Bitte? Was lässt dich denken, dass ich das möchte?", erwiderte sie, sich bewusst, dass sie zu lange gezögert hatte. „Leider habe ich keine Zeit."

Er machte einen Schritt vor und das Licht der Laterne erreichte seine Augen. Tiefes Blau, dunkles Grau und vereinzelte weiße Schaumkronen vermischten sich in ihnen. Wie das Meer bei einem Unwetter. Eiskalt. Er verengte die Augen und die Sturmfarben schienen düsterer zu werden. Gleichzeitig berührten seine Fingerspitzen ihren Unterarm und jagten einen elektrischen Impuls durch ihren Körper, der ihr die Knie weich werden ließ. Ob aus Furcht, Nervenkitzel oder einer völlig unangebrachten Erregung heraus, konnte sie nicht sagen. Es kribbelte in ihren Schläfen, in ihren Armbeugen und an sensibleren Stellen ihres Körpers.

„Ich möchte es", sagte er schlicht. „Du hast Zeit."

Sie spürte sich nicken, als wäre diese Reaktion nichts weiter als eine logische Konsequenz auf die Selbstverständlichkeit, mit der er sie gerade gewaltsam von sich eingenommen hatte.

Der Schatten in Nicholas' Körper ächzte. Verdammt, diese Frau war eine harte Nuss. Er hatte alle Macht, die ihm in menschlicher Hülle zur Verfügung stand, aufbringen müssen, um nur eine einzige, banale Zusage zu erzwingen. Der verwirrte Ausdruck in ihren braunen Augen entlockte ihm fast ein Lachen. Er hatte seinen kleinen Köder doch wieder einmal an richtiger Stelle ausgeworfen. Frauen mit Mut waren leicht zu locken. Ein Augenaufschlag á la junger Hund und die Vision vom hilflosen Schönling, der vor dem Bösen gerettet werden muss. Es funktionierte immer wieder.

Er nickte ihr aufmunternd zu und sie gingen zu ihrem Taxi. Schon spürte er, wie sich erneuter Widerstand in ihr regte. Immer wieder strich sie sich nervös durchs Haar und entblößte damit kurz ihren Nacken. Eine Gänsehaut überzog die karamellbraune Haut und er stellte sich vor, wie sich diese unter seinen Lippen und seiner Zunge anfühlen würde. Nicht nur der Schatten hatte Gefallen an ihr gefunden. Vorfreude auf ihre Emotionen und auf ihren Körper brannte in seinen Lenden.

Oh ja, es würde eine echte Herausforderung darstellen, mehr von ihr zu bekommen. Ihr Geist verfügte über einen stahlharten Schutz, vielleicht einen der effektivsten, den er je bei einem Menschen erlebt hatte. Diese Härte bildete einen interessanten Kontrast zu den weichen Konturen ihres Hinterteils und der verführerisch vorgeschobenen Unterlippe.

„Wie heißt du?"

Ihre Stimme war wieder fest, sie schien ihr Selbstvertrauen wiederzufinden. Das gefiel ihm. Er würde es erneut niederreißen.

„Nenn mich Nicholas."

„Joana."

Ihr Arm zuckte, als hätte sie den Wunsch verspürt, ihm die Hand zu reichen und ihn im gleichen Moment verworfen. Das Chaos ihrer Emotionen war göttlich, nur leider viel zu kurz. In Sekundenschnelle hatte sie ihre Gefühle wieder hinter ihrem stählernen Wall verborgen.

Aus großen Augen warf sie ihm einen Seitenblick zu. Scheu und Misstrauen waren darin zu lesen, aber er konnte die Emotionen nur visualisieren, nicht greifen. Sie war erfüllt von einer Vielzahl an Gefühlen. Er witterte Euphorie, Leidenschaft, tiefen Kummer und bitterscharfe Verzweiflung. Sie hatte alles, was er wollte. Alles, was er brauchte, in schier unglaublicher Intensität. Leider auch unerhört gut geschützt. Doch das machte es nur interessanter, denn wahre Herausforderungen hatte er ebenso nötig wie Emotionen. Und sie waren ungleich schwieriger zu bekommen.

„Da vorn ist ein Café", meinte sie. „Wenn du darauf bestehst, können wir dorthin gehen."

Roch er Resignation? „Musst du dich nun doch nicht in deiner Zentrale melden?"

„Schon okay."

Sie zuckte mit den Achseln, teilte ihre Haare im Nacken und ließ sie vorn über ihre Schultern fallen. Ihre schwarzen Locken waren schön, aber die Spitzen ihrer Brüste unter dem T-Shirt waren schöner. Er strich ihr das Haar wieder nach hinten und sie zuckte zurück, als er ihren Hals berührte. Das bisschen Angst in ihr roch gut. Aber noch viel köstlicher war der feine Hauch von Erregung, der mitschwang. Lust war nicht so einfach zu bekommen wie Angst. Das machte sie zu etwas Besonderem.

4

Café Absurd stand treffenderweise in verschnörkelten Lettern über der Eingangstür, auf der Getränkekarte und auf der Bluse der Bedienung. Joana gab sich Mühe, nicht albern zu kichern und umklammerte ihr Colaglas. Nicholas war ihr unheimlich, sie konnte es nicht anders sagen. Gleichzeitig fühlte sie sich nicht in der Lage, auch nur einen Moment nicht in seine Richtung zu sehen. Er beschränkte sich darauf, ihr gegenüber zu sitzen. Den Ellbogen hatte er lässig aufgestützt und das Kinn locker auf der Faust abgelegt. Ohne dass er sich bewegte, schien seine Präsenz das ganze Café auszufüllen, und den anderen Gästen die Luft knapp werden zu lassen. Joana bemerkte, dass sie nicht die Einzige war, die ihre Augen nicht von ihm abwenden konnte. Selbst die Männer sahen ihn an.

Mit seinem Atem ließ er die Flamme der Kerze tanzen, die zwischen ihnen auf dem Tisch stand. Er hatte es nicht nötig, zu sprechen. Seine kühlen Augen fixierten ihre Lippen, wenn sie sie bewegte oder glitten Zentimeter für Zentimeter den Ausschnitt ihres T-Shirts entlang. Er schien ihre Brüste allein durch Blicke zu seinem persönlichen Eigentum zu erklären.

Obwohl ihr ein ‚Nicht mit mir, Freundchen' mehrmals durch den Kopf ging, konnte sie eine gewisse Wirkung auf sich nicht leugnen, so gern sie es auch getan hätte. Jedes Mal, wenn er hinter dichten Wimpern träge blinzelte, kribbelte es tiefer in ihrem Magen.

Smalltalk schien ihn nicht zu interessieren, er stellte auch keine Fragen. Als sie sich nach seinem Beruf erkundigte, antwortete er mit dem einzelnen Wort: „Pharmaindustrie“. Dann streckte er die Hand über den Tisch und griff nach ihrer. Sie wollte sie zurückziehen, sie kannte ihn schließlich überhaupt nicht, er war ihr nicht mal sympathisch. Was fiel ihm eigentlich ein? Doch er war schneller und hielt ihr Handgelenk fest.

„Das ist okay“, stellte er klar und fuhr mit den Fingerspitzen über ihren Puls. „Ich mag das gern.“

Sie ließ es geschehen und wusste nicht, warum. Ohne hinzusehen verfolgte sie mit ganzer Konzentration jeden Kringel, jeden Kreis und jede Schleife, die er auf ihre Haut zeichnete. Seine Berührungen gaben ihr das Gefühl, als brannten sie sich in ihr Fleisch, als würden sie sichtbare Narben hinterlassen.

Ein Mann am Nebentisch beobachtete mit geöffnetem Mund jede Bewegung von Nicholas' Fingern auf ihrer Haut. Sie schlug den Blick nieder. Oh Shit, er hatte auch noch schöne Hände. Kräftig aber elegant. Kein Ring.

Das Schweigen wurde ihr zunehmend unangenehmer, kaum mehr auszuhalten.

„Was machst du in deiner Freizeit?“ Ihre Stimme klang eine Oktave höher als üblich. Er brachte sie definitiv aus der Fassung, daher beschloss sie, die Fassade einer normalen Konversation zu errichten.

„Was glaubst du?“

Da sie ihm nicht mehr auf die Hände, aber noch viel weniger in die Augen sehen wollte, fiel ihr Blick auf seinen Oberkörper. Eine ganz tolle Idee, für die sie sich am liebsten geohrfeigt hätte. Muskulös war er, aber nicht auf bullige Art und Weise. Definitiv sportlich.

Leider war ihm dieser Blick nicht entgangen, er lächelte zufrieden, ließ aber endlich von ihr ab, legte die Arme mit den Handflächen nach oben gerichtet auf den Tisch und entblößte somit das Geheimnis um das Tattoo auf seinem Unterarm. Kryptische, ineinander verschlungene Zeichen zierten die Haut von der Ellenbeuge bis zum Puls. Sie erinnerten Joana an in blauen Flammen stehende Buchstaben, doch die Schrift war ihr unbekannt. Die Farbe schien der seiner Augen nachempfunden zu sein.

„Nordic Walking?"

Die Frage nach der Bedeutung der Tätowierung brannte intensiver und sie rang mit sich selbst, es anzusprechen.

„Ich mag das Wasser."

Ihr drängte sich der Verdacht auf, dass seine Worte keine Antwort auf die Frage waren. Eher schien er ihr Interesse an dem Tattoo zu durchschauen und sie damit aufzuziehen.

„Okay, dann … Wassertreten und Entenfüttern." Aus dem Augenwinkel nahm sie ein amüsiertes Blitzen in seinen Augen wahr. Ihr Blick klebte auf den blauen Zeichen. Flammen, Wellen … oder beides?

Sie gab sich sichtlich Mühe, es sich nicht anmerken zu lassen, doch ihr Blick folgte jeder seiner Bewegungen. Er spielte mit dem Löffel in seinem Kaffee, als würde sie ihn nervös machen, und spürte, wie sie sich langsam entspannte und ihr Schutz nachließ. Das erste Gefühl, das sie ungehindert ausströmen ließ, war Neugier. Neugier, die er haben wollte, und die seine Geduld auf die Probe stellte. Sie ließ den Schatten in ihm aufbegehren, das ganze Spiel zu beenden und sogleich zu nehmen, wonach ihm dürstete. Anmerken ließ er sich das nicht. Jetzt mit Gewalt ihre Emotionen zu verschlingen, würde er später bereuen. Zu viel würde er sich selbst damit verwehren, wenn er sie überwältigte und sich allein an ihrer Angst satt tränke.

„Ich möchte dich nach Hause begleiten", sagte er.

Unvermittelt spannte sie die Hände an und presste die Lippen aufeinander.

„Nein danke!" Kälte gab ihrer Stimme einen Klang wie Kristall. Auf sein Lachen hin kniff sie die Augen zusammen und entließ Ärger in die Luft. „Du denkst wohl, mit deiner Macho-Masche kriegst du jede rum, was?"

„Du zweifelst nicht daran."

In einer provokant lasziven Geste strich sie sich das Haar zurück und funkelte ihn an. Sie begann zu spielen und ahnte dabei nicht, wie sehr er diesen Moment herbeigesehnt hatte. „Deine Nummer zieht bei mir nicht."

„Natürlich nicht. Du bist hier, weil du kein Interesse an mir hast." Sie war hier, weil er ihren Geist manipuliert hatte, aber das würde er ihr gewiss nicht sagen. „Joana." Er ließ seinen lang schon verlorenen Romani-Akzent in ihrem Namen mitklingen und sah, dass sie schauderte. „Es ist nicht nötig, dass du dich zierst. Sei du selbst und leg dich nicht durch deinen prüden Anstand in Ketten. Das ist unnötig."

„Jetzt reicht es aber“, zischte sie. „Spar dir dein Gesülze, Don Juan, ich bin nicht interessiert!“ Sie winkte der Kellnerin, die gelangweilt hinter der Bar Gläser polierte. „Ich möchte zahlen. Sofort bitte, wenn's möglich ist.“

„Komme gleich“, rief die Angesprochene zurück, ohne den Anschein zu erwecken, sich in Bewegung setzen zu wollen.

Nicholas warf der Kellnerin einen Blick zu und suggerierte ihr, dass sie die Aufforderung vergessen solle. Zufrieden wandte er sich wieder Joana zu.

„Du schindest nur Zeit.“ Er holte ein Päckchen Zigaretten aus der Hosentasche, nahm mit den Lippen eine aus der Packung und bot ihr ebenfalls eine an. Sie schnaubte entrüstet. „Aber das ist schon okay“, murmelte er, die Zigarette im Mundwinkel haltend. „Du kannst deine Zeit vergeuden, das macht mir nichts aus. Ich habe jede Menge Zeit.“ Geduld war dagegen etwas, worüber er nicht verfügte. Aber das ging diese Frau, die sich auf so entzückende Weise gegen ihn auflehnte, nichts an. Er entzündete seine Zigarette an der Kerze und sah ihr tief in die Augen, während er den Rauch inhalierte. Sie starrte trotzig zurück. Ihr Blick flatterte hin und wieder in Richtung Kellnerin. Auf die konnte sie lange warten.

„Arroganter Kerl! Weißt du, womit ich meine Zeit verschwende? Mit dir. Schönen Abend noch.“

Sie machte Anstalten aufzustehen, um an der Bar zu bezahlen. Zeit, ihr Selbstbewusstsein wieder ein wenig zurechtzustutzen. Er griff in einer raschen Bewegung nach ihrer Hand und legte diese auf seinen Unterarm, der sie so fasziniert hatte. Ihre warme Haut bedeckte die Symbole, die für seine Erschaffung standen. Ihr Interesse kehrte zurück, vermischt mit Unsicherheit und etwas Furcht. Unwiderstehlich. Ohne darüber nachzudenken nahm er alles an sich, was er bekommen konnte, ehe sie ihre Emotionen wieder schützend abschottete. Der Schatten in ihm schnurrte wie ein zufriedener Kater. Ihr Gesicht wurde ausdruckslos, der Blick leer. Sie schüttelte leicht den Kopf und rieb sich die Stirn.

„Ich … möchte jetzt wirklich gehen“, sagte sie leise. „Ich fühle mich nicht gut.“

Das konnte er sich vorstellen. Er fühlte sich fantastisch. „Du siehst müde aus.“ Erneut streckte er die Hand nach ihr aus. Sie war zu langsam, um zurückzuweichen und er strich über eine fein geschwungene Augenbraue und die Schläfe. Platzierte eine psychedelische Bombe in ihrem Geist. Einen Traum, der es ihm erleichtern würde, sein Ziel zu erreichen. Zu wissen, was sie in dieser Nacht sehen würde, erregte ihn mehr, als gut war. Er riss sich jedoch zusammen. Morgen früh schon würde sie sich nach seiner Nähe sehnen. Wann er sie erlöste war allein seine Entscheidung.

„Fahr nach Hause und schlaf dich aus“, sagte er und zwang sich zu einem sanften Lächeln. Sie nickte, stand auf und verabschiedete sich, ohne nach einem weiteren Treffen zu fragen. Bald würde sie das bereuen. „Und träum was Schönes.“

Nicholas drehte den Stuhl ein wenig in Richtung Kellnerin. Sie war längst nicht so hübsch, besaß nicht diese frech ins Gesicht fallenden Locken und bot bei Weitem nicht eine solche Fülle an Gefühlen.

Aber er war angeheizt und wollte mal sehen, was bei ihr zu holen war.

Erschöpft, als wäre sie seit Tagen ohne Schlaf gewesen, ließ Joana sich auf ihr Bett fallen. Die Erinnerungen an den Abend brodelten in ihr, pochten von innen gegen ihre Schläfen. Seine Worte hallten echoähnlich in ihrem Schädel wider, als sei ihr Kopf ansonsten vollkommen leer. Sie verstand sich selbst nicht mehr. Dieser Mann hatte Furcht in ihr geweckt, Trotz, dann eine verstörende Faszination und schließlich war er ihr egal gewesen. So egal wie alles andere. Dass sie in Kleidern im Bett lag störte sie nicht. Sie hatte noch etwas essen wollen, aber es war ebenso bedeutungslos, wie sich die Zähne zu putzen oder das Makeup aus dem Gesicht zu waschen.

Aber war das so ungewöhnlich? Radikale Stimmungsschwankungen und Antriebslosigkeit waren vermutlich nur weitere Zeichen dafür, dass sie depressiv wurde. Sie vergrub das Gesicht im Kissen und schluchzte auf, doch es kamen nicht mal Tränen. Nur Leere. Sie verlor sich selbst und konnte nicht mal mehr darüber weinen. Sie hätte gerne Wut verspürt, Angst oder auch Verzweiflung über diesen Zustand, der immer weiter Besitz von ihr ergriff. Aber es kam nichts. Sie war nur müde. Unendlich müde.

„Was machst du hier?“ Entsetzt richtete sich Joana im Bett auf und zog das Laken über die Brust. Sie war nackt. Warum war sie nackt? Sie schlief nie nackt. „Verschwinde! Raus hier!"

Der Fremde, Nicholas hieß er, was ihn nicht weniger fremd machte, trat ungerührt näher. Seine Schritte verursachten kein Geräusch auf dem Laminat. Panik jagte wie eine eisige Welle durch ihren Körper.

„Was willst du? Und wie bist du reingekommen?"

Sie bekam keine Antwort. Er lächelte nur, wissend und selbstbewusst. Im Gegensatz zum Abend zuvor lag seinen Zügen kein Spott mehr inne. Er hob den Zeigefinger an die Lippen. Joana schluckte den nächsten Schrei herunter. Er lächelte und sein Finger glitt an seinem Mund herab, zog seine Unterlippe leicht abwärts. Ihre Augen klebten an seinen Lippen und sie wünschte, es wäre ihr Finger, der sie berührte. Er ließ sich auf der Bettkante nieder, ohne dass die Matratze sich unter seinem Gewicht bewegte. Seine Fingerspitzen fanden ihren Handrücken und zeichneten erneut glühende Muster. Der Drang, über die Stellen zu reiben, war überwältigend, aber Joanas Körper blieb steif und schwerfällig. Er hob ihre Hand an, legte die Kuppe ihres Zeigefingers auf seine Lippen, als hätte er ihren heimlichen Wunsch in ihren Gedanken gelesen. Sein Mund fühlte sich weich und fest zugleich an. Sie tastete seine Umrisse ab, während ihr Daumen die gerade Linie seines Kiefers entlang fuhr. Noch auf das Gefühl winziger Bartstoppeln konzentriert, schob Joana ihren Zeigefinger trotz seiner leichten Gegenwehr zwischen seine Lippen, wo es feucht war. Nur mit etwas Druck konnte Joana in seinen Mund eindringen und fand seine Zunge. Nass, seidig und heiß an ihrer

Haut. Sie seufzte leise und ihr Blick glitt sehnsuchtsvoll die Reihe an Knöpfen herab, die sein Hemd verschlossen. Er saugte an ihrem Finger, nahm dann ihre Hand und führte sie an den obersten Hemdknopf. Ganz langsam öffnete sie ihn, strich ein Stück hinab und machte sich an den zweiten. Fahriger diesmal, ungeduldiger. Den dritten riss sie auf, ebenso alle anderen. Mit beiden Händen streifte sie ihm das Hemd von den Schultern, fuhr über glatte Haut, unter der sich jeder Muskel sanft geschwungen abzeichnete. Gott, er war schön. Viel zu schön, doch längst nicht makellos. Mehrere Narben zogen sich über seinen durchtrainierten Oberkörper und sie fuhr jede einzelne mit den Fingern nach. Am linken Rippenbogen zeichneten sich einige Hämatome ab, wie von einem Faustkampf. Sie strich darüber, provozierte ihn mit leichtem Druck. Falls sie ihm wehtat, ließ er es sich nicht anmerken.

Unterhalb des Schlüsselbeins war eine weitere Tätowierung. Ein Drudenfuß – er stand in Flammen. Es dürstete Joana nach all den Geschichten, deren Symbolik die Male darstellten, doch sie wusste instinktiv, dass er in dieser Nacht nicht sprechen würde. Sie sah zu seinem Gesicht auf und er erwiderte ihren Blick ruhig und gelassen. Abwartend.

Ihre Hand glitt seine Brust hoch, über die Haut seiner Kehle und schließlich in seinen Nacken. Mit den Fingern kämmte sie durch schwarzes Haar, vergrub ihre Hände darin. Ihre Lippen brannten vor Verlangen, ihn zu küssen, ihn zu schmecken, doch ihr fehlte der Mut. Er lächelte eine Herausforderung. Und Joana nahm sie an.

Sie umfasste seine Hand, die das Laken schützend über ihrer Brust zusammenhielt und lockerte seinen Griff. Der Stoff fiel. Sie legte seine Hand zurück auf ihr Dekolleté und schob sie tiefer. Spöttisch hob er eine Augenbraue. Er sagte kein Wort – sie hörte ihn trotzdem.

Sag es mir. Ich will hören, was du willst.

„Küss mich", hauchte Joana und zog ihn näher. Sein Mund war unter ihren Lippen noch weicher, als unter ihren Fingern, doch sie konnte ihn nicht schmecken. Sie atmete tief ein, doch sie roch nichts. Wie verwirrend, warum hatte er keinen Geruch? Keinen Geschmack? Sie zeichnete seine Lippen mit ihrer Zunge nach und ließ sie dann zaghaft in seinen Mund gleiten. Fand seine und spielte erst scheu, dann fordernder mit ihr. Doch sie schmeckte nur sich selbst, so leidenschaftlich der Kuss auch wurde.

An den Haaren zog sie seinen Kopf in den Nacken, leckte und saugte an seinem Hals. Ihr Körper war längst dicht an seinen gepresst. Sie bestaunte die Schönheit der Konturen, mit denen ihre karamellfarbene Haut in seine überging. Sie selbst war perfekt, sogar der Leberfleck auf ihrer Brust war verschwunden. Nicholas war nicht blass, aber direkt neben ihr mochte es den Anschein haben, seine Haut wäre hell wie Alabaster.

Sie wollte mehr von ihm, das Verlangen wuchs auf ein schier unerträgliches Maß an. Entschlossen glitt sie auf seinen Schoß und drückte ihn in die Kissen zurück. Sie spürte seine Härte unter sich. Der Stoff seiner Jeans schmiegte sich rau an ihren nackten Körper. Herrlich rau, doch zugleich störend. Ihr Mund glitt über seine Brust, ihre Zunge spielte mit seinen Brustwarzen, bis sie hart waren. Sie wollte ihn stöhnen hören, setzte die Zähne ein, doch ihm entwich nicht einmal ein Seufzen. Ihre Fingernägel kratzten über seinen Körper. Erst zart und vorsichtig. Dann so fest, dass blassrote Striemen auf seinem Bauch zurückblieben, die am Bund seiner Jeans endeten. Weiter wagte sie sich nicht, und dafür hätte sie sich am liebsten geohrfeigt. Denn sie wollte weiter.

Er lag in vollkommener Ruhe unter ihr, während sie fürchtete, an ihrer Hitze verglühen zu müssen. Verzweiflung packte sie. Warum war er so passiv? Warum wollte er sie nicht ebenso, wie sie ihn wollte? Erneut küsste sie ihn heftig, grub die Nägel in seinen Nacken und rieb ihren Körper aufreizend an seinem.

Sag mir, was du möchtest, sprach er in ihrem Kopf. *Verlange nach mir. Bitte mich.*

„Übernimm die Führung. Nimm dir, was du willst", kam es aus ihrem Mund. Sie schrak zusammen. Das hatte sie nicht wirklich gesagt, oder? Er sah sie abwartend an. Sein Mundwinkel hob sich und Joana schluckte. „Bitte."

Einen winzigen Augenblick später lag sie auf dem Rücken, niedergedrückt von seinem schweren Körper. Ihre Hände waren wie gefesselt in seinem dichten Haar. Sein Mund war überall, wo seine Hände nicht waren. Mit der Zunge malte er seine Symbole auf ihren Körper. Sie brannten und sie wimmerte vor Erregung. Er löschte das Feuer, indem er mit den Händen darüber strich. Dann leckte er an ihren Brüsten und jagte die Hitze seines Mundes unmittelbar in ihren Schoß. Vor Joanas geschlossenen

Augen begannen Sterne zu tanzen. Er küsste sie hart, saugte gierig an ihren Lippen und an ihrer Zunge. Gleichzeitig glitten seine Finger immer wieder zwischen ihre Beine. Manchmal fest, regelrecht grob. Sie stöhnte. Dann wieder zart und sanft. Doch jede Berührung endete, kaum dass sie Lust auf mehr geweckt hatte. So sehr sie sich seinen Fingern entgegen bog, seine Hand zu dirigieren versuchte oder ihn durch sehnsüchtiges Seufzen zu erweichen versuchte, er ging nicht weiter. Er lockte sie in den Wahnsinn und ließ ihr nicht die geringste Möglichkeit, die Führung wieder an sich zu reißen. Hemmungslos nahm er was er wollte – ihren Verstand – und trieb ihre Erregung weit über den Punkt hinaus, an dem es sich gut angefühlt hatte.

„Oh Gott, bitte", keuchte sie, als die Lust zu schmerzhaft wurde. Sie wand sich unter ihm, streckte sich ihm flehend entgegen. Ihr ganzer Körper bettelte nach Erlösung. Sie war kurz davor, es laut zu tun.

Was willst du von mir? Sag mir, was du willst.

„Nimm mich endlich!"

Sie wollte ihre Beine um ihn schlingen, doch im gleichen Moment war er verschwunden.

Ihr Atem ging stoßweise, ihr Körper war schwer, als wäre ihr Blut flüssiges Blei. Und alles brannte. Nach ihm.

„Nicholas." Mühsam richtete sie sich auf, blickte im halbdunklen Raum umher. „Verdammt, Nicholas!"

Ein Schweißtropfen rann ihr von der Stirn, tropfte auf ihre Brust und versickerte in ihrem T-Shirt. Sie starrte auf den Stoff. „Ein Traum“, murmelte sie und stöhnte. Erleichtert. Aber nicht nur. „Oh Gott, was für ein bescheuerter Traum.“ Vor allem so beängstigend real.

Für einen Moment wusste sie nicht, was sie schlimmer finden sollte. Dass sie derart intensiv vom schlimmsten Macho ganz Hamburgs geträumt hatte, oder dass ihr Körper auch jenseits des Traumes mehr als bereit für ihn war. Ihr Slip war feucht und immer noch wärmte ein Prickeln jedes Stückchen Haut, das er berührt hatte. Die Stellen, die er nicht berührt hatte, schienen eiskalt und schmerzhaft danach zu verlangen.

Sie warf sich zurück in die Kissen. Nein, das Schlimmste war eindeutig, dass er ihr in dieser Nacht kein zweites Mal im Traum erscheinen würde.

5

Mittwochs war Joanas freier Tag, an dem sie normalerweise mit einem Buch und Musik dem Alleinsein frönte. An diesem Mittwoch jedoch schien jede der ruhigen Minuten zu viel, da sie ihr Gelegenheit gaben, an die Bekanntschaft vom Vorabend zu denken. Nicholas. An seinen Auftritt in ihrem Traum, und an die Tatsache, dass sie nichts von ihm hatte, außer einem Vornamen. Was vernünftig war, sie aber leider rasend machte. Sie verbot sich, über ihn zu grübeln, wovon ihre Gedanken unbeeindruckt blieben. Sie schwirrten um ihn, wie Motten um das Licht.

Benedikt meldete sich gegen Mittag und sagte zu, sie gegen sieben fürs Kino abzuholen. Ihr war nicht ganz klar, ob sie sich freute, zumindest aber freute sie sich auf die Ablenkung. Sie schlug den Tag tot, indem sie Staub wischte, wo keiner lag, Fenster putzte, die nicht schmutzig waren, und schließlich die Treppe fegte, obwohl die Nachbarin an der Reihe war. Sascha hatte über ihre Eigenart, bei Stress zu putzen, immer den Kopf geschüttelt. Wehmütig erinnerte sie sich daran, welch liebenswerter Chaot er gewesen war.

Bens Wagen hielt am Abend eine Viertelstunde zu früh vor ihrem Fenster. Hastig warf sie sich eine leichte Bluse über das Trägertop, schnappte nach ihrer Handtasche und eilte nach draußen. Schwüle schlug ihr ins Gesicht. Der Wetterbericht hatte ein Gewitter angekündigt, doch es ließ noch auf sich warten.

„Hi, Ben, schön dass du gekommen bist.“

Sie sprach ein stilles Stoßgebet als Dank für die Klimaanlage in seinem Mercedes und ließ sich auf den Beifahrersitz fallen. Unbehaglichkeit erfüllte sie. War es angebracht, ihn freundschaftlich auf die Wange zu küssen? Sie nestelte stattdessen an den Schnallen ihrer Sandalen.

„Immer gerne“, erwiderte Benedikt und grinste. „Ich freu mich, dass du endlich mal Zeit gefunden hast. Wonach ist dir? Horrorthriller oder Romantikkomödie?“

„Thriller.“

Ben hatte sich sicher die andere Antwort erhofft. Joana fürchtete im Stillen, dass er sich mehr als eine platonische Freundschaft von ihr wünschte. Hoffentlich nicht, denn diese war definitiv noch nicht stabil genug, um die unweigerliche Abfuhr zu verkraften, die einer Frage nach mehr folgen würde. Er murmelte etwas, das wie ‚war klar’ klang und fädelte sich in den Verkehr ein. Joana griff nach der BILD, die auf dem Armaturenbrett lag und blätterte nach den Comics.

„Hast du’s schon gehört?“, fragte er und raufte sich das blonde Haar. „Sie haben wieder eine Leiche gefunden, inzwischen die dritte. Erstochen. Steht direkt auf der Titelseite. Diesmal war es ein junger Mann. Die Polizei geht jetzt von einem Serienkiller aus.“ Er schüttelte sich. „Gruselige Vorstellung, dass der Kerl in Hamburg herumrennt. Stell dir vor, du begegnest ihm! Stell dir vor, er steigt bei dir ein und …“

Joana verspürte Gänsehaut im Nacken, doch sie ließ sich nichts anmerken und seufzte. „Ben. Hamburg hat fast 1,8 Millionen Einwohner. Unwahrscheinlich, dass gerade dieser Mörder ausgerechnet in dein Taxi steigt, oder? Eher gewinnst du im Lotto."

Sie schmunzelte. Benedikt sah sich bei allen möglichen Katastrophen und Horrormeldungen immer sofort als potentielles Opfer. Zudem war er ein schrecklicher Hypochonder. Fatal für einen Taxifahrer, der ständig mit kranken oder gebrechlichen Menschen zu tun hat. Oder potentiellen Massenmördern. Sie kannte seine paranoide Art nun schon mehrere Jahre.

Mäßig interessiert überflog sie die Schlagzeile und den Artikel. Hamburgs Ripper, nannten sie ihn. Zwei junge Frauen und ein Mann waren getötet worden. Die Mordwaffe war ein Messer gewesen, vermutlich immer dasselbe. Den Opfern waren damit mehrere Verletzungen zugefügt worden, ehe der Mörder sie durch einen Stich ins Herz getötet hatte. Die Polizei tappte noch im Dunklen.

‚Eine Stadt versinkt in Angst. Erst wenn dieser barbarische Schlächter hinter Schloss und Riegel sitzt, wird Hamburg wieder aufatmen können', endete der Artikel.

Sie verdrehte die Augen, ob dieser reißerischen Berichterstattung. Panikmache war ein höchst effektives Mittel, um die Auflagen in die Höhe zu treiben. Serienkiller waren bei den Zeitungen vermutlich noch begehrter als Drogenexzessen frönende Königssöhne oder elend dahinsiechende Rockstars. Sicher entsprach nicht die Hälfte dieser Meldungen der Wahrheit. Wahre Morde dagegen wurden teilweise nur bei den Randnotizen erwähnt, solange sie nicht als Eye-Catcher taugten. Sie hatte da ihre eigenen Erfahrungen.

Einer gewissen Unruhe konnte sie sich jedoch nicht erwehren. Sie dachte an den Mann, der Nicholas am Abend zuvor hinterhergeschlichen war.

„Nicht lieber doch eine Romanze?“, riss Ben sie aus ihren Gedanken und lenkte seinen Wagen ins Parkhaus unter dem Kinokomplex.

Sie seufzte. „Was hältst du von Harry Potter?“

Die Tür des Hotelzimmers schloss er leise hinter sich, soweit hatte er sich noch im Griff. Doch dann entwich dem Whiro in Alexander Meyers trotz seiner menschlichen Hülle ein so höllisches Knurren, dass augenblicklich der Blumenschmuck auf dem Tisch verwelkte und das elektrische Licht flackerte. Er war wütend. Abgrundtief wütend.

Alles war umsonst gewesen. Die ganze Reise in dieses vermaledeite Wales. Monate waren für die Recherche verschwendet worden, eine knappe Million Euro für die richtigen Informationen und noch mehr Geld für die Ausgrabungen. Sie hatten Menschen gekauft, manipuliert und wenn nötig aus dem Weg geräumt. Dämonen waren bestochen oder bedroht worden. Einigen seiner Art hatte er jede Menge Honig ums Maul schmieren müssen. War ihnen in den Arsch gekrochen – für nichts und wieder nichts!

Der Zorn bebte so stark in ihm, dass der Körper zu schmerzen begann. Der Schattenleib versuchte, seine Hülle gewaltsam zu sprengen. Er wollte durch das Fleisch brechen, um seine Wut bar jeder Hemmung an dieser verfluchten Stadt auszulassen.

Alles umsonst. Die geheime Kammer, die sie in dieser Grotte in den Moelwyn-Bergen freigelegt hatten, war leer gewesen.

Es klopfte an der Tür und Erwartung erfüllte ihn. Egal wer da kam, er kam genau richtig. Alexander grinste sich selbst im Spiegel zu. Seine Fleischhülle, ein aparter Mann Mitte vierzig, blickte auf ihn zurück. Erfolgreich. Wohlhabend. Sexy. Das strahlende Leben.

Welch Ironie, dass er gerade letzteres in diesem Moment so bitter nötig hatte.

„Herein."

Einer der englischen Archäologie-Studenten, die an der Ausgrabung beteiligt waren, betrat zögerlich das Zimmer und senkte demütig den Kopf. „Bitte entschuldigen Sie die Störung, Mr. Meyers."

Er rollte mit den Augen. Dieser menschliche Name ging ihm auf die Nerven. Sein Berater, der Nybbas, hatte sicher recht, wenn er sagte, dass ein solcher Name nötig war, um Unauffälligkeit zu wahren. Der Nybbas war der Geschickteste, wenn es darum ging, Menschlichkeit zu imitieren. Das war seine Stärke und daher hatte Alexander ihn zu seinem Adjutanten erklärt. Zudem war er ein starker Kämpfer. Jedoch änderte des Nybbas' Rat nichts daran, dass es den Whiro demütigte, sich nach einem leeren Stück Fleisch nennen zu müssen. Er ließ sich ja auch nicht Armani rufen, nur weil er das Zeug gern am Leib trug.

„Was willst du?", fuhr er den Studenten an, der prompt zusammenzuckte. Weichei.

„Dr. Mac Jerrems hat noch etwas gefunden, Sir, nachdem Sie die Grabungsstätte verlassen haben. Er dachte, dass Sie diese Nachricht sicherlich sofort zu erhalten wünschten. Aber er konnte Sie telefonisch nicht erreichen, daher schickt er mich."

„Worum geht's?" *Hoffentlich ist es wichtig, Kleiner. Sonst verlässt du dieses Zimmer mit akutem Darmdurchbruch.*

Der Junge schluckte. „Nun, er hat noch ein paar Ultraschall-Aufnahmen in der freigelegten Grotte gemacht und noch einen weiteren, abzweigenden Tunnel gefunden. Der Stollen ist vollkommen verschüttet, aber die Bodenbeschaffenheit zeigt eindeutig, dass dies von Menschen mutwillig verursacht wurde."

Erregung durchfuhr seinen menschlichen Körper. „Wann?"

„Den ersten vorsichtigen Schätzungen nach wurde der Tunnel vor nicht mal siebzig Jahren zugeschüttet."

„Das würde exakt ins Bild passen", murmelte er und lächelte zufrieden. Vielleicht war der Tag ja doch noch zu retten. „Gute Arbeit, mein Junge. Wie heißt du?"

„Ian Sniders, Sir."

„Ian." *Komm zu mir, Ian.* „Hol dir deine Belohnung bei mir ab."

Der junge Mann trat paralysiert näher und Alexander schob ohne jedes Zögern seine Hand unter dessen Jeanshemd. Der Student spannte erschrocken die Muskeln an, als der Dämon über seinen Bauch strich und damit die Gesundheit seiner Organe prüfte.

Du kannst dich nicht wehren. Du willst es gar nicht. Dir gefällt, was ich tue.

Er war ein klein wenig pummelig, der Junge. Naschte wohl gern oder genoss zu oft dieses neumodische Fastfood. Alexander knetete ein kleines Speckröllchen fest zwischen seinen Fingern und der Student keuchte unterdrückt. Trotz ungesunder Lebensweise schien er vollkommen vital. Alle Organe waren makellos, der Dämon hatte die freie Wahl. Er entschied sich für die Leber und pflanzte den Keim eines herrlichen Leberzellkarzinoms. Mit etwas Glück würde Ian Sniders seine Krebserkrankung erst in sehr weit fortgeschrittenem Stadium bemerken, wenn es bereits zu spät war. Wohin er auch gehen würde, jeden Tag würde nun ein bisschen mehr Gesundheit seiner Leber in den Whiro überfließen.

„Bis dass der Tod uns scheidet", murmelte Alexander. Nun ja, oder ein findiger Arzt. Den Menschen und ihrem medizinischen Fortschritt war heutzutage einfach nichts mehr heilig.

Das versprochene Unwetter ließ sich bis zum nächsten Abend Zeit, dafür kam es umso heftiger. Joana stand auf dem Taxihalteplatz am Messegelände vor dem Eingang Ost. Sie staunte über die unglaubliche Menge an Wasser, die auf das Autodach niederging, an den Scheiben herablief und die Welt in trüben Farben verschwimmen ließ. Die Messe versprach auch am Abend immer Fahrgäste, doch heute musste sie ungewöhnlich lange warten. Ihr

Magen knurrte und sie sah ungeduldig auf die Uhr. Halb neun, ihre Schicht ging noch anderthalb Stunden. Ihr Notvorrat an Kaubonbons war seit einer guten Stunde leer und zu trinken hatte sie nur noch lauwarmes Wasser. Sie überlegte, die nächste Tankstelle anzusteuern, als ihr Display blinkte und ihr einen Fahrgast am Parkplatz vor dem Alsterpark meldete. Sicherlich ein Spaziergänger, den der Regen überrascht hatte. Hoffentlich ohne Hund. Sie hatte Respekt vor Hunden, außerdem gab es kaum etwas, das in einem Auto schlimmer roch, als ein nasser Hund.

Trotz der wetterbedingt schlechten Sicht brauchte sie für die fünf Kilometer durch die Stadt keine zehn Minuten. Der von Bäumen eingerahmte Parkplatz lag verwaist und dunkel vor ihr. Die Laterne, die ihn beleuchten sollte, war mal wieder ausgefallen. Sie drückte auf die Hupe, um den Fahrgast auf sich aufmerksam zu machen. Niemand kam. Wenn die glaubten, sie würde aussteigen und durch den Regen rennen, um nach ihnen zu suchen, dann lagen sie falsch. Sie beschloss, nicht länger als fünf Minuten zu warten.

Nachdem zwei Songs aus dem Radio durchgelaufen waren, näherte sich noch immer kein Mensch. Der erste Blitz zuckte über den Himmel, wenig später grollte der Donner.

„Dann eben nicht“, murmelte sie, startete den Motor und setzte energisch zurück.

Ein dumpfes Poltern ertönte und der Wagen wackelte.

Erschrocken trat sie auf die Bremse und versuchte, durch die Heckscheibe etwas zu erkennen. Doch sie sah nur Regen und Dunkelheit.

Verdammt. Sie hatte doch nichts angefahren?

„Nur ein Poller – ganz sicher nur ein Poller. Shit." Auf dem Parkplatz standen nirgendwo Begrenzungspfähle oder ähnliches.

Ihr Herz schlug ein Stakkato an. Mit einem Griff in ihre Tasche vergewisserte sie sich, dass ihr Spray da war. Sie stieg aus und umrundete den Wagen, still betend, nichts zu finden. Regen und Wind rauschten in den Bäumen, als erhoben und senkten sich wispernde Stimmen. Wie Warnungen. Innerhalb weniger Augenblicke war sie völlig durchnässt.

Hinter dem Wagen befand sich niemand. Erleichterung durchströmte ihre Glieder und ließ sie tief durchatmen. Es roch nach Regen, nach würzigen Pflanzen und der herben Erde. Als ein Donner erklang schauderte sie, aber es war ein angenehmer Nervenkitzel, keine Angst. Sie strich mit den Fingern über die Stoßstange und fand nichts, das auf eine Kollision hindeutete. Aber was zum Geier hatte da geknallt? In den Büschen zu ihrer Linken raschelte es. Wenn sie nun ein Tier angefahren hatte? Sie schlich in die Richtung aus der sie die Geräusche vernommen hatte, doch keine Bewegung verriet, dass sich dort etwas versteckte. Sehen konnte sie auch nichts. Es war zu dunkel.

Sie beschloss, die Taschenlampe aus dem Handschuhfach zu holen und wandte sich zum Wagen um. Unvermittelt entfuhr ein Schrei ihrer Kehle, denn an der Fahrertür lehnte eine große, dunkle Gestalt.

6

Überraschung.
Nicholas grinste angesichts ihres Schreckens. „Was suchst du im Gebüsch?“

Ihr Mund klappte auf. „Was … tust … du hier?“

„Enten füttern.“ Er schenkte ihr ein Zwinkern. „Und nun warte ich auf ein Taxi. Schon seit einer halben Ewigkeit. Von der schnellen Sorte bist du nicht gerade, hm?“

Sie trat näher und er verbarg seine Belustigung hinter einem freundlichen Blick. Er wollte sie nur necken, aber nicht wütend machen. Unter dem nassen, hellen T-Shirt schimmerte der BH durch. Sexy – mehr als nur das.

„Wie bitte?“ Ihre Konfusion knisterte elektrostatisch in der Luft. „Ich steh schon seit fast zehn Minuten hier. Aber soll das heißen, du hast ein Taxi hierher bestellt? Wie konntest du wissen, dass gerade ich …“

Er hob abwehrend die Hände. „Reiner Zufall.“

„Glatt gelogen“, zischte sie.

Er lachte und spürte, dass es seine Wirkung nicht verfehlte. „Wie auch immer“, fuhr er fort. „Ich würde gern einsteigen, wenn es dir recht ist. Es regnet.“ Er deutete nach oben und der Himmel antwortete mit einem weiteren Donnern.

„Tu dir keinen Zwang an.“ Sie klaubte eine Taschenlampe aus dem Handschuhfach, während er sich auf den Rücksitz fallen ließ.

„Du willst jetzt noch die Flora und Fauna bewundern?“

„Hab was angefahren“, murmelte sie, schlug die Autotür heftig zu und ging zurück an den Rand des Parkplatzes.

Er nahm eine ihrer ausgelegten Visitenkarten an sich, wartete und beobachtete, wie sie minutenlang das Unterholz mit dem Lichtkegel ableuchtete. Sie sah unter dicht bewachsene Zweige und fasste, ihren Flüchen nach zu urteilen, dabei in Brennnesseln. Natürlich fand sie nichts, denn sie hatte nichts angefahren.

Schließlich gab sie auf, stieg ein und ließ den Motor an. „Tut mir leid für die Verzögerung. Wohin willst du?“

„Schleestraße, Altona.“

Ihr Schreck jagte wie eine Sturmböe durch den Wagen. Das hatte er erwartet, denn in dieser Straße wohnte sie. Ruckelnd setzte sich das Auto in Bewegung. Stur nach vorn blickend entging ihr sein verzückter Gesichtsausdruck, den er zweifellos trug.

„Was willst du dort?“

Welch herrliche Komposition aus Nervosität, Wut, ein wenig Angst und einem Hauch süßer Neugier. Aber da fehlte noch etwas.

„Keine Ahnung. Ich finde einfach, du solltest nach Hause fahren und dich umziehen. Du bist nass bis auf die Haut.“

Beim letzten Wort berührte er eine ihrer Haarsträhnen. Sie versteifte sich, trat aufs Gas und ließ das Tempolimit von dreißig Stundenkilometern weit hinter sich. Er wickelte ihr Haar um seinen Zeigefinger.

„Jetzt hör mir mal gut zu.“ Sie sprach durch die Zähne und drehte sich nicht um. „Behalte deine

Griffel bei dir, wenn du nicht willst, dass ich augenblicklich mit deiner Visage auf den Alarmknopf haue."

„Oh, gefährlich." Er nahm seine Hand zurück, nur um sich zwischen den Sitzen nach vorne zu beugen, sodass sein Gesicht nah an ihrem war. Ihr Haar roch nach Regen, Shampoo und etwas, das an Minze erinnerte. Der Duft weckte die Vorstellung in ihm, wie ihr Körper an anderen Stellen wohl riechen mochte. „Aber keine Sorge, ich tu schon nichts gegen deinen Willen."

Ihre Miene blieb kalt, aber er spürte Hitze aufwallen. Die Frau nahm Fahrt auf. In mehrfacher Hinsicht, denn inzwischen fuhr sie über fünfzig.

Er flüsterte: „Ich mag es viel zu gern, wenn du … mich bittest."

„Davon träumst du!" Sie errötete heftig.

Er lachte und ließ seinen Atem dabei ihren Hals streifen, sodass sie schauderte. Zufrieden lehnte er sich im Sitz zurück. „Ich? Ich träume davon?"

Die Tachonadel erreichte die Sechzig. Sie nahm einem anderen Auto die Vorfahrt. Der Fahrer hupte. „Hab dich nicht so, du Sonntagsfahrer!", fauchte sie.

Diesmal verbiss er sich das Lachen. „Nein, im Ernst", sprach er ruhig weiter. „Ein Freund von mir wohnt zufällig in der Schleestraße."

Joana fragte nicht, warum er klitschnass zu einem Freund fahren wollte. Vermutlich, weil sie wusste, dass es nicht stimmte. Sie fuhr jetzt etwas langsamer, bemühte sich um Fassung. Unauffällig öffnete er den obersten Knopf seines Hemdes. Seine Tätowierung wiederzusehen, würde sie ein weiteres Mal gehörig durcheinander bringen. Und seine sensible Seite kennen zu lernen sollte dem Ganzen ein glitzerndes Krönchen aufsetzen. Genau das hatte er vor. Ein königliches Chaos zu entfesseln.

Er konnte nicht … nein, er konnte doch unmöglich von ihrem Traum wissen. Joana umklammerte das Lenkrad so fest, dass sich jede Sehne unter der Haut an ihren Armen abzeichnete. Sie fühlte sich in ihrem eigenen Auto wie in einem Käfig. Einem Raubtierkäfig – und das Tier saß hinter ihr und malträtierte ihren Nacken mit Blicken, die sie wie tausend feine Nadelstiche spürte.

Krampfhaft darum bemüht, sich nichts anmerken zu lassen, versuchte sie die Gedanken abzuschütteln, die sich ihr aufdrängten. Erdgeschosswohnung. Keine Alarmanlage. Altbau mit Fenstern, die sie manchmal zu schließen vergaß. Türen, deren Schlösser mit einem Dietrich sicher leicht zu knacken waren.

Ein Blitz teilte den Himmel und ließ sie zusammenfahren. Die Luft wurde ihr knapp. Wenn es nun kein Traum gewesen war? Was, wenn er ein Stalker war?

Nein. Sie schüttelte hektisch den Kopf, als könne sie sich damit selbst überzeugen. Das war unmöglich. Es war eindeutig ein Traum gewesen, schließlich konnte selbst er sich in der Realität wohl kaum in Luft auflösen.

Ihr Atem kam zu laut über ihre Lippen, fiel ihr mit jedem Zug schwerer. An der nächsten roten Ampel wühlte sie in ihrer Tasche nach dem Asthmaspray.

„Was regt dich so auf?“, fragte er und lehnte sich wieder vor. Seine Worte gingen im Prasseln des Regens fast unter.

Du. Aber das konnte sie ihm kaum sagen. „Nichts. Nur das … Gewitter.“ Das war gelogen, denn sie liebte extremes Wetter, allerdings war es eine gute Ausrede. Schließlich hatten viele Frauen Angst vor derartigem. Sie setzte den Inhalator an die Lippen, auch wenn sie es hasste, diese Schwäche vor ihm offenbaren zu müssen. Einen Asthmaanfall jedoch konnte sie noch viel weniger riskieren als etwas Schmach.

Als sie das Spray wieder in die Tasche steckte, streichelte er erneut ihre Haare. „Das stimmt nicht, Joana.“

Er hatte keine Frage gestellt, daher würde sie ihm nicht antworten. Nicht, solange das Zittern ihrer Stimme genau das preisgeben würde, was sie zu leugnen versuchte. Mit solch erbärmlichem Resultat. Warum hatte sie das Gefühl, er durchschaute sie mühelos? Sie fiel doch nicht wirklich auf eine derart billige Masche herein. Einen One-Night-Stand konnte sie woanders haben, dazu musste sie sich nicht zum Spielobjekt machen lassen.

Er strich ihr eine Strähne hinters Ohr und seine Hand berührte ihre Wange. Joana hielt den Atem an. Ihr verdammter Puls donnerte bis in ihre Schläfen. Er würde ihn unter ihrer Haut spüren und sich sonst was darauf einbilden. Dummerweise nicht ganz zu unrecht.

„Sag einfach, dass es dir nicht gefällt." Seine Stimme war scharf und weich zugleich. Wie eine mit dunklem Samt überzogene Klinge. „Sag Nein und ich gehe."

Die langen Finger, die sanft ihre Haut entlang strichen, bis sie den Saum ihres T-Shirts erreicht hatten, weckten die Erinnerung, wie sie seine Brust vom Stoff befreit hatte. Himmel, es war nur ein blöder Traum gewesen. Sie presste die Lippen zusammen und schüttelte den Kopf.

„Warum gibst du vor, mich nicht zu mögen?", fragte er, ehe sie ihm etwas Garstiges an den Kopf knallen konnte. Aber für Schlagfertigkeiten war es ohnehin zu spät. In mehrfacher Hinsicht. „Warum verschließt du dich?"

Joana lachte nervös und wischte seine Hand grob weg. „Das fragst du noch?" Zu einer Antwort auf die Gegenfrage ließ er sich nicht herab, womit er Wut heraufbeschwor. „Vielleicht, weil du ein sexistischer Macker bist? Weil du es genießt, mir Angst einzujagen? Ganz bestimmt aber, weil du meine Grenzen überschreitest und erwartest, dass ich das scharf finde." Joana spürte, wie ihre Wangen zu glühen begannen. Wer wusste schon, wann sie wieder den Mut finden würde, ihm die Meinung zu sagen? Jetzt ging sie in die vollen. „Alles in allem, weil du es einem verdammt schwer machst, dich auch nur ein klein wenig mögen zu können. Von deinem Äußeren mal abgesehen, ist an dir nichts begehrenswert. Schöne Fassade – nichts dahinter. Und für deine hübsche Nase bist du nicht mal selbst verantwortlich. Dank deiner Optik und den dafür verantwortlichen Genen, denn ihretwegen bist du evolutionär gesehen zumindest kein völliger Reinfall. Es gibt reichlich Frauen, denen das genügt. Mir nicht."

Sie nahm die nächste Kurve zu aggressiv, provoziert von ihren eigenen Worten, die mehr als nur bissig waren. Sie wären beleidigend gewesen, wenn sie nicht mit jedem Wort recht gehabt hätte. Von ihrer Lage auf diesem Schlachtfeld einmal abgesehen. Und wenn schon.

Er konterte nicht, aber sie spürte seinen Blick im Nacken. Ein ausgehungerter, kleiner Teil in ihr sehnte sich nach mehr als nur Blicken. Oh Gott, er würde sie noch in den Wahnsinn treiben.

„Was ist? Hat es dir etwa die Sprache verschlagen?"

Sein leises, freudloses Lachen stellte augenblicklich klar, dass es mehr als das war. Es ließ Joana schlucken und die scharfen Worte, zu ihrem größten Ärger, sogar ein wenig bereuen.

„So denkst du über mich?" Sie hörte förmlich, wie er nach Worten suchte. „Nur weil ich gestern ein Selbstbewusstsein zur Schau getragen haben, von dem ich dachte, es würde dir gefallen? Denkst du denn, das sei alles echt? Menschen sind nicht immer, wofür sie sich ausgeben. Oft steckt mehr in ihnen, als es auf den ersten Blick erscheint."

„Was soll das jetzt werden? Eine plötzliche 180-Grad-Drehung? Wie unauffällig. Oder willst du mir einen psychologischen Vortrag halten?" Das hatte gerade noch gefehlt. Zum Glück schwand die Zeit, in der er sie belästigen konnte. Sie bog soeben in die Schleestraße ein.

„Hör mich einfach an", bat er. „Manchmal gibt es Gründe, sich hinter Fassaden zu verstecken. Manch einer von uns … trägt eine gewisse Dunkelheit in sich. Eine Dunkelheit, die nicht jeder andere erkennen sollte. Die wenigsten Menschen haben die Attribute, die es braucht, um in einen Abgrund sehen zu können. Die meisten wollen es gar nicht. Daher bauen wir Fassaden und verstecken, was uns wirklich ausmacht, um …"

„Das reicht!" Joana stellte den Motor ab. Sie spürte sich zittern. Sprach er noch von sich selbst? Oder sprach er von ihr? Wie hatte er sie so tief durchschauen können? Seine Worte kratzten nicht an ihrer Oberfläche, sie brachten ihre Grundfesten zum Wanken. Sie fühlte sich gläsern. Bloßgestellt und nackt. So verletzlich wie seit Jahren nicht mehr. „Was weißt du schon?" Sie wagte es nicht, sich zu ihm umzudrehen. Dass er etwas über ihre Vergangenheit wusste, war offensichtlich. Aber sie fragte sich, wie er auf die Formulierungen kam, mit denen sie ihr ausgekratztes Inneres beschrieb.

Oder er sprach tatsächlich von sich selbst. Vielleicht war es das, was sie so an ihm fasziniert hatte. Eine Ähnlichkeit, die sich nach außen sehr unterschiedlich zeigte.

Er zögerte mit seiner Antwort. „Ich weiß nur was ich sehe."

„Und was siehst du?"

„Eine außergewöhnlich emotionale Frau, umgeben von einem schier undurchdringlichen Panzer, den selbst meine verzweifelten Bemühungen nicht erweichen können. Offenbar hab ich die falsche Richtung eingeschlagen. Würdest du deine harten

Anschuldigungen vielleicht nochmal überdenken, wenn du mich stattdessen schlicht einen Idioten nennen darfst? Ich weiß, das hat längst nicht so viel Klasse, wie die Sache mit dem evolutionären Reinfall, aber es liegt näher an der Wahrheit."

„Du machst es dir verdammt einfach." Seinen Worten Glauben zu schenken war verführerisch. Aber Verführungen hatten oft einen Haken, der sich fast immer ins Fleisch der Wahrheit bohrte.

„Was kann ich tun, damit du meiner sympathischen Seite eine Chance gibst?"

„Zeig mir, wer du wirklich bist", kam es Joana unwillkürlich über die Lippen. Fast hätte sie verlangt, er möge ihr die Dunkelheit zeigen, von der er gesprochen hatte. Sie biss sich auf die Zunge. Die Erkenntnis, dass sie zu neugierig war, um ihn abzuweisen, hatte etwas Anregendes, aber ebenso machte sie ihr Angst. Eine innere Stimme flüsterte, dass sie sich mit diesem Abenteuer möglicherweise übernahm. Das machte es noch reizvoller.

„Du zeigst mir auch nicht, wer du wirklich bist", erwiderte er. „Und das ist gut so. Es gibt Dinge, die sollte man nicht erzählt bekommen. Man muss sie selbst entdecken, wenn es an der Zeit ist."

„Das willst du von mir? Zeit?"

„Deine Zeit ist wertvoll, Joana."

Sie wandte sich ihm ein wenig zu und sah, dass sein Blick etwas Träumerisches angenommen hatte. Als schwelge er in alten Erinnerungen.

„Ein bisschen davon geschenkt zu bekommen, würde mir Ehre erweisen."

„Ich habe zwei Bedingungen."

„Die da wären?"

„Du wirst nicht mehr einfach so aus dem Nichts auftauchen und mich zu Tode erschrecken.“

„Stattdessen ganz banale Dates?“ Er gaukelte Entrüstung vor. Nach einer Kunstpause seufzte er. „Das ist eigentlich nicht mein Stil, aber ich mach eine Ausnahme für dich. Ich bin sicher, dass es sich lohnt. Was schwebt dir vor? Essen gehen? Theater? Oder lieber … Abzappeln in einem Club?“

„Ich wollte immer schon mal Kart fahren.“

„Du willst mit PS-schwachen, nach Motoröl stinkenden Fahrzeugen im Kreis herum fahren? Interessant.“

Offenbar hatte sie ihn überrascht, das gefiel ihr. „Motorenlärm ist mir einfach lieber als Discomusik. Außerdem mag ich Geschwindigkeit.“

„Das habe ich gemerkt.“ Er verzog das Gesicht, als würde ihr Fahrstil ihn im Nachhinein ängstigen. „Okay, machen wir. Die Menschheit wird es dir danken, wenn du dich abseits der Straßen austobst. Was ist deine zweite Bedingung?“

„Verrate mir, was die Zeichen auf deinem Arm bedeuten.“

Er wurde ernst, atmete tief ein und mit einem Seufzen wieder aus. „Die vier Elemente …“, sagte er schließlich. Seine Stimme verriet, dass der Satz noch nicht beendet war, aber er sprach nicht weiter.

Joana drehte sich noch weiter im Sitz um und warf einen Blick auf die Tätowierung. „Feuer und Wasser sehe ich. Aber wo sind die anderen beiden?“

Seine Fingerspitzen fuhren die flammenden Wellen entlang. „Da ist die Luft. Ohne Wind bewegt sich weder Feuer noch Wasser. Und die Erde“, er tippte neben den Symbolen auf seine Haut, „ist der Körper.“

„Verstehe.“ Joana verspürte das Bedürfnis, die Linien ebenso nachzuzeichnen, wie er es getan hatte. Ihre Fingerkuppen kribbelten.

„Der Drudenfuß hat eine ähnliche Bedeutung“, fuhr Nicholas fort.

Sie sah auf und ihr Blick klebte an der Stelle fest, an der die Farbe unter dem Hemd hervor blitzte. Den Reflex unterdrückend, sich die Hand vor den Mund zu schlagen, verharrte sie fassungslos. Die Tätowierung im oberen Brustbereich – sie war tatsächlich da. Ihr schwindelte und der rationale Bereich ihres Gehirns meldete sich kurzfristig ab, um mit allen Kapazitäten nach einer logischen Erklärung zu suchen.

„Er steht für die vier Himmelsrichtungen, sowie jene, die die Erde verlässt“, erklärte er, doch sie hörte kaum hin.

Sie musste das Symbol am Abend vor dem Traum irgendwie bemerkt haben. Vielleicht hatte sein Hemd, wie auch heute, ein wenig offen gestanden. Vermutlich konnte sie sich einfach nicht mehr daran erinnern.

„Wohin weist die fünfte Richtung?“ Ihre Stimme kam ihr schwach vor. „In den Himmel?“

„Manche sagen das.“ Er zuckte mit den Schultern. „Ich dagegen denke, sie führt uns nach unten, in den Abgrund. Direkt in die Hölle.“

„Du glaubst an die Hölle?“

„In der Tat. Irritiert dich das?“

„Es herrscht Glaubensfreiheit“, erwiderte sie trocken. „Ich zum Beispiel glaube an Wiedergeburt.

Aber ich kenne etliche Menschen, die allein für diese Aussage meine Überreste eines vergangenen Lebens ausgraben, und mich mit ihnen totschlagen würden."

„Wiedergeburt … interessant." Sein Blick schien sie zu durchbohren. „Eine verklärte Variante der Unsterblichkeit."

„Was müsste man an Unsterblichkeit verklären?" Sie gab es auf, den Augenkontakt halten zu wollen und sah weg. Diese Augen blickten zu tief. Es war ihr, als hätte sie mit ein paar Worten ihr ganzes Inneres vor ihm ausgebreitet. Nun musterte er es kritisch, auf der Suche nach Schwachstellen. Sie räusperte sich und tippte an ihrem Bordcomputer herum. „Ich muss jetzt weiter. Wenn du drauf bestehst, dann sehen wir uns morgen." Rasch kramte sie im Handschuhfach nach dem Werbeflyer der Kartbahn. „Elf Uhr vormittags?"

Er nahm den Zettel an sich und reichte ihr im Gegenzug einen Geldschein. „Ich werde da sein", versprach er, stieg aus und ließ die Tür leise zufallen.

Ungerührt trat er in das Unwetter und ging die Straße hinunter. Es blitzte, donnerte und im gleichen Moment verloschen die Straßenlaternen. Seine Silhouette wurde eins mit dem Regen und verschwand in der Dunkelheit.

7

Nicholas hatte sich das anders vorgestellt. Ganz anders.

Schon als sie aufgetaucht war, einen grinsenden Schwächling in ihrem Schatten mit sich schleifend, hätte er ahnen müssen, dass die Dinge nicht so liefen, wie er es sich ausgemalt hatte. Sie wollte immer schon mal Kart fahren – und dann begrüßte sie die Angestellten der Bahn mit Vornamen?

Er war nicht davon ausgegangen, mit diesen Spielzeugautos ernsthafte Probleme zu bekommen. Tatsächlich fiel es ihm unglaublich leicht, damit zu fahren. Dummerweise fuhr sie besser als er. Viel besser. Dass die männliche Anstandsdame, die sie mitgebracht hatte, keine Chance gegen seine Fahrkünste hatte, munterte ihn nur geringfügig auf.

Als sie ihn nun überrunden wollte, fühlte er sich vorgeführt, zumal sie an diesem Tag vollkommen immun auf seine lautlose Stimme zu sein schien und nichts darauf gab, dass er sie anwies, langsamer zu fahren. Glückshormone verstärkten in Kombination mit Adrenalin oft die mentale Kraft von Menschen. Die Versuche, sie trotzdem zu überwältigen, schwächten ihn. Mit zusammengebissenen Zähnen hielt er die Idealspur und zog zu der Seite heraus, an der sie ihn überholen wollte. Schließlich gelang es ihr doch, sich links neben ihn zu setzen. Die nächste Kurve war ein U-Turn nach links. Joana war deutlich im Vorteil. Er knurrte und rammte sie, jedoch kannte sie das offenbar schon, denn sie grinste nur unter ihrem Helm, machte einen gekonnten Schlenker und ließ ihr Kart gegen die Schnauze seines eigenen krachen, worauf sein Vorderrad blockierte und er sich um 180 Grad drehte. Reifen quietschten über den Asphalt und spieen den Gestank von schmorendem Gummi aus. Eins zu Null für sie. Er fluchte. Sein aggressives Wendemanöver mitten auf der Strecke zwang einen weiteren Fahrer zu einer Vollbremsung, die den Kerl in die Leitplanke rutschen ließ. Nicholas gab Vollgas und ließ den anderen in einer Abgaswolke stehen.

Dreck nochmal, was machte er eigentlich hier? Er kreiselte in dieser nach Öl stinkenden Halle herum, während sein Wagen, ein 555 Pferdchen starker BMW X5, vor der Halle stand, den schmachtenden Blicken neidischer Motorsportfans ausgeliefert. Es war einfach nur lächerlich.

Seine Wut ließ nach, als Joana wenig später kichernd neben ihm auftauchte. Gewonnen zu haben, ließ ihre Laune in die Höhe steigen und nach dieser Euphorie gierte jeder Teil von ihm. Leider brachte sie auch den blonden Schönling mit, der ihr permanent Honig um den Mund schmierte. Gemeinsam gingen sie in das angrenzende Café, das durch eine Glaswand freien Blick auf die Bahn bot. Joana wollte ihren Sieg feiern. Diesem Benedikt roch man an, dass er dringend seinen Flüssigkeitsverlust ausgleichen musste. Nicholas ärgerte sich in der Zwischenzeit über lauwarmen Kaffee. Er wollte sie einfach nur haben; das war der einzige Grund, zu bleiben. Ungehemmt wollte er sie, auf jede Art, die ihm einfiel. Genau so, wie sie in diesem Moment war. Verschwitzt, ölverschmiert, lachend und mit vor Anstrengung zitternden Armen. Nur dafür spielte er den Gentleman.

Er wollte Benedikt gerade befehlen, sie allein zu lassen, als sie ihr Colaglas leerte und aufsprang.

„Es tut mir wirklich leid, dass ich so schnell schon wieder weg muss“, entschuldigte sie sich und ließ wahrhaftiges Bedauern spüren. „Meine Schicht fängt gleich an. Wir können das aber jederzeit wiederholen.“

Innerlich grollte Nicholas. Ganz gewiss würde er sich diese Albernheit nicht noch einmal antun. Doch er setzte ein Lächeln auf. Nachdem er sich dieser Farce ausgesetzt hatte, konnte er auch gut noch einen weiteren Tag abwarten. Zumindest eher, als ihr nachzulaufen. „Immer gerne. Aber wäre es nicht fair, wenn ich unser nächstes Date plane?“

Benedikts Augen wurden bei dem Wort ‚Date‘ kugelrund.

„So gut, wie du dich heute geschlagen hast, hättest du das eigentlich verdient“, meinte sie gönnerhaft.

Dass ihr Selbstbewusstsein durchaus noch von reichlich Unsicherheit durchzogen war, entging ihm jedoch nicht. Es war ein Kartenhaus und er würde die richtige Karte mit Freuden herausziehen. Aber zuvor sollte sie es ruhig noch ein wenig ausbauen.

„Dann morgen abend“, schlug er vor. „Um acht bei dir?“

Ihre Zusage kam nicht ohne Zögern, aber mit einem Lächeln. Gleichzeitig ging eine beinahe sichtbare Wolke aus Neid von Benedikt aus. Nicholas schüttelte es innerlich. Neid war das einzige Gefühl, das er hasste. Schmeckte Habgier kräftig herb und Hass bitter und salzig, so war der Neid einfach nur fad. Verabscheuenswert. Auch wenn er seine Opfer ausquetschte wie reife Orangen; wenn er sie zu Inanen, zu willenlosen Puppen aus Fleisch machte, ihren Neid rührte er nicht an.

Sie beugte sich zu ihm herab und küsste zaghaft seine Wange. Ein kleines Versprechen auf mehr. Ein Köder, den sie auswarf, damit er an ihrer Angel zappeln sollte. Sein Inneres schlug vor Hunger schmerzhaft gegen seinen Körper. Nur mit Mühe gelang es ihm, äußerlich ruhig zu bleiben. Im gleichen Moment überkam ihn der Wunsch, sich gehörig für diesen verschenkten Vormittag zu rächen. Sacht strich er über ihre Schläfe und schuf eine Vision für die Nacht.

Er sah ihr nach, als sie mit einem Hauch von verführerischem Hüftschwung das Café verließ. In dieser Nacht sollte sie sich nicht an feuchten Träumen erfreuen. Allenfalls tränenfeucht würden sie sein. Für den Moment zumindest ansatzweise zufriedengestellt musterte er ihren Begleiter.

Benedikt also, der Gesegnete. Nun, so konnte man das nennen. Der Gute war nicht halb so interessant wie Joana und hätte Nicholas unter normalen Umständen völlig kalt gelassen. Aber sein Hunger war so gewaltig, dass er jeden genommen hätte. Dieser Junge war auf nahezu erbärmliche Weise gehorsam und würde vorerst eben ausreichen müssen.

Der kleine Nebenraum, in dem Reifenstapel, rotweiße Absperrpalisaden sowie leere Getränkekästen gestapelt waren, hatte nichts Anregendes. Das war auch nicht nötig. Nicholas brauchte nur ein paar

Minuten ohne Störung. Nachdem Benedikt ihm mehrfach versichert hatte, überhaupt nicht auf Männer zu stehen, ließ er sich nun bereitwillig vom Gegenteil überzeugen. Die Verwirrung stand dem Jungen noch im Gesicht, als er mit zitternden Händen Nicholas' Hemd aufknöpfte. Zunächst zögerlich, alsbald schon gieriger leckte Benedikt den getrockneten Schweiß von Nicholas' Brust. Er lehnte sich an die Wand, schloss die Augen und drückte den blonden Haarschopf tiefer an seinem Körper herab. Benedikt fiel vor ihm auf die Knie und öffnete ihm die Hose.

Seine Erregung wuchs an, als der Junge ihm zeigte, dass er, mangelnder Erfahrung zum Trotz, sehr genau wusste, was Männer anmacht. Doch blieb es ein rein körperliches Verlangen. Nicholas blickte an sich herab und stellte sich vor, er würde seine Hände statt in blondes Haar in lange, schwarze Locken graben. Statt der blassen Haut und kratziger Bartstoppeln würde sich das Gesicht einer Frau an seine Lenden schmiegen. So warm, sanft und hellbraun wie süßer Milchkaffee. Und herrlich widerspenstig.

Er zog den Jungen auf die Füße und stieß ihn hart mit der Brust voran gegen die Wand. Seine Jeans hatte er in wenigen Sekunden herabgelassen. Mit Speichel erleichterte er sich das Eindringen in den engen Körper, ehe er hart zustieß. Ein gutturaler Schrei entrang sich Benedikt und die explosive Mischung von Schmerz und verängstigter Lust durchfuhr seinen Körper. Eine Hand an der Kehle, die andere an der Hüfte seines Opfers, nahm Nicholas diese Emotionen an sich, bis Benedikt taumelte und sich an der nackten Betonwand festkrallen musste.

Nicholas' Körper entlud seine Erregung unter einem bösartigen Knurren. Schwer atmend und befriedigt zog er sich zurück und Benedikt sank mit einem erleichterten Stöhnen an der Wand zusammen.

Nicholas zog seine Hose hoch und knöpfte in Seelenruhe sein Hemd zu. Dann steckte er sich eine Zigarette an und wandte sich ab. Er ging ein paar Schritte, ehe er sich noch einmal nach dem Jungen umsah, der bei halbem Bewusstsein auf dem ölverschmierten Boden kniete. Er berappelte sich langsam. Es war Zeit zu verschwinden, sonst würde er sich erinnern und dumme Fragen stellen. Nicholas hasste Fragen.

Als er in seinen Wagen stieg, fragte er sich, warum er sich nach wie vor unzufrieden fühlte, wo er doch gehabt hatte, worauf er hungrig gewesen war.

Joana befand sich auf einer Straße mitten in der Wüste und war in lange, weite Kleidung aus weißem Leinen gehüllt. Die Sonne brannte gnadenlos herab und der Asphalt flimmerte. Die Straße führte zu beiden Seiten in die Endlosigkeit. Rechter und linker Hand sah sie nichts als Sand, Kakteen, sowie vereinzelt die Gerippe verendeter Tiere. Es war windig, doch die Luft war so heiß, dass sie keinerlei Erleichterung brachte. Wie ein Todesodem.

Joana, hörte sie eine tiefe, samtige Stimme rufen. Schmeichelnd. Und bedrohlich. *Joana!*

Sie fuhr herum, doch niemand war zu sehen.

„Wer ist da?"

Joana. Sie schloss die Augen, ohne es zu wollen. Die Stimme war ganz nah. In ihr. *So ist es gut. Jetzt sieh mich an.*

Als sie aufblickte, stand er direkt vor ihr. Nicholas. Er lächelte und sie erwiderte es, trat auf ihn zu. Inmitten der drückenden Hitze schien eine angenehme Kühle von ihm auszugehen. Ohne ein Wort umfasste er ihren Ellbogen mit der linken Hand und legte die rechte sanft an ihre Wange. Freude durchfuhr sie mit seiner kalten Berührung.

Doch urplötzlich schwand sein Lächeln. Sein Gesicht wurde boshaft, seine Augen leuchteten, dunkel und eiskalt. Sie fror trotz der Hitze. Der Nagel seines Daumens wurde zu einer messerscharfen Kralle und grub sich tief in ihre Ellenbeuge. Blut färbte das weiße Leinen rot. In einer fließenden Bewegung glitt seine Hand ihren Arm entlang bis zum Handgelenk. Schlitzte den Stoff der Bluse, ihre Haut und ihr Fleisch der Länge nach auf. Fassungslos starrte sie auf die klaffende Wunde, aus der das Blut sprudelte. Es tropfte auf den Asphalt, warf dort kleine Flammen und verdampfte. Im heißen Wind verging es.

Sie versuchte zu schreien, doch kein Laut kam aus ihrem Mund. Ihr Körper war schwer. Bleiern.

Keine Spielchen, Süße, säuselte er in ihrem Kopf, hob ihre Hand leicht an und hauchte einen Kuss auf die letale Wunde. Mit dem Mund fuhr er daran entlang, leckte ihr Blut ab und grub seine Zunge tief in ihr offenes Fleisch. Als er wieder aufblickte, sah sie, wie ihr Blut von seinem Kinn tropfte. *Es könnte schmerzhaft werden, Joana.*

Panik lähmte sie. Sie zwang sich zur Ruhe. Nur ruhig bleiben!

So schmerzhaft.

Seine Stimme war wie eine Berührung von verlogener Zärtlichkeit. Schmerzhaft. Doch genau das machte Joana stutzig, denn das war es nicht. Es tat nicht weh.

„Ich träume“, murmelte sie. „Natürlich, ich träume.“ Sie lachte hell auf und blickte ihn an. „Dies ist mein Traum, Nicholas.“

Jeglicher Ausdruck schwand augenblicklich aus seinem Gesicht. Es wurde blass und wächsern.

„Mein Traum“, wiederholte sie fest.

Im gleichen Moment trafen schwere, kalte Regentropfen den Boden, durchnässten ihre Kleidung, löschten die Flammen und spülten das Blut fort. Sie hob die Hand, strich über Nicholas' Wange und lächelte ihn an. Im nächsten Augenblick war er fort.

Joana erwachte und fühlte sich verwirrt. Doch der Traum hatte keine Angst zurückgelassen. Nur Konfusion und dieses irritierende Bedauern, dass er wieder verschwunden war. Gerade in jenem Moment, als sie geglaubt hatte, Macht über ihn erlangt zu haben, war es auch nur im Traum.

Doch was der Traum ihr auf so brutale Weise hatte sagen wollen, blieb ihr ein Rätsel. Vielleicht, dass er längst nicht so gefährlich war, wie sie ihn eingeschätzt hatte? Oder, dass er ihr nicht würde wehtun können, wenn sie ihren Verstand zusammenhielt? Womöglich auch beides. Eine Weile grübelte sie über die Deutung, dann schlief sie wieder ein, und träumte für den Rest der Nacht nichts mehr.

Seit Stunden lag Nicholas wach. Meist genoss er den Umstand, einfach still dazuliegen und wie ein Mensch zu schlafen. Eine von etlichen Schwächen dieser Hüllen, aber eine der angenehmeren, solange man nicht befürchten musste, dass jemand kam und das Erwachen verhinderte.

In dieser Nacht wollte der Schlaf nicht eintreten. Nicholas hatte ferngesehen, gelesen, Musik gehört und sich schließlich für einige Stunden der Langeweile hingegeben. Langeweile quälte ihn, sie erinnerte zu sehr an den scheußlichen Zustand, bei vollem Bewusstsein in einem Gefäß eingesperrt zu sein, tief unter der Erde versteckt und vergraben. Gebannt. Über Jahre … Jahrzehnte. Manche hatten gar Jahrhunderte so ausharren müssen oder waren auch nach einem Millennium noch nicht gefunden und befreit worden.

Gebannt von Menschen, die sie einst in die Welt gerufen hatten. Menschen, die sich die Guten nannten und ihre impertinente Lüge auch noch selbst glaubten.

Er schnaubte bitter. Nicht selten wünschte er, er wäre nie aus der elysischen Sphäre gezwungen worden, in der es weder Gut noch Böse, weder Freund noch Feind, weder Liebe noch Hass gegeben hatte. Sondern einfach nur freie Existenz jenseits aller Grenzen. Doch die Erinnerungen an den Ort des Ursprungs verblassten schon. Oft war er sich nicht einmal mehr sicher, ob es ihn wirklich gab oder ob er vielleicht ein Trugbild seiner Wünsche war, entstanden in den Jahren der Langeweile. Wie auch immer, der Ort verblasste. Bald würde er ihn vergessen haben.

Schließlich erhob er sich mit einem Seufzen und trat auf den Balkon. Der Wind brachte ein angenehmes Frösteln mit sich, er genoss das Gefühl auf der nackten Brust. Wie von den Händen eines Geliebten berührt. Umarmt von Ewigkeit.

Die Unterarme auf die mit kunstvollen Symbolen verzierte Steinbrüstung gestützt, sah er in die Nacht. Wehmut griff nach ihm. Eine tiefe Sehnsucht nach ein wenig Stille. Die Stadt war fordernd, gierig und laut, und hatte in diesen Jahren sogar die Nächte erobert. In Konkurrenz mit Abertausenden von grellen Lichtern erschienen selbst die Sterne blass und gleichgültig. Alles Altbekannte schien zu schwinden, dahinzuscheiden mit der Zeit.

Er nicht. Doch manchmal, wenn die Melancholie sich in einem Moment wie diesem seiner annahm, wünschte er, er könnte mit ihr gehen.

8

Joana hasste Frühschichten und das damit verbundene zeitige Aufstehen. Dennoch war sie heute froh darüber, denn es bedeutete, dass sie ihre Arbeit am frühen Nachmittag hinter sich hatte und noch einen ausgedehnten Stadtbummel machen konnte. Auf der Fahrt nach Hause entdeckte sie Benedikts Taxi auf dem Halteplatz am Hauptbahnhof und parkte kurzentschlossen direkt hinter ihm.

Sein Anblick erschreckte sie, kaum dass sie ihn in seinem Wagen hockend erkannte. Er schien vollkommen abwesend und starrte mit leerem Blick auf sein Lenkrad.

„Alles in Ordnung, Ben?“, fragte sie, nachdem er auf ihre Begrüßung nur knapp geantwortet hatte.

„Sicher.“

Joana runzelte die Stirn. Sicher? Eher sicher nicht. „Du siehst mir nicht so aus. Ist etwas passiert?“

„Nein, wirklich nicht.“

Seine Stimme war tonlos. Doch der kurze Blick, der ihre Augen traf, schien gequält. Hilflos machte sie einen Schritt zurück. Sie hatte ihn nach Nicholas befragen wollen, schließlich waren beide noch im Café der Kartbahn geblieben, als sie gefahren war. Doch in Anbetracht seines Verhaltens, schien ihr das keine gute Idee mehr zu sein. Ob er eifersüchtig war? Andererseits hatte er ihr angeboten, sie zu dem Treffen mit Nicholas zu begleiten, weil sie kalte Füße bekommen hatte. Er hatte es ihr regelrecht aufgedrängt. Seinem brüderlichen Beschützerinstinkt hatte sie nichts entgegenhalten können.

„Du bist sauer auf mich“, vermutete sie und verschränkte die Arme. „Warum? Was hab ich falsch …“

„Joana!“ Er verdrehte die Augen. „Kannst du mich bitte einfach in Ruhe lassen?“

„Entschuldige, Ben.“ Irritiert trat sie einen weiteren Schritt zurück. „Ich will dich sicherlich nicht nerven.“

„Dann lass es.“

„Oh … okay. Wenn du meinst. Dann mach’s gut, wir sehen uns.“

Sie wandte sich ab und ging kopfschüttelnd zu ihrem Wagen. Was war nur mit ihm los? Das war nicht seine Art. Für einen Moment verharrte sie, überlegte, ob sie ihm anbieten sollte, sie anzurufen. Dann entschied sie sich dagegen. Er hatte ihr tausendmal angeboten, zu reden. Sie war nie darauf eingegangen. Egal was passiert war, und es bestand kein Zweifel, dass etwas passiert war, er würde es ihr bestimmt sagen, wenn er soweit war.

Lillian eilte mit flinken Schritten durch die Straße. Sie zog Blicke auf sich, das wusste sie. In diesem Neubaugebiet, bevölkert von jungen Familien, gab es kaum eine Frau, deren Kleidung nicht von klebrigen Kinderhänden beschmiert war. Den meisten sah man den Stress und die Eintönigkeit des Lebens an, selbst wenn man nicht in der Lage war, in ihren Gesichtern zu lesen, wie Lillian es durch die langen Jahre ihres Lebens gelernt hatte. Ihr Kleid flatterte blütenweiß um ihre schlanken Waden und in ihrem schulterlangen Haar spielte die Sonne und zauberte goldene Strähnen in das Rot. Das allein reichte, um die Menschen dazu zu bringen, ihr mit offenem Mund hinterher zu starren. Doch auch in Lumpen wäre sie auffällig gewesen, denn in ihr pulsierte das Leben und ließ ihr Inneres leuchten. Freilich nicht ihr eigenes Leben. In ihr leuchtete der Prozess, mit dem sie das Blut ihres Opfers zu ihrem eigenen machte. Ganz langsam, Tropfen für Tropfen, jeder davon ein Ton. Gemeinsam spielten sie eine Symphonie, eine Operette, die von ihrem Leben erzählte. Bis sie wieder trinken musste.

Manchmal suchte sie Orte wie diese auf, weil sie einen neuen Menschen brauchte, der ihr dieses Leben gab. Durch seine Liebe, in erster Linie aber durch sein Blut. Doch ihr aktueller Ernährer würde sicher noch ein paar Wochen überdauern.

Heute suchte sie etwas anderes. Sie folgte einem Ruf. Einem klagenden Hilfeschrei. Irgendwo zwischen diesen Häusern, die alle von der gleichen Fläche penibel gemähter Wiese umgeben waren, verbarg sich ein ihr verbundenes Wesen. Es litt.

Lillian eilte an bunt bepflanzten Vorgärten vorbei und beachtete keinen der Menschen, die hinter geblümten Gardinen und Fensterbildern nach draußen lugten, weil sie ihre Anwesenheit spürten. Unauffällig zu bleiben war ihr noch nie gelungen. In ihrer Heimat, den Bergen Japans hatte man einst zu ihr gebetet, ihr Tempel gebaut und Opfer gebracht. Freiwillige Opfer, die der Nabeshima gerne ihr Blut gegeben hatten. Die mit Freuden für sie gestorben waren. Doch jene Zeiten waren vorbei. Dieser Tage brachte ihre auffällige Präsenz Gefahr mit sich, da sie auch die Clerica misstrauisch machte, wenn sie ihren Weg durch Zufall kreuzten. Sie verließ das Haus daher nur selten allein. Doch manchmal konnte sie die Rufe nicht ignorieren, die ihren Geist so oft erreichten. Die Schreie ihrer kleinen Brüder und Schwestern.

Zwischen zwei Einfamilienhäusern – wie alle in dieser Straße waren sie aus rotem Backstein, mit weißen Fensterläden, als wäre es Frevel, von diesem Muster abzuweichen – drang der erste hörbare Ruf an ihr Ohr. Selbst im menschlichen Leib war ihr Gehör weit besser ausgebildet, als das der meisten anderen und wenn sie es darauf anlegte, hörte sie so gut wie eine Raubkatze. Eine Gabe, die ihr den Schlaf erschwerte und sie selten zur Ruhe kommen ließ. Aber auch eine Fähigkeit die ihr half; die sie nun das Weinen vernehmen ließ.

Sie flankte mit einem eleganten Sprung über einen Zaun hinweg und näherte sich einer Gartenhütte. Rasch huschte ihr Blick zum Wohnhaus, doch hinter den Gardinen bewegte sich nichts und sie hörte kein Geräusch jenseits der Mauern. Die Bewohner waren nicht da. Vermutlich war das deren Glück.

Sie öffnete die Tür der Gartenlaube. Dunkelheit und panische Angst erfüllten sie und drängten hinaus ans Licht. Sie weitete ihre Pupillen, um besser sehen zu können, und schloss die Tür hinter sich. Ein kehliges, gequältes Knurren zog sie zu einer Holzkiste. Der Deckel wurde von einem Werkzeugkasten beschwert.

Ganz ruhig, ich helfe dir!, ließ sie die Gefangene still wissen. Das Tier verstummte. Lillian öffnete den Deckel der Kiste und hob die grau getigerte Katze vorsichtig heraus. Sie stöhnte leise, als das Tier ihr durch Bilder und Gefühle erzählte, was ihm zugestoßen war.

Kinderhände. Streichelnd und sanft. Aber so viele. Zu viele. Zudringlich. Grob. Sie wollte weglaufen, wurde gehalten. Laute Stimmen. So laut. Wieder Hände. Sie ließ es nicht länger zu. Blutige Striemen in einem der felllosen Gesichter. Dann Geschrei. Eine Hand grob in ihrem Nacken. Schläge auf ihren Körper. Dann die Enge der Kiste.

Wut flammte in Lillian auf. Der Wunsch, die Nabeshima zu entfesseln und diesen Menschen zu zeigen, was es bedeutete, klein und schwach zu sein. Doch die Hilflosigkeit der Katze in ihrem Arm ließ sie den Anflug von Zorn herunterschlucken. „Du bist sicher, imōto“, flüsterte sie. Sie brachte das Tier nach draußen und setzte es auf dem Boden ab. Ob es ihr folgen wollte oder nicht überließ sie ihm.

Kaum war die innere Verbindung zu der Katze getrennt, fluteten neue Bilder ihren Geist. Wie eine Woge aus unzähligen farblosen Konturen schwappten sie über sie hinweg, kaum zu greifen, weil sie so schnell und verschwommen vor ihr abliefen.

Elias, der Ilyan. Leblos zwischen zwei anderen. Rache für seinen Übermut lag drohend in der Luft. Und Angst. Sie konnte all das sehen, als wären Worte in die Luft gemalt.

Zukunftsvisionen. Sie drückte sich die Hände an die Stirn, konzentrierte all ihre Energien auf die Bilder, um einen Hinweis auf das Wann und Wo zu erhaschen.

Nichts. Nur das Antlitz des größeren Dämons. Der Catácon. Eine seiner Vogelklauen, die sich tief in den zierlichen Körper des Ilyans bohrte. Blut. Dunkles, dämonisches Blut sprudelte hervor. Es war überall. Zu viel.

Die Vision verschwamm in einem Meer aus Rot und Schwarz, zeigte ihr nur noch kurz ein einzelnes Bild: Nicholas, der auf grotesk menschliche Weise … weinte?

Sie drehte auf dem Absatz herum und rannte. Es gab keinen Grund zur Eile. Sie sollte die Vision verschweigen. Es war nicht klug, Nicholas davon zu berichten. Doch sie wollte erfahren, was er tun würde. Sie rannte. Die Katze blieb ihr dicht auf den Fersen.

„Scheiße, dieser Idiot!"

Nicholas schlug so fest mit der Faust gegen den Aktenschrank, dass das Weidenholz von einem langen Riss durchzogen zurückblieb. Sein Körper bebte vor Wut. Was hatte dieser verfluchte kleine Mistkerl wieder angerichtet! Und warum war gerade er für dieses unkontrollierbare Stück verantwortlich?

Lillian setzte sich mit ungerührter Miene auf die Schreibtischkante. Vom Laufen glänzte Schweiß auf ihrer Stirn. Eine Katze schmiegte sich in hastigen Bewegungen immer wieder an ihre Beine, als versuche sie krampfhaft, die Dämonin zu beruhigen. Ansonsten verriet nichts, dass Lillian wohl ebenso aufgebracht war, wie er, wenn auch sicher aus anderen Gründen. Ihre Emotionen konnte er nicht fühlen. Sie zeigte sie nur, wenn es in ihrem eigenen Interesse lag.

„Wie viel Zeit habe ich?“, fragte er durch die Zähne.

„Nick, sei vernünftig“, gab sie statt einer Antwort zurück. Sie lispelte leicht, verursacht durch ihre raubtierartigen Eckzähne, die den menschlichen Körper Lügen straften. „Du willst doch nicht …“

„Natürlich will ich. Ich kann mir nichts Schöneres für den Abend vorstellen, als mich dem Zorn des Catácons in den Weg zu stellen. Leider habe ich keine Wahl.“

„Es ist seine eigene Schuld. Er hat ihre Wut herausgefordert, ich weiß es.“

„Vermutlich hat er das. Aber er gehört mir, ob ich will oder nicht. Sie haben kein Recht, ihn zu töten.“

„Vielleicht doch. Du weißt nicht …“

„Genug jetzt, Lillian.“ Nicholas hatte sich entschieden. Die Katze zu Lillians Füßen sträubte das Fell und schoss drohende Blitze aus ihren Augen in seine Richtung. „Wenn jemand Elias auslöscht, dann werde ich das sein. Er gehört mir. Was bedeutet, dass ich ihn mir zurückholen werde.“

Lillian bleckte die Zähne. Er wusste, dass er sie beleidigt hatte, indem er ihr über den Mund gefahren war, doch darauf nahm er schon seit Langem keine Rücksicht mehr.

„Du tust das Falsche“, fauchte sie. „Das weißt du auch, nur konnte dieses Wissen dich nie aufhalten, weil du ein hitzköpfiger Dummkopf bist. Ich hoffe nur, du wirst das nicht bereuen.“

„Ich hab noch nie was bereut, Lill.“ Er verzog den Mund zu einem freudlosen Grinsen. „Wird Zeit für neue Erfahrungen, denkst du nicht?“

Sie verließ sein Büro ohne ein Wort. Die Tür knallte heftig ins Schloss. Er musste froh sein, dass Alexander nicht in der Nähe war. Der würde ihm den Hals umdrehen, weil er ihrer aller Sicherheit aufs Spiel setzte. Für Elias, den verdammten kleinen Racheengel.

Nicholas verfluchte den Tag, an dem er Elias' Schöpferin getötet hatte. Der Mörder eines Dämonenbeschwörers erbte den geschaffenen Dämon. Er band ihn an sich, wie der Dämon zuvor an seinen Schöpfer gebunden war. Elias' Pech war, dass er durch dieses Gesetz nun einem anderen Unsterblichen gehörte. Das bedeutete lebenslange Sklaverei, während jeder Dämon, der im Besitz eines Menschen stand, nur dessen natürlichen Tod abwarten musste. Früher oder später starben die alle.

Nicholas hätte gern auf den Besitz des Ilyan verzichtet. Er war jung, nicht älter als sein aktueller menschlicher Körper, der gerade mal der Akne entwachsen war. Genau wie ein pubertärer Mensch schwankte er zwischen maßloser Selbstüberschätzung, Abenteuerlust und elendem Gejammer darüber, sich in einem Menschenkörper verstecken zu müssen. Nicholas konnte nur darauf hoffen, dass Elias sich entwickeln würde. Seine Schöpferin war ein kindisch verbohrtes Mädchen von achtzehn Jahren gewesen. Schwach und ahnungslos, dass sie der Macht, mit der sie gespielt hatte, tatsächlich habhaft gewesen war. Einen dunklen Engel hatte sie gerufen, der die Rache ausführen sollte, die sie sich erträumt hatte. Möglicherweise würde der von ihr geschaffene Dämon auf ewig bleiben, wie sie ihn beschworen hatte: Verführerisch, traurig, unerschrocken und voller Gier nach den Menschen, deren Seele schlecht war. Jede in sich aufgenommene Seele steigerte sein Leid und seine Gier nach mehr von ihnen.

Er seufzte. Wenn Elias auch nur eine Chance bekommen sollte, mit seiner Existenz leben zu lernen, dann musste er sich wirklich beeilen. Der Catácon würde nicht lange fackeln – er würde ihn abfackeln.

Wenig später stand Nicholas im Wandschrank seines Schlafzimmers, wo er den Körper sicher versteckt wusste. Sein Inneres brannte erwartungsvoll. Die Hülle zu verlassen war so gut, ein solch erhabenes Gefühl von Freiheit. Und so schön gefährlich, nicht nur für ihn. Die Clerica konnten ihn vielleicht spüren und dass er sie herführen würde, war nicht auszuschließen. Im besten Fall bedeutete das, dass die Arbeit von Jahrzehnten umsonst war. Im Schlechtesten … daran wollte er nicht denken.

Elias gehörte ihm. Niemand außer ihm hatte das Recht, ihn zu töten. Er musste einfach nur schnell genug sein.

Der Schatten drängte gegen die Wände aus Fleisch und Blut. Brachte das Adrenalin in seinen Adern zum glühen, schmerzte in jedem Knochen und grollte tief vor Verlangen. Er stöhnte, als die Kraft ihm eine Rippe brach. Jede Faser des Körpers schien bersten zu wollen, überfordert von der unbändigen Stärke des Nybbas.

Er gab ihn frei. Spürte sich selbst aus jeder Körperöffnung, aus jeder Pore strömen. Der menschliche Körper brach leblos zusammen und blieb zwischen zu Boden gefallenen Maßanzügen zurück.

Ein energetischer Impuls ließ Agnes zusammenfahren. Die Tüte mit dem Vogelfutter entglitt ihren Händen und fiel zu Boden. Sie taumelte vom Käfig ihrer beiden Kanarien zurück und presste sich die Fingerspitzen an die Schläfen. Dämonische Energie. Aber sie war zu weit entfernt, als dass sie den Dämon hätte lokalisieren können. Sie befeuchtete schnell einen Finger mit ihrem Speichel und malte sich mit geschlossenen Augen eine Glyphe auf die Stirn. Dies verstärkte ihre Kraft, bündelte sie auf das Auffinden des Höllenwesens. Agnes fiel auf die Knie, ihr Kopf sank auf den Teppich. Ihr Körper stellte das Atmen ein, selbst ihr Herzschlag verlangsamte. *Finde ihn!* Nichts anderes war von Bedeutung.

Doch er entglitt ihr, war verschwunden, ehe sie seinen genauen Aufenthaltsort bestimmen und ihn mit ihrem Zauber schwächen konnte.

„Gottverdammt nochmal!“, zischte sie und rappelte sich mühsam auf. Noch drehte sich ihr Wohnzimmer um sich selbst, bot ihr keinen Fixpunkt, der ihr helfen würde, das Gleichgewicht wiederzufinden. Taumelnd stützte sie sich auf einen Stuhl und rieb ihre schmerzenden Knie. Das würde blaue Flecken geben. Sie fluchte in Gedanken übelste Verwünschungen und schämte sich sogleich dafür. Vielleicht wurde sie wirklich langsam zu alt für den Job. Als sie noch jünger gewesen war, hatte man sie eine Koryphäe genannt. Wenn es darum ging, entfernte Dämonen aufzuspüren, hatte niemand ihr etwas vormachen können, sie war die Beste gewesen. Jedoch schien ihre Kraft nachzulassen. Möglicherweise war dieser Dämon aber auch einfach zu weit weg gewesen. Sie schnaubte entrüstet und blickte aus dem offenen Fenster. Strahlender Sonnenschein und blauer Himmel. Dieses neumodische Dämonenpack hatte vor nichts mehr Respekt. Früher hatten sie sich auf die Nächte beschränkt, aber heute liefen selbst einige Vampirarten bei Tag herum und verhöhnten die Sonne mit strahlendem Grinsen.

Etwas Gelbes flatterte aufgebracht im Raum umher.

Oh nein, sie hatte das Käfigtürchen nicht geschlossen. Agnes konnte nur fassungslos zusehen, wie einer ihrer Kanarienvögel durchs Fenster hinaus flog, eine Schleife zog und verschwand.

„Oh, verfluchtes Dämonenpack!", stieß sie hervor. Eine Träne bahnte sich den Weg über ihre Wange. Ferdi war ihr Lieblingsvogel, sie hatte ihn schon seit zehn Jahren. Sie schloss das Türchen und starrte den verbliebenen Max einen Moment entmutigt an. Ahnungslose Knopfaugen blickten auf sie zurück und schienen zu fragen, wo der langjährige Gefährte sei.

Agnes seufzte schwer, ließ sich in ihren Ohrensessel fallen und griff nach ihrem Notebook. Sie legte es auf den Oberschenkeln ab und startete das EMailprogramm. Erste Priorität hatte nun die Meldung. Vermutlich würde eine Telefonkonferenz folgen, falls noch anderen Clerica die Präsenz aufgefallen war.

In Schattengestalt jagte er los, die Schranktür mit einem Windstoß zuschlagend, um seinen Körper sicher versteckt zu wissen. Pfeilschnell schoss er gen Himmel. Nur schnell an Höhe gewinnen, um Abstand zwischen sich und die Clerica zu bringen.

Das Wetter war gegen ihn. Keine Wolke bot ihm ein Versteck und vor dem Azur des Nachmittags zeichnete sich seine düstere Erscheinung sogar für normale Menschen sichtbar ab. Angst machte ihm das nicht. Er musste nur schneller sein, unsichtbar für ihre Augen werden. Der Wind riss Fetzen von seiner Gestalt, die einen Schatten des Dämons darstellte, und gab ihm seine Umrisse mit der nächsten Böe zurück. Es störte ihn nicht, er genoss es. Wurde eins mit dem Wind. Ließ sich von ihm zerstören und wieder heilen. Zerreißen und neu schmieden. Den Elementen ausgeliefert fühlte er sich stark und schwach zugleich. So war es richtig. Er war entfesseltes Chaos und verhöhnte alle Grenzen.

Bald hatte er eine ausreichende Höhe. Er konnte nur hoffen, dass keinem Clerica seine Anwesenheit aufgefallen war.

Er warf sich gegen den Wind und flog Richtung Südwesten. Der Catácon war eitel und traditionsbewusst. Es gab nur einen Ort, der für die Folter und Hinrichtung eines anderen Dämons für ihn in Frage käme: Eine Bergkette in Peru, die die Nazca-Ebene im Nordosten begrenzte. Ganz in der Nähe seines Symbols, dem Kleinen Kondor, hatte der Catácon sich einst einen Tempel bauen lassen. Inzwischen war dieser verfallen und nur noch ein Friedhof derer, die unsterblich sein sollten. Der Eingang war unter zerklüfteten Felsen kaum mehr auszumachen, selbst wenn man wusste, dass er da war. Doch der Nybbas würde den Ort finden, das war sicher. Nicht ganz so gut standen die Aussichten, ihn auch wieder zu verlassen.

9

Er flog in doppelter Hinsicht gegen die Uhr und erreichte Peru durch die Zeitverschiebung kurz nach der Dämmerung. Vom mondbeleuchteten Himmel aus konnte er die kryptischen Linien und Symbole sehen, die vor so langer Zeit von Menschenhand in die oberen Gesteinsschichten eingearbeitet worden waren. Einige existierten seit mehr als zweitausend Jahren. Alle waren sie für seinesgleichen angefertigt worden. Als Huldigung, in einer Zeit, zu der die Sprachen der einfachen Völker noch keinen Unterschied zwischen Göttern, Engeln und Dämonen gemacht hatten. Als die Welt noch nicht in Licht und Schatten geteilt war. Eine Zeit, die er nicht kannte.

Blass und silbrig schimmerten die Geoglyphen im Kontrast zu dem Rostrot, das die Wüste überzog. Schnell hatte er den Kleinen Kondor gefunden, der den Catácon symbolisierte. Es war eines der jüngeren Zeichen, aber ebenfalls über eintausendfünfhundert Jahre alt. Sein Gegner war allerdings noch älter als das Bildnis im Stein. Einer der ältesten, noch freien Dämonen. Einer der wenigen Alten, die soweit angepasst waren, dass sie den immerzu fortschreitenden Clerica hatten trotzen können. Ihm würde er nun als Feind gegenüberstehen. Wohl hätte er Furcht gefühlt, wenn er in diesem Leib dazu in der Lage gewesen wäre.

Lautlos landete er auf dem steinigen Boden und materialisierte seinen Körper. Ließ Schatten zu Fleisch werden. Schwarzrotes Fleisch, umgeben von anthrazitfarbener Haut, die ihn an seine grobe

Rindslederjacke erinnerte. So kraftvoll dieser Körper auch war, in dieser Form war er verletzlich. Sterblich. Der Tod des menschlichen Körpers brachte nur die Notwendigkeit mit sich, einen neuen zu suchen, in dem eine schwache Seele lebte, die er verdrängen konnte. In seinem Dämonenleib zu sterben, würde dagegen sein Ende bedeuten.

Ein wenig Staub wirbelte bei seiner Verwandlung auf. Hier oben, in dem von Bergen umringten Plateau wehte ansonsten kaum Wind. Der Geruch von Eisen lag in der Luft. Mit seinen tiefen, augenähnlichen Höhlen im nachtschwarzen Gesicht durchmaß der Nybbas die Dunkelheit ohne Probleme. Er spürte die Nähe des Ilyan und einen weiteren, schwachen Dämon. Außerdem die machterfüllte Präsenz des Catácons. An seinen menschlichen Körper gewöhnt, hätte er gerne die Lippen aufeinander gepresst. Doch mit den raubkatzenähnlichen Fängen würde er sich dabei nur selbst verletzen. Mit einer, von den scharfen Krallen abgesehen, fast menschlich anmutenden Hand wischte er sich das lange, verfilzte Haar aus der Stirn, wobei er achtsam sein musste, um sich nicht an den beiden kleinen, aber dolchspitzen Hörnern zu schneiden. Er streckte sich, um die Kontrolle über seine Muskeln zu erlangen und bahnte sich seinen Weg durch die von Felsen zerklüftete Steinwüste.

Den Geröllberg, in dem sich die gesuchte Grotte befand, hatte er schon im Blick, als der erste, gedämpfte Schrei zu hören war. Den Impuls zu rennen unterdrückte er und schritt langsam weiter voran. Keine Furcht zeigen. In einigen hundert Metern Entfernung machte er ein kleines, ledernes Zelt aus.

Daneben standen zwei Motorräder und in der Luft lag der kaum wahrnehmbare Geruch von kaltem, menschlichem Fleisch. Er wusste, dass er die leeren Hüllen der Dämonen gefunden hatte. Sie waren ganz nah.

Er kam nicht. Joana versuchte eine Weile, ihre Enttäuschung mit der Gewissheit zu überdecken, dass es besser so war. Um sich abzulenken, blätterte sie in den Unterlagen ihrer Uni herum. Wie oft hatte sie sich geschworen, sich erneut zu bewerben und ihr Studium fortzusetzen. Wieder war die Frist, sich einzuschreiben, ungenutzt verstrichen. Die Aufzeichnungen aus den ersten Semestern verstaubten in großen Ordnern auf der obersten Ablage ihres Regals und verspotteten sie. ‚Alles umsonst, wenn du nicht bald deinen Hintern hochbekommst', schienen sie zu höhnen. ‚Du wirst in deinem Leben nichts erreichen und als Taxifahrerin alt werden.'

Aber was wäre daran so schlimm? Ihr Selbstmitleid ging ihr auf die Nerven, ebenso sehr wie der Blick auf die Uhr. Jedes Mal, wenn der Sekundenzeiger einen trägen Schritt voran tat, ließ er sie erneut wissen, dass Nicholas nicht kommen würde. Was hatte sie auch erwartet?

Die Wände ihrer Wohnung wurden zu eng. Es dauerte ihr entschieden zu lange, bis sie endlich wütend wurde. Mistkerl.

Schließlich griff sie nach einer dünnen Jacke, ihrer Handtasche und lief zu ihrem Auto. Sie würde sicherlich nicht zu Hause auf einen Mann warten, der nicht käme, hatte er auch noch so schöne Augen.

Ohne Ziel fuhr sie aus der Stadt und raste über Landstraßen dahin. Alle Fenster runter und die Musik bis zum Anschlag hochgedreht. Good Charlotte, Linkin Park und Green Day – laut und wütend, und dabei melancholisch. Enttäuschung gab bei jedem Song den Takt vor. Trotzdem ging es ihr mit jedem Kilometer, den die Reifen fraßen, besser. Einfach immer weiterfahren zu können, war eine wunderbare Vorstellung. Frei, ohne Ziel und ohne jemandem Rechenschaft abgeben zu müssen. Tabula Rasa. Irgendwo von vorne anfangen.

Illusorisch, denn am nächsten Morgen wartete eine Frühschicht. Aber manchmal mussten Illusionen ausreichen.

Lasst ihn gehen!

Des Nybbas' Befehl durchdrang den uralten Tempel, ohne dass ein Laut erklang. Durch mentale Schwingungen ließ er die anderen Dämonen seine Worte vernehmen. Sprechen konnte er in seinem dämonischen Leib nicht, denn seine Schöpferin hatte die Stille bevorzugt.

„Bedaure. Das werden wir nicht."

Der Catácon antwortete auf Spanisch, in tiefen, krächzenden Lauten, die exakt zu seinem Körper, einer Mischung aus Mann und Kondor, passten. Schartig gewordene Reliefs an den Wänden, die sein Abbild zeigten, bewiesen, wie uralt der Dämon war.

Sein Begleiter, der Alácrasio fauchte nur. Er hielt den Ilyan mit seinen vier rot-schwarz geschuppten Armen fest und schlang auch seinen skorpionartigen Schwanz um sein Opfer. Der Ilyan hatte durch den Griff des anderen Dämons keine Möglichkeit, seinen Körper in den schattenähnlichen Zustand zu verwandeln, in dem er hätte fliehen können. Er hing bereits wehrlos und geschwächt in der Umklammerung. Sah kaum mehr auf. Der Nybbas erkannte, dass seine Flügel verletzt waren. Blut tropfte an den zu Boden hängenden Schwingen herab und verklebte die silbrigen Federn, die durch ihren metallenen Glanz selbst in diesem Zustand noch an geschliffene Klingen erinnerten. Das Gesicht des Racheengels verriet keine Regung, denn es lag unter einer Maske aus einer Substanz, die am ehesten mit Platin zu vergleichen war. Bewegungslos und spiegelnd. Das schmale Lächeln verhöhnte sich selbst.

Er gehört mir. Ihr habt kein Recht, ihn zu töten.

Der Catácon streckte demonstrativ seine gewaltigen Flügel aus und nahm damit fast die ganze Breite des Tempels in Anspruch. Einst hatten gewebte Wandteppiche und bunt bemaltes Töpferwerk die kleine Halle reich geschmückt. Doch seit Jahrhunderten waren davon nur noch zurückgebliebene Fetzen und Scherben zu sehen.

„Dann nehme ich mir das Recht, wenn du nicht fähig bist, ihn zu kontrollieren“, zischte der Catácon. „Er hat unsere Sicherheit gefährdet und ein Dutzend Clerica zu meinem letzten Aufenthaltsort gelockt.“

Der Nybbas knurrte. *Was hat er getan?*

„Er hat sich in einem buddhistischen Kloster in seiner wahren Gestalt gezeigt und die Mönche dazu aufgefordert, vor ihm zu knien und ihn anzubeten."

Na, das hatte doch zumindest Stil.

So schlimm wird es nicht gewesen sein, wenn du noch große Töne spucken kannst. Also sei keine Heulsuse, Catácon. Du selbst triefst vor Arroganz und begehst ständig solchen Übermut.

Sein Gegenüber warf den Kopf in die Höhe und klapperte drohend mit dem Schnabel. „Wage es nicht, mich zu beleidigen. Ich werde nicht hinnehmen, dass eine solch erbärmliche Kreatur mir Schwierigkeiten verursacht."

Der Ilyan sah auf. „Ihr habt die Clerica selbst angelockt", flüsterte er abfällig. „Ihr auf eurer Jagd. Es waren keine Clerica in der Nähe des Klosters, als ich …"

„Lüge!", stieß der Catácon hervor und hackte nach dem Ilyan.

Dieser schrie hoch auf, als sich der Schnabel tief in seine Schulter bohrte. Dickes, dunkelrotes Blut quoll aus der Wunde und rann unter dem zerrissenen Hemd den alabasterfarbenen Körper herab.

Der Nybbas verschränkte ungerührt die Arme vor der Brust. *Glaubt ihr, das würde mich interessieren? Ich will mein Eigentum und wieder verschwinden. Jetzt. Ich hab heute noch was vor.*

„Dann hol ihn dir, Gaukler!"

Der Catácon riss den Ilyan mit einer Klaue zu Boden und hielt ihn fest. Der echsenähnliche Alácrasio griff an, kaum dass er den Gefangenen losgelassen hatte. In einer Drehung schlug er mit seinem Schwanz nach dem Nybbas, der nur durch einen

Sprung zurück dem tödlichen Giftstachel ausweichen konnte. Der Alácrasio verlagerte seine Position freundlicherweise so, dass seine Seite einen Moment ungeschützt war. Der Nybbas stürzte vor, packte seinen Gegner am Hals und schlug seine Zähne in einen Oberarm. Ein ohrenbetäubender Schrei erklang; so laut, dass Staub und kleine Steinchen von der niedrigen Decke rieselten. Ineinander verkeilt krachten die Dämonen auf die Erde, rollten über den rissigen Granitboden und schlugen gemeinsam vor eine Wand, die angesichts des Aufpralls beinahe einstürzte. Wie im Rausch schlugen und bissen sie aufeinander ein. Schwarzes, bitteres Blut füllte des Nybbas' Maul und fachte seine Wut zusätzlich an. Seine Krallen zerfetzen schuppige Haut und rissen tiefe Wunden in dunkles Fleisch. Der Alácrasio schnappte und kratzte nach ihm. Sein Schwanz mit der giftigen Stachelspitze peitschte durch die Luft. Doch der Nybbas war ihm überlegen. Seine Zähne fanden den Hals des Gegners, durchtrennten Sehnen, Adern und schließlich mit einem Zerren auch die ledrige Luftröhre. Alle vier Arme des Alácrasios schlugen in ansteigender Todesangst nach ihm, doch mit dem Blut aus seiner Kehle verließen ihn die Kräfte. Mit einem gurgelnden Röcheln brach er zusammen und blieb leblos liegen. Die Macht des Alácrasios versickerte schwarz und rot im zerklüfteten Boden.

Der Nybbas sprang auf. Im gleichen Moment wurde der Ilyan quer durch die kleine Tempelhalle geschleudert. Sein Körper schlug gegen eine grob gemauerte Wand und brachte durch die Wucht des Aufschlags einen Teil der Decke zum Einsturz.

Steine fielen auf seinen Körper herab, die Erde bebte.

Der Nybbas sah einen dunklen, schnellen Schatten auf sich zustürzen. Er wirbelte herum. Zu spät. Krallen bohrten sich tief in seine Schultern. Das Gewicht des Catácons warf ihn erneut zu Boden. Er riss die Arme hoch, schlug mit beiden Fäusten von unten gegen den gewaltigen Schnabel, der seinen Schädel spalten wollte. Die Vogelfänge rissen ihm das Fleisch von den Rippen. Brachen die ersten Knochen. Ein hasserfülltes Brüllen ertönte, von Schmerz durchzogen. Es kam aus seiner eigenen Kehle. Auch seine Klauen verursachten tiefe Wunden im Leib des Gegners. Blut troff auf ihn herab und vermischte sich mit seinem eigenen. Doch der Catácon war zu stark. Zu alt und mächtig. Seine mentale Kraft lähmte den Nybbas. Der Schnabel des Feindes sauste erneut auf ihn nieder. Diesmal gelang es ihm nicht, den Angriff abzuwehren. Der Catácon riss ihm eine weitere, tiefe Wunde in den Arm.

Dann ließ er plötzlich von ihm ab, wich zurück. Mit einer blassgrauen Zunge leckte der Catácon des Nybbas' Blut von seinem Schnabel und starrte ihn misstrauisch an. Schwer atmend und taumelnd kam der Nybbas auf die Füße und spannte die Muskeln, den nächsten Angriff abwartend.

„Du bist einer der Söhne Luzifers", sprach sein Gegner beinah ehrfürchtig. „Das wusste ich nicht. Es verbietet mir, dich zu töten … Bruder."

Der Nybbas schüttelte verwirrt den Kopf. Er hatte den Luzifer nie gesehen. Es hieß, dieser wäre seit fünfhundert Jahren gebannt und bislang nicht gefunden worden. Was, zur …?

Der Catácon trat von einem Fuß auf den anderen und sträubte das Gefieder. „Weißt du nicht, was das bedeutet, du junger Narr?“ Er lachte abgehackt. „Der erste der sieben Fürsten erhebt seinen Anspruch auf dich. Wie auch auf mich. Es ist uns verboten, uns gegenseitig zu töten.“

Dem Nybbas war klar, dass der andere sich irren musste. Er hatte sich in den Jahren seiner Existenz nie unterworfen. Nicht vor dem Luzifer und nicht vor einem der anderen Fürsten. Doch er schwieg. Der dumme Irrtum des Catácons rettete ihm die Haut. Im Kampf um Leben und Tod hätte er gegen den älteren Dämon keine Chance gehabt.

Der Catácon schnaubte abfällig beim Blick auf den Ilyan, der sich in einer Ecke zwischen Geröllbrocken zusammengekauert hatte. „Nimm deinen Balg mit, Bruder. Für heute lass ich ihm sein Leben. Als Zeichen meines Respekts dir gegenüber. Man sagt, du wärst ein rechter Falschmünzer und nur der Intrige mächtig, doch du hast dich auch im Kampf gut geschlagen.“

Was ist mit ihm?, fragte der Nybbas und deutete auf die Leiche des Alácrasios. Er wurde bereits zu Schatten und verging ohne eine Spur zu hinterlassen. *War auch er einer der Söhne Luzifers?*

Der andere lachte nur. „Er stand unter keines Fürsten Hand. Du hast demnach nichts zu befürchten. Du merkst es am Blut, wenn du gegen einen deiner Brüder kämpfst. Du schmeckst dein eigenes Blut, das Blut des Luzifers, deines Herrn.“

Der vogelartige Dämon deutete eine knappe Verneigung an, verließ in langen Schritten den Tempel und verschwand durch den schmalen Gang, der sich spiralförmig bis an die Oberfläche wand.

Der Nybbas trat an die Seite des Ilyan. Am Kragen des zerfetzten Hemdes riss er ihn in die Aufrechte und presste ihn hart gegen das Gemäuer.

Das war das letzte Mal, dass ich deinen erbärmlichen Arsch gerettet habe.

Der Ilyan lachte schwach. „Du würdest mich immer retten“, wisperte er. „Vor jedem.“

Die Gewissheit, dass er recht hatte, entfachte einen übermächtigen Hass in dem Nybbas. Er schlug ihm mit der flachen Hand ins Gesicht, sodass seine Krallen tiefe Kratzer auf dem Metall der Maske hinterließen. Blut trat hervor, wie Tränen rannen die Tropfen über eiserne Wangen. Er schlug mit der Faust. Einmal, zweimal, dreimal. Brach jeden Knochen in dem verborgenen Gesicht.

Nur nicht vor mir selbst.

Er ließ den Ilyan los. Ohne einen Laut sank dieser zu Boden. Der Nybbas wandte sich ab.

Nimm deinen Körper, sobald du in der Lage dazu bist. Draußen steht ein Motorrad, fahr sofort zum Flughafen. In drei Tagen bist du in Hamburg. Und da wirst du bleiben.

Er ging in die kühle Nacht hinaus und atmete tief durch. Jede Bewegung wurde von beißendem Schmerz begleitet. Seine Wunden würden heilen, aber nicht von allein. Um die Stärke zurückzuerlangen, die nötig war, um zu Schatten zu werden und zurück nach Deutschland zu fliegen, brauchte er Energie. Gefühle reichten nicht, wenn er ganz im Körper des Dämons war. Dieser Leib brauchte Blut,

Fleisch und Leben. Sein Instinkt lockte ihn nach Osten. Jenseits der Berge lag ein kleines Dorf. Im Morgengrauen würde dort jemand Geschichte sein.

10

Einen Moment lang rang Joana mit dem Wunsch, die Wohnungstür mit aller Kraft wieder zuzuschlagen. Jedoch hatte Nicholas schon einen Fuß in den Rahmen gestellt. Eine schwarze Haarsträhne fiel ihm tief in die Stirn. Seine Augen waren hinter einer dunklen Sonnenbrille verborgen, sodass sie blind darauf vertrauen musste, dass der Anflug eines Lächelns auf seinen Lippen echt war.

„Hey“, meinte er leise. „Nicht sauer sein, okay?“

Mehr nicht. Im Hintergrund sang Lenny Kravitz etwas von Engeln und Joana schämte sich für ihren kitschigen Musikgeschmack.

Sie drehte sich seufzend um und machte ein paar Schritte in ihre Wohnung. Als sie sich ihm wieder zuwandte, lehnte er immer noch am Türrahmen. Seine Haltung drückte Arroganz aus, was im krassen Widerspruch zu seinem Lächeln stand. Ob es ein entschuldigendes Lächeln war oder sie den Eindruck auf reines Wunschdenken zurückführen sollte, wusste sie allerdings nicht.

„Was willst du?“, blaffte sie ihn an und stemmte die Fäuste in die Hüften. Wie eine Furie. Sie errötete und nahm die Hände wieder runter.

Er senkte den Kopf, biss sich leicht auf die Unterlippe. Joana musste scharf Luftholen und zwang sich dazu, den Blick von seinem Mund zu lösen. Auf die hübsch definierte Brustmuskulatur zu starren, die sich unter seinem T-Shirt abzeichnete, war noch viel dämlicher. Er sah so gut aus, dass es die reinste Unverschämtheit war.

„Wir waren doch verabredet. Acht Uhr."

„Acht Uhr – vor genau zwei Tagen."

„Ich musste … geschäftlich verreisen und hatte deine Telefonnummer nicht."

Sie zog die Brauen hoch. Würde ein ‚Es tut mir leid' folgen?

„Darf ich reinkommen?"

Natürlich kam nichts dergleichen. Joana schnaubte. Auf eine Entschuldigung würde sie bei diesem Mann vermutlich lange warten können. Trotzdem murmelte sie: „Okay."

Er folgte ihr in die Wohnküche und während Joana eine Flasche Wasser, Orangensaft und Gläser zusammensuchte, um ihre Hände zu beschäftigen, beobachtete sie, wie er sich neugierig umsah. Er schnupperte an dem riesigen, roten Basilikum, der mit seinen Ausmaßen längst die Herrschaft über den Esstisch beansprucht hatte, sah ihre CDs durch, blätterte in einigen herumliegenden Büchern und betrachtete ausgiebig die Ölgemälde an der Wand. Vor einem größeren Bild, das die afrikanische Savanne zeigte, blieb er stehen, nahm die Sonnenbrille ab und legte sie auf das Sideboard.

„Hast du das gemalt?"

Sie schob aufdringliche Basilikumtriebe zur Seite und erkämpfte den Gläsern damit einen Platz auf dem Tisch. „Ja", meinte sie knapp. „Früher."

„Warst du mal dort?"

„Nee."

„Aber du würdest gern, hab ich recht?"

Erneut demonstrierte er, wie tief er in ihren Kopf zu sehen vermochte. Es wunderte sie kaum noch, es ärgerte sie nur.

„Was soll das, Nicholas?“

„Du tust selten, was du wirklich willst, so ist es doch?“ Seine Stimme war leise, kaum mehr als ein Flüstern. Seine Augen waren auf das Bild gerichtet, als würde es ihm eine Geschichte erzählen. Ihre Geschichte. „Du lässt dich von Konventionen leiten. Dich von Regeln kontrollieren, die andere gemacht haben. Warum? Aus Angst, vermute ich. Weißt du, was die afrikanischen Malinké sagen? ‚Die Furcht vor einer Gefahr ist ungleich gefährlicher, als die Gefahr es selbst zu sein vermag.‘“

„Wie schön“, sagte Joana, nur um sich nicht einzugestehen, dass ihr eigentlich die Worte fehlten. „Wie schön, dass du mir Fragen stellst und sie selbst beantwortest. Sehr praktisch, denn so muss ich nicht …“

Er trat hinter sie. Nicht schnell, eher gemächlich. Und doch, ohne ihr einen Moment Zeit zu lassen, um zurückzuweichen.

„Sei nicht mehr sauer.“ Sie glaubte, seinen Atem am Ohr zu spüren. „Es war wirklich eine dringende Angelegenheit, die mich davon abhielt, zu kommen. Du würdest es verstehen.“

Sie zweifelte daran. Aber um zu widersprechen, hätte sie eine feste Stimme benötigt, derer sie nicht mehr habhaft werden konnte. Einfach zu nicken war dagegen leicht. So unverschämt leicht. Sein Körper berührte den ihren nicht, aber er war so nah, dass mehr auch gar nicht nötig war, um ihre Haut kribbeln zu lassen. Joana war klar, dass es keinen Sinn mehr hatte, ihn abzuweisen. Sie zappelte längst in seinem Netz und die einzige Möglichkeit, sich nicht hilflos von ihm einspinnen zu lassen, war selbst die Initiative zu ergreifen. Ihn zu überrumpeln, bevor er sie überrumpeln konnte. Sie schloss die Augen. Ignorierte, dass in ihrem Körper das reine Verlangen gegen eine fremdartige Angst ankämpfte. Dachte an die Weisheit der Malinké, wer immer die auch sein mochten.

Sie spürte seine Brust an ihrem Rücken. In einer fließenden Bewegung drehte sie sich um, schlang beide Hände um seinen Nacken und zog ihn zu sich herunter, um das Spiel gewinnen oder den Kopf zu verlieren. Was aufs Gleiche herauslief.

Die Lippen dieses Mannes kannten keine Zurückhaltung. Er küsste sie hart und fordernd, wie ausgehungert. Die Hände links und rechts neben ihr abgestützt, drückte er sie mit seinem Körper gegen den Tisch. Sie hörte ein Glas umfallen; leise, als wäre es ganz weit entfernt. Auch Lenny Kravitz war plötzlich nur noch wie durch Watte zu hören. Neben Nicholas verblasste er.

Sein Kuss schmeckte nach Verlangen und ein wenig Zigarettenrauch, was sie bei jedem anderen Mann gestört hätte. Ihn machte dieser Makel nur perfekter. Betört von seinem Geschmack saugte sie gierig an seinen Lippen und zuckte nicht zurück, als seine Hände unter ihrem Top ihre Taille hochstrichen. Seine Zunge glitt ihren Hals herab und sie ließ den Kopf in den Nacken sinken.

„Ich hab von dir geträumt“, hauchte sie.

Er lachte. Leise und dunkel. „Wirklich? Interessant.“ Seine Finger rieben ihre Brüste durch die dünne Spitze des BHs. „All that we see or seem, is but a dream within a dream.“

„Was ist das?“ Joana schluckte. „Shakespeare?“

„Edgar Allen Poe. Ein kluger Mann. Er wusste damals schon: So manchem Traum liegt Wahres inne. Viel mehr Wahres, als du zu glauben bereit bist."

Seine Nägel kratzten leicht über ihre Haut und Joana schauderte. Ihr blieb keine Zeit, zu entscheiden, ob vor Furcht oder vor Lust. Gab es einen Unterschied? Er drängte sie mit seinem Körper aus der Wohnküche durch die offene Schlafzimmertür. Zerrte ihr auf dem Weg das Top über den Kopf.

„W-warte", stammelte sie atemlos. „Das geht … so schnell. Ich kenn dich doch kaum!"

„Dann lerne mich kennen", knurrte er. Sein Blick war finster vor Verlangen. Und tief. Ein Abgrund in tosend an Klippen schlagende See, die lockt, ohne sich dabei harmlos zu geben.

Sie ließ sich aufs Bett fallen. Der letzte Ansatz eines Widerspruchs ging in ihrem Seufzer unter, als er durch den BH über ihre Brustwarzen leckte. Sie öffnete das Kleidungsstück mit zitternden Händen, warf es von sich und streifte auch ihm das T-Shirt vom Leib. Himmel, er sah tatsächlich genauso aus wie in ihrem Traum. Breite Schultern, flache, schlanke Muskeln. Sein Oberkörper war bis in die letzte Faser athletisch, ohne dass es aussah, als würde er viel dafür tun. Beim Blick auf die blauen Flecken an seinen Rippen schrak sie zusammen. Wie hatte sie das erahnen können? Sie berührte die Hämatome vorsichtig, doch er griff nach ihren Handgelenken und drückte sie mit seiner Linken über ihrem Kopf tief in die Kissen. Von seinem Griff gefesselt ließ sie sich von ihm küssen. Stöhnte, wenn sein harter Unterleib sich provokant an ihrem

Schoß rieb. Räkelte sich unter seinem fordernden Mund und keuchte, wenn er sie grob in die Lippen biss. Seine freie Hand streichelte ihre Brüste. Rieb ihre Brustwarzen, quälte sie mit plötzlichen Kniffen und noch mehr mit sanften Liebkosungen. Sie wand sich unter ihm, vor Sehnsucht ihn zu berühren. Begehrte gegen seine Kraft auf, mit der er sie mühelos auf dem Rücken festnagelte.

„Du bleibst liegen", befahl er rau.

Er ließ ihre Handgelenke los, um mit raschen Bewegungen ihre Hose zu öffnen und von ihren Hüften zu streifen. Auch seine Jeans landete nebst Unterwäsche auf dem Boden vor dem Bett. Als er wieder über ihr war, griff sie nach seinen Schultern, suchte mit den Lippen seine Brust. Bei Gott, sie musste ihn berühren. Doch erneut zwang er ihre Arme in die Kissen.

„Liegenbleiben", wiederholte er eindringlich.

In seinen Augen funkelte es verschlagen und sein Blick verschleierte nicht, wonach er verlangte. Er wollte noch weiter mit ihr spielen. Ein Vabanquespiel mit ihrem Körper, mit ihrem Verstand und mit ihrer Lust. Joana wusste nicht, ob er mit ihr oder gegen sie spielte, aber das war auch nicht mehr von Bedeutung. Solange sie nur Teil dieses Spiels war, konnte sie nicht verlieren. Sie schloss die Augen und gab sich hin.

Mit einem leisen Lachen begann er, mit Händen, Lippen, seiner Zunge ihren Körper zu erforschen. Zog eine heiße, feuchte Spur von ihrem Mund bis tief in ihren Schoß. Sie unterdrückte ein Stöhnen, als er mit zwei Fingern in sie glitt und gleichzeitig über ihre intimste Stelle leckte. Er rieb, streichelte, küsste und saugte. Trieb sie wieder und wieder zu dem Punkt, an dem die Lust schier unerträglich werden wollte, und machte durch ein Zurückziehen seiner Hände oder einem schmerzvollen Zwicken seiner Zähne jedes Mal aufs neue klar, dass all das nur in seiner Hand lag. Doch auch wenn Joana innerlich danach flehte, dass er sie endlich erlösen würde, sie biss sich lieber die Unterlippe blutig, als ein Wort zu sagen. Vielleicht allein aus der Angst heraus, dass er ihr doch nicht geben würde, wonach sie verlangte.

Sie spürte seine Bewegungen fahriger werden, seine Hände fordernder. Irgendwann überkam sie die Gewissheit, dass er sich selbst genau so quälte, wie sie. Die Genugtuung ließ sie atemlos auflachen. Ein Knurren antwortete ihr. Er warf sich über sie, sodass sie unter seinem Gewicht ächzte. Auf seinen Lippen glänzte ihre eigene Lust. Er leckte über ihren Mund, ließ sie sich selbst schmecken. Dann grub er die Hände in ihr Haar, zog ihren Kopf in den Nacken und drang mit einem einzigen, heftigen Stoß in sie ein.

Joana keuchte auf. „Warte“, stieß sie hervor. „Warte, wir …“

Ein düsteres Grollen aus seiner Brust, fast der Klang von einem weit entfernten Donnerhallen, ließ sie augenblicklich verstummen und jeden Gedanken an Safersex ins Abseits geraten. Furcht erfasste sie, vermischte sich mit ihrer Leidenschaft, bis beide eines waren. Ein wild brennendes und nie zuvor erlebtes Gefühl, angetrieben von den tiefen, rhythmischen Bewegungen seiner Hüften. Faszinierend, beängstigend und ekstatisch zugleich. Viel zu intensiv, als dass sie hätte darauf verzichten können. Ihr Körper machte sich nichts aus den Schreien ihres Verstandes, dass irgendetwas nicht stimmte. Gedanken waren so viel leichter zu verdrängen, als das, was sie körperlich spürte. Steil himmelwärts ansteigende Erregung und Verlangen. Sie bog sich ihm entgegen, dürstete fiebrig nach jeder seiner Berührungen. Wie im Rausch hörte Joana ihr eigenes Stöhnen lauter werden, krallte die Finger in die Laken und hob die Hüften, um ihn tiefer in sich aufzunehmen.

Ihr Höhepunkt war beinahe schmerzhaft. Sie presste ihren Mund an seine verschwitzte Halsbeuge, um nicht laut zu schreien. Im gleichen Moment durchdrang ein Gefühl von eisiger Kälte ihren Körper. Es zog sich aus ihrem Schoß durch ihre Wirbelsäule, bis in ihren Kopf. Als würde ihr Rückenmark gefrieren und sich brutal zusammenziehen.

„Nein!“ Joana verkrampfte sich. Alles in ihr kämpfte gegen dieses brennende Eis an. Doch es war stark … es war so unglaublich stark.

Nicholas drückte sie nieder, sein Atem ging stoßweise. Er keuchte leise Worte an ihr Ohr, die sie nicht verstand, weil es in ihrem Kopf rauschte. Sie versuchte, ihn wegzustoßen, doch er war zu schwer. Diese Kälte … sie griff nach ihr. Ging tiefer und legte sich wie Reif um ihr Herz. Sie würde erfrieren, wenn sie zuließ, dass die Eisschicht dicker wurde.

„Scht“, zischte er scharf, bebend vor Verlangen. „Ich will dich ganz! Lass es zu.“

„Nein.“ Was ein Schrei werden sollte, endete als Wimmern. „Bitte nicht!“

Was immer sie von innen zu zerreißen drohte, es gab nach. Zitternd blieb Joana unter ihm liegen. Seine Bewegungen wurden sanft und langsam und sie war bald selbst nicht mehr sicher, ob sie sich diese beängstigende Kälte nur eingebildet hatte. Nein, das hatte sie nicht. Aber …

Er schlang seine Arme um ihren Körper, wärmte sie.

„Ruhig, Joana“, murmelte er tief.

Streichelte ihr Haar. Völlig verwirrt vergrub sie das Gesicht an seiner Schulter. Einen Moment lang versprach diese Umarmung Sicherheit und der Duft seiner Haut lullte sie ein wie eine mollige Decke.

Doch die Kälte kehrte zurück. Diesmal kroch sie langsam in ihren Körper. Er schnurrte ihr beruhigende Worte ins Ohr.

„Wehr dich nicht. Ich brauche dich. Lass es zu, dann tut es nicht weh.“

Seine Stimme klang bittend und sein Kuss war von einer Zärtlichkeit, die sie ihm nie zugetraut hatte. Ergeben ließ sie sich in seinen Armen fallen. Spürte die letzte Erregung ihren Körper verlassen, die Angst und auch alles andere, was sie gefühlt hatte. Als würde ihre Seele ausbluten, mit jedem Herzschlag etwas mehr.

Nicholas stöhnte und seine Stöße wurden wieder intensiver. Rammten in ihr Fleisch, bar jeder Zärtlichkeit. Er kniete sich zwischen ihre Beine, umfasste ihre Hüften und nahm von ihr was er wollte und so hart er wollte. Schließlich ergoss er sich keuchend in ihr.

Ihr schwindelte und für einen Moment durchfuhr sie eine Verzweiflung, die ihr den Verstand nehmen wollte. Eine Welle plötzlicher Einsamkeit schwappte über sie hinweg und entriss ihr ein Aufschluchzen. Er beugte sich wieder über sie. Sie klammerte sich an seine Brust und konnte nicht verhindern, dass Tränen über ihre Wangen rannen. Wie durch Watte hörte sie ihn ruhige Worte raunen. Eines davon klang wie ‚Verzeih'. Sie spürte, dass er ihren Kopf an seine Brust drückte und ihre Stirn küsste. Schließlich ließen auch diese Gefühle nach. Zurück blieb nur Gleichgültigkeit. Und dann wurde es dunkel.

Minutenlang saß Nicholas auf der Bettkante und betrachtete den bewusstlosen Körper. Sie lag reglos auf dem Bett, die Lippen leicht geöffnet. Doch ihre geschlossenen Augen waren angespannt – so angespannt menschliche Züge in der Ohnmacht sein konnten – und er fragte sich, warum.

Er hatte alles von ihr bekommen, wonach es ihn verlangt hatte. Körperliche Befriedigung. Oh ja, er hatte sie genau so genommen, wie es seine Absicht gewesen war. Und was ihre Emotionen anging waren seine Erwartungen sogar übertroffen worden. Aufgeheizt und erregt vor Verlangen und Furcht, sowie zahllosen Schichten unterschiedlicher Sehnsüchte, war sie das reinste Feuerwerk gewesen. Ein Kaleidoskop aus Facetten, die der menschliche Geist zu bieten hat. Alles, was er wollte.

Und doch fühlte er sich elend. Übersättigt, oder wie nach einem Drink zu viel. Als hätte er zu früh bekommen, was er begehrte und sich dadurch die viel köstlichere Vorfreude genommen.

Ein leichtes Zittern huschte über ihre nackte Haut. Ohnmacht ging in tiefen Schlaf über. Er zog die dünne Decke heran und breitete sie über ihr aus. Einen Moment verharrte seine Hand auf ihrem Körper. Wie weich sie war. Und so stark, wehrhaft und verletzlich. Attribute, die sich aller Gegensätzlichkeit zum Trotz immer noch so ähnlich waren.

Zur Hölle, wurde er jetzt sentimental? Er schüttelte den Kopf und zog sich an. Es war immer das Gleiche. So kurz nachdem er den Dämon körperlich entfesselt hatte, schien der Mann in ihm die Oberhand zu gewinnen, während der Schatten friedvoll ruhte, um erneut zu erstarken.

Er wollte die Wohnung verlassen und sie ohne Erinnerung zurücklassen, doch auf halbem Weg hielt er inne. Nein, es wäre absolut verschwenderisch, ihr die Erinnerungen an die Nacht völlig zu verwehren. Außerdem hatte diese Frau zu viel von dem was er brauchte. Er könnte sie noch mal nehmen. Es wäre die reinste Sünde, sich diese Tür jetzt schon wieder zuzuschlagen.

Ein Dämon bin ich, aber der Sünde soll niemand mich bezichtigen.

Er hatte reichlich genommen, aber nicht zu viel. Und so stark wie sie war, würde sie sich in wenigen Tagen schon wieder vollständig erholt haben.

Er trat zurück ans Bett, berührte ihre Stirn und füllte die Leere in ihrem Geist mit der Vision einer Liaison, an die sie gerne zurückdenken würde. Viel musste er nicht verändern, es hatte ihr durchaus gefallen. Noch einmal sog er den Duft ihrer Haut ein. Atmete die Schwere von Sex, die die Luft erfüllte.

Das schrille Klingeln seines Handys ließ ihn jäh hochfahren. Rasch fingerte er es aus der Hosentasche und meldete sich mit leiser Stimme.

Joana bewegte sich, er fuhr ihr mit der Hand durchs Haar und sie schlief weiter.

„Nicholas, hier spricht Lillian. Wir müssen sofort nach Wales.“ Ihre Stimme klang höchst aufgeregt, was ungewöhnlich war. „Alexander hat etwas gefunden.“

Ein erwartungsvolles Beben ging durch seinen Körper. „Weißt du schon wen?“

„Nein. Aber er verströmt mächtige Energien. Und er ist alt. Alexander will ihn erst befreien, wenn wir da sind, da man bei derart lange gebannten Dämonen nie sicher sein kann, ob sie sich im Zaum halten. Alexander hat ein wenig Angst“, Lillians Stimme ließ Genugtuung durchklingen, „dass der Befreite nicht zwischen Freund und Feind unterscheiden kann. Daher verlangt er nach unserer Anwesenheit.“

„Die Leibgarde wird gebraucht“, antwortete Nicholas amüsiert. „Das geht klar. Wann geht unser Flug?“

„Noch heute Nacht. Kannst du in zwei Stunden am Flughafen sein?“

„Sicher.“

Er steckte das Handy wieder ein und beugte sich über die schlafende Frau.

„Schade, nun musst du wieder ein paar Tage auf mich warten“, flüsterte er. „Aber wenn ich zurückkomme, dann schenkst du mir eine weitere Nacht.“ Er schloss das Fenster und ließ die Telefonnummer seines Büros auf dem Küchentisch zurück, ehe er die Wohnung verließ.

11

Nicholas und Lillian erreichten die Pension im Snowdonia Nationalpark gegen Mittag. Die Arbeitskräfte waren bereits abgezogen und nach Hause geschickt worden, nur ein englischer Geologe hielt sich weiterhin in der Nähe auf. Er wurde noch benötigt. In welcher Hinsicht wusste er natürlich nicht.

Alexander bestand darauf, den Abend abzuwarten, ehe sie sich gemeinsam in die freigelegte Grotte vorwagen wollten, in der er die Essenz des gebannten Dämons ausgemacht hatte. Er hatte bis auf eine enorme Konzentration von Alter und Macht keine Hinweise darauf gefunden, um welche Art von Dämon es sich handelte, und wusste daher nicht, ob eine Schwäche gegen Tageslicht vorlag. Das Letzte, was er wollte, war einen möglichen Mitstreiter zu verletzen oder schwer zu beleidigen, indem er ihn der Sonne aussetzte. Daher würden sie die Höhle erst am Abend betreten.

Nicholas war das recht. Er verbrachte den Tag zurückgezogen in seinem Zimmer und holte Schlaf nach, bis es kurz nach Sonnenuntergang mit dem Mietwagen zur Ausgrabungsstätte ging. Alexander fuhr selbst. Er ließ jedermann seine gute Laune spüren und mimte den tüchtigen Geschäftsmann vor dem Abschluss eines lukrativen Deals.

Der Engländer hieß Matt Mac Jerrems und war ein Mann von enormer Begeisterungsfähigkeit. Auch wenn er nicht genau wusste, welche Art von Reliquie sein Boss zu finden erhoffte, und warum dies am Abend geschehen musste, so ging auch er von reicher Beute dieser geheimen Expedition aus. Nicholas spürte die Erwartung in dem Wissenschaftler. Mac Jerrems zwirbelte sich permanent den Schnurrbart oder schob seine Brille auf der Nase hin und her. Für einen Doktor der Naturwissenschaften war er mit knapp über dreißig noch recht jung. Sein Aussehen und seine Kleidung, bestehend aus Cordhosen, einem grünen Hemd und einer altmodischen Walkweste, ließen ihn jedoch sehr viel älter erscheinen.

Lillian und Nicholas saßen auf der Rückbank und während er sich sporadisch an den Gesprächen beteiligte, zog sie es vor zu schweigen.

Der Abend hatte schwere, tiefhängende Wolken mit sich gebracht. Wie ein Spiegelbild des Himmels lag eine gallertartige Nebelschicht über der Moewlyn-Bergkette und schluckte alle Blicke, die sich weiter als ein paar Meter vorwagen wollten.

„Mutter Natur hüllt uns in ihren Atem“, flüsterte Lillian, als sie am Fuß der Berge aus dem Wagen stiegen. Alexander und Mac Jerrems stapften, in eine lebhafte Diskussion versunken, voran und beleuchteten mit Taschenlampen ihren Weg. Lillian hielt Nicholas ein paar Meter zurück. „Was denkst du? Mag sie uns wie eine Komplizin schützen? Oder verbirgt sie in Scham, was hier geschehen wird?“

Er bedauerte kurz, nicht einfach die Flucht ergreifen zu können, denn meist waren Lillians philosophische Ergüsse kaum zu ertragen. „Hast du deine esoterischen fünf Minuten? Bitte nicht schon wieder. Meinst du ernsthaft, die Erde hätte eine Meinung über uns?“

„Oft frage ich mich ebendies“, sinnierte sie ungerührt und ließ ihren Blick über die in Nebel versunkene Landschaft streifen. „Sind wir Schöpfungen? Oder Schande?“

„Wir sind einfach nur da, Lill. Mehr nicht.“

Der Weg führte einen felsigen Hang hinauf. Außer schroffem Stein gab es hier nur Moos und ein paar Flechten, die so anspruchslos waren, dass sie selbst auf diesem kargen Boden genügend Nahrung fanden. Der kleine Tross aus unterschiedlichen Individuen brauchte zwanzig Minuten, bis sie den in einer tiefen Felsspalte versteckt liegenden Höhleneingang gefunden hatten. Mac Jerrems fischte weitere Taschenlampen und vier ineinander gestapelte Plastikhelme aus seinem Rucksack.

„Müssen alle Kopfschutz tragen“, nuschelte er in seinen Bart. „Vorschriften halt, hat alles seine Vorschriften.“

„Gesundheit ist das höchste Gut“, pflichtete Alexander ihm freundlich bei und setzte einen der Helme auf.

Nicholas fragte sich, wie sein Chef bei solchen Possen derart ernst bleiben konnte. Er selbst wandte sich ab, um den todgeweihten Geologen nicht mit seinem Lachen zu verunsichern.

Der Nebel begleitete sie ein ganzes Stück in den Berg hinein. Träge kroch er vor ihnen her. Von den rissigen Wänden und Decken tropfte Wasser und sammelte sich in flachen Pfützen am Boden. Gestein knirschte unter jedem Schritt und die Endlosigkeit der labyrinthartigen Gänge wisperte das Echo jedes Geräuschs wider. Der Geologe sprach leise über das Alter der Gesteinsschichten, die an den immer wieder leicht variierenden Farbnuancen zu unterscheiden waren. Alexander schien aufmerksam zuzuhören. Nicholas erkannte erst auf den zweiten Blick, dass er sich vollkommen auf die dämonische Macht konzentrierte, die seinen Weg wies. Auch er konnte sie ansatzweise spüren.

Lillian schien das alles mit einer seltsamen Unruhe zu erfüllen. Zwar sagte sie kein Wort mehr und verhielt sich unauffällig und still, wie so oft, doch Nicholas spürte ihre Besorgnis, als wäre sie menschlicher Art.

„Hast du etwas vorhergesehen?", fragte er sie leise.

Sie schüttelte den Kopf. Es war nur der Hauch einer Bewegung, der ihr das Haar ums Kinn schwingen ließ. „Nein, aber ich spüre seit unserem Aufbruch, dass eine Vision sich mir nähert. Ich werde bald etwas sehen, was bedeutsam ist. Doch noch ist es nicht sicher … noch nicht entschieden."

Er klopfte mit den Fingerknöcheln auf ihren Helm. „Jede Jahrmarkt-Wahrsagerin traut sich mehr Treffsicherheit zu."

„Die ignorieren auch, dass die Zukunft eine Straße ist, die aus Millionen von Steinen gepflastert wird. Und jeder Stein kann frei entscheiden, auf einen ganz anderen Weg zu führen." Sie lächelte und trat ein paar Kiesel weg, sodass sie vor die Höhlenwand schlugen, abprallten und nach kurzem Kullern irgendwo liegen blieben. „Was sich mir zeigen will, liegt am Ende eines Weges, der noch nicht vollendet ist."

Der Gang veränderte sich, wurde niedriger und schmaler. Holzbalken sorgten für die Sicherheit des

Stollens. Der Sinter an den Wänden schimmerte nicht mehr, sondern war blind von Dreck und Erde. Ihre Schritte schmatzten auf dem modrigen Untergrund. Dieser Gang war bis vor Kurzem zugeschüttet gewesen. Er führte durch einen schmalen, felsigen Spalt in eine kleine Grotte.

Alexander lächelte zufrieden, sodass seine Zähne im schwachen Schein der Lampen aufleuchteten. „Hier ist er." Ehrfürchtig kniete er an einem Felsen nieder. „Darunter liegt er verborgen. Ich habe den Stein noch nicht entfernen lassen, weil nicht auszuschließen war, dass das Gefäß dadurch beschädigt wird. Aber jetzt ist es soweit."

Mac Jerrems runzelte die Stirn. „Der Brocken wiegt sicher fünfhundert Pfund. Sie wollen doch nicht ohne die Arbeiter …"

Nicholas trat vor und krempelte sich demonstrativ die Ärmel hoch. „Das mache ich schon."

Dem Geologen traten die Augen aus den Höhlen, als Nicholas seinen Körper fallen ließ und zu Schatten wurde. Im nächsten Augenblick materialisierte er sich. Alexanders Hand schloss sich um Mac Jerrems Unterarm, um ihn von einer Flucht abzuhalten, zu der der Mann längst keinen Mut mehr gehabt hätte, denn er war starr vor Schock.

Der Nybbas roch verzweifelte Angst im Schweiß des Mannes. Dicht gefolgt vom beißenden Gestank von Urin. Das lebendige Fleisch lockte den Dämon dennoch. Die Anwesenheit des Gebannten aber war ebenso stark in der Luft zu schmecken, so wandte er seinen hungrigen Blick von dem um sein Leben wimmernden Menschen ab und stieß den Felsbrocken beiseite, der das Grab beschwerte. Lillian trat heran, griff in das Loch und zog eine Urne hervor. Längst hatte der Nybbas das menschliche Opfer wieder fokussiert. So verlockend war sein Fleisch, sein Blut und das panisch schlagende Herz, wie Sirenengesang.

Der Mann öffnete immer wieder den Mund, doch kein Schrei verließ seine Kehle. In seinen Augen stand jene Art von Angst, die einem Menschen auf ewig den Verstand zu rauben vermochte. Doch den würde er auch nicht mehr benötigen.

Lillian öffnete die Urne. Wie zur Antwort darauf begann die Erde zu beben, zu grollen und zu wüten. Ein Schatten wuchs aus dem Gefäß und riss alle Blicke auf sich. Er besaß menschliche Gestalt und Größe und war verhüllt von Beduinengewändern, die sein Gesicht verdeckten und nur große, sanfte Augen zeigten. Auf dem Kopf trug er eine Krone, die selbst in seinem Ätherkörper golden schimmerte. Trotz seiner geringen Größe füllte seine Präsenz die Höhle aus und schien jede andere Macht vertreiben zu wollen. Arabische Worte, leise ausgesprochen wie Beschwörungen, durchdrangen die Stille, ätzten sich tief in die Erde, den Stein und jeden Körper.

Der Paymon.

Eine Andeutung von Furcht schoss durch den Körper des Nybbas, nicht viel mehr als eine vage Ahnung von bevorstehenden Problemen. Großen Problemen, viel gewichtiger als ein möglicher Kampf. Seine Muskeln verkrampften sich unwillkürlich und er floh in seinen menschlichen Körper, ehe der Paymon diesen nehmen würde. Dass Alexander und Lillian leise auf den befreiten Dämon einsprachen und ihm den winselnden Geologen darboten, bekam Nicholas nur unterschwellig mit. Unter leisem Keuchen zog er wieder Luft in die Lungen seines menschlichen Körpers. Das Herz nahm seine Arbeit schleppend wieder auf. All sein Denken kreiste um den Paymon.

Ausgerechnet der Paymon. Der engste Vertraute des Luzifers. Man sagte, er kannte die letzte Grabstätte seines Herrn.

Nicholas starrte auf den Astralkörper des befreiten Dämons. Er schimmerte, wurde dunkler und wieder heller, zitterte wie ein Schatten, der von flackerndem Feuerschein an zerklüftete Wände geworfen wurde. Er versuchte, seine Gestalt zu Fleisch werden zu lassen, dafür war er jedoch noch viel zu schwach. Der lange Bannschlaf hatte seinen Tribut gefordert. Schließlich fuhr er mit einem gequälten Seufzer in den Körper des Geologen. Dieser wehrte sich für wenige Sekunden, kämpfte mit einem Schwert aus Angst in seinem Inneren gegen den Dämon. Lillian und Alexander hielten den Körper, der sich in obskuren Zuckungen zwischen ihnen wand.

Dann wurde es ruhig. Der Mann sank in sich zusammen. Jedes menschliche Gefühl im Raum verlosch. Der Paymon, der nun im Leib von Matt Mac Jerrems verborgen war, hob den Kopf und stellte sich leicht schwankend auf seine neuen Füße.

„Großer Paymon“, sprach Alexander ehrfürchtig. „Es ist uns eine Ehre.“

Lillian und er knieten vor dem Mann in den nassen Hosen nieder. Nicholas senkte den Blick und deutete eine Verbeugung an, als der ausdruckslose Blick ihn traf.

Ohne in die Zukunft sehen zu können, zeichneten sich Bilder von Gefangenschaft und Abhängigkeit vor seinen Augen ab. Fesseln, stark wie aus Diamant geschliffen. Er hatte sie vor langer Zeit ertragen müssen, nur wenige Jahre, und doch zu viele. Die Ketten, die nun in der Ferne rasselten, waren unsterblicher Natur.

Sohn des Luzifers, dröhnten die Worte des Catácons schmerzhaft durch seinen Kopf. Doch ihr Wiederhall war ein anderer: Sklave des Luzifers.

Der Flug ging am nächsten Morgen. Lillian wollte zurück zu ihren Katzen und Nicholas hatte nicht gezögert, sie zu begleiten. Alexander kam allein zurecht, denn der Paymon war nach vielen gebannten Jahrzehnten dankbar für die Befreiung. Es würde seine Zeit dauern, bis er zu seiner Stärke und seinen Erinnerungen zurückfände, und zunächst musste er lernen, sich im einundzwanzigsten Jahrhundert unauffällig zu behaupten. Im Körper von Matt Mac Jerrems sollte dies ein Leichtes sein. Der Geologe hatte allein gelebt, niemand würde aufdringliche Fragen stellen.

Lillian wunderte sich über Nicholas' schweigsames Verhalten. Er schien in seinen Gedanken gefangen, war still und abwesend, was gar nicht seiner Art entsprach. Statt wie üblich die Flugbegleiterinnen nervös zu machen, starrte er aus dem Fenster. Als sie ihn schließlich darauf ansprach, schien er sie zunächst abweisen zu wollen, redete dann aber doch.

„Was weißt du über die Söhne der Fürsten, Lill?"

Sie stutzte. Nicholas hatte sich nie für altertümliche Riten interessiert und das war auch besser so. Für die Jüngeren existierten sie nur noch in alten Schriften, gingen mit jenen unter, die sich allem Wandel verschlossen.

„Legenden", antwortete sie leise und sah sich um. Die junge Dame in der Sitzreihe hinter ihnen blickte ihr etwas zu unauffällig in ihre Lektüre. Lillian las in ihrer Miene, dass sie lauschte. „Alte Legenden, auf die manche Menschen zu neugierig sind."

Nicholas verstand den Wink, er drehte sich zu der Frau um, sah sie auffordernd an und sogleich steckte sie sich mit einem ergebenen Lächeln Kopfhörer in die Ohren.

Gedanken manipulieren zu können war eine ungemein alltagsdienliche Fähigkeit. Manchmal beneidete Lillian Nicholas darum. Sie beschloss, ihm die Wahrheiten, die hinter den Legenden verborgen lagen, zu erzählen.

„Zu Zeiten, als das Chaos noch ungehemmt über die Welt hinweg fuhr und unsereins nicht nur die Clerica gegen sich hatte, sondern sich auch selbst durch Hemmungslosigkeit und Unverstand gefährdete, bildeten sieben der mächtigsten und ältesten Dämonen eine Allianz, um den drohenden Untergang unserer Art zu verhindern. Sie ernannten sich zu Fürsten und machten die niederen Dämonen zu Untertanen." Sie genoss es, aus der Vergangenheit zu erzählen und räkelte sich wohlig in ihrem Sitz. „Die Menschen kennen ihre Namen noch heute als

Sinnbild für die Charaktereigenschaften, die sie mit den sieben Todsünden verknüpfen. Die Fürsten nahmen diese Eigenschaften einst als Auswahlkriterium für ihre Gefolgschaft. Wie du trotz deinem Desinteresse an unserer Geschichte hoffentlich weißt, steht der Luzifer für den Hochmut, der Mammon für den Geiz. Der Leviathan hat sich den Neid zu Eigen gemacht, der Satan den mächtigen Zorn. Der Asmodeus steht für die Wollust, der Baal-Zebul für die Völlerei und der Belphegor für die Trägheit. Du kannst dir vorstellen, dass des Belphegors Reich als erstes stürzte. Faulheit überdauert keinen Krieg."

Lillian sah Nicholas lächeln, doch es war von höflicher Art und zeigte kein Amüsement. Seine Kiefermuskeln waren angespannt.

„Die Fürsten machten die anderen Dämonen Mithilfe eines Rituals zu Untertanen, richtig?"

„Richtig."

Die Flugbegleiterin trat heran und Nicholas gab ihr ein Zeichen, wieder zu gehen.

Lillian sprach weiter. „Ein Austausch des Blutes und der energetischen Kraft des Fürsten. Es lässt den Auserwählten erstarken, verleiht ihm Macht. Und bringt ihn gleichzeitig dazu, jedem Befehl seines Herrn blind zu folgen."

„Ein Sklave." Nicholas Stimme war nur ein Flüstern, sein Gesicht wurde blass. „Wurdest du je …"

Lillian schluckte und ließ ihren Blick aus dem kleinen Fenster schweifen. „Ich habe die alten Zeiten gesehen, doch hielt ich mich damals weit abseits anderer. Ich bevorzugte die Gesellschaft meiner Katzen. Die Fürsten sind seit Jahrhunderten Geschichte, ihre Armeen zerschlagen und verstreut. Ein jeder Dämon, der nicht bereit war, sich neuen Zeiten und neuen Rastern anzupassen, wurde gebannt oder vernichtet. Nur Gemälde und Statuen erinnern noch an die Jahre der Vergangenheit. Die Zukunft jedoch bewegt sich immerzu."

„Aber es gibt sie noch … die Sklaven der Fürsten", beharrte Nicholas.

Eine steile Falte auf der Stirn malte Besorgnis in sein Gesicht. Lillian fuhr mit dem Daumen darüber, ehe sie Antwort gab. Die kleine Berührung weckte in ihr die Sehnsucht nach dem machtvollen Elixier, das unter der Haut floss. Es war lange her, dass sie dieses dunkle, so vertraute Dämonenblut geschmeckt hatte. Zu lange.

„Ein paar wenige", flüsterte sie und zog ihre Hand zurück. „Der Paymon ist ganz sicher ein Sohn Luzifers. Aber warum beunruhigt dich das?"

Er gab keine Antwort. Lillian schauderte leicht vor Verlangen, als Erkenntnis sie durchfloss. Sie würde erfahren, was er fürchtete. Die letzten Steine, die die Straße zu ihrer nahenden Vision pflasterten, waren sie selbst: Er, sie … und sein Blut.

12

Die seelische Ohnmacht erbarmte sich nicht. Sie weitete sich nicht auf ihren Körper aus.

Joanas Herz schlug und trieb rhythmisch Blut durch ihre Adern, versorgte ihr Hirn mit Sauerstoff und hielt sie damit am Leben. Es hätte sie nicht gekümmert, wenn all das einfach ausgesetzt hätte.

Zwei Tage verbrachte sie in einem Zustand, von dem sie aus ihrem Studium wusste, dass man ihn als somatisierte Depression bezeichnete. Ihr Körper schmerzte, als wäre jeder Knochen, jedes Gelenk und jeder Muskel gezerrt, gestaucht oder überdehnt. Ihre Atmung rebellierte und sie jagte so viel Asthmaspray in ihre Lungen, dass sie sich davon berauscht fühlte. Das größte Problem an der Sache war, dass es sie nicht im Geringsten interessierte. Weder wollte sie aufstehen, noch schlafen, essen oder trinken. Alles, was ihr wichtig schien, war ihre Ruhe und das Alleinsein. Sie wollte sich der Leere ergeben, die sie fest im Griff hielt.

Ihre Mutter nötigte sie zur Nahrungsaufnahme, meldete sie bei der Taxizentrale krank und ließ ihr schließlich ein leichtes Schlafmittel da. Joana nahm kaum ein Wort wahr, von dem was Mary sagte. Jedoch bemerkte sie, dass ihre Mutter besorgt und wütend war. Es war so bedeutungslos wie alles andere.

Ab und an verfiel sie in einen von hektischen Bildern gestörten Schlaf. Wenn sie aufwachte, war sie schweißgebadet und zitterte. Die Träume verflüchtigten sich wie vom Wind verwehte Rauchwolken, nichts von ihnen war beim Erwachen mehr greifbar. Doch Joana war nicht sicher, ob sie sich wirklich nicht erinnern konnte. Vielleicht verschleierte ihr Unterbewusstsein die Träume auch nur sorgsam, weil sie von jener Art waren, die eine ernsthafte Gefahr für den Rest ihrer angeknacksten Psyche bedeuten würden.

Die Gedanken kamen und gingen, Lethargie trieb in ihrem Kielwasser und wusch alles andere fort.

Benedikt kam am Abend des zweiten Tages vorbei, brachte eine Schale mit Obst und reichlich Schokolade. Er sprach von einer seltsamen Art von Virus, mit dem sie sich wohl bei ihm angesteckt haben musste, denn ihm war es in den Tagen zuvor ähnlich ergangen. Er versicherte, dass es ihr bald besser gehen würde. Der kleine Anflug von Erleichterung bei seinen Worten, war das erste Gefühl, das Joana bewusst wahrnahm.

Am nächsten Morgen fühlte sie sich wieder. Sie konnte nicht behaupten, sich gut zu fühlen, aber die Leere wich und ließ ein Durcheinander aus langsam anschwellenden Emotionen zurück. Wie Töne nach langer Stille wirkte jeder Gedanke zunächst störend und viel zu intensiv. Einige davon drehten sich um Nicholas und die Erinnerungen an die gemeinsame Nacht. Eine schöne Nacht war es gewesen. Die erste, die sie mit einem Mann verbracht hatte, seit Sascha tot war. Andererseits konnte sie sich nicht einmal mehr daran erinnern, wann er danach gegangen war. Sie hatten nicht mal ein Kondom verwendet. Sie musste ihrer Neigung zu unreiner Haut sowie ihrer Eitelkeit danken, die sie dazu gebracht hatten, regelmäßig die Pille zu nehmen. Zumindest eine ungewollte Schwangerschaft konnte sie ausschließen. Auf alles andere konnte sie nur hoffen.

Seine Visitenkarte lag auf dem Sofatisch neben Marys Schlafmittel, doch sie rührte beides nicht an. Es machte ihr Angst, das eine so sehr wie das andere.

Sie verkroch sich einen weiteren Tag und versuchte, sich an den Gedanken zu gewöhnen, dass es nun wohl an der Zeit war, einen Arzt aufzusuchen. Wie viele Hinweise ihres Körpers wollte sie noch abwarten?

Depression, echote es in ihrem Kopf. War ja auch nur eine Frage der Zeit gewesen. Morgen, versprach sie sich selbst. Zum ersten Mal meinte sie den Vorsatz ernst. Die Hemmschwelle war groß, sie würde auch am Tag darauf nicht kleiner sein. Aber der seelische Tod der letzten Tage war keine Option. So wollte sie nicht leben und dafür würde sie kämpfen.

Ein scharfer Schmerz in der Brust ließ Nicholas aus dem Schlaf hochfahren. Sein Körper zeugte von deutlicher Erregung, was ihn mehr verwunderte, als die beiden Rinnsale aus Blut, die ihm den nackten Oberkörper hinab liefen. Es konnte kein Traum sein, denn er träumte nie.

Sein Blick traf auf ein in der Dunkelheit grün fluoreszierendes Augenpaar. Lillian kniete vor seinem Bett und funkelte ihn mit einem so verführerischen wie gefährlichen Lächeln an. Es war einer der seltenen Momente, in denen sie ihre scharfen Fänge zu erkennen gab. Er ließ sich mit einem entnervten Stöhnen zurück in die Kissen fallen.

„Was soll der Mist, Lillian?“

„Ich bin durstig.“ Ihre sonst so ruhige Stimme erinnerte an eine lispelnde Schlange, die es gelernt hatte, das Schnurren einer Katze zu imitieren. Lautlos erhob sie sich und ließ sich auf die Bettkante sinken. „Deine Balkontür war offen. Ich musste es für eine Einladung halten. So wie früher.“

Nicholas verdrehte die Augen. „Das ist vorbei, Lill.“

Er wischte sich das Blut von der Brust und machte Anstalten, es an der Bettwäsche abzuwischen, doch sie hielt seine Hand mit einer schnellen Bewegung fest und leckte ihm mit tänzelnder Zunge die Fingerkuppen ab.

„Vertrau mir. Nur diese eine Nacht.“

Ihre kleine Hand legte sich auf seinen Bauch und ließ ihn schaudern. Oh, wie sie ihn reizte. Dieser perfekte, zierliche Körper war eine einzige Verlockung. Fleischgewordene Lust. Doch er hatte dieser Versuchung schon einmal nachgegeben. Gut bekommen war es ihm nicht. Sie hielt ihre Blutrunst eine Weile im Zaum, wenn es sich um ihre menschlichen Lover handelte, doch Dämonenblut war etwas anderes. Stärker. Durch ihre Gier danach war ihm bereits einmal ein menschlicher Körper verendet. Die Suche nach einem neuen hatte ihm einen Clerica auf den Hals gehetzt, der ihn um ein Haar erwischt hätte.

„Geh!“

„Nur dieses eine Mal“, raunte sie. „Ich werde behutsam sein.“ Ihr aquamarinblaues Seidennachthemd bewegte sich leicht im Wind, der durch die offenen Fenster drang. Es umschmeichelte ihren Körper wie eine zärtliche Berührung. Die Vorstellung, dass sie barfuß und in diesem Nachthemd von ihrem Balkon bis zu seinem hochgeklettert war, erregte ihn mehr, als gesund für ihn war. Langsam, doch ohne ein Zögern, rutschte sie näher. „Ich will es. Und auch du willst es. Aber vor allem …“

Er stieß sie hart zurück, sodass sie vom Bett gefallen wäre, wenn sie sich nicht seitlich abgerollt hätte. So aber landete sie auf den Füßen. Das Schmeicheln in ihren Augen wich beleidigtem Zorn, aber sie hielt ihn noch zurück und zwang sich zu einem Lächeln.

„Chigau“, flüsterte sie und streckte bittend eine Hand nach ihm aus. „Versteh doch, ich will dir helfen. Ich ahne, dass ich etwas sehen werde. Eine Vision ruft nach mir, doch kann ich sie nicht greifen. Ich rieche und schmecke es in deinem Blut, Nicholas. Doch ich brauche mehr, um zu sehen.“

Er zögerte, sie gänzlich fortzuschicken. „Eine Vision? Mich betreffend?“

„Oh ja. Sie verlangt nach mir. Aber du musst mir helfen.“

„Warum sollte ich?“

„Ich bin neugierig. Und du bist es auch.“

Er blies sich das Haar aus der Stirn. Sie hatte leider recht. Aber was würde sie sehen? Allein dass sie etwas sehen würde, ließ ihn frösteln. Lillians Visionen kündeten immer von Problemen. Die Zukunft schickte ihr stets Warnungen. Schließlich nickte er und legte den Kopf zurück.

„Ich mag diesen Körper", murmelte er. „Also pass auf was du tust!"

Im nächsten Moment hockte sie über ihm, ließ ihre Hände über seine Haut streifen und versenkte ihre Reißzähne erneut in seiner Brust. Der Schmerz war scharf und süß zugleich. Stöhnend griff er nach ihrem Körper, presste ihren Unterleib fest an seinen. Jede Sorge verschwamm, als alles Blut sein Hirn verließ, um sich in anderen Regionen zu sammeln.

Sie gestattete ihm, ihre Gefühle zu spüren. Doch da war nur Neugier, Lust und Berechnung. Nichts von dem Vertrauen, das er …

Urplötzlich sprang sie auf und wich mit einem Fauchen zurück. Ihr Blick war leer und ging durch ihn hindurch.

„Was?", keuchte er. „Was hast du gesehen?"

„Hast du mich deshalb nach den sieben Fürsten gefragt?", wisperte sie. „Ich habe deine Furcht gesehen. Die Furcht, dass er dich rufen wird, der erste Fürst. Der Luzifer."

Nicholas spürte, wie sich der Körper um ihn herum verkrampfte. „Ist es wahr? Wird er sich erheben?"

„Ich kann es nicht sehen", flüsterte sie, immer noch von ihrer Vision gebannt. „Es scheint noch nicht sicher, jedoch möglich. Aber du, Nicholas, du wirst … du wirst uns verlassen? Aber warum? Du wirst uns …" Sie verzog irritiert das Gesicht. Schweigen hallte von den Wänden wider. Lautlos formten ihre Lippen das Wort ‚verraten'.

„Lill?"

Kopfschüttelnd, als wollte sie mit Gewalt etwas aus ihren Gedanken vertreiben, drehte sie sich weg. „Weißt du noch, was ich dir gesagt habe? Die Zukunft ist nicht fest, nicht sicher. Abhängig von Millionen von Steinen, die ihren Platz finden müssen. Mach dir keine Sorgen, es wird nichts Schlimmes geschehen. Ganz sicher nicht. Gute Nacht, Nicholas."

Ratlos sah er ihr nach, wie sie zum Balkon huschte und mit einem geschmeidigen Sprung über die Brüstung flankte. Ohne ein Geräusch zu vernehmen wusste er, dass sie auf ihrem eigenen Balkon, der direkt darunter lag, gelandet war. So ein verrücktes Weib. Er würde die nächsten Nächte in seiner Zweitwohnung verbringen, diese Frau war gefährlich.

Trotz der Wärme der Sommernacht war ihm kalt. Was hatte sie wirklich gesehen? Was auch immer es war, Nicholas vermutete nichts Gutes. Nicht für ihn. Er rieb sich nervös über die beiden Wunden. Sie brannten, aber nicht halb so schlimm wie diese düstere Vorahnung, die ihn irgendwo tief darunter biss.

Er brauchte Ablenkung. Jetzt sofort. Alkohol, Sex und reichlich Emotionen wären schon mal ein Anfang. Und er wusste genau, wo all das in wunderbarer Konzentration zu finden war.

13

Halb zwei Uhr nachts war eine sehr unchristliche Zeit, um an der Wohnungstür einer schönen Frau zu klingeln. Andererseits hatte er auch nie die Absicht verspürt, sich christlich zu geben. Sie öffnete mit einem Hauch von Schrecken in den Augen, aber verärgert schien sie nicht. Guter Anfang.

„Hey", meinte er leise und beobachtete, wie sie ihre Unterlippe verwirrt zwischen die Zähne zog. Sie war nicht geschminkt und sah erschöpft aus, doch es wirkte nicht so, als hätte er sie geweckt. Ihr Haar fiel unordentlich, aber nicht zerzaust über ihre Schultern.

„Hey?", gab sie fragend zurück. Ihr Blick verlangte nach einer Erklärung.

„Ich konnte nicht schlafen und bin auf der Suche nach jemandem, dem es ähnlich geht. Darf ich reinkommen und dir einen Drink ausgeben?" Er schwenkte die Whiskyflasche, die er in der Hand hielt.

Sie nickte wie paralysiert. Als hätte er sie in seinem mentalen Griff, was nicht der Fall war. Wortlos ging sie in ihr Wohnzimmer. In der hinteren Ecke, versteckt zwischen zwei Farnen enormer Größe, stand ein breiter Diwan aus hellem Leder. Sie ließ sich darauf fallen und zog die Beine an den Körper. Ihre nackten Füße verschwanden in den zu langen Hosenbeinen ihrer leichten Trainingshose. Der Träger ihres Tops rutschte von ihrer Schulter und verriet, dass sie nichts drunter trug. Er leckte sich unwillkürlich über die Lippen und sie schob den Träger im gleichen Augenblick wieder an seinen Platz.

Ihre Emotionen waren bereits wieder da, er spürte sie in voller Intensität, aber sie schirmte sie sicherer vor ihm ab als je zuvor. Sie hatte ihre Lektion gelernt, wenn auch nur unbewusst.

„Woher wusstest du, dass ich nicht schlafen konnte?“, fragte sie und deutete mit dem Kinn auf eine Vitrine, in der er Gläser fand.

„Wusste ich gar nicht. Ich dachte, ich wecke dich einfach.“ Da keine Whisky-Tumbler vorhanden waren, nahm er zwei Weingläser heraus, stellte sie auf dem kleinen Beistelltisch ab und schenkte ein.

Ihr „Ich trinke keinen Whisky“ überging er mit dem Hinweis, dass dies ein ganz außergewöhnlicher Malt aus Wales sei, den man unbedingt probiert haben sollte. „Ich war gerade erst dort und habe die Flasche mitgebracht. Perderyn Sherrywood. Sehr süß, fruchtig und mild im Geschmack.“ Dass das Zeug gerade deshalb so heftig knallte, sagte er ihr nicht.

Er ließ sich mit geringem Abstand zu ihr nieder und schwenkte das Glas leicht, sodass sich die goldene Flüssigkeit darin drehte. Erst nach einer Weile bemerkte er, dass sie ihn aufmerksam ansah.

„Du warst also in Wales. Geschäftlich?“

„Kann man so sagen.“

„Hm.“ Sie verengte die Augen. „Es war kein gutes Geschäft, oder? Du siehst angespannt aus. Was mich gewissermaßen beruhigt, denn ich hätte nicht gedacht, dass jemand wie du überhaupt angespannt aussehen kann.“

Er gluckste, worauf sie errötete, was ihrer dunklen Haut ein wenig das Aussehen von Rosenholz gab.

„Ich steh mitten in der Nacht mit einer Flasche Whisky vor deiner Tür", sagte er amüsiert. „Das zeugt weniger von Anspannung, als mehr von Verzweiflung, denkst du nicht?"

Jetzt lachte sie und ahnte vermutlich nicht einmal, dass er ihr gerade erneut mehr Wahrheit offenbart hatte, als sie je verstehen würde. Eigentlich hatte er scherzen wollen. Er kippte den Inhalt seines Glases in einem Zug runter.

Sie nippte nur, eher der Höflichkeit halber. „So schlimm?"

Schlimmer. Er winkte ab und wechselte zu einem belanglosen Thema. Es war nicht nötig zu reden, aber es entspannte. Und sie trank mehr.

Als er wenig später beide Gläser nachfüllte, griff er nach dem Tablettenröhrchen auf dem Tisch. „Du hast Schlafprobleme. Alpträume, hm?"

Sie schlang ihre Arme um die Knie. „Ich nehm das nicht."

„Das ist keine Antwort auf meine Frage."

„Du hast auch nicht gefragt. Du glaubst zu wissen."

Dem war wohl so. Er musste grinsen. „Willst du das gar nicht richtigstellen?"

„Und mich vor dir rechtfertigen? Warum sollte ich?"

Gute Frage, verdammt gute Frage. „Erzählst du mir trotzdem davon, wenn ich dich darum bitte?" Es wäre ihm egal gewesen, wenn sie ihm gleich geantwortet hätte. Aber neben seiner Neugier war auch sein Spieltrieb wieder geweckt, sowie die Frage, wie weit sie sich ihm wohl öffnen würde, wenn er es darauf anlegte.

Sie schluckte hart, tat dann unbekümmert und nahm einen tiefen Schluck aus ihrem Glas. „Keine Träume, nein. Ich arbeite im Schichtdienst. Da kommt der Schlafrhythmus schon mal durcheinander. Das ist eine typische Berufskrankheit. Aber ich hab's im Griff."

Ihre sanften Züge verschleierten ihre Lüge hervorragend. Nicholas musste zugeben, dass jeder Mensch ihr geglaubt hätte. Er wusste es besser, und aus irgendeinem verqueren Grund ärgerte es ihn, dass sie ihn anlog.

„Hast du eine Ahnung, wie viel Beherrschung es mich kostet, mich nicht über deine permanenten Unwahrheiten zu ärgern?" Es kostete ihn schon Beherrschung, seine Stimme weich und leise klingen zu lassen. Ihre Gefühle gaben preis, dass sie bei seinen Worten erschrak, auch wenn sie es nicht offen zeigen wollte. „Ich meine das ernst. Ich mühe mich mit der Wahrheit ab und zum Dank werde ich von dir ständig angelogen."

„Natürlich", feixte sie. Der Whisky sang bereits in ihrer Stimme. Sie nahm einen weiteren Schluck. „Du bist eine vollkommen ehrliche Haut und würdest nie die Unwahrheit sagen."

Ihr Lächeln hatte trotz allem Spott etwas Ansteckendes, dem er sich nicht entziehen konnte. „Nein, wohl nicht. Ich bin ein guter Lügner. Daher durchschaue ich es, wenn ich angelogen werde. Aber zu dir war ich nur ein einziges Mal unehrlich. Als ich dich zum ersten Mal sah und behauptete, dich nicht erschrecken zu wollen. Das war tatsächlich nicht ganz richtig. Alles andere war die Wahrheit." Er machte eine beredte Pause. „Wenn auch nicht immer die ganze."

Sie zog die Brauen zusammen und knabberte an ihrer Unterlippe. Nicholas konnte es in ihrem Kopf förmlich arbeiten sehen. Die Frage lag unausgesprochen in der Luft, was ihr nichts von ihrer Dringlichkeit nahm: ‚Was verschweigst du mir?'

Er wusste, dass sie nicht laut fragen würde und ließ sich alle Zeit der Welt, ehe er wieder sprach. „Sag mir, was dich so bekümmert." Er fuhr mit dem Finger ihre Schläfe sowie ihren Wangenknochen entlang. Sie hielt den Atem an. Welch herrlich naives Ding. Er ließ die Berührung ihre Kehle herabfließen und schließlich über ihr Dekolleté und ihre Brust. „Du verschließt dich völlig. Warum?"

Was er an ihrem Leben so interessant fand, dass er ihre Antwort für den Moment allem anderen vorzog, selbst ihren Emotionen oder ihrem Körper, war ihm nicht klar. Vielleicht war es einfach die Tatsache, dass diese Antwort schwerer zu bekommen war, die größere Herausforderung darstellte. „Sag's mir."

Ihr Schutz blieb fest und eisern, doch ihr Körper sank gegen den seinen. Ihre Wangen waren gerötet und ihre Augen glänzten dunkel als sie kurz zu ihm aufsah.

„Ich kann nicht", flüsterte sie, leerte ihr Glas und schmiegte sich an seine Seite, als suche sie bei ihm Schutz vor sich selbst. Oder vor ihm.

Er erwiderte, dass sie es einfach erzählen sollte. Sie beharrte darauf, es nicht zu können. Das Spiel ging einige Male hin und her, bis es ihn nervte und er ihr Kinn in die Hand nahm, damit sie ihn ansehen musste.

„Dann werde ich dich zwingen“, drohte er ruhig. „Und glaube mir ruhig, dass ich die Macht dazu habe.“

Sie ließ ihn Verwirrung spüren. Doch ihre Irritation war nichts im Vergleich zu seiner, als sie sagte: „Dann tu’s! Bitte zwing mich, denn ansonsten werde ich es nie los.“

Sie entwand sich seinem Griff, vergrub ihr Gesicht an seiner Brust. Er spürte Feuchtigkeit sein Hemd durchdringen. Und wollte für einen Augenblick nichts mehr, als dass sie ihm freiwillig sagte, was geschehen war.

Verdammter Alkohol. Verschleiert die Gedanken wie billige Haremsweiber und erhebt banales Geschwätz auf des Sultans Thron.

Ihr Flüstern brachte sein innerliches Gezeter zum Schweigen. „Ich … war verlobt“, erzählte sie stockend. „Sein Name war Sascha, wir wollten heiraten. Eines Nachts ging er zur Tankstelle, nur zwei Kilometer von unserer damaligen Wohnung entfernt. Er wollte Eis holen, weil ich solchen Heißhunger darauf hatte. Es war nach Mitternacht und es regnete, aber er ging trotzdem. Nur für mich. Er … er ist nie zurückgekommen.“ Er spürte unter seinem Arm, dass sie ihren Atem krampfhaft ruhig hielt. „Ich sah ihn drei Tage später wieder. In der Leichenhalle. Sein Kopf und sein Gesicht waren … Sie haben ihn mit etwas Stumpfem erschlagen, vermutlich war es ein Baseballschläger. Zwanzig Schläge oder mehr, meinten die Polizisten. Kein Knochen war mehr da, wo er sein sollte. Man hatte seine Leiche in der Elbe treibend gefunden. Du kannst dir vielleicht vorstellen, wie er aus…" Ihre Stimme brach.

Der Schatten in Nicholas brüllte gierig nach den Emotionen, die sie offen vor ihm ausbreitete. Doch er spürte noch mehr. Noch viel, viel tieferen Schmerz. Bitterer und süßer.

„Das ist nicht alles", stellte er schlicht fest, kippte beide Gläser voll und schob ihr eins wieder zwischen die Hände.

„Ich war schwanger." Es waren keine Worte mehr, die sie in sein Hemd hauchte, sondern zu Lauten gewordene Gedanken. „Ich trug sein Kind in mir, Saschas Kind. Und ich … habe es abtreiben lassen. Ich habe mir eingeredet, dass ich dem Baby nicht zumuten wollte, aufzuwachsen wie ich. Ohne Vater. Bei mir war es das Gleiche, verstehst du? Mein Vater starb, als meine Mutter mit mir schwanger war. Tatsächlich hatte ich einfach Angst. Vor der Verantwortung. Davor, mit dem Kind allein zu sein. Oder nie mehr allein sein zu können." Ihre Stimme war beim Sprechen immer schneller geworden, bis er sie kaum mehr verstand. Nun lachte sie bitter auf. „Ich dachte sogar an einen Fluch oder so etwas. In Afrika gibt es solche Legenden, von Halbdämonenkindern, die ihren Vätern das Leben nehmen, wenn sie im Mutterleib heranwachsen. Das ist natürlich Quatsch, aber damals … Ich brauchte eine Entschuldigung für das, was ich tat. Das war so naiv und dumm von mir. Ich habe dieses Baby getötet, wie sollte ich es je um Verzeihung bitten können? Ich kann mir selbst ja nicht mal verzeihen." Sie zog die Nase hoch, leerte mit einem einzigen Zug ihr Glas und schüttelte sich heftig. „Ich hatte mir immer geschworen, das nie einem Menschen zu erzählen.“

Nicholas antwortete nicht und schluckte den Kommentar runter, der ihm auf der Zunge lag. Welch Ironie. Sie hielt ihren Schwur indem sie es gerade ihm anvertraute. Er rühmte sich als Menschenkenner unter seinesgleichen, doch was in diesem Falle zu sagen war, wusste auch er nicht. Die Hilflosigkeit machte ihn beinahe wütend. Ihre Geschichte hätte ihn gleichgültig gelassen, denn Menschen starben früher oder später, dazu wurden sie geschaffen, wenn nicht Joanas Gefühle von solcher Tiefe wären. Schwarz, herb und süß, wie Melasse. Sie klebten an ihm. Innerlich focht er gegen sich selbst. Der eine Teil gierte nach diesen mächtigen, dunklen Emotionen. Der andere war dagegen, sie zu nehmen.

Es würde schiefgehen. Diese Gefühle waren zu stark, zu mächtig. Sie würden ihn mitreißen, ihm vielleicht nicht mehr erlauben, rechtzeitig aufzuhören.

Nein, das Risiko, sie zu einer willenlosen Inane zu machen, war zu groß. Auch wenn sie stark war, irgendwann kam jede Kraft an ihr Ende und es wäre in ihrem Fall einfach verdammt schade, wenn das zu früh geschah.

„Danke“, meinte sie. Er fühlte sich ertappt, zuckte verständnislos mit den Schultern und hörte ein Lächeln und jede Menge Whisky in ihrer Stimme. „Dafür, dass du nicht versuchst, das Ganze runter zu reden oder gar zu entschuldigen. Ich hätte nicht gedacht, dass jemand in der Lage ist, sich das einfach anzuhören."

„Alle behaupten, sie seien anders als alle anderen", meinte er trocken. „Verrat es keinem, aber ich bin's wirklich."

Sie schwieg lange. Ihr Atem wurde langsam und ruhig. War sie eingeschlafen? Er wollte sich darüber aufregen – er war doch nicht hergekommen, um den Seelenmülleimer zu spielen. Allerdings fühlte er sich viel zu wohl, um sich zu ärgern. Geschmeichelt von ihrem Vertrauen und entspannt von der Ruhe, die sie verströmte.

Irgendwann, als er längst dachte, sie würde schlafen, schob sich ihre Hand unter sein Hemd und strich über seinen Bauch.

„Du bist dran", flüsterte sie. „Erzähl mir, was dich belastet."

Er lachte rau. Zur Hölle, was sollte er sagen? Dass er befürchten musste, in den Besitz des Dämonenfürsten Luzifer überzugehen? Das würde sie schwerlich verstehen. Warum wollte er es ihr trotzdem erzählen? Kälte bemächtigte sich seines Blutes.

„Mein Chef", sagte er schließlich, „ist ein sehr dominanter Mann. Und ich habe ein gewisses Problem, mich unterzuordnen."

Sie kicherte. Ihre Hand fuhr warm und weich seinen Körper hoch. „Das wundert mich kein bisschen."

Nicholas ließ den Kopf in den Nacken sinken und schloss die Augen. „Nicht reden", murmelte er. „Mach nur weiter. Danach erzähl ich dir alles, was du hören willst."

„Alles?“, schnurrte sie, während ihre rechte Hand begann, die Knöpfe seines Hemdes zu öffnen.

Mit den Nägeln der Linken umkreiste sie seine Brustwarzen, was ihn in tieferen Gefilden prompt hart werden ließ.

Er nickte und meinte es im Augenblick wahrhaft ernst. Joana glitt auf seinen Schoß, fuhr mit den Lippen über seine Wangen, saugte an seinem Ohrläppchen und knabberte an seinem Hals. Purer Genuss deckte einen Schleier über den Rest der Welt. Ihr Körper rieb aufreizend über seinen, als sie tiefer rutschte und sein Hemd vollständig öffnete. Mit den Fingerspitzen strich sie über seine Arme, zeichnete seine Tätowierungen nach ohne hinzusehen. Die Berührungen verlangten nichts, boten ihm nur an, liegen zu bleiben. Vorerst tat er es. Ihre Lippen streichelten weich über seine Brust, begleitet von heißen, kurzen Atemzügen. Sanfte Provokation leckte über Anspannung und ließ einen Hauch von Frieden durchschimmern.

Es brannte, als sie mit dem Mund die kleinen, aber tiefen Bisswunden erkundete. Süßer Schmerz. Sie stieß die Zungenspitze in sein Fleisch und ein langgezogenes Seufzen entrann seiner Kehle. Ihre Finger gruben sich in seine Taille, sie knurrte lustvoll und saugte gierig an seiner Haut. Stöhnte und sackte zusammen.

Ihr Körper wurde schlaff, sie schmiegte sich an ihn und blieb reglos auf seiner Brust liegen.

„Jo?“ Nicholas stupste sie an. Das war doch jetzt nicht ihr Ernst. „Joana?“ Sie gab ein leises Brummen von sich, mehr nicht.

Toll gelaufen. Fantastisch!

Die Frau vertrug wirklich keinen Alkohol.

Nach kurzem Zögern legte er seinen linken Arm um ihre Schultern. Schließlich ließ er den Kopf wieder an die Rückenlehne sinken und gönnte sich die Illusion, einfach liegen bleiben zu können. Für eine Weile in einer Realität zu verharren, in der man seine Probleme für Mythen hielt und darüber lachte. Ganz der Ruhe hingegeben, die Joana vorgaukelte. Sollte sich seine Welt da draußen doch ein paar Stunden ohne ihn weiterdrehen.

Fauliger Gestank einer längst verlorenen Schlacht lag in der Luft. Die kaum mehr zu erkennenden Überreste menschlicher Körper krochen über den Boden, Gedärm und Körperteile hinter sich herziehend. Langsam versanken sie im Untergrund. Ihr Blut, sowie ihr zerfallendes Fleisch vermischten sich mit der Erde zu noch mehr zähem Morast, der nach weiteren Leben lechzte.

Eine gesichtslose Gestalt stand knietief in diesem Moor aus Leichen. Die Arme ausgebreitet und die Handflächen gen Himmel gedreht, schien sie um reinigenden Regen zu beten. Ein Halo aus Schwärze umgab sie.

Das Wesen senkte wie resignierend den Kopf. Plötzlich zerriss das Geräusch von splitterndem Glas die Stille. Die Gestalt schrie auf. Wand sich vor Schmerzen. Würgte und erbrach Blut.

Es war der Todeskampf gegen einen alles vernichtenden Parasiten, der in ihr wütete. Diese Schlacht war verloren, ehe sie begonnen hatte.

Der Körper wurde aus seinem Inneren heraus zerfetzt. Wunden rissen auf, klafften auseinander und spieen Blut. Blut, überall Blut. Auch die Tränen der Gestalt waren aus Blut.

Alles versank in einem roten Meer aus Tod.

Agnes erwachte von einem durchdringenden Schrei aus ihrem eigenen Mund. Der Traum hallte in ihrem Körper nach, sie spürte noch den Schmerz in der Brust, roch den Verfall und schmeckte die Tränen auf ihren Lippen. Schwer atmend tastete sie nach dem Lichtschalter. Und schrie prompt erneut auf.

Bernsteinsplitter lagen um sie herum verteilt. Einer hatte sich tief in die Haut ihres Dekolletés gegraben. Blut rann ihre Brust herab und versickerte in ihrem Nachthemd.

„Oh Gott. Gott, was …"

Sie presste die Lider und Lippen zusammen, mahnte sich zur Ruhe. Panik half jetzt nicht weiter. Schließlich zog sie mit zusammengebissenen Zähnen den Splitter aus ihrer Haut und stürzte sogleich zum Telefon.

„Was habt ihr getan?", schrie sie in den Hörer, kaum dass sich die müde Stimme ihres Mentors meldete. „Wir hatten eine Abmachung, Theodor! Welcher gottverdammte Verräter hat mich hintergangen?"

„Halte dich im Zaum, Agnes!", tadelte ihr Mentor. „Was auch immer geschehen ist, so lasse ich nicht mit mir reden. Worum geht es überhaupt?"

„Worum es geht? Das fragst du noch?" Es war das erste Mal, dass Agnes jeden Respekt Theodor gegenüber fallen ließ. „Es geht um meine Nichte. Das Ritual wurde durchgeführt."

Langes Schweigen spannte ihre Nerven fast bis zum Zerreißen. Endlich räusperte sich Theodor und sagte: „Davon weiß ich nichts. Bist du völlig sicher?"

„Das Medaillon mit ihrem Blutstropfen ist mir soeben buchstäblich um die Ohren geflogen", empörte sich Agnes. Den Traum ließ sie unerwähnt. Sie wollte ihn erst in Ruhe deuten, ehe sie damit für weitere Spannungen sorgte. Vielleicht war er ganz harmlos. „Gottverdammt, ihre Mutter wird mich umbringen. Ich habe ihr geschworen, all das von Joana fernzuhalten. Kannst du dir vorstellen, was es bedeutet, jemanden wie Mary zum Feind zu haben? Ich bin so gut wie tot, Theodor!"

Er seufzte laut. „So schlimm wird es nicht werden, du hast dir doch nichts vorzuwerfen." Agnes entging der fragende Unterton in seiner Stimme nicht, auch wenn sie sicher war, dass sie ihn nicht hatte wahrnehmen sollen. „Ich werde das prüfen. Ich melde mich gleich wieder bei dir, unternimm nichts."

Es klickte in der Leitung und für Agnes begannen die schlimmsten Minuten ihres Lebens. Das ungewisse Warten.

14

In Joanas Ohren surrte und klingelte es. Ihr Hirn schmerzte, als würde es pulsieren und gleich die Schädelknochen sprengen. Mit einem leisen Stöhnen hob sie den Kopf ein paar Zentimeter an und ließ ihn sofort wieder fallen. Ihre Wange sank zurück auf etwas wunderbar Warmes, Festes, während ihr Kinn an eine kühle Kante stieß. Sie wurde leicht gerüttelt, aus weiter Ferne durchdrang eine Stimme das Surren. Verwirrt schüttelte sie den Kopf und bereute es sofort. Ein Migräneanfall. Auch das noch.

Blinzelnd erkannte sie nackte Haut unter ihrem Gesicht und eine metallene Gürtelschnalle an ihrem Kinn. Zu den Schmerzen und dem Elend gesellte sich augenblicklich das Gefühl, vor Scham im Boden versinken zu wollen. Sie war einfach eingeschlafen und lag nun mit dem Kopf auf seinem Bauch. Wie abgrundtief peinlich. Hatte sie so viel getrunken?

Erneut schüttelte Nicholas ihre Schulter, diesmal fester. „Joana, dein Telefon! Egal wer es ist, sag ihm, dass ich ihn hasse!"

Sie rappelte sich mühsam auf, ließ ihren Blick durch den Raum schweifen. Alles schien skurril verdreht, als würde sie durch einen Zerrspiegel sehen. Auch Nicholas, halb auf dem Sofa sitzend, halb liegend, sah derart albern aus, dass sie kichern musste. Das Klingeln setzte erneut ein, doch sie erkannte nun, dass es nicht ihrem Kopf entsprang, sondern dem altmodischen Wahlscheibentelefon auf dem Sideboard. Sie kämpfte sich vom Sofa hoch und taumelte in die Richtung des Apparats. Wer zum Geier rief um diese Zeit an?

„Ja?“ Ihre Stimme klang kratzig.

„Joana! Wie gut, dass du daheim bist.“

Am anderen Ende der Leitung war eindeutig Tante Agnes und sie schien höchst aufgeregt. Au Backe.

„Hör zu, Liebes, bleib wo du bist. Es ist etwas geschehen, ich muss dringend persönlich mit dir sprechen.“

Joana wurde flau, ein Kloß drückte ihr im Magen. „Ist was mit Mama?“

„Nein, keine Sorge. Es ist nichts Schlimmes. Es ist nur … Ich mache mich sofort auf den Weg und erklär dir alles, wenn ich da bin.“

Joana nahm den Hörer vom Ohr und betrachtete ihn einen Moment, als könnte er ihr eine Erklärung auf Tante Agnes’ Verhalten geben. Schließlich warf sie einen Blick zu Nicholas. Er sah aus, als hätte er auch geschlafen. Müde und auf entzückende Art zerknautscht. Aber leider auch schrecklich genervt.

Sie drückte den Hörer wieder gegen ihre gerötete Wange. „Tante Agnes? Es ist vier Uhr früh und ich …“

„Morgenstund hat Gold im Mund“, stellte Agnes barsch fest. „Ich bringe Brötchen mit.“ Es klang wie eine Warnung. Dann legte sie auf.

Kopfschüttelnd schlurfte Joana zurück zum Sofa, ließ sich darauf niederfallen und schloss die Augen. „Meine Tante kommt her“, stöhnte sie in die Kissen.

Nicholas seufzte. „Na toll. Soll ich sie vertreiben?“

„Nein. Vielleicht ist es besser, wenn du …“ Sie schluckte. Ihr Hals war total trocken. „Tut mir leid.

Ich habe keine Ahnung, warum sie mich so dringend sprechen will. Sie war schon immer etwas schräg, aber das hier übertrifft alles. Es muss etwas passiert sein." Sie öffnete ein Auge und ihr Blick fiel auf die halbleere Whiskyflasche. „Ich weiß nicht einmal mehr, was hier passiert ist. Ich hab dir doch gesagt, dass ich nie trinke. Kein Wunder, dass das Zeug mich umgehauen hat. Was ist da drin, Benzin?" Sie rieb sich die pochende Stirn, hätte am liebsten dagegen geschlagen. „Das ist alles deine Schuld. Oh mein Gott, hab ich Kopfschmerzen. Kann man sich das Hirn verstauchen?"

Er lächelte nur, fuhr ihr übers Haar und sie hasste ihn. Für den Whisky und dafür, dass er sich das Hemd wieder zuknöpfte und ganz eindeutige Anstalten machte, zu gehen. Andererseits hatte sie ihn schließlich reichlich ungalant dazu aufgefordert. Die Vorstellung, dass er Tante Agnes über den Weg laufen würde, behagte ihr nicht.

„Schade. Die Nacht entsprach nicht so recht meinen Vorstellungen."

Ach, dachte sie sarkastisch. Dachtest du, meinen?

„Aber fürs nächste Mal bin ich klüger und werde dich keinen Tropfen mehr trinken lassen."

„Nächstes Mal?" Joana stand schwerfällig wieder auf und räumte die Gläser in die Spüle, um die Spuren seiner Anwesenheit zu verwischen.

Ihre Tante musste nicht erfahren, dass sie sich wieder mit jemandem traf. Nicht, solange es eine derart offene Beziehung war, was sich mit diesem Exemplar von Mann wohl kaum je ändern würde. Ob sie selbst das bedauerte oder guthieß, war ihr nicht ganz klar.

In einer fließenden Bewegung trat er plötzlich hinter sie. Sie schrak zusammen. Langsam strich er ihre Haare zurück und berührte ihre zitternde Schulter mit den Lippen. „Ja, nächstes Mal", sagte er leise. „Bis morgen, Jo. Denn dann zeige ich dir, dass für einen wahren Rausch kein Tropfen Alkohol vonnöten ist."

Es kostete sie einige Anstrengung, aufrecht stehen zu bleiben, sie musste sich auf der Arbeitsplatte abstützen. Seine Finger, die unter dem T-Shirt ihre Wirbelsäule entlang wanderten, hatten fatale Auswirkungen auf ihren angeschlagenen Gleichgewichtssinn. Dennoch gelang es ihr, ihre Stimme einigermaßen unter Kontrolle zu halten.

„Mal sehen."

„Oh, ganz sicher." Er küsste ihren Nacken, wandte sich ab und verließ ohne ein weiteres Wort ihre Wohnung.

Schwer atmend ließ Joana sich auf den nächsten Stuhl fallen und krallte ihre Finger ineinander, nur um sich davon abzuhalten, die brennende Stelle in ihrem Genick zu berühren. Das Schwindelgefühl wollte ebenso wenig nachlassen, wie die Erregung, die in dieser Nacht unbefriedigt bleiben würde.

Als Agnes gegen halb sechs Sturm klingelte, deutete nichts mehr auf Joanas nächtlichen Besucher hin. Zwar schwindelte ihr nach wie vor leicht vom Alkohol, aber ansonsten schien dieser sich nicht mehr auf sie auszuwirken. Ihre Gedanken waren überraschend klar und ihr Atem nach einer halben Tube Zahncreme und einer ganzen Tüte Bonbons wieder pfefferminzfrisch.

„Was ist denn passiert?“, fragte sie ihre Tante schon beim Öffnen der Tür.

„Lass mich erst einmal reinkommen, Liebes.“

Tante Agnes sah man die Uhrzeit in keiner Weise an. Ihr penibel aufgelegtes Makeup unterstrich gekonnt das wache Blitzen ihrer Augen und ihr Haar war wie immer akkurat frisiert. Lediglich die Fältchen um ihren Mund traten etwas deutlicher hervor und zeugten von Unruhe. Während Joana Kaffee in zwei Tassen füllte, nahm Agnes am Küchentisch Platz und trommelte mit den Fingern auf ihren Oberschenkeln. Die versprochenen Brötchen hatte sie nicht dabei.

„Erzähl endlich!“, verlangte Joana schließlich gereizt. „Du kommst doch nicht mitten in der Nacht, um mit mir Kaffee zu trinken.“

Agnes kniff ihre Lippen zusammen und schüttelte den Kopf. „Wo warst du in den letzten Stunden?“, fragte sie ernst.

Joana zog irritiert die Brauen zusammen. „Hier zu Hause. Auch den ganzen gestrigen Tag. Aber warum willst du das wissen?“

„Allein?“

„Ja.“

Joana vermied es, zu schlucken. Warum sie ihrer Tante, die sie bislang nie hatte anschwindeln können, nicht die Wahrheit gesagt hatte, wusste sie nicht. Die Lüge war ihr vollkommen intuitiv über die Lippen gekommen und alles in ihr beharrte darauf, an ihr festzuhalten. Unter dem Tisch ballten sich ihre Hände zu Fäusten. Nicholas war ihre Privatangelegenheit, sie würde sich nicht für dieses

Verhältnis rechtfertigen. Nicht vor sich selbst und erst recht nicht vor anderen.

Agnes seufzte und schien sie nicht zu durchschauen. „Ich habe es befürchtet.“ Sie sprach wie zu sich selbst. „Es kann Tage her sein, wenn das Elixier verdünnt wurde. Deine Erinnerungen könnten manipuliert worden sein. Wie sollen wir da nachvollziehen, wer …“

„Wovon sprichst du?“

Ihre Tante verbarg das Gesicht in den Händen. Die verzweifelt anmutende Geste jagte trotz der sommerlichen Temperaturen ein Frösteln über Joanas Haut.

„Liebes, du trägst eine Besonderheit in dir“, sprach Agnes leise, beinah ehrfürchtig, jedoch ohne aufzusehen. „Eine Gabe, die schon seit Generationen in unserer Familie weitergegeben wird. Es ist die Macht … Dämonen bannen zu können.“

Joana verschluckte sich an ihrem Kaffee und japste nach Luft. Jetzt war ihre Tante verrückt geworden.

„Du kannst es nicht glauben, Joana, das ist mir bewusst. Daher musst du mit mir kommen. Ich bringe dich in unser Haupthaus nach Süddeutschland. Theodor, unser Ältester, kann dir alles erklären und die Beweise liefern, die dich überzeugen werden.“

Langsam stand Joana von ihrem Stuhl auf. „Das meinst du doch nicht ernst, Tante Agnes. Nimmst du irgendwelche Drogen? Du glaubst nicht wirklich, dass … Also wirklich. Dämonen. So ein Blödsinn.“

„Schätzchen, ich möchte dich wirklich sehr ungern dazu zwingen.“ Der unglückliche Ausdruck in

Agnes' Gesicht machte Joana Angst. „Fakt ist, dass ich deiner Mutter geschworen habe, dich von all dem fernzuhalten. Dies wird normalerweise nicht geduldet, dazu gibt es zu wenige von uns. Wir können auf keinen Krieger im Kampf gegen das Böse verzichten. Doch da deine Mutter bereits ihren Mann verloren hat und sehr … überzeugend gegen deine Wandlung argumentierte, machte man eine Ausnahme. Doch irgendjemand hat sich nicht an die Absprachen gehalten. Das Ritual wurde durchgeführt und deine Kraft damit geweckt. Bitte leg ein gutes Wort bei Mary für mich ein, sonst macht sie mich für mein Versagen einen Kopf kürzer."

„R-r-ritual?", stammelte Joana. Sie wollte über diesen Schwachsinn lachen, doch ihr Gesicht verkrampfte sich nur. Das Herz schlug ihr bis zum Hals. „Komm mal von deinem Trip runter. An mir wurde ganz sicher kein Ritual durchgeführt."

„Leider doch. Daran besteht kein Zweifel. Theodor lässt bereits Nachforschungen anstellen, damit wir den Schuldigen finden. In irgendeinem Kontor muss eine Phiole mit dem Elixier fehlen."

Was für ein Elixier? Tante Agnes' Gerede ergab nicht den geringsten Sinn.

„Sobald wir wissen, wo sie gestohlen wurde, werden wir erfahren, wer Zugang hatte. Wer immer das auch getan hat, er wird bestraft werden, denn es war nicht rechtens. Für dich wird das allerdings nichts ändern. Die Gabe ist geweckt und du wirst lernen müssen, sie zu nutzen."

„Agnes, was bist du da für Spinnern aufgesessen? Das ist eine okkulte Sekte oder sowas, die machen dir doch etwas vor. Bestimmt musst du für die Mitgliedschaft in diesem magischen Zirkel ordentlich blechen, oder? Jetzt mal im Ernst, haben die dich einer Gehirnwäsche unterzogen?"

„Joana, du kannst gerne versuchen vor dem Rat durchzusetzen, dass man nicht auf deine Beteiligung besteht. Die Dämonen verhalten sich europaweit derzeit recht friedlich und in Deutschland hatten wir schon lange keine Schwierigkeiten mehr mit ihnen. Möglicherweise lässt man dich einfach gehen, wenn du darum bittest. Aber wenn du erst alles weißt, wenn du erst um den Verdienst erfährst, dann möchtest du vielleicht gar nicht mehr auf diese Möglichkeit verzichten." Ihre Tante ließ sich nicht unterbrechen. „Mein Auftrag lautet, dich in unseren Hauptsitz zu bringen. Dort wird der Rat dann alles Weitere entscheiden. Ich habe in dieser Hinsicht leider nichts zu sagen, Liebes. Ich bin nur eine Kriegerin, ich führe nur Befehle aus."

Mit diesen Worten erhob sich Agnes elegant vom Stuhl und griff nach ihrer Handtasche. Ihre Bewegungen waren die einer älteren Dame, doch ihre Aura tatsächlich die einer Kämpferin. Die Vorstellung, dass diese Frau mit einem verzauberten Schwert gegen Höllenwesen kämpfte, kam Joana plötzlich nicht mehr so abwegig vor. Wie hatte sie diese machtvolle Ausstrahlung ihrer Tante all die Jahre nicht bemerken können? Oder wurde sie jetzt einfach nur verrückt? Himmel, sie hatte immer noch den ganzen Whiskey in der Blutbahn, kein Wunder, dass sie auf Agnes' Märchen ansprang.

„Ich werde nirgendwo hingehen!", stellte sie klar. Es war mehr Angst, als Unglauben, die sie antrieb.

„Selbst wenn ich es wollte, würde das gar nicht gehen. Ich muss nachher wieder zur Arbeit."

„Das ist unwichtig, Schätzchen. Du wirst mitkommen. Man wird sich um alles kümmern."

Joana ballte die Fäuste und presste die Zähne aufeinander. „Ich denke ja nicht einmal daran."

Agnes hob die Hand in ihre Richtung, seufzte ein „Es tut mir leid" und malte ein seltsames Zeichen in die Luft. Ihr Blick war von bohrender Intensität und schien unter Joanas Hirnschale zu prickeln und zu brennen.

„Was … was … tust du?", keuchte Joana und krallte sich an der Stuhllehne fest. Ihre Knie gaben nach. Das hatte nichts mehr mit den Nachwirkungen des Alkohols zu tun. Ganz langsam sank sie zu Boden, gefesselt von einer Kraft, die sie nicht ansatzweise verstand. Wie in Zeitlupe sah sie den Flickenteppich auf dem Laminat näher kommen. „Hör auf!" Sie wollte schreien, aber ihre Stimme verließ sie und es kam nur ein Wispern. Ihr Kopf sank zu Boden.

„Wir haben keine Wahl", hörte sie Agnes noch sagen, dann wurde es zum zweiten Mal innerhalb weniger Stunden schwarz vor ihren Augen.

15

Es war laut. Unerträglich laut. Joana wollte sich die Ohren zuhalten, um den Lärm einzudämmen. Doch ihre Arme wurden festgehalten, oder waren einfach nur zu schwer. Sie bekam die Augen nicht auf. Wind schlug ihr kalt ins Gesicht. Er schien von allen Seiten zu kommen. Ließ sie kaum atmen.

Durch den Lärm vernahm sie Stimmen, doch verstand kein einziges Wort. Sie wurde vorwärts gezogen, ihre Füße schleiften über den Boden. Schließlich hob man sie hoch und trug sie.

Der Lärm nahm ein wenig ab und der Wind hörte auf. Es wurde wärmer. Sie wurde in halbsitzender Position abgelegt, jemand strich ihr übers Gesicht. Es knallte dumpf und sie hörte das Dröhnen nur noch gedämpft. Dafür erkannte sie nun deutlich das Schnurren eines Automotors. Sie versuchte etwas zu sagen, doch ihre Zunge gehorchte nicht. Nur ein Stöhnen kam über ihre Lippen.

„Ganz ruhig“, ertönte ein Flüstern nah an ihrem Ohr. Tante Agnes? „Wir sind gleich da. Schlaf weiter. Oder brauchst du dein Spray?“

Langsam bekam Joana ihre Sinne wieder zusammen und schüttelte den Kopf. Sie befand sich tatsächlich in einem Auto. Ihre Tante saß neben ihr und stützte ihren Körper, wenn er in einer Kurve zur Seite sackte. Die Straße hatte viele Kurven. Druck baute sich in ihren Ohren auf, ab und an knackte es unangenehm. Vielleicht eine Bergstraße. Wo zum Geier war sie? Wohin brachte man sie?

Von den Vordersitzen drangen die leisen Stimmen zweier Männer an ihre Ohren, sie plauderten. Es gelang Joana, die Augen zu öffnen und langsam wurde die Sicht klar. Außerhalb des Wagens sah sie nichts als Bäume. Finstere Nadelwälder, die das Licht schluckten, obgleich es Tag sein musste.

Agnes neben ihr hatte die Brille abgenommen. Mit geschlossenen Augen massierte sie ihren Nasenrü cken. Von den Männern sah Joana nur die Hinterköpfe.

Sie wurde entführt. Im Film würde Nicholas sie jetzt verfolgen und sie herausschlagen.

Sie kicherte lautlos, eher aus Verzweiflung als Humor. Ob die Männer ihre Tante in der Hand hatten und sie erpressten? Es musste so sein. Joana weigerte sich, zu glauben dass Agnes eine Gangsterbraut war, die ihre eigene Nichte kidnappte. Wozu auch? Wer sollte schon Lösegeld oder etwas Derartiges für sie aufbringen? Ihre Mutter sicher nicht.

Der Wagen verließ den Wald und jagte eine Straße zwischen endlos ins Land reichenden Feldern und Wiesen entlang. Agnes blickte aus dem Fenster und mied jeden ihrer Blicke. Die Sonne spielte im Gold des Weizens, der Himmel war azurblau und wolkenlos. In weiter Ferne ließen sich Berge erkennen, es mussten die Alpen sein. Auf hügeligen Weiden grasende Pferde und Rinder täuschten eine Idylle vor, die Joana die Tränen in die Augen trieb. Sie wurde an diesem herrlichen Sommertag doch nicht wirklich verschleppt? Man hatte sie nicht einmal gefesselt, aber nachdem, was sie eben erlebt hatte, schien das auch nicht nötig zu sein. Ihre Tante hatte ihr einfach das Bewusstsein geraubt. Durch irgendeine

Art von Magie. Oder vielleicht hatte sie ihr schlicht etwas in den Kaffee gekippt. Das war anzunehmen.

Agnes streichelte mitfühlend über ihre Hand und Joana zuckte zurück. „Es ist alles nicht so schlimm, Liebes. Bitte hab keine Angst, du wirst gleich verstehen, dass es dazu keinen Grund gibt."

Die Männer drehten sich zu ihr um, als sie hörten, dass sie bei Bewusstsein war. Der Fahrer war ein schlaksiger Kerl und jünger als sie selbst. Um seinen Hals schmiegte sich eine Perlenkette in den Farben Jamaicas und er hatte ein Piercing in der Unterlippe. Der andere war älter, ein wenig füllig, besaß ein verschmitztes Gesicht und trug eine Nickelbrille auf der Nase. Beide schienen freundlich und betonten ebenfalls, dass sie sich nicht fürchten sollte. Klassische Kidnapper hätte sie sich düsterer vorgestellt.

Schließlich bogen sie in eine von Tannen gesäumte Einfahrt ein. Der Fahrer hielt auf dem Hof eines großen Anwesens. Mittelpunkt war ein typisches, wenn auch ungewöhnlich großes Schwarzwaldhaus, gemauert aus Naturstein in unterschiedlichen Farben, mit dem klassisch weit herabgezogenen Schindeldach, über dem die Luft vor Hitze flimmerte. Kletterrosen und wilder Wein wanden sich die Fassade hoch. Ein paar kleinere Häuser und eine Scheune flankierten das Anwesen. Alles war alt, aber sehr gepflegt und sauber. Die Landhausromantik wurde allerdings von mehreren PS-starken Luxuslimousinen auf dem Parkplatz gestört.

Als der jüngere der beiden Männer Joana die Tür öffnete und sie ausstieg, schien niemand zu befürchten, dass sie fliehen würde. Wo sollte sie hier auch hin? Weit und breit sah sie nichts, was auf weitere Menschen hindeutete.

Die Rosen und die Tannen dufteten derart intensiv, dass Joana beinahe übel wurde. Das flaue Gefühl in ihrem Magen ließ ihre Beine zittern, immerhin hatte sie seit gestern nichts mehr gegessen. Sie hätte gerne gewusst wie spät es war, sie schätzte früher Nachmittag. Fragen wollte sie nicht. Sie wollte überhaupt nicht mit diesen Leuten sprechen. Der ältere der beiden Männer stellte sich selbst als Carsten und den jüngeren als Tobias vor. Trotzig presste sie die Lippen zusammen und sagte keinen Ton.

„Hast du auch einen Namen?“, fragte Tobias.

Vom Siezen hielt man hier offenbar ebenso wenig, wie von Menschenrechten. Sie schwieg weiter und bedachte ihn zur Antwort mit einem Blick, der jedes Kind zum Weinen gebracht hätte.

Er lachte. „Oho, die ist sauer!“

„Sie heißt Joana“, erklärte Agnes an den jungen Mann gewandt. „Und du wirst sie nicht mit deinen frechen Bemerkungen belästigen, du kleiner Tunichtgut. An meiner Nichte beißt du dir die Milchzähne aus, also versuch es gar nicht erst.“

Tobias verzog beleidigt das Gesicht und Joana schnaubte wütend. Trotz allem folgte sie ihrer Tante und diesem Carsten ins Haus ohne zu widersprechen, während Tobias an den Wagen gelehnt draußen stehen blieb und ihnen hinterher sah.

Das Innere des Hauses war überraschend modern eingerichtet. Spiegelnd blanke Fliesen, helle Holzpaneele an den Wänden und schlichte, schnörkellose, aber ungemein teuer aussehende Möbel. Agnes führte Joana durch eine chromglänzende Wohnküche in eine Art Salon. Um einen ovalen Tisch, der sicherlich zwanzig Menschen Platz bot, saßen fünf Personen, die den Ankömmlingen teils neugierig, teils freundlich oder, im Falle eines strohblonden Mannes Mitte dreißig, mit offenem Misstrauen entgegenblickten. Agnes drückte Joana kurzerhand auf einen der Polsterstühle nieder, flüsterte Carsten etwas zu und setzte sich selbst, während der Mann verschwand.

„Soso", begann der älteste Mann zu sprechen. Er besaß graues, schütteres Haar und ein hageres Gesicht mit einer hohen Stirn. Mit seiner schmalen Brille und der eleganten Kleidung, die farblich an sein Haar angepasst zu sein schien, erinnerte er an einen Professor von ihrer Uni. Sein Alter ließ sich unmöglich schätzen, es musste irgendwo zwischen fünfzig und siebzig liegen. „Das ist also Joana."

Sie biss die Zähne so fest zusammen, dass sie knirschten und erwiderte den Blick eisig. Der Mann lächelte, was Joana noch wütender machte.

„Ich verstehe deinen Zorn, mein Kind. Allerdings trägt niemand hier Schuld an deiner Lage, es ist also nicht sonderlich gerecht von dir, uns derart entgegenzutreten. Wir wollen dir nur helfen."

„Na sicher!", höhnte Joana und ließ ihren giftigen Blick über die anderen Anwesenden schweifen. „Ihr wollt mir helfen. Deshalb wurde ich auch betäubt und gegen meinen Willen hergebracht. Das ist ja mal gerecht. Wo bin ich überhaupt? Wer seid ihr und was wollt ihr von mir?"

Niemand aus der Runde schien sich sonderlich für ihre Fragen zu interessieren, man wartete geschlossen die Worte des älteren Mannes ab.

„Verzeih.“ Der Mann schmunzelte. „Mein Name ist Theodor. Ich bin einer der Köpfe einer Gruppe von Menschen, die durch besondere Fähigkeiten dazu auserwählt sind, Dämonen zu bekämpfen. Man nennt uns die Clerica. Dies hier“, er wies mit einer kreisförmigen Bewegung auf die anderen Menschen am Tisch, „ist der Rat der deutschen Clerica. Tina, Matthias, Arndt, Ulrike und meine Wenigkeit. Wir sind die Oberhäupter dieser Zunft, der du von nun an angehörst. Der Rat wird dich aufklären und dir einen Mentor zuteilen, der dich lehrt, wie deine Fähigkeiten zu nutzen sind.“

Joana zwang sich ein falsches Lächeln ins Gesicht, um ihre Fassungslosigkeit zu überspielen. So warb diese Sekte also Mitglieder an.

„Aber klar. Ihr seid Dämonenjäger. Ghost-Busters. Okay, herzlich gerne. Tut was ihr nicht lassen könnt, aber lasst mich aus eurem Rollenspiel bitte raus. Das ist mir zu abgefahren.“

Die jüngere Frau, Tina, stöhnte genervt auf. „Welcher Idiot hat dieses Mädel gewandelt? Sie weiß ja gar nichts, sie ist vollkommen ahnungslos.“

Joana schnappte aufgebracht nach Luft. Nun fehlten ihr die Worte. Die Frau war kaum älter als sie selbst, glaubte an Dämonen-Hokuspokus und führte sich auf, als hätte sie die Weisheit mit Löffeln gefressen.

„Das ist das Problem, Tina“, meldete sich nun Agnes zu Wort. „Wir wissen nicht, wer ihr das Elixier gegeben und ihre Wandlung eingeleitet hat. Gibt es dazu noch nichts neues, Theodor?“

Dieser schüttelte den Kopf. Joana erkannte Misstrauen in dem Blick, mit dem er Agnes musterte.

Dieser Theodor schien den Verdacht zu hegen, dass Tante Agnes etwas damit zu tun hatte.

„Fakt ist, dass in keinem Kontor in Europa eine Phiole fehlt."

Verhaltenes Raunen ging durch den kleinen Zirkel.

„Was bedeutet das?", fragte der Mann, der als Matthias vorgestellt worden war.

In seinen Augen las Joana für einen Moment Entsetzen, ehe er sich wieder zusammenriss und einen Schluck aus seiner Kaffeetasse nahm. Joana neidete ihm den Kaffee. Ihr Magen knurrte und ihr Mund war heiß und trocken.

Zum wiederholten Male fragte sie sich, was zum Geier das hier alles sollte. Es war vollkommen verrückt, schien dabei allerdings auf beängstigende Weise real.

Theodor hob die Schultern. „Das kann ich auch nicht sagen. Wir werden warten müssen, bis uns die Informationen aus den anderen Ländern erreicht haben. Irgendwo muss eine Phiole geraubt worden sein. Die andere Möglichkeit ist eher auszuschließen."

Carsten erschien, stellte einen Teller mit belegten Broten und ein großes Glas Limonade vor Joana auf den Tisch. Das Getränk war so kalt, dass Kondenswasser außen an dem Glas herablief. Sie gab mit keinem Blick zu, wie dankbar sie dafür war, kippte aber den halben Inhalt in einem Zug runter.

„Welche andere Möglichkeit?", fragte sie dann, leicht bebend von der Kälte der Limonade. „Und was sind das für Phiolen?"

Sie fühlte sich unwohl unter dem Blick des misstrauischen Blonden, der bislang kein Wort gesagt hatte. Er starrte sie an, als sei sie ein ekelerregendes Insekt, das zerquetscht werden musste.

„Bei dem Elixier, das unsere Wandlung einleitet, das heißt, unsere Kräfte erweckt, sobald wir es trinken, handelt es sich um eine sehr seltene Substanz", antwortete Theodor. „Sie ist äußerst schwer zu beschaffen. Da dieses Elixier für normale Menschen giftig ist, wird es in den Häusern der Clerica gut verschlossen und in speziellen Fläschchen aufbewahrt. Über jeden Tropfen wird Buch geführt. Dennoch gibt es eine weitere Möglichkeit, an diese Substanz zu gelangen, und zwar in ihrer reinsten und ursprünglichsten Art. Nämlich direkt von der Quelle. Es handelt sich um Blut, mein Kind." Er machte eine bedeutungsschwangere Pause und sah ihr tief in die Augen. „Dämonenblut."

Die Limonade drohte, wieder hochzukommen. Joana schluckte und kämpfte gegen den Brechreiz an. Die waren doch alle vollkommen verrückt. Ganz sicher hatte sie kein Blut getrunken. Wann, wieso und warum zum Geier hätte sie das tun sollen? Und von irgendeinem unmenschlichen Wesen schon gar nicht. Ausgeschlossen.

Und doch war da die verschwommene Erinnerung, einen seltsamen Geschmack im Mund gehabt zu haben. Das Gefühl von einem Brennen auf ihrer Zunge und einem vollen, süßherben Hauch von Metall. Blut nicht unähnlich, aber viel intensiver.

Sie stürzte rasch die restliche Limonade runter und schüttelte den Kopf. „Unsinn!", rief sie und merkte im gleichen Moment, dass ihre hysterische

Stimme etwas völlig anderes zu sagen schien. Die einzigen Menschen, denen sie in den letzten Tagen nah genug gekommen war, so dass sie ihr irgendeine Droge hätten verabreichen können, waren ihre Mutter, Agnes, Ben und Nicholas. Und dieser war, nun ja, er schien ihr durchaus ein wenig anders, aber konnte er zu dieser verrückten Sekte gehören und ihr etwas untergemischt haben? Sie wollte es nicht glauben. Andererseits musste sie zugeben, dass ein paar Schlucke Whisky wohl kaum den Blackout rechtfertigten, den sie letzte Nacht gehabt hatte. War das tatsächlich nicht einmal einen Tag her? Es fühlte sich wie eine Ewigkeit an.

Genug davon. Diese Menschen machten sie noch ganz kirre. Mit der flachen Hand, schlug sie auf den Tisch. „Leute, seid mir nicht böse, aber ich habe die Vermutung ihr seid alle ein bisschen daneben." Dass sie die Truppe schlichtweg für geisteskrank hielt, vermied sie laut auszusprechen. Verrückten gegenüber sollte man ja immer Vorsicht walten lassen und sie wollte Tante Agnes auch nicht beleidigen. „Es gibt keine Dämonen. Ich bin mir ziemlich sicher, ihr wisst das genauso gut wie ich. Wo ist die versteckte Kamera? Sie kann jetzt abgeschaltet werden. Scherz gelungen. Ha-ha. Tante Agnes, ich möchte sofort nach Hause." Ihre Stimme klang viel überzeugter, als sie sich fühlte.

Zunächst sagte niemand ein Wort. Tina grinste nur hämisch und Joana beschloss, dieses überhebliche Stück zu hassen, obwohl sie in ihrem kurzen Herrenhemd und der Jeans eigentlich recht nett und nicht gerade religiös durchgeknallt aussah. Zumindest wirkte Tina sympathischer als alle anderen. Um ihren Hals trug die junge Frau ein silbernes Ankh und an ihrer linken Hand glänzte ein einzelner, schmaler Goldring.

„Die Frage sollte lauten: Wo ist der Beweis?", säuselte Tina. „Und die Antwort lautet: Im Keller. Darf ich sie runterführen?"

Joana zog nur die Brauen hoch. Diese Freaks glaubten doch nicht wirklich, dass sie hier in den Keller steigen würde, um sich irgendwelche Beweise für die Existenz von Dämonen anzusehen.

Theodor nickte knapp und Agnes sagte zu Joana: „Geh schon", und drückte ihr das Asthmaspray in die Hand.

Doch. Sie glaubten es tatsächlich.

Der blonde Mann mit dem misstrauischen Gesicht, Theodor hatte ihn Arnd genannt, erhob sich und wollte nach ihrem Arm greifen, doch Joana zog ihn rasch weg und stand auf.

„Ich geh schon allein", fauchte sie.

Arnd verengte die Augen. „Du hast Dunkles in dir", knurrte er rau und wandte sich dann Theodor zu. „Ich sehe Böses in der Negerin!"

Joana keuchte empört und registrierte nur peripher, dass sie nicht die Einzige war. Entrüstete Äußerungen kamen von allen Seiten. Sie trösteten nur geringfügig. Dass man ihr wegen ihrer Hautfarbe hin und wieder abfällig nachsah, war sie gewohnt. Aber eine derart rassistische Bemerkung war ihr seit ihrer Schulzeit nicht mehr untergekommen.

Theodor riss das Wort an sich, ehe sie etwas Passendes erwidern konnte. „Arnd, setz dich und sei still! Ich dulde nicht, dass unsere Neuankömmlinge beleidigt werden. Das ist nicht das erste Mal, doch ich weise dich heute zum letzten Mal darauf hin!“

Arnd grummelte etwas, das verdächtig nach einem überaus unfreundlichen Kommentar klang, ging jedoch zurück zu seinem Platz.

„Komm schon“, sagte Tina beschwichtigend. „Vergiss den Kerl, Arnd ist ein Idiot. Sein Hirn ist weit brauner als deine Haut. Kackbraun, wenn du mich fragst. Vermutlich riecht es auch so, und er ist deshalb immer so stinkig. Komm.“

Joana folgte ihr, wenn auch nur, weil sie nicht glaubte, überhaupt eine Wahl zu haben. Beim Verlassen des Salons warf sie Arnd noch einen letzten, giftigen Blick zu, den dieser eisig erwiderte.

Tina führte sie eine Steintreppe hinab. Unten angekommen war von dem modernen Stil des Erdgeschosses nichts mehr zu erkennen. Man konnte es eher mit finsterer Eleganz beschreiben. Den persischen Teppichen auf dem Fußboden des langgezogenen, niedrigen Flures entstieg ein staubiger Muffgeruch. An den Natursteinwänden hingen altertümliche Kupferstiche und düstere Ölgemälde. Joana glaubte, einen Goya zu erkennen, aber sowas Kostbares hing sich doch wohl niemand in den Keller. Das war sicher eine Reproduktion. Mehrere Holztüren zweigten von dem Gang ab. Tina öffnete eine davon mit einem großen Schlüssel, ließ Joana eintreten und verschloss die Tür von innen.

Joana fand sich in einem großen Raum wieder, der, bis auf ein rustikales, mit verschiedenen Tongefäßen bestücktes Holzregal, leer war.

„Bist du bereit?", fragte Tina und lächelte herausfordernd.

Joana steckte ihr Aerosol in die Hosentasche und verschränkte die Arme. Ihr Magen drohte sich zu überschlagen, aber sie würde vor dieser Frau nicht zugeben, dass sie Angst hatte. Was sollte schon passieren.

Tina öffnete eines der verkorkten Tontöpfchen und trat einen Schritt zurück. Starr vor Schreck beobachtete Joana, wie eine dunkle Nebelwolke aus dem Gefäß entwich, sich zu einer schemenhaften Gestalt zusammenzog und in zuckenden, hastigen Bewegungen durch den Raum jagte. Gleichzeitig fühlte sie etwas, das sie nie zuvor erlebt hatte. Ihr Blut wurde kalt. Sie spürte es in jeder Ader ihres Körpers. Es kribbelte in ihrem Fleisch. Als das Wesen plötzlich nah an ihr vorbeiflog konnte sie einen kleinen Schrei nicht unterdrücken. Sie duckte sich und hörte Tina lachen. Die kleine Gestalt zog sich in eine Ecke zurück und – Joana fielen fast die Augen aus den Höhlen – es veränderte seine Materie. Ein pummeliges, fellbedecktes Ding von der Größe eines Fuchses entstand aus der körperlosen Schwade. Es kauerte sich schutzsuchend zusammen und fauchte erbost in ihre Richtung, wobei es kleine, gelbe Zähne entblößte.

Joana wollte sich die Augen zuhalten. Sie wollte schreien, wegrennen oder hysterisch lachen. Doch sie tat nichts davon, sondern starrte einfach nur auf das Wesen. Was immer das auch war, es war nicht möglich. Es konnte nicht real sein. Sein Entstehen war wider jedes Gesetz der Natur oder der Logik.

Solche Wesen existierten nicht. Vielleicht in Computerspielen, aber nicht in der Realität.

„D-d-das ist nicht echt", stotterte sie.

Ihre Knie fühlten sich so weich wie Pudding an und ihre Fähigkeit, klar und rational zu denken, lag irgendwo in einer Ecke und heulte. Immer noch war dieses kühle Kribbeln in ihrem Blut. Alles, was sie davon abhielt, einfach in Ohnmacht zu fallen, war eine zynische innere Stimme, die sie wissen ließ, wie unakzeptabel und lächerlich das wäre.

Tina zuckte unbekümmert mit den Schultern. „Das ist nur ein ganz kleiner Dämon. Schwach und harmlos. Wir trainieren unsere Fähigkeiten zunächst an ihnen."

Sie hob ihre Hand, vollzog ein paar seltsame Bewegungen und das kleine Wesen zog sich plötzlich mit einem Aufheulen zusammen. Joana presste sich die Hände vors Gesicht, das Geräusch schmerzte in ihren Ohren und in ihrem Kopf. Das Geschöpf wurde wieder zu Nebel. Eine weitere Geste Tinas und es verschwand in dem Gefäß.

„Beeindruckend, nicht wahr?"

Das Prickeln ließ sofort nach. Joana schluckte schwer und zuckte vor dem Geräusch zusammen.

Joanas Haut war bleich und ihre Hände zitterten, als Tina sie wieder nach oben brachte. Agnes unterdrückte ein Seufzen. Sie hätte ihrer Nichte all das gerne erspart. Immer noch hatte sie keinen Hinweis darauf, wer Joanas Wandlung vollführt hatte. Geschweige denn warum. Theodor verdächtigte Agnes, aber es war auch denkbar, dass er damit nur von sich selbst ablenken wollte.

Sie und ihr Mentor hatten Joana und Tina gemeinsam im Salon erwartet. Die anderen waren inzwischen auf ihre Zimmer gegangen. Man hatte beschlossen, Joana nach dem Schock erst einmal zur Ruhe kommen zu lassen und wenn Agnes ihre Nichte näher ansah, konnte sie dafür nur dankbar sein. Das Mädchen war vollkommen fertig.

Sie umarmte Joana zögerlich, und sie ließ es sich gefallen, erwiderte die Geste aber nicht.

Ein Räuspern Theodors ließ sie zusammenschrecken. „Du hast also erlebt, dass wir die Wahrheit gesagt haben."

Joana nickte knapp.

„Deine Ausbildung wird morgen beginnen. Ich frage mich ob Tina wohl willens ist, deine Mentorin zu werden."

Tina hob abwehrend die Hände. „Tut mir leid, aber nein!"

Sie presste die Lippen zusammen, als Theodor sie mahnend ansah. Agnes hielt sie für eine loyale Frau, die ihrem Mentor sonst nie widersprach.

„Es tut mir schrecklich leid, Theodor. Mich ehrt dein Vertrauen, aber du weißt, dass ich derzeit nur die Ratsaufgaben übernehme. Es ist nichts gegen dich", fuhr sie an Joana gewandt fort und berührte sie in einer beinahe freundschaftlichen Geste am Arm. „Aber ich habe ein kleines Baby zu Hause und möchte so schnell wie möglich zurück. Ich werde morgen wieder abreisen."

„Wenn es schon sein muss, warum kann ich nicht von Agnes lernen?", schlug Joana mit unsicherer Stimme vor. „Zu Hause."

Agnes brach beinahe das Herz. „Schätzchen, ich bin nur eine Kriegerin, kein Ratsmitglied. Ich bin nicht befugt jemanden auszubilden."

„Dann werde ich sie selbst lehren", entschied Theodor. „Ich kann sie und Tobias gemeinsam ausbilden, wenn sie in den nächsten Tagen fleißig ist und den Rückstand schnell aufholt."

Agnes vermutete anhand von Joanas Gesichtsausdruck, dass dies nicht in ihrem Interesse lag, doch offenbar war ihre keine Kraft mehr geblieben, um zu widersprechen.

„Ich erwarte dich morgen um acht vor der Bibliothek. Sie befindet sich im Keller, direkt neben dem Raum, in dem du eben mit Tina gewesen bist."

Theodor wartete keine Reaktion ab und verließ den Salon. Tina folgte ihm.

„Komm", seufzte Agnes schließlich und griff nach dem bislang unangerührten Teller mit den belegten Broten. „Ich zeige dir dein Zimmer."

„Zeig mir lieber, wo ich ein Telefon finde", presste Joana durch die Zähne. „Ich werde nicht hierbleiben. Ich werde die Polizei rufen, ich …"

„Joana, bitte! Mach es dir nicht so schwer. Du verfügst nun über Fähigkeiten, die zu kontrollieren du lernen musst. Das ist unabdingbar, unser Kodex verlangt es. Es sind nur knappe zwei Wochen, dann wirst du das Wichtigste begriffen haben und kannst vermutlich schon nach Hause zurück."

„Aber …"

„Vertrau uns einfach, es ist für alles gesorgt. Deine Mutter wird informiert, dein Arbeitgeber ebenfalls. Du wirst keine Nachteile erleiden."

„Das ist Freiheitsberaubung. Ist euch das eigentlich klar?"

Wie recht sie hatte. Ob sie je verstehen würde, dass es Dinge gab, die weit über den Rechten eines Einzelnen standen? „Das ist es wohl. Aber es ist nicht zu ändern. Zwei Wochen, Joana, bitte, gib uns die gottverdammten zwei Wochen. Man wird dich ausreichend entschädigen. Bitte begreife doch. Wir sind zu wenige, um darauf verzichten zu können, dich auszubilden. Du musst zumindest über die nötigsten Informationen verfügen, für den Fall, dass es irgendwann zu einem größeren Aufstand der Dämonen kommt. Oder willst du dann hilflos zusehen, obwohl du die Macht hättest, sie aufzuhalten? Willst du getötet werden, weil du zu borniert warst, zwei Wochen deiner Zeit zu opfern?"

Agnes erwartete keine Antwort. Sie öffnete die Tür zu einem der Gästezimmer und ließ ihre Nichte eintreten. „Ich habe deine Hygieneartikel und etwas Wäsche eingepackt. Tina bringt es dir gleich, weiterhin Kleidung, sowie alles, was du sonst noch brauchen wirst. Du kannst ihr vertrauen, sie ist vielleicht etwas vorlaut, aber eine gute Seele."

Unbehagen ermächtigte sich Agnes. Nicht alle Mitglieder der Zunft konnte man als gute Seelen bezeichnen. Sie atmete tief durch, während Joana ans Fenster trat und ihre Stirn an die Scheibe lehnte. Sie sah aus, wie ein gefangenes Tier. Der Anblick tat Agnes in der Seele weh. „Liebes, ich möchte dich noch um eins bitten: Halte dich von Arnd fern. Geh ihm am besten aus dem Weg. Er ist … keiner von uns."

„Was meinst du damit?", fragte Joana ohne sich umzudrehen. „Er saß mit am Tisch und wurde sogar als Ratsmitglied vorgestellt."

„Er gehört zu den Reinigern. Deren Oberhaupt ist grundsätzlich Teil unseres Rates. Es sind mächtige Menschen, aber sie unterliegen nicht dem Verhaltenskodex der Clerica. Sie übernehmen Aufgaben, die uns anderen verboten sind."

„Welche Aufgaben?"

„Das wirst du erfahren, wenn es soweit ist. Lass dir nur eines gesagt sein. Halte dich von ihnen fern. Sie sind gewissenlos, das bringt ihre Arbeit über die Jahre so mit sich. Und Arnd ist grundsätzlich ein Mann, der niemandem traut. Er hat das zweite Gesicht, nur darüber offenbar längst verlernt, seine Augen zu benutzen."

Agnes sah Joana schwer schlucken. Mehr durfte sie ihr nicht sagen, aber ganz offensichtlich zog ihre Nichte die richtigen Schlussfolgerungen. „Soll ich dich jetzt einen Moment allein lassen?"

Joana schüttelte den Kopf. Ihre Stimme war brüchig, als sie sprach. „Erzähl mir mehr über diese Wesen. Das dort unten im Keller, das war tatsächlich ein Dämon?"

Sie wurde neugierig, das war gut. „Nur ein kleiner. Es war ein Trumachi, eine Art Poltergeist. Sie werden beschworen, um verhasste Mitmenschen zu schikanieren, aber im Grunde sind sie harmlos. Dadurch eignen sie sich hervorragend zum Trainieren unserer Fähigkeiten, denn letztlich läuft das Bannen immer gleich ab, egal wie stark oder schwach der Dämon ist. Wir lähmen sie in ihrer Schattengestalt und sperren sie in ein Gefäß."

„Das ist barbarisch", murmelte Joana und drehte sich um. „Dieses arme, kleine Ding."

Jetzt musste Agnes lachen. „Wahrhaftig, du bist deines Vaters Tochter. Das hat er auch gesagt, als er diesen Biestern das erste Mal gegenüberstand. Aber glaube mir, Joana, wir haben daraufhin einen Trumachi nachts in seinem Zimmer freigelassen. Danach fand er es nicht mehr so barbarisch, sie einzusperren."

„Was tun sie?"

„Sie trinken Blut. Nicht viel, gefährlich werden sie nicht. Aber ihre Bisse sind äußerst schmerzhaft, wie entzündete Mückenstiche. Es sind nervtötende kleine Wadenbeißer und am liebsten plagen sie kleine Kinder."

Joana sank auf die Bettkante. „Doch es gibt Schlimmere?"

„Oh ja." Agnes ließ sich neben ihr nieder. „Größere, die sich von viel mehr ernähren, als nur von Blut. Vor allem aber haben mächtige Dämonen die Macht, in den Körper eines Menschen zu fahren, womit sie für uns nicht mehr aufzuspüren sind. Du wirst die Präsenz des Dämons im Keller wahrgenommen haben. Wenn du nach mir oder deinem Vater kommst, wirst du einen machtvollen Dämon in Schattengestalt über beinahe hundert Kilometer weit spüren, sobald du etwas mehr Erfahrung hast. Doch verbirgt er sich im menschlichen Körper, hast du diese Möglichkeit nicht. Dann ist er unsichtbar für deine Augen, deine Sinne, du könntest an ihm vorbeilaufen, ohne ihn zu erkennen."

Joana erzitterte heftig. Sie rieb sich über die Arme, als müsse sie sich wärmen. „Wie … wie jagt ihr sie dann?", fragte sie, das Gesicht verspannt, als hätte sie körperliche Schmerzen.

„Du kannst einem Menschen auch nicht am Gesicht ablesen, ob er guten Herzens ist oder einen Mord begangen hat. Trotzdem werden Morde aufgeklärt. Auch die Dämonen hinterlassen Spuren und machen Fehler. Meist führen uns ihre Opfer zu ihnen. Es gibt eine Möglichkeit, mit der wir sie aus ihrer menschlichen Gestalt zwingen können, wenn wir erst einen Verdacht haben. Oft werden sie auch leichtsinnig und verlassen ihren Körper von sich aus. Und dann schlagen wir zu."

„Verstehe." Joana massierte ihre Stirn mit den Fingerspitzen. „Was passiert mit den Menschen, wenn sie in ihre Körper fahren? Sind sie dann … besessen?"

„Sie sind vernichtet, Liebes. Der Dämon zerstört alles Menschliche."

Joana presste ihre Hände vor den Mund, Tränen standen in ihren Augen.

So gerne Agnes ihr geholfen hätte, bei diesem Kampf stand sie außen vor. Ihre Nichte würde selber lernen müssen, die Wahrheit zu akzeptieren.

Joana erwachte am frühen Morgen aus tiefem, traumlosem Schlaf. Einen verschwommenen Moment lang fühlte sie sich fast wohl, denn so ruhig hatte sie lange nicht mehr geschlafen. Dann wurde ihr wieder klar, wo sie sich befand. In Gefangenschaft. Ihr tiefer Schlaf rührte vermutlich von weiterem Hokuspokus. Zwar hatte sie sich nach den langen Gesprächen mit ihrer Tante damit abgefunden, eine Weile zu bleiben und zu lernen, was angeblich so wichtig für sie zu wissen war, doch gern tat sie es nicht. Ihr ganzes Leben lang hatte man sie belogen, hatte ihr kein Wort davon erzählt, dass es Dämonen gab und ihr Vater diese gejagt hatte. Eine Welt aus Lügen war um sie herum errichtet und nun mit einem Schlag wieder zerstört worden. Selbst ihre Mutter hatte ihr nichts gesagt. Und nun verlangte man von ihr, sich dieser Organisation anzuschließen. Letztlich war ihre Zustimmung nicht mehr als Resignation gewesen, da man sie doch nicht gehen lassen würde. Ihr Entschluss, bei der ersten Gelegenheit die Polizei, oder gar Nicholas, anzurufen, war gescheitert. Ein Telefon hatte sie im ganzen Haus noch nicht gefunden, allerdings hatte sie auch noch keine Möglichkeit gehabt, unbeobachtet danach zu suchen.

Von ihrem Fenster aus sah sie minutenlang in den anbrechenden Tag. Zwischen den Hügeln kroch der Nebel dick und milchig über die Wiesen, doch am Himmel war bereits deutlich zu erkennen, dass es schon bald wieder freundlich und sonnig werden würde. Joana fluchte still. Selbst das Wetter machte sich über sie lustig. Ein Sturm wäre der Situation angemessen gewesen, aber doch kein strahlender Sommertag.

Für einen Moment fragte sie sich, ob Nicholas am Abend zuvor bei ihr gewesen war und vor verschlossener Tür gestanden hatte. Oder wusste er vielleicht mehr als sie? War auch er eine Figur in diesem perfiden Spiel? Wenn dem so war, dann hoffte sie inständig, dass er auf ihrer Seite spielte. Der gegensätzliche Gedanke, der zaghaft an ihrem Bewusstsein kratzte und um die Akzeptanz seiner Existenz bat, war einfach zu absurd, um ihn hineinzulassen.

Missmutig duschte sie, zog die fremde Kleidung an und ging dann mit feuchten Haaren ins Erdgeschoss, wo Tina bereits in der Küche mit Brötchen und Kaffee auf sie wartete.

Eine Weile bedachte sie die junge Frau mit Schweigen, doch diese nahm es gleichgültig hin, aß und spielte dabei gedankenverloren mit ihrem Ankh.

„Ich werde heute Vormittag abreisen", erklärte Tina etwas später. „Zu Hause warten mein Mann und mein Sohn auf mich, weißt du? Er ist noch ganz klein, gerade neun Monate alt. Hier, schau!" Sie zog ein laminiertes Foto aus der hinteren Hosentasche und hielt es ihr vor die Nase.

Joana sah angestrengt daran vorbei. „Süß."

„Hast du auch Familie? Einen Partner?"

Sie schwieg. Sie wollte nicht zugeben, dass sie allein war. Nicholas konnte sie kaum als ihren Freund ausgeben. Sie kannte ihn ja kaum, wusste nichts über ihn, nicht einmal, ob er einer dieser Clerica, ein harmloser Mensch, oder gar etwas völlig anderes war. Nach ihm zu fragen wagte sie nicht, aus Angst vor der Antwort.

Sie rief sich Agnes' Worte vom Abend zurück ins Gedächtnis: ‚Sie sind nicht alle böse. Manche leben wie Menschen, tun niemandem etwas und wollen einfach nur in Ruhe gelassen werden. Doch wenn du einem begegnest, dann frag nicht lange, sondern banne ihn sofort. Ein Zögern kostet dich im nächsten Moment das Leben, wenn dir der Falsche gegenübersteht.'

Joanas Nervenstärke nahm im gleichen Ausmaß ab, wie all die tausend Fragen in ihrem Kopf an Dringlichkeit zulegten.

„Habt ihr dort unten in eurem Vorratskeller noch andere Dämonen eingelagert?", fragte sie einige Minuten später mit der abfälligsten Stimme, die sie aufbringen konnte.

Tina grinste. „Nur ein paar schwächliche. Es wäre zu gefährlich, mächtige Dämonen hier zu behalten."

„Ach ja?" Joana zog die Brauen zusammen. „Warum? Können sie ausbrechen?"

„Nein. Der Bann bewirkt eine Lähmung, aus der sie allein nicht heraus kommen. Aber andere Dämonen können ihre Anwesenheit spüren und sie befreien. Allerdings tun sie das nur, wenn sie sich einen Nutzen davon versprechen. Für diese erbärmlichen Geschöpfe in unserem Keller würde kein Dämon seine Haut riskieren. Sie taugen nichts. Doch bei einem starken Artgenossen sähe das anders aus. Daher werden mächtigere Dämonen gut versteckt."

Joana legte ihre zweite Brötchenhälfte zur Seite und nippte am Kaffee. Das war alles etwas zu viel, um mit gesundem Appetit zu essen. „Und wo?"

„Stell dir vor, sie würden Radiowellen aussenden", begann Tina, nahm einen Bissen und sprach ungerührt mit vollem Mund weiter. „Dadurch können andere Dämonen sie spüren und erfahren, wo sich der Artgenosse befindet. Aber gewisse Mineralien und Gesteine scheinen ihre Frequenz irgendwie zu stören. Es gibt einige solcher Stoffe, Diamant zum Beispiel. Allerdings wäre es ein kostspieliges Unterfangen, alle Dämonen in Diamant einzulassen." Sie zwinkerte. „So viel sind sie uns dann doch nicht wert. Eine ausreichend dicke Schicht aus Calcit oder Aragonit reicht auch schon aus und ist einfacher zu finden."

„Kalkgestein, wie in vielen Höhlen", überlegte Joana laut und unterdrückte ein plötzliches Keuchen, als ihr eine böse Erkenntnis kam. „In Tropfsteinhöhlen! In einer solchen ist mein Vater umgekommen."

Tina lächelte mitfühlend und strich ihr in einer kurzen Bewegung über den Oberarm. „Ja. Tut mir sehr leid. Leider weiß niemand so recht, was damals passiert ist und warum er in diese Höhle gegangen ist. Andere Clerica hatten Jahrzehnte zuvor einen Dämon dort versteckt."

Joana schüttelte ungläubig den Kopf. „Ihr schmeißt die einfach in irgendwelche Höhlen? Egal, ob jemand drüber stolpert? Sehr effektiv!"

„Ach, spar dir den Sarkasmus. Wir haben schon versucht, Gruben auszuheben und mit dem entsprechenden Gestein abzudecken. Aber solche

Gräber sind für die, die suchen leicht zu finden. Das ist zu auffällig. Daher nehmen wir bestehende Höhlen, aber wir suchen Kammern, die schwer zugänglich sind und schütten diese auch zu. Leider ist nie auszuschließen, dass sie dennoch wieder geöffnet werden. In jüngster Zeit nutzen wir auch oft Baugruben. Aber früher war dies nicht so leicht machbar, wie mit den heutigen Möglichkeiten, daher sind viele Dämonen noch nicht optimal versteckt. Wir suchen nach ihnen, um sie sicherer zu verbergen, aber …"

„Ihr wisst selbst nicht, wo die Zunft sie in der Vergangenheit versteckt hat", vollendete Joana den Satz und schob gedankenverloren einen kleinen Salzstreuer zwischen ihren Händen hin und her. „Aufzeichnungen können in die falschen Hände gelangen und sind vermutlich darum zu gefährlich."

„Richtig, sie könnten gestohlen werden." Tina lächelte und es war erstmals ein ehrliches Lächeln. Joana zuckte mit den Mundwinkeln, das musste als Reaktion reichen.

„Dann glaubst du es also nun doch?", fragte die Clerica.

Joana schüttelte langsam den Kopf. „Nicht wirklich. Es zu glauben wäre zuviel gesagt. Aber ich akzeptiere es inzwischen."

Tina nickte verständnisvoll. „Guter Anfang. Lieber Himmel!", rief sie plötzlich. „Jetzt hätten wir uns fast verplappert. Du musst runter gehen, Theodor hasst es, zu warten. Los, beeil dich. Hopp, hopp!"

Sie zog Joana von ihrem Stuhl und schob sie aus der Küche in Richtung Treppe, die in den Keller führte. „Einfach geradeaus gehen. Mach's gut und alles Liebe, man sieht sich sicher noch mal."

Theodor erwartete sie tatsächlich bereits im Kellerflur. Seine kritisch hochgezogene graue Augenbraue steigerte Joanas Sympathie für ihn nicht wirklich. Schweigend schloss er eine Tür auf, hinter der eine kleine, bis zum Bersten vollgestopfte Bibliothek zum Vorschein kam. An allen vier Wänden reichten Bücherregale bis unter die Decke, die meisten waren gut gefüllt. In wenigen standen nur kleine Gegenstände, Kerzenleuchter, Gefäße, die Joana suspekt waren, und Nippes. Lediglich für die Tür, die von zwei kitschigen Porzellanschwänen in Lebensgröße flankiert wurde, hatte man eine Nische zwischen den Regalen gelassen. Ein altertümlicher Schreibtisch mit dazu passendem, gepolstertem Lehnstuhl stand mitten im Raum. Das Notebook auf dem Tisch wirkte in diesem Raum deplatziert.

„Du musst rasch lernen", erklärte Theodor mit ernster Stimme, „damit du den Rückstand zu Tobias schnell aufgeholt hast. Ich habe nicht die Zeit, jeden von euch einzeln zu unterrichten. In diesem Raum findest du alle Informationen, die du zunächst brauchst."

Joana unterdrückte den Drang, sich ehrfürchtig um die eigene Achse zu drehen. „Moment mal", stieß sie ungläubig hervor. „Ich soll das hier alles lesen?"

Der Alte schmunzelte. „In den meisten Büchern steht das Gleiche. Such dir die Bücher aus, die dich spontan ansprechen. Du wirst die richtigen wählen.

Es geht zunächst darum, dass du begreifst, in welcher Vielfalt sich der Feind verbirgt.“

Joana schielte zu dem Notebook. Möglicherweise gab es hier Internet. „Okay“, murmelte sie und trat näher an eines der Regale, um die Buchrücken zu studieren. Ein System erkannte sie nicht. Nagelneu erscheinende Taschenbücher standen direkt neben uralten, in Leinen oder Leder gebundenen Schinken, sowie handgeschriebenen Notizbüchern. Dazwischen lagen Manuskripte, die aus zusammengehefteten Blättern bestanden und lose Zettel. Zwischen den Büchern fiel ihr Blick auf drei Schrumpfköpfe, die ihr entgegen grinsten.

„Wow“, meinte sie und tippte mit der Spitze ihres Zeigefingers an die Stirn von einem der Schädel. Hart und trocken fühlte er sich an, wie uraltes Leder. „Die sehen verdammt echt aus.“

„Natürlich“, antwortete Theodor ungerührt. „Das sind sie ja auch.“

Joana zog rasch ihre Hand zurück und wischte ihre Finger an ihrer Hose ab. Na köstlich.

Theodor räusperte sich. „Nun, du kannst jetzt beginnen. Gegen dreizehn Uhr darfst du eine Stunde Pause machen.“ Er lächelte gönnerhaft und verließ die Bibliothek.

Joana ließ sich nichts anmerken, aber innerlich kochte sie vor Wut ob dieser Behandlung. Den Blick weiterhin auf die Bücher gerichtet, zählte sie still bis zwanzig. Dann stürzte sie an den Laptop und fuhr ihn hoch. Fehlanzeige. Zwar war ein Internetzugang eingerichtet, aber entweder gab es hier im Keller kein Netz oder man hatte es schlicht abgestellt. Frustriert schnaubend sah sie die Blätter durch, die auf dem Tisch lagen. Auf einem stand ihr Name.

„Liebe Joana, hier unser Kodex zu deiner Kenntnisnahme:

1.) Clerica gehorchen ihrem Mentor. Immer.

2.) Clerica töten keine Menschen. Niemals.“

Mehr nicht? Joana schauderte. Der erste Punkt klang schon gruselig, aber der zweite machte ihr ernsthaft Sorgen, wenn sie sich daran erinnerte, was ihre Tante zu den sogenannten Reinigern gesagt hatte. ‚Der Kodex gilt für sie nicht. Sie haben kein Gewissen, das bringt ihre Arbeit mit sich.‘

Sie konnte sich vorstellen, für welche Art von Reinigung sie zuständig waren. Es war kein behaglicher Gedanke.

Für eine Weile blieb sie sitzen. Es war völlig still im Haus, als sei sie ganz allein. Sie stand auf und ging leise zur Tür, öffnete sie und lauschte. Immer noch vernahm sie nichts als Stille. Die Gelegenheit schien günstig, um sich ein wenig umzusehen, beschloss sie, und schlich über den Korridor.

„Schade“, erklang plötzlich eine schneidende Stimme aus einem der Räume, deren Tür offen stand.

Joana fuhr mit einem unterdrückten Schrei herum. Theodor und Arnd traten auf den Flur. Sie biss sich auf die Lippe, ihr Herz raste. Shit, erwischt.

Theodors Blick war eisig. „Wir dachten, wir könnten dir vertrauen.“

Noch mehr Angst machte ihr der andere. Er sah sie an, als wäre sie selbst ein Dämon.

„Ich … suche nur eine Toilette“, stammelte Joana. Die Männer hatten ihr aufgelauert. Sie waren davon ausgegangen, dass sie nicht in der Bibliothek bleiben würde, da war sie sicher.

„Merke dir eines, Mädchen“, schnarrte Theodor. „Wenn du zu meinem Unterricht kommst, dann erledige das gefälligst zuvor.“

Er wies mit dem Kinn zu einer Tür und Joana schlüpfte rasch in das dahinterliegende Bad. Wie alles in diesem Keller schien es alt, aber zumindest war es sauber. Sie ließ sich auf dem Toilettendeckel nieder, stützte den Kopf in die Hände und atmete tief durch, um ihre Nervosität in den Griff zu bekommen. Verdammt, warum ließ sie sich derart behandeln? Vielleicht, weil dieser Mann neben seiner strengen Autorität auch eine subtile Gefährlichkeit verströmte. Es war nicht klug, ihm zu widersprechen, das spürte sie instinktiv.

Am liebsten hätte sie sich für Stunden verkrochen, aber Unbehagen trieb sie zur Eile und sie trat nach wenigen Minuten wieder hinaus auf den Flur. Wortlos, und verfolgt von den hämischen Blicken Arnds, führte Theodor sie zurück zur Bibliothek. Er ließ sie eintreten und schloss die Tür. Im Schloss knarrte es.

Joana schoss das Blut in den Kopf. Hastig rüttelte sie an der Messingklinke. Aber sie hatte sich nicht geirrt. Er hatte sie tatsächlich eingeschlossen.

Fassungslos lehnte sie sich gegen die Tür. In ihrem Körper kämpfte der Wunsch, in hysterisches Geschrei auszubrechen, diesen ganzen verdammten Raum auseinander zu nehmen, jedes Buch zu zerfetzen und alles zu zerstören. Letztlich tat sie nichts davon, sondern zwang sich zur Ruhe. Ihr Spray lag in ihrem Zimmer, sie durfte nun nicht panisch werden und einen Asthmaanfall riskieren. Bis auf das leichte Beben ihrer Schultern blieb sie still stehen, kämpfte gegen das Heulen an und verlor schließlich doch. Ihr Körper rutschte kraftlos am Holz entlang zu Boden. Sie kauerte sich zusammen und weinte ein paar wütende Tränen.

17

Christinas ruhige Stimme riss Nicholas aus seinen Gedanken. „Herr Nyrr? Das Labor hat sich eben gemeldet. Die neuen Tests werden Ende dieser Woche in die erste Phase gehen. Alle Unterlagen befinden sich auf Ihrem Schreibtisch.“

Er nickte knapp. Genannte Unterlagen bezogen sich auf Tierversuche, mit denen ein neues Neuroleptikum getestet wurde. Dass das Medikament tatsächlich eine bewusstseinsverändernde Droge zu Manipulationszwecken war, und die Versuchskaninchen der Gattung Homo Sapiens angehörten, wussten nur die Wenigsten. Das war gut so, denn das Schweigen dieser Menschen war nicht billig. Oder sie hatten es, wie im Falle von Christina, selbst sehr teuer bezahlt.

„Brauchen Sie mich noch, Herr Nyrr?“, fragte Christina und strich sich die Haare zurück.

Dabei verrutschte der Ärmel ihrer Bluse und Nicholas’ Blick fiel auf ihren bis zum Handgelenk verbundenen Unterarm. Skeptisch sog er Luft ein und roch trotz seinem menschlichen Körper das getrocknete Blut.

„Was haben Sie am Arm gemacht, Christina?“

Sie wandte den Blick zu hastig ab. „Das ist nichts.“

Er presste die Lippen zusammen. Er konnte sich sehr genau vorstellen, was sich unter diesem Verband verbarg. Eine Bisswunde. Lillian war seit Langem gierig auf Christinas Körper und ihr Blut, obgleich er ihr mehrfach verboten hatte, sein Eigentum anzurühren. Sobald Lillians Ehemänner jedoch Kraft und parallel dazu an Hämoglobin verloren, wuchs die Blutrunst regelmäßig über ihre Loyalität heraus. Möglicherweise schuf er durch sein Verbot auch einen ganz besonderen Reiz für die Nabeshima. Sie konnte sanftmütig sein, doch ihre Krallen waren blitzschnell ausgefahren, sobald ihr danach war.

„Herr Nyrr? Ich muss zum Empfang. Seit Frau Kellermann ausgefallen ist …“

„Ja ja, ist schon gut, gehen Sie.“ Er scheuchte sie mit einer Handbewegung aus seinem Büro. „Aber schicken Sie mir Lillian her. Ich will sie sofort sprechen.“

Die Aussage, die Empfangsdame sei ausgefallen, amüsierte ihn. Tatsächlich konnte man Sandra Kellermann, nachdem sie das erste Opfer Matts geworden war, wohl nur noch als einen Totalausfall bezeichnen. Matt, der Paymon, war ein einstiger Wüstenkönig und nährte sich von der Körperflüssigkeit seiner Opfer. Im Rausch der ersten Mahlzeit nach so langem Bann, hatte er es schlichtweg etwas übertrieben und die brave Sekretärin vollkommen trockengelegt.

Nicholas spürte, wie sich beim Gedanken an den Paymon unwillkürlich sein Kiefer anspannte. Noch waren die uralten Erinnerungen des Befreiten nicht zurückgekehrt. Der einst so mächtige Dämon war derzeit noch mit der Aufgabe beschäftigt, sich selbst in den Tiefen seines Bewusstseins wiederzufinden. Doch er würde erstarken, er würde sich erinnern. Schon bald. Alexander war jetzt schon besessen von dem Gedanken, mit seiner Hilfe den Luzifer zu finden und zu erwecken. Die Macht, die ihm der Fürst dafür schenken würde, ließ sich mit menschlichen Worten nicht erfassen. Für Nicholas jedoch würde es Leibeigenschaft bedeuten und das Letzte, was er sein wollte, war ein Sklave.

Nie wieder!

Zornig ob seiner Grübeleien schlug er mit der Faust auf den Schreibtisch. Es war lächerlich, sich deswegen Gedanken zu machen. Er war nicht des Luzifers Ergebener, all das war nichts als ein dummer Irrtum.

Warum nur ließen die Überlegungen ihn dann nicht endlich los? Stattdessen manifestierten sie sich noch und schwollen zu Sorgen an.

Er stützte die Ellbogen auf den Tisch und lehnte seine Stirn gegen die Handballen. Wenn er sich wenigsten hätte ablenken können. Aber selbst von Joana war er am Abend zuvor versetzt worden. Sie war nicht zu Hause gewesen. Zwar hatte er anderweitig bekommen, wonach der Schatten verlangte, aber die friedliche Ruhe, mit der Joanas Anwesenheit ihn eingelullt hatte, war ihm nicht vergönnt.

Die Tür wurde geöffnet und Lillian trat ein. „Du hast nach mir gerufen?“

„Meine Inane ist verletzt“, knurrte er ohne aufzusehen. „Du weißt nicht zufällig, was ihr passiert ist?“

„Als würde sie dich interessieren“, gab Lillian zynisch zurück. „Sie ist dir doch vollkommen gleichgültig. Mehr noch, du hasst sie.“

„Ich habe es dir untersagt, sie anzurühren.“

„Und ich habe mich daran gehalten. Sag, Nick, bist du heute gar ein wenig gereizt?“

Nicholas schnaubte trocken und warf ihr einen drohenden Blick zu. „Ich weiß, wie scharf du auf ihr Blut bist. Fast so scharf wie auf meins. Und mein Verbot, sie anzurühren, macht es nur interessanter für dich, leugne das nicht."

Ein verschlagenes Grinsen überzog ihr Gesicht und sie zeigte ihre Fänge. „Das tue ich nicht …"

„Ist schon gut", presste er durch die Zähne. „Spar dir deine Lügen und Erklärungen. Sei dir nur gewiss, dass ich deine Spielchen nicht mehr länger hinnehmen werde, Lillian. Das war das letzte Mal!"

Ihr Lächeln wurde kalt, sie musterte ihn wutentbrannt. Dann drehte sie sich ohne ein weiteres Wort um, verließ sein Büro und schlug die Tür mit einem Knall hinter sich zu. Der Windstoß wirbelte die Unterlagen auf seinem Schreibtisch durcheinander und Nicholas blaffte ihr eine unflätige Bemerkung hinterher. Er wusste, dass sie ihn hörte.

Joana blieb auf dem Fußboden sitzen, bis ihre Verzweiflung zu Langeweile wurde. Schließlich erhob sie sich und sah die Regale durch, wenn auch nur, um Zeit totzuschlagen. Die Schrumpfschädel grinsten sie hämisch an und Joana warf ihnen in Gedanken ein paar Beleidigungen an die konservierten Köpfe.

Mit einem in dickem Leder eingebundenen Buch ließ sie sich schließlich am Tisch nieder und blätterte lustlos darin herum. Die Seiten fühlten sich merkwürdig an, kaum wie Papier. Auch sie schienen aus hauchdünnem Leder gefertigt zu sein. Beschrieben waren sie mit bräunlicher Tinte in altdeutscher Schrift, doch diese zu lesen bereitete Joana keine Schwierigkeiten, denn Agnes hatte ihr als Kind oft Bücher in dieser altmodischen Schrift geschenkt. Bei diesem Buch handelte es sich um eine Art Lexikon; es listete verschiedene Dämonen von A bis Z auf. Joana fand sich unweigerlich bei „I“.

„Der Inkubus“, las sie leise und schauderte, „sucht junge Weiber im Schlafe auf, vereinigt sich mit ihnen und nährt sich an der Kraft ihres Lebens. Sündige Träume hinterlassend zieht der Dämon seiner Wege, ohne das Opfer weiter zu versehren. Sein wahrer Körper ist zwergengleich und unansehnlich, drum erwählt der Inkubus stets einen Menschenkörper von Jugend und erlesener Schönheit zu seinem Refugium.“

Für mehrere Minuten starrte Joana auf die verblassten Aufzeichnungen. Ihr Herz schlug schmerzhaft in ihrer Brust. Nicht alles stimmte überein, aber gewisse Parallelen konnte sie nicht leugnen. Ob tagelange Gefühlsstarre eine Nachwirkung vom Raub der Lebenskraft sein konnte?

Oh Gott, es würde erschreckend viel Sinn ergeben. Sie schüttelte heftig den Kopf. Nein, das war doch Unsinn. Bei all diesem paranormalen Mist verlor sie langsam den Sinn für die Realität. Sie hatte ganz gewiss nicht mit einem Dämon geschlafen. Lächerlich.

Rasch blätterte sie weiter und las in den nächsten Stunden etliche Aufzeichnungen über unterschiedliche Dämonen, bis sie irgendwann glaubte, ihr Kopf müsse qualmen. Die meisten dieser Wesen schienen relativ harmlos, einige machten gar einen freundlichen Eindruck und erinnerten sie an Dobby aus Harry Potter. Doch manche Beschreibungen ließen ihr Schauer der Furcht über den Rücken laufen.

Jedes Zeitgefühl war ihr längst abhanden gekommen, als die Tür endlich aufgeschlossen wurde und Theodor mit einem schmalen Lächeln im Gesicht eintrat.

„Eine gute Wahl“, lobte er mit Blick auf das dicke Buch. „Auf diesen Seiten ist das geballte Wissen mehrerer hundert Clerica. Und nicht nur das.“ Er lächelte bedeutungsschwer.

„Was ist mit dem Buch? Es fühlt sich komisch an.“

„Früher“, sagte Theodor, „gab es eine Dämonin, welche die Macht über jedes Buch erlangte, in dem ihr Name geschrieben stand. Es gelang ihr, die Worte zu ihren Gunsten zu verdrehen. Doch die Clerica fanden Wege, diese Hexerei zu umgehen. Wie du weißt, sind unsere Körper unempfindlicher gegen ihre Macht, als die normaler Menschen. Und so wurde dieses Buch aus der Haut verstorbener Clerica gebunden und mit deren Blut beschrieben.“

Joana starrte das Buch an. Ein Geräusch tiefster Abscheu entrang sich ihrem Hals. „Das ist ja widerlich. Ihr hättet mich vorwarnen müssen. Was habt ihr hier für obskure Sachen rumliegen? Muss ich irgendwo noch tote Katzen erwarten?“

„Bücher wie dieses waren zu früheren Zeiten vollkommen selbstverständlich. Diese Reliquie ist von unschätzbarem Wert, also sprich nicht derart respektlos. Aber nun genug der Theorie.“ Theodor sah sie streng an und ignorierte, dass sie ihn mit ihren Blicken zu erdolchen versuchte. „Beginnen wir mit den praktischen Übungen. Du wirst dich nun an deinem ersten Bann versuchen. Bist du bereit?“

Joana hob die Schultern. Hauptsache, sie würde den ganzen Kram schnell hinter sich gebracht haben. Ihr Magen randalierte und sie wollte diese staubtrockene Bücherei voller Leichenteile schnell verlassen.

„Der erste Bann bewirkt eine Art Lähmungszustand“, erklärte Theodor. „Er hält einen mächtigeren Dämon nur in einer Starre fest, jedoch ist er sehr schnell und einfach zu legen. Wenn du angegriffen wirst und für einen anspruchsvolleren Bann keine Zeit bleibt, kann dieser dir das Leben retten.“ Er nahm eine bequeme Haltung ein, hob beide Hände, die Handflächen nach vorne gestreckt und vollführte dann mit der linken einen Halbkreis um die gespreizten Finger der rechten. „Diese Glyphe nennen wir Cistó.“

„Man braucht beide Hände dazu?“ Joana stemmte die Fäuste in die Hüften. „Ich hätte gedacht, dass wir mit magischen Schwertern oder sowas in die Schlacht ziehen.“

Theodor schmunzelte. „Solltest du ein magisches Schwert zur Hand haben, dann hau es dem Dämon nur kräftig um die Ohren. Aber ich sage es dir gleich, solche Waffen sind äußerst selten. Daher lerne lieber die Glyphen zu nutzen. Du musst sie genau so in die Luft zeichnen, wie ich es tue und all deine Konzentration bündeln.“

„Auf das Wort?“

„Nein. Auf deinen Drang, den Dämon zu lähmen. Auf den Befehl. Worte sind unnötig, der Bann funktioniert in jeder Sprache der Welt. Sprich Worte, wenn es dir hilft, aber entscheidend ist nur der Wille, der dahinter steht. Versuche es."

Joana imitierte die Geste und empfand das Ganze allenfalls als lächerlich, nicht aber schwierig. Ein Blick in das überaus geringschätzende Gesicht Theodors ließ sie jedoch sofort erkennen, dass viel Arbeit vor ihr lag.

Gefühlte Stunden vergingen, bis Theodor das ergebnislose Training augenrollend abbrach. „Geh und mach deine Pause", sagte er und seufzte. „In einer Stunde bist du wieder hier. Wir haben viel zu tun. Ich sage es ungern, Joana, aber eine so unbegabte Schülerin hatte ich noch nie."

Na vielen Dank, Merlin für Arme.

Tante Agnes erwartete Joana im Salon am gedeckten Tisch. Die halbleeren Schüsseln verrieten, dass die anderen bereits gegessen hatten. Joana war erleichtert, nicht inmitten dieser Fremden sitzen zu müssen. Sie tat sich Kartoffelpüree und Fleisch auf und betrachtete während des Essens die Bilder an den Wänden.

„Viele Engelsgemälde", stellte sie fest. „Hängen die Clerica irgendwie mit der Kirche zusammen?"

Agnes wiegte den Kopf hin und her. „Die katholische Kirche war zeitweise die Auftraggeberin der Clerica in Europa. Einst bezahlte sie uns für unsere Dienste. Die Clerica setzten im Gegenzug dafür christliche Symbole ein, sprachen bei der Dämonenbannung ein paar Gebete oder machten anderweitig Werbung und stärkten damit die Macht der Kirche und den Glauben der Menschen." Sie zwinkerte verschlagen. „Allerdings geriet das Ganze aus den Ufern und schließlich distanzierten sich die Clerica von den Katholiken und gingen wieder ihren eigenen Weg."

„Was lief schief?"

„Kannst du dir das nicht vorstellen?" Agnes zog die Brauen bis über den Rand ihrer Brille. „Wenn damals ein Dämon exorziert oder eine Hexe vernichtet wurde, was geschah wohl mit all deren Hab und Gut?"

Joana begriff. „Alles ging in den Besitz der Kirche über." Sie lachte humorlos. „Und vermutlich wurde es übertrieben, nicht wahr?"

„Kluges Kind. So war es. Manch ein gottverdammter Pastor oder Abt wurde zu gierig. Vielen Unschuldigen warf man vor, von einem Dämon besessen zu sein, allein um an ihr Land und ihre Reichtümer zu gelangen. Zum Ende der frühen Neuzeit beschlossen die Oberhäupter der Clerica, dieses Treiben nicht mehr länger zu unterstützen und nabelten sich von der Mutter Kirche ab. Doch der Glaube, mit Weihwasser oder Kruzifixen gegen Dämonen anzukommen, hat sich bis heute in den Köpfen festgesetzt." Agnes schüttelte amüsiert den Kopf. „Aber das ist natürlich völliger Humbug."

„Natürlich", erwiderte Joana trocken und schluckte mühsam an ihrem Fleisch.

Als sie später wieder in den Keller ging hatte sie zumindest gelernt, ihr Asthmaspray in diesem Haus immer bei sich zu tragen. Sie war nicht sicher, ob man sie erneut einsperren würde. Es hätte sie nicht gewundert, zumal sie von Ulrike nach dem Mittagessen dabei erwischt worden war, die oberen Räume nach einem Telefon abzusuchen. Leider ergebnislos.

Theodor schickte sie mit wenigen, schroffen Worten zurück in die Bibliothek. Er wollte zunächst mit Tobias arbeiten und Joana vermutete, dass dieser sich weit weniger hilflos anstellte als sie. Zumindest sperrte ihr Mentor wider Willen nicht wieder die Tür hinter ihr ab.

Sie suchte sich eine neue Lektüre aus und ließ sich im Schneidersitz auf dem Polsterstuhl nieder. Dieses Buch war interessanter als das erste, vor allem aber war es weniger unheimlich, aus ganz normalem Papier. Es enthielt Hinweise über die Geschichte alter Dämonen und ihre Einflüsse auf die verschiedenen Zeitepochen. Was sie jedoch noch nicht gefunden hatte, waren Informationen über den Ursprung dieser Geschöpfe. Zwar wurde in mehreren Büchern die Hölle genannt, dies schien jedoch eher die Politik und die Hierarchie der Dämonen untereinander zu bezeichnen, nicht aber den Ort, von dem sie stammten. Auch Gott wurde in den Büchern eher metaphorisch erwähnt. Doch das ergab Sinn, denn Dämonen, soviel war ihr inzwischen klar, stammten aus allen Zeitaltern und aller Herren Länder. Einige schienen tatsächlich ihre Bezüge zu unterschiedlichen Religionen zu haben, bei anderen war kein Zusammenhang zu erkennen. In den Enzyklopädien über unterschiedliche Arten der Dämonen hatte sie auch Wesen aus der Mythologie entdeckt; ja selbst altägyptische Gottheiten und Engel wurden ihnen zugeordnet. Vor allem aber schien es keine klare Grenze zwischen ungefährlichen und bösen Dämonen zu geben. Dies ließ erkennen, dass die Ursprünge der Dämonologie generell älter sein mussten, als die Religionen, wie man sie heute kannte. Vielleicht gar älter als alle menschlichen Moralvorstellungen. Aber bis wohin ging es zurück? Wo war er, der Ursprung? Seit wann gab es sie, wo kamen sie her? Und vor allem: Warum?

Keines der Bücher hatte ihr dies bislang beantworten können. Sie beschloss, Theodor oder Agnes danach zu befragen.

Völlig versunken in einer Legende um einen Krieg unter Dämonen bekam sie kaum mit, dass die Tür langsam geöffnet wurde. Erst als Arnd eintrat, legte sie das Buch zur Seite. Er grinste sie an und augenblicklich zog sich eine Gänsehaut über ihre Unterarme.

Der Mann trat auf sie zu, wie ein Raubtier auf ein blutiges Stück Fleisch, von dem es sich keinen Fluchtversuch mehr erwarten musste. Joanas Hände schlossen sich nervös um die Armlehnen des Stuhls.

„Was gibt's?“ Sie verfluchte sich, denn ihre schlecht aufgesetzte Lässigkeit verriet ihre Furcht zu deutlich.

Arnd setzte sich auf die Schreibtischkante und musterte sie aus harten, grauen Augen. Sein Blick war so konzentriert, dass Joana das Gefühl bekam, er würde ihre Gedanken lesen oder sogar noch tiefer in ihre Seele blicken.

Sie rückte samt Stuhl zurück. „Was willst du von mir?“

„Ich will, dass du gehst.“ Seine Stimme war nicht mehr als ein raues Flüstern.

„Wie schön“, zischte sie. „Das würde ich wirklich gerne. Leider lässt man mich nicht.“

„Du musst völlig verschwinden. Aus dem Leben gehen, denn du bedeutest Verderben. Du bedeutest Verrat. Du …“

Er stand auf und griff nach ihr. Joana wollte zurückweichen, aber er war zu schnell und hatte sie bereits an den Handgelenken gepackt.

„Nein, verdammt! Lass mich los!“

„Ich wusste es!“, keuchte er. „Ich wusste es, als ich dich zum ersten Mal sah. Du wirst uns in großes Unglück locken, Dämonenhure!“

Joana schrie auf, als er sie heftig herumriss und mit dem Rücken schmerzhaft gegen die Regale schleuderte. Sie schlug mit dem Kopf an eine Kante und spürte, wie Blut durch ihr Haar sickerte. Er presste sie an das Holz. Drückte ihr mit der Hand brutal den Mund zu. In seinen Augen stand eiskalter Hass.

Ihr Herz trommelte wild gegen ihre Brust. Sie rang nach Luft. Mit der freien Faust schlug sie auf ihn ein, doch das schien er nicht wahrzunehmen. Er drängte seinen Körper hart gegen ihren und ließ ihr keine Möglichkeit zur Flucht. Sein Blick war von Wahn verschleiert, er war vollkommen irre. Joana betete innerlich, jemand würde das Poltern hören und ihr helfen. Unter seiner Handfläche gelang es ihr nur noch zu wimmern.

„Ich werde dich töten!“, spuckte er verächtlich aus.

Die Worte stießen ihr mit seinem Atem ins Gesicht, so nah war er ihr gekommen. Ekel und Wut vermischten sich mit Angst. Sie grub die Finger in sein Haar, um ihn von sich zu reißen. Vergebens. Er schlug ihr als Reaktion so brutal ins Gesicht, dass sie Blut im Mund schmeckte. Sofort verschloss seine Hand ihre Lippen wieder, bevor ihr ein Schrei gelang. Die andere Hand griff um ihre Kehle. Drückte zu.

In Joana randalierte Panik. Sie spürte das Blut in jeder Ader pulsieren; so heftig, als wolle es sie von innen zum Bersten bringen. Verzweifelt kämpfte sie um Luft, würgte und röchelte, doch er drückte ihren Hals weiterhin zu. Ihre Nägel gruben sich tief in seine Arme. Doch er schien kein Schmerzempfinden zu haben. Er knurrte nur bösartig. Sie versuchte, ihn in die Genitalien zu treten, doch er presste seinen Unterleib so fest gegen ihren, dass sie sich kaum bewegen konnte. Sie spürte seine Erregung, roch sie in seinem Atem und sah sie in seinen Augen glühen. Ihre Angst und Abscheu gefielen ihm. Ihr schwindelte. Weiße und schwarze Sterne tanzten vor ihren Augen. Es wurden immer mehr. Er ließ ihr keinen noch so flachen Atemzug.

Tod durch Ersticken. Schon als Kind hatte sie Angst davor gehabt. Seit ihrem ersten Asthmaanfall fürchtete sie es mehr als jeden anderen Tod, weil keine andere Art des Sterbens ihr je so präsent gewesen war.

Sie spürte ihre Herzschläge schwächer werden. Ihr Körper gab auf, sosehr sie auch dagegen ankämpfte. Er löste die Hand von ihrem Mund, schloss auch diese um ihre Kehle. Joana hatte längst keine Luft mehr, um zu schreien, sie stand kurz vor der Ohnmacht. Aber die durfte sie nicht zulassen. Er würde sie töten.

Sie tastete hinter sich, schloss die taub werdenden Finger um das erste, was sie zu greifen bekam. Sie spürte Haare und etwas Steinhartes, Rundes in ihrer Faust. Einen schier nicht enden wollenden Herzschlag lang sammelte sie die letzte noch verfügbare Kraft. Dann schlug sie ihrem Angreifer den Schrumpfkopf mit dem Mut der Verzweiflung ins Gesicht und traf ihn direkt auf die Nase.

Sie hörte und spürte wie etwas knirschend nachgab. Joana wusste sogleich, dass es nicht der Schrumpfkopf sein konnte. Der Mann schrie gurgelnd auf. Blut spritzte auf ihre Kleidung und in ihr Gesicht. Er wich ein kleines Stück zurück, sie riss das Knie hoch und stieß es genau zwischen seine Beine. Ein Keuchen, ein Schlag vor seine Brust und er ließ sie los und wankte nach hinten.

Sie stürzte herum. Ihr Atem pfiff, der Raum drehte sich um sie. Eklipsenartig. Wo war die Tür?

Sie taumelte, stolperte und fiel auf die Knie. Aus dem Augenwinkel sah sie, dass er sie verfolgte. Ihre Hand griff um den Hals einer der Porzellanschwäne. Alle Angst war plötzlich wie weggeblasen. Sie spürte nichts mehr, nur noch unglaublichen Zorn und Adrenalin. Wie eine Droge schoss es durch ihren Körper und schrie in ihrem Blut.

Du Arschloch!

Sie sprang auf die Füße, warf sich herum und schleuderte ihm die Porzellanfigur direkt ins Gesicht. Es schepperte, klirrte und der Körper des Schwans zerbarst in tausend Teile. Ihr Angreifer fiel mit einem Stöhnen zu Boden und blieb bewegungslos inmitten der Scherben liegen. Sein Gesicht war besudelt von seinem eigenen Blut. Für einen Moment, den die Zeit vergessen hatte, stand Joana keuchend da. Den Porzellankopf in den zitternden

Händen rang sie mit dem Wunsch, dem Mann das scharfe Ende ihrer zerbrochenen Waffe in die Brust zu schlagen oder ihm damit die Kehle aufzuschlitzen.

Doch da wurde die Tür aufgerissen. Joana wirbelte herum, die Porzellanscherbe drohend erhoben. Sie sah in die entsetzten Gesichter von Theodor und Tobias. Dicht hinter ihnen stand Agnes. Einen Augenblick lang vernahm Joana nur ihren eigenen rasselnden Atem, bekam unterschwellig mit, dass dieser flacher und leiser wurde. Ihr Sichtfeld schrumpfte zusammen, wurde von Schwärze eingerahmt. Nicht gut.

Dann redeten plötzlich alle gleichzeitig und stürmten auf sie zu. Joana verstand nichts weiter als Tobias' fassungsloses „Ach du Scheiße!"

Sie entwand sich den ausgestreckten Armen, taumelte an allen vorbei in den Flur. Nur raus aus diesem Raum. Weg von diesem Kerl, der sie hatte umbringen wollen. Sie lehnte sich gegen eine Wand und drückte das Gesicht an die kalten Steine. Ihr Körper wurde geschüttelt, sie konnte selbst nicht sagen, ob sie weinte oder hysterisch lachte. Klirrend zerbrach der Kopf des Schwanes zu ihren Füßen. Sie wischte sich mit einer Hand über das Gesicht. Zwischen ihren Fingern klebten noch immer ausgerissene Haare von Arnd und dem Schrumpfkopf. Sie konnte nicht sagen, was davon sie mit mehr Ekel erfüllte. Jemand streichelte ihren Rücken und hielt ihr das Asthmaspray vors Gesicht. Sie zwang sich den Sprühnebel in die Lungen zu ziehen, auch wenn es wie Feuer in den Atemwegen brannte. Kühle Finger berührten vorsichtig ihre schmerzende Kehle. Sie wollte schlucken, aber es gelang ihr nicht. Ihre Lippe pochte.

„Ich will nach Hause“, presste sie hervor und erkannte ihre eigene Stimme nicht mehr, so rau und dünn war diese geworden.

Ein entrüstetes Schnauben antwortete ihr. Tante Agnes. „Worauf du dich verlassen kannst.“

18

Joanas Zug fuhr am nächsten Nachmittag im Hamburger Hauptbahnhof ein. Den Hubschrauber hatte Theodor kein zweites Mal für sie zur Verfügung gestellt. Sie verabschiedete sich mit einer verhaltenen Umarmung von ihrer Tante, die weiterfahren musste. Mit ihrer Sportta sche über der Schulter ging Joana über den Bahnsteig und durch die großen Hallen. Hektisch war es hier. Emotionslos, und alles war ihr seit früher Kindheit vertraut. Beinah ehrfürchtig starrte sie in die vorbeihuschenden Gesichter. Ein paar Augenpaare erwiderten ihren Blick kurz, fast nervös, ehe sie weitereilten und wie mit einem erleichterten Seufzer wieder in der Anonymität der Masse verschwanden. Ein paar Skatern musste sie ausweichen, an den Obdachlosen am Boden sah sie unangenehm berührt vorbei.

Sie war wieder zu Hause und alles war wie immer. Hamburg hatte sich nicht verändert. Warum sollte es auch. Und doch war die Welt, so wie Joana sie kannte, nicht mehr vorhanden. Sie fragte sich wie viele dieser Unbekannten nicht das waren, wofür sie sich ausgaben.

An einem Zeitungsstand fielen ihr die Schlagzeilen der Boulevardblätter auf. Sie handelten an diesem Tag alle von dem gleichen Thema: Dem Hamburger Ripper, der eine weitere junge Frau getötet hatte. ‚Das fünfte Opfer. Was mag einen Menschen zu solchen Taten treiben?‘, stand unter einer Headline.

Wenn es denn ein Mensch war. Andererseits war es auch kein Dämon gewesen, der versucht hatte, sie zu töten. Arnd würde nicht einmal vor Gericht kommen. Sie würden ihn aus dem Rat entlassen, aber viel mehr hatte er nicht zu befürchten. Bedauerlich, dass sie nicht fester zugeschlagen hatte. Sie schluckte schwer gegen den Kloß in ihrer Kehle an und lockerte das Halstuch, unter dem sie die Würgemale versteckte. Ob sie dieses Erlebnis je verarbeiten würde? Im Zug war sie immer wieder eingenickt, jedoch stets hochgeschreckt, weil Träume mit ihren Klauenfingern nach ihr gegriffen hatten. Sie fröstelte beim Gedanken daran, dass das Ganze vermutlich eine ausgewachsene Schlafstörung im Kielwasser hinter sich herziehen würde. Sie konnte nicht mal mit jemand Außenstehendem darüber reden.

Kein Wort über die Existenz von Dämonen oder der Clerica durfte an die Öffentlichkeit geraten. Der Rat hatte sie gehen lassen, wenn auch nur für zwei Wochen, um sich von dem Schock zu erholen, und nur mit dem Versprechen, dass sie ihr Schweigen wahren musste. Sie konnte es sogar verstehen. Jedes Verbrechen, jede Entgleisung würden die Menschen auf Dämonen schieben, wenn sie von ihnen wüssten. Innerhalb von kurzer Zeit wären die Erinnerungen an Inquisitionen und Hexenverfolgung keine Vergangenheit mehr, sondern düstere Realität. Diese Welt war nicht bereit für die Wahrheit, die sie selbst zwar akzeptierte, aber immer noch nicht im ganzen Umfang verstand.

Es gab Wahrheiten, die besser nicht ans Licht gebracht wurden. Oft war eine Illusion der Realität eindeutig vorzuziehen.

Dennoch zog es Joana nicht nach Hause, sondern an einen anderen Ort. Einen Ort, an dem sie eben diese düsteren Wahrheiten beleuchten würde.

Sie nahm die Straßenbahn und fuhr nach Altona, ohne an ihrer Station auszusteigen. Ihre Kleidung war von der langen Zugfahrt zerknittert und das T-Shirt klebte ihr am Rücken. Die Sonne schaffte es an diesem trüben Sommertag nicht durch die Wolken. Es war neblig, doch warm genug, um zu schwitzen. Trotzdem entschied sie, sofort zum Bürogebäude von Meyers Pharmazeutika zu fahren. Sie wusste nicht, bis wann Nicholas dort sein würde. Joana wollte ihn unbedingt an einem öffentlichen Ort treffen, auch wenn sie nicht wirklich Angst vor ihm hatte. Zumindest keine große. Schließlich hatte er ihr nichts getan, obgleich er wahrscheinlich die Möglichkeit dazu gehabt hätte. Irgendetwas stimmte nicht mit ihm. So sehr sie auch versucht hatte, diese Ahnung zu verdrängen, es gelang ihr nicht einmal ansatzweise, denn außer ihm hatte niemand die Möglichkeit gehabt, das Wandlungsritual an ihr durchzuführen. Sie hoffte dennoch, dass ihr Gefühl sie täuschte.

Heimzufahren und die ganze Nacht mit dem Gedanken wach zu liegen, dass er jederzeit auftauchen könnte, war zu viel für ihr angespanntes Nervenkostüm. Ein Stück weit sehnte sie sich auch einfach nur nach seiner Nähe, die sie die Geschehnisse vielleicht vergessen lassen würde. Der prosaische Teil ihres Verstandes unterstützte das mit Nachdruck. Er war allenfalls ebenfalls ein Clerica und damit im Grunde nichts Übernatürlicheres als sie selbst. Alles andere schloss sie aus. Vermutlich war es fatalistisch so zu denken, oder einfach nur dumm und naiv, aber das war ihr egal.

Sie stieg aus der Bahn und konnte den gewaltigen Gebäudekomplex auf der anderen Straßenseite schon sehen. Es war eines dieser modernen Hochhäuser mit verspiegelten Fenstern und gläsernen Aufzügen an der Außenseite der Fassade. In den unteren Etagen lagen Büroräume und in den oberen Apartments. Joana vermutete, dass man von der Rückseite des Gebäudes einen tollen Blick über die Elbe bis zur Altstadt haben musste. Zwischen all den Leuten in Anzügen und Kostümen, die das Gebäude verließen und betraten, kam sie sich mit den zerzausten Haaren und der Adidas-Tasche schrecklich deplatziert vor. Das Gefühl, angestarrt zu werden, verhärtete sich, als sie meinte, die Dame mit dem Gucci-Handtäschchen hätte soeben die Nase über sie gerümpft.

Sie betrat die Eingangshalle mit zu Boden gerichtetem Kopf und hielt auf die Fahrstühle zu. Schilder wiesen darauf hin, in welchem Stock sich die Räumlichkeiten von Meyers Pharmazeutika befanden. Im Aufzug war sie allein. Den Blick in die Überwachungskamera meidend, unterdrückte sie ein nervöses Grinsen. Ihr war, als erschliche sie sich gerade den schnellsten Weg zum Schafott.

Die Türen glitten lautlos zu beiden Seiten auf und gaben den Blick auf einen Empfangstresen frei, hinter dem eine junge Frau saß und mit hektischen Bewegungen auf ihre Tastatur einhackte.

„Entschuldigen Sie bitte“, sagte Joana und räusperte sich. „Ich suche nach Nicholas Nyrr.“

Die Frau sah nicht einmal auf, blickte nur auf ihre goldene Armbanduhr. „Wann ist Ihr Termin?"

„Um vier", log sie ohne zu zögern.

Über das Gesicht der Empfangsdame glitt ein falsches Lächeln und sie schlug die Wimpern hoch. Aus ihrem Gesicht sprühte kalte Gleichgültigkeit. „Das wüsste ich."

„Ich muss dringend mit ihm sprechen", erwiderte Joana, überrascht von ihrer eigenen Beharrlichkeit. „Mein Name ist Joana Sievers. Würden Sie ihm bitte einfach sagen, dass ich hier bin?"

Ihr Gegenüber rollte aufgesetzt mit den Augen. „Herr Nyrr ist in einer Besprechung. Sobald diese beendet ist, werde ich ihn informieren." Sie wies den Gang hinunter. „Zweite Tür links, dort ist ein Warteraum. Wie lange es dauert kann ich Ihnen nicht sagen. Ich hoffe für Sie, dass es wirklich wichtig ist."

„Kann man so sagen", murmelte Joana und wandte sich ab.

Der Warteraum war wie der Eingangsbereich nüchtern, schmucklos, aber elegant eingerichtet und verfügte zumindest über einen Kaffeeautomaten. Joana zog sich einen Cappuccino, rührte lustlos darin herum und starrte aus dem Fenster. Sie überlegte gerade, die Empfangsdame noch einmal zu belästigen, um sie nach den Toiletten zu fragen, denn ein wenig notdürftiges Frischmachen würde sicher nicht schaden, als die Tür geöffnet wurde. Ein junger Mann kam herein und musterte sie mit derart penetranter Neugier, dass Joana ihm eigentlich gern böse gewesen wäre. Allerdings zählte dieser Junge auf den ersten Blick nicht zu den Menschen, denen man derartige Empfindungen entgegenbringen konnte. Er war kaum zwanzig Jahre alt, eher jünger, und sah auf nahezu kindliche Art absolut entwaffnend aus. Sein Haar war hellbraun und wuschelig und seine großen Augen von Wimpern umrahmt, für die jede Frau töten würde. Ein enganliegendes, modernes T-Shirt unterstrich einen sehnig muskulösen Oberkörper, sein Gesicht dagegen war weich und wirkte androgyn.

„Hi“, raunte er mit leiser Stimme. Über seine Lippen glitt ein Lächeln, das seine Augen nicht erreichte. Sie wirkten traurig, auch wenn Joana nicht bestimmen konnte, woran sie das erkannte. „Du willst zu Nicholas, was? Du bist das Mädel, das ihn versetzt hat, richtig?“

„Oh.“ Joana biss sich auf die Lippe. „Macht das schon die Runde? Es war zumindest keine Absicht.“

Der Junge lachte leise, ohne dass sein Gesicht dabei ein wenig Humor offenbart hätte. „Kennst du ihn gut?“

Über diese Frage hätte sie sich gern herzhaft amüsiert, doch es gelang ihr nicht. „Kein bisschen.“

„Aber du magst ihn.“

Sie zog eine Braue hoch. Der stille Tadel für diese indiskrete Bemerkung hätte den Jungen vielleicht erreicht, wenn ihr nicht das Blut in den Kopf geschossen wäre. Verdammt, warum glaubte in den letzten Tagen jeder, ihr in den Kopf schauen zu können?

Sein Grinsen wurde breiter. „Cool. Möchtest du ihn näher kennen lernen? Dann solltest du ihn einfach nach Laureen fragen.“

„Laureen? Ich versteh nicht ganz. Ist das … seine Frau?“

„Seine Frau?“ Der Junge verdrehte die Augen. „Nee, keine Sorge. Nicholas ist vollkommen ungebunden. Frag ihn einfach nach Laureen.“

„Mal sehen.“ Joana zuckte mit den Schultern. Ob das ein kryptischer Code war? Parole: Laureen. Seltsam. „Und wer bist du? Arbeitest du auch hier?“

„Irgendwas in der Art, ja. Ich bin Elias.“

Er streckte ihr die Hand hin und sie nannte ebenfalls ihren Namen. Der Junge hatte etwas Eigenartiges an sich, war aber keineswegs unsympathisch. Eher einnehmend, auf eine Art, die fast nicht mehr ganz normal zu sein schien, was vielleicht an seinem Äußeren lag. Selbst in einem Katalog für Männermodels wäre er noch herausgestochen. Wenn man die freie Wahl hätte, würde man wohl einen solchen Körper auswählen.

Bevor sie weiter in absurden Gedanken versinken konnte, wurde die Tür aufgestoßen. Sie knallte laut gegen die Wand und Elias wich erschrocken von Joana zurück und blieb mit eiserner Miene im Raum stehen. Nicholas stand in der Tür. Sein Gesichtsausdruck ließ an Joanas bisher so erfolgreich verdrängten bösen Ahnung kaum Zweifel mehr. Unmenschlicher Zorn stand in seinen Zügen.

„Mann, es war nichts“, sagte Elias betont ruhig. „Ehrlich, alles cool!“

„Raus.“

Er hatte geflüstert, aber es klang gefährlicher als ein Brüllen. Der Junge trollte sich sofort und Joana überkam das dringende Bedürfnis, es ihm gleich zu tun. Stattdessen blieb sie wie angewurzelt stehen und presste den Rücken gegen den Kaffeeautomaten. Ihr Cappuccino schlug in seinem Pappbecher kleine Wellen.

„Wir sprechen uns noch“, knurrte Nicholas Elias hinterher. Damit schlug er die Tür zu, warf Joana einen bitterbösen Blick entgegen und atmete heftig aus.

„Was ist denn los?“, fragte sie. Verdammt, wie ihre Stimme zitterte. Die Hände ebenso. Sie stellte den Becher rasch auf einem Beistelltisch ab und krallte die Finger um den Nylongurt ihrer Tasche. „Wieso bist du so wütend? Er hat überhaupt nichts gemacht.“

„Warum bist du hergekommen?“, zischte Nicholas leise.

„Darf ich das nicht? Entschuldige mal, aber du hast mir deine Karte mit dieser Adresse dagelassen und ich wollte …“

„Verstehe.“ Er atmete ein weiteres Mal tief durch. Hatte sie ihn beleidigt? „Merk dir eins. Komm-nie-wieder-her! Los, verschwinde.“

Die Worte trafen Joana wie Schläge mitten ins Gesicht. Sie kniff wütend die Augen zusammen. „Mir ist egal, wo dein Problem liegt, Nicholas, aber so redest du nicht mit mir!“

„Ach nein?“ Grob umfasste seine Hand ihren Oberarm, er schubste sie herum und stieß sie mit dem Rücken gegen die Wand. Joana glaubte, sogar ihr Herz müsse stehen bleiben, sosehr verdammte seine steinerne Miene sie zur Reglosigkeit. „Und warum nicht?“

Er wartete ihre Antwort nicht ab, sondern zog sie Richtung Tür.

„Nein!“ Egal wer er war, egal was er war, aber so würde sie niemand mehr anfassen. Nie wieder. Sie entriss sich seinem Griff mit aller Kraft. „Lass mich los!“

Er fasste sofort erneut zu. Seine Hand hielt ihren Arm so fest umschlossen, dass es wehtat. Ihr blieb keine Chance, sich ihm ein zweites Mal zu entwinden. Keine Möglichkeit, außer um Hilfe zu brüllen. Sie holte tief Luft. Der Schrei blieb ihr im Halse stecken, als er ihr ein nahezu flehendes: „Vertrau mir, bitte“, zuraunte. Der Blick in seine Augen war zu tief und offenbarte für einen Moment Angst.

„Aber …“

Sein Griff lockerte sich, doch alles andere an ihm wurde wieder kalt. „Du musst einfach nur hier weg, und zwar schnell. Ist das so schwer zu verstehen?“

Die Hand an ihrem Oberarm führte er sie über den Flur Richtung Ausgang. Ein Herr im schwarzen Anzug kam ihnen entgegen. Joana spürte im gleichen Moment, dass Nicholas jeden Muskel anspannte. Sein Gesicht blieb ungerührt, seine Hand verweilte locker an ihrem Arm, doch schien er ihr von einer auf die nächste Sekunde vollkommen verkrampft. Der Anzugträger lächelte ihnen zu und kam näher. Joana hatte ihn schon einmal gesehen, konnte sein Gesicht aber nicht zuordnen.

„Nicholas!“, rief der Mann erfreut. Er erinnerte an den verschmitzten Charme von Harrison Ford. „Und in so netter Begleitung. Willst du uns nicht vorstellen?“

„Eine Bekannte“, erklärte Nicholas einsilbig. Sein Gesicht blieb gleichgültig. „Joana …“

Hatte sie sich seine Anspannung nur eingebildet? Wie auch immer, das Beste war wohl, sich unauffällig zu geben. „Sievers“, kam sie ihm zu Hilfe. „Joana Sievers, es freut mich sehr, Sie …“ Sie wollte dem Mann die Hand reichen, doch Nicholas hielt sie fest und drückte leicht ihre Finger. Nein, keine Einbildung. In ihrem Mund breitete sich ein bitterer Geschmack aus.

„Alexander Meyers“, stellte sich der andere vor und lächelte süffisant in Nicholas' Richtung. „Ich bin hoch erfreut.“

Sie schluckte. Daher kannte sie dieses Indiana-Jones-Gesicht. Sie hatte das Oberhaupt von Meyers Pharmazeutika schon in der Zeitung gesehen. Ein ganz schön hohes Tier. Vielleicht war Nicholas deshalb so nervös. Er hatte ihr ja bereits von Problemen mit seinem Chef berichtet.

Die Männer blickten sich an, es schien wie ein stummes Kräftemessen. Meyers lächelte und rieb sich das Kinn. Es war so still auf dem Gang, dass Joana das kratzende Geräusch hören konnte, mit dem seine Hand über die Bartstoppeln fuhr. Nicholas erwiderte das Grinsen vollkommen ungerührt. Doch er schien nicht mal zu atmen.

„Vielleicht darf ich Sie beide zu einer Tasse Kaffee einladen?“

Der Tonfall des älteren Mannes ließ keinen Zweifel daran aufkommen, dass es sich eher um eine Anweisung, denn um einen Vorschlag handelte. Joanas Herz schlug schneller. Herzukommen war wirklich eine verdammt dumme Idee gewesen.

Nicholas' Stimme blieb ruhig aber sie spürte seine Anspannung weiter wachsen. „Nein danke." Auch er lächelte.

Sie fragte sich, warum sich ihr dennoch das schreckliche Gefühl aufdrängte, er würde in diesem Moment um ihr Leben kämpfen. Wahrscheinlich, weil Meyers für einen Sekundenbruchteil buchstäblich die Gesichtszüge entgleisten.

„Nein?", wiederholte er, als könne es sich nur um einen Irrtum handeln.

„Wirklich nicht", sagte Nicholas fest. „Der Kaffee hier ist scheußlich und knapp an der Grenze zu einer Gesundheitsgefährdung. Bedaure."

Er lotste Joana mit etwas mehr Abstand, als nötig gewesen wäre an dem Mann vorbei. Dieser jedoch machte plötzlich einen Schritt auf sie zu. Seine Bewegung war schneller und geschmeidiger, als Joana ihm zugetraut hätte. Er griff nach ihrem Arm, doch ehe er sie berührt hatte, schlug Nicholas seine Hand mit einer gezielten Aufwärtsbewegung seiner Linken nach oben und stieß Joana zur Seite.

Für einen Augenblick starrten sich die beiden Männer an. Es war unmöglich zu sagen, wessen Miene hochmütiger war. Nicholas schüttelte kaum wahrnehmbar den Kopf. Sein Kiefer war jetzt so angespannt, dass jede Sehne am Hals zu erkennen war. Er blickte auf Meyers herab. Nichts deutete greifbar darauf hin, doch Joana glaubte, etwas Bittendes in seinen Augen zu erkennen, sorgsam versteckt unter gepflegter Arroganz.

Meyers stieß ein kurzes, abfälliges Lachen aus, fast ein Bellen. Er grub die Hand in Nicholas' Hemdkragen und zog ihn ruckartig ein Stück zu sich heran.

„Vergiss nicht, wer du bist!“ Er spuckte ihm die Worte förmlich ins Gesicht.

„Du solltest auch nicht vergessen, wer ich bin“, gab Nicholas leise zurück.

Meyers schubste ihn von sich, Nicholas musste einen Schritt zurückmachen. Die oberen Knöpfe seines Hemdes rissen auf, als der andere seine Hand zurückzog, der Stoff verrutschte. Joanas Blick fiel auf die beiden kleinen Wunden unterhalb seines Schlüsselbeins.

Die Bilder kamen abrupt, schossen dicht gefolgt von einem Stoß Adrenalin durch ihren Kopf und ließen ein kurzes, gleißendes Licht vor ihren Augen aufleuchten.

Ihre Lippen an seiner Haut. Der Geschmack von seinem Blut auf ihrer Zunge. Viel intensiver und dunkler, als ihr eigenes Blut schmeckte. Und dann der Blackout.

Die Erinnerung verfinsterte graunebligen Verdacht zu schwarzer Gewissheit.

Dämonenblut.

Der Boden drohte unter ihr nachzugeben. Sie schlang ihre Arme um sich selbst und wich mit weichen Knien ein paar Schritte zurück.

Ihr Blick traf Meyers‘ Augen. Er grinste, streckte die Hand nach ihr aus und kam auf sie zu.

Irgendetwas knurrte.

Nicholas fasste Meyers an der Schulter und drehte ihn zu sich um. Doch dieser schlug ihm ohne Vorwarnung in den Magen. Joana hörte Nicholas ächzen, und sich selbst nach Luft schnappen. Meyers wandte sich erneut zu ihr um, doch Nicholas packte ihn. Er drehte seinem Gegner den Arm auf den Rücken und stieß ihn mit dem Schwung seiner eigenen Bewegung an Joana vorbei. Meyers krachte mit der Schulter voran gegen die Wand.

Ein Bild fiel zu Boden, der Rahmen zerbarst. Der Dame am Empfang klappte der Kiefer runter. Eine zweite Frau stürzte aus einem der Räume in den Flur, rief etwas, das nach einem japanischen Fluch klang und schlug sich die Hände vor den Mund.

Nicholas hielt den Konzernchef gegen die Wand gedrückt. Immer noch klang dieses Knurren im Raum, das Joana niemandem zuordnen konnte. Nicht zuordnen wollte. Statt Blut schien Eiswasser durch ihre Adern zu fließen.

„Hände weg von meinem Eigentum", zischte Nicholas Meyers ins Ohr.

Der lachte nur. Ein leises, hässliches Geräusch, das Nicholas' augenscheinliche Überlegenheit deutlich in Frage stellte. Nicholas schleuderte ihn in einer abrupten Bewegung zu Boden, packte Joana hart am Unterarm und zerrte sie hinter sich her zum Treppenhaus.

„Nicht umsehen", raunte er ihr zu. Vielleicht war es nur seine ruhige, dunkle Stimme, die verhinderte, dass sie in Panik geriet. „Sieh niemanden an."

Ohne ein weiteres Wort, den Blick starr nach vorne gerichtet, zog er sie etliche Treppen runter und schließlich durch die Eingangshalle. Sie musste neben seinen langen Schritten fast laufen, um mitzukommen. Für einen quälend langen Gedankengang fragte sie sich, warum sie überhaupt mit ihm ging. Auch wenn er sie gerade, aus welchem verqueren Grund und vor was auch immer, verteidigt hatte, blieb eine Tatsache doch unverkennbar: Er war nicht menschlich. Aber in den letzten Tagen war so viel geschehen. Sich auch noch vor ihm zu fürchten, wäre einfach zu viel verlangt gewesen.

„Was war das?", schrie sie, kaum dass sie die gläserne Drehtür nach draußen passiert hatten. „Sag mir sofort was da los war! Warum seid ihr so ausgerastet?"

Er schwieg und hielt auf einen BMW X5 in dunklem Rot zu. In jeder anderen Situation wäre Joana niemals eingestiegen, ohne diesen Traum von einem Luxus-Geländewagen ausgiebig zu bewundern. Schlammbespritzte 335er Pirelli-Breitreifen an der Hinterachse. Die konnte sie nicht mal in Todesangst übersehen. Doch Nicholas stieß sie an der Fahrerseite eilig auf den Rücksitz.

„Was soll das?"

Er stieg ein und bretterte los. Joana rutschte hinter den Beifahrersitz, um Nicholas wenigstens ansehen zu können. Für ein paar hundert Meter fuhr er ohne eine Miene zu verziehen. Dann schüttelte er den Kopf und grinste, was sie höchst unangebracht fand.

„Findest du diese Neandertaler-Nummer etwa komisch? Du hast eben deinen Chef an die Wand geklatscht, weil er mir die Hand geben wollte. Spinnst du?"

„Du hast keine Ahnung, Joana." Er lachte trocken. Der Wagen schoss so schnell um die nächste Kurve, dass sie sich am Sitz festkrallen musste.

„Erklär es mir! Was ist da eben passiert?"

„Du verstehst das nicht. Alexander ist nicht das, wofür du ihn hältst. Er ist“, sein Grinsen fror ihm im Gesicht fest, „nicht ganz ungefährlich. Ich wollte nicht, dass er dir …“ Er ließ den Satz unvollendet ausklingen.

„Ach komm!“ Joana verdrehte die Augen. „Selbst wenn du recht hast, würde er mir kaum inmitten seines Büros vor mehreren Zeugen etwas antun, oder?“ Doch. Das war durchaus vorstellbar. Aber sie wollte ihn keinesfalls ahnen lassen, dass sie etwas wusste. Was wusste sie auch schon?

Nicholas zuckte mit den Schultern und murmelte etwas Unverständliches.

„Das alles stinkt nach Ärger“, meinte Joana. Ärger war vermutlich mächtig untertrieben. Ob dieser Meyers sie verfolgen würde? Ihr Hals kratzte, das Ausatmen fiel ihr schwerer. Sie rief sich eine entspannende Atemtechnik ins Gedächtnis und griff prüfend an ihre Hosentasche. Das Notfallmedikament war da. „Meinst du, das zieht noch weitere Probleme nach sich?“

Er schüttelte den Kopf. „Das war nur ein kleines Abstecken der Grenzen. Nur ein Spiel. Alexander kennt mich und wird mir nicht böse sein. Er weiß, dass er die Finger von dem zu lassen hat, was mir gehört. Wir …“

„Stopp! Time-Out!“, unterbrach Joana ihn. „Als Erstes: Du willst mir sagen, dass du dich häufiger mit deinem Konzernchef prügelst?“

Das schiefe Lächeln, das er ihr zuwarf, war Antwort genug. In seinen sturmblauen Augen blitzte der Schalk. Aber was hatte sie erwartet? Bei diesen

Leuten – sie weigerte sich, das Wort mit D auch nur in Gedanken auszusprechen – galten andere Regeln.

„Und zum Zweiten bin ich nicht dein Eigentum!"

Sein Lächeln schwand. Er öffnete den Mund, sagte jedoch nichts. Ruppig haute er den nächsten Gang rein und ließ den Motor beim Beschleunigen aufheulen.

„Sei froh, dass Alexander das anders sieht. Sonst hättest du jetzt ein Problem."

„Ich pass schon auf mich auf. Weißt du, ich hab einen verdammt harten Schlag und einen noch härteren Schädel." Sie unterdrückte mit Mühe ein albernes Kichern. Der Schrumpfkopf steckte als morbides Andenken in ihrer Tasche.

Er grinste, wenn auch sicher aus anderen Gründen. „Ich glaub's dir. Aber Alex kannst du damit nicht beeindrucken. Mein Besitzdenken zählt zu den wenigen Dingen, die er respektiert. Auch wenn es genau das war, was ihn zu diesem Spielchen herausgefordert hat."

Sie quetschte sich zwischen den Sitzen hindurch nach vorne und glitt auf den Beifahrersitz. „Was heißt das? Was hätte er mir schon tun können?"

„Soll ich lügen?"

„Nein."

„Dann frag mich nicht."

Joana biss die Zähne zusammen. „Okay, dann frag ich dich etwas anderes. Warum hast du mich beschützt? Egal was er mir antun wollte, du hast es verhindert. Warum?"

Er kippte den Kopf in ihre Richtung. Seine Augen glitten eiskalt an ihr herab, als suche er irgendwo an ihrem Körper nach dem Grund. Schließlich zuckte er mit den Schultern.

„Andere Frage, gleiche Antwort: Soll ich lügen?"

„Du willst doch mit mir reden, streite es nicht ab. Sonst würdest du mich heimbringen, aber du fährst in eine ganz andere Richtung. Wo willst du hin? Und warum kannst du nicht einfach ehrlich zu mir sein?"

Eine rote Ampel zwang ihn zum Halten. Er seufzte, verdrehte die Augen und warf ihr einen bemüht spöttischen Seitenblick zu.

„Ich bin doch ehrlich, oder hab ich etwa gelogen?"

Glühend heiße Wut, die sie alle Vorsicht vergessen ließ, stieg in ihr auf. „Halte mich doch nicht für bescheuert, Nicholas!", fuhr sie ihn an. „Ich weiß, was dieser Meyers ist. Er ist kein Mensch. Und du … du bist genau das Gleiche wie er!"

Sie schlug sich vor Schreck über ihre eigenen Worte die Hand vor den Mund, so fest, dass es knallte.

Das Knurren ertönte wieder. Nicht aus seinem Hals, sondern tief aus seiner Brust. Mit einem fauchenden Ton pustete er sich die Haare aus dem Gesicht. Seine Stimme dagegen klang sanft.

„Hör auf, Jo. Sei still."

„Nein, ich will jetzt wissen, was da vor sich geht!", beharrte sie, bemüht, ihre Worte kalt klingen zu lassen. „Dieser Elias, der ist doch auch nicht ganz normal."

Ein nervöses Lachen antworte ihr. „Wohl wahr. Komm ihm besser nicht zu nah. Und hör mit diesen Fragen auf."

„Warum? Rede nicht drum herum, sag es endlich! Besteht die ganze Firma aus … aus Dämonen? Und wer ist Laureen?“

Seine Hand war zu schnell für ihr Auge. Sie schloss sich um ihre Kehle, drückte ihren Kopf gegen die Sitzlehne. Nicht fest, es hätte nicht wehgetan, wäre ihr Hals nicht verletzt gewesen. Doch eindeutig bedrohlich. Joana entfuhr ein Schrei. Ihr Verstand hatte keine Möglichkeit, gegen die Bilder in ihrem Kopf anzukämpfen, ferner gegen die Panik, erstickt zu werden. Sie grub ihre Fingernägel in seinen Arm, zerkratzte seine Haut und zerrte an ihm, ohne dass sie ihn nur einen Millimeter bewegt bekommen hätte.

„Sei vorsichtig“, wisperte er. „Fordere uns nicht heraus, Kleines. Unterschätze uns nicht. Du spielst mit dem Feuer und bist selbst aus Papier.“

Sie hörte seine Worte und ihr eigenes Wimmern wie durch Watte. Ihre Sicht verschwamm, da Tränen aus ihren Augen strömten, dennoch nahm sie seine Miene übertrieben scharf wahr. Er war bleich geworden, die helle Haut bildete einen krassen Gegensatz zu seinem schwarzen Haar. Seine Augen waren dunkler als je zuvor und schreckensstarr. Jede Sekunde wurde zu einer Ewigkeit. Seine Hand rutschte ihre Kehle herab. Hinter ihnen hupte ein anderer Wagen. Plötzlich runzelte Nicholas die Stirn, zog das Halstuch ein Stück hinunter und betastete mit den Fingerspitzen die schmerzenden Stellen, die es verdeckt hatte. Sie presste die Lippen zusammen, um nicht laut zu heulen und schluckte heftig gegen das Schluchzen an.

„Was ist das?“, stieß er hart hervor. „Wer war das?“

Joana weinte leise, die Finger in seinen Arm gekrallt, auch wenn er sie schon losgelassen hatte. Sie wollte ihn anschreien, ihm vorwerfen, dass er es gewesen war. Das alles war nur seine Schuld und ihr Leben würde seinetwegen nicht mehr das Gleiche sein. Nie wieder. Und das sollte es auch nicht.

Nichts davon konnte sie in Worte fassen.

„Soll ich lügen?“, fragte sie ihn.

19

Der Wagen war erfüllt von ihren Gefühlen. So viele gegensätzliche Emotionen, dass er sie nicht mehr differenzieren konnte. Sie umschmeichelten und umgarnten ihn. Lockten den Schatten und quälten ihn zugleich. Er tobte in seinem Körper, doch Nicholas drängte ihn zurück.

„Joana, wer hat das getan?“, wiederholte er gepresst. Seine Hand an ihrem Hals zitterte fast so sehr, wie sie es tat. Ihre raue Stimme war ihm sofort aufgefallen, aber in Verbindung mit den Quetschungen machte sie erst Sinn. Er wusste, welche Krafteinwirkung nötig war, um solche Male zu verursachen.

„Warum?“, stieß sie atemlos hervor. „Ist es, weil du glaubst, ich wäre dein Eigentum? Darfst nur du mir wehtun und sonst niemand?“

Scheiße nochmal, ja!

Er berührte sie kaum mehr, doch sie umklammerte seinen Unterarm immer noch, wie in Todesangst. Als wollte sie ihn nicht loslassen. In seinem Inneren zog sich irgendetwas schmerzhaft zusammen. Ein Gefühl, wie in Feuer schmelzendes Plastik. Schon als Alexander seine Finger nach ihr ausgestreckt hatte, war er von diesem Schmerz übermannt worden.

„Ich tu dir nichts“, flüsterte er, wenngleich er sie lieber angeschrien und geschüttelt hätte. „Nie mehr, okay?“

Sie würgte ein bitteres Lachen hervor, schlug seine Hand zurück und legte ihre eigene schützend um ihren Hals. Sie glaubte ihm kein Wort.

Er wollte schlucken, aber es ging nicht. Ihre Tränen benetzten seine Finger. Sie waren kühl und brannten gleichzeitig auf der Haut. Das Hupen hinter seinem BMW war inzwischen zu einem ganzen Konzert angewachsen, aber das war bedeutungslos.

„Bitte … was kann ich tun …“ Er schämte sich vor ihr für das Gestammel, doch all sein rhetorisches Geschick wurde von diesem sengenden Schmerz in seiner Brust niedergebrannt.

Sie wischte sich über das Gesicht und starrte auf das Armaturenbrett. „Sag mir die Wahrheit.“

Von einem plötzlichen Knall aufgeschreckt, fuhren sie beide zusammen. Ein Mann stand vor der Fahrertür, schlug gegen das Fenster, gestikulierte wild und brüllte:

„Es ist Grün, du Schnarchnase!“

Nicholas hätte gern seinen Zorn an dem Menschen ausgelassen, er ballte unwillkürlich die Fäuste. Doch Joana tat etwas, das seinen Verstand erneut durchschüttelte, wie einen Cocktail. Sie berührte seinen Unterarm, der sich sogleich ein wenig entspannte.

„Fahr schon.“

Er tat es und parkte den Wagen bei nächster Gelegenheit am Rand einer ruhigen Nebenstraße.

„Woher weißt du es?“, fragte er. „Oder vielmehr: Woher glaubst du zu wissen, was ich bin?“

Sie sah auf. Tränen glitzerten in ihren Augen und ließen sie beinahe schwarz erscheinen. Sie war bleich geworden, ihre Lider rot und geschwollen.

Nie hatte sie schöner ausgesehen. Schön auf eine Weise, die jeder Teil von ihm, ja, selbst die dämonische Bestie, beschützen wollte, und sei es vor sich selbst. „Was weißt du?"

„Ich habe ein Buch gefunden", antwortete sie zittrig. „Von einer Gruppe, die sich Clerica nennt."

Wow, sie wusste eine Menge. Starker Tobak.

„Zunächst dachte ich, es wäre reine Fantasy, doch es passte. Es passte alles!" Sie zog die Nase hoch und schlang die Arme um ihren Körper. „Sag mir, wer du bist", verlangte sie dann mit einer Stimme, die viel fester klang, als er ihr zugetraut hätte.

Er atmete tief durch. Verdammte Jäger, die ihr Wissen nicht für sich behalten konnten. Doch hier hatte er seine Chance, ein paar Wahrheiten freizulassen, die in ihm tobten und ausbrechen wollten, wie wilde Tiere aus einem Käfig.

„Der Nybbas", antwortete er schließlich.

Die Gewissheit, dass sie ihn verachten würde, wenn er weitersprach, wollte ihm den Mund verbieten. Doch die Wahrheit war alles, was er ihr versprochen hatte.

„Ich manipuliere die Gedanken, schaffe Träume und Trugbilder. Mein Inneres versteckt sich in einem gestohlenen Leib und nährt sich von den Emotionen der Menschen."

Sie nickte, als hätte sie es gewusst. „Aber du bist nicht böse. Das stimmt doch, oder?"

Böse? Was war schon böse. „Nicht mehr als alle anderen. In meiner Welt ist nichts gut oder schlecht. In deiner bin ich es sehr wohl, Joana. Ich werde dir nichts vormachen. Erinnerst du dich an deine Träume von mir? Ich erinnere mich auch."

Sie schauderte, griff an ihre Ellenbeuge und biss sich hart auf die Unterlippe. „Du hast auch meine Emotionen genommen, richtig?“

„Ja. In der Nacht, als ich mit dir geschlafen habe.“ Er beobachtete sie genau, aber sie reagierte nicht. „An unserer letzten Nacht hingegen war ich unschuldig. Da hast du wirklich zu viel getrunken.“

„Wirst du es wieder tun?“ Ihre Stimme bebte.

„Nein.“ Er lächelte unweigerlich, obwohl ihm nicht danach war. Sein Blick klebte auf ihren Händen, die sich haltsuchend in den Saum ihres T-Shirts gruben. „Ich hätte zu viel Angst, dass ich dich damit zerstören würde. Das passiert, wenn ich es zu oft tue oder zu gierig bin. Aber ich bereue auch nicht, es getan zu haben. So funktioniert das eben. Doch die Situation ist nun eine andere.“

Sie erwiderte das Lächeln, es war von der gleichen verkrampften Natur wie seins.

„Was ist jetzt anders?“

Verdammt, warum stellte sie immer die falschen Fragen? Sie zwangen ihn dazu, sie sich selbst zu beantworten.

„Vielleicht meine Gefühle.“

Sie zog die Brauen hoch. Eine stille Frage, die laut nach Antwort verlangte.

„Ich habe Gefühle, ja. Sicher fühle ich nicht exakt so, wie Menschen empfinden, aber durchaus vergleichbar. Das lernt man mit der Zeit. Ich bin Experte für sowas.“

Die Anspannung wich aus ihrem Gesicht, sie öffnete die Lippen.

„Bedeutet das, dass ich keine Angst vor dir haben muss?“

„Nein, das bedeutet es nicht. Es bedeutet einfach nur, dass ich dir nichts tun werde, solange ich es verhindern kann. Aber das ändert nichts daran, dass ich Dinge tue, für die du mich fürchten wirst. Zu recht, wenn ich menschliche Moral richtig interpretiere."

„Erklär mir eine Sache." Ihre Augen bohrten sich in seine, bis er den Blick abwenden musste. „Sag mir, warum du mich vor diesem Meyers beschützt hast."

„Ich genieße deine Nähe", gab er zu und starrte durch die Windschutzscheibe. Lüg sie nicht an, mahnte er sich selbst. „Nenn mich einen Egoisten, aber deine Präsenz hat etwas, das ich will. Etwas, das mich mit Ruhe erfüllt. Du faszinierst mich, weckst Unruhe in mir und besänftigst sie wieder."

Er lachte leise und schüttelte den Kopf. Zur Hölle, was redete er denn da? Das waren sicher nicht die Informationen, die sie haben wollte. Leider war es die Wahrheit. Er hatte es erkannt, als der Whiro nach ihr verlangt hatte. Sie war mehr als sein Spielzeug oder sein Lieblingsopfer. Sie war das, was er wollte. Vielleicht das, was er brauchte. Was immer sie auch war, sie sollte ihm gehören.

Ihre Stirn legte sich in Falten. Ihre Augen forderten ihn zum Weitersprechen auf. Er hustete, denn sein Hals kratzte.

„Alexander ist der Whiro, er …"

„Der Whiro schafft Krankheiten", unterbrach sie ihn tonlos und schloss beide Hände wie nach Halt suchend um ihre Oberarme. „Das habe ich gelesen. Oh Shit."

„Kann man so sagen. Joana, ich habe seine Gier gesehen. Er hätte dir einen Keim von Tod in den Körper gepflanzt. Er hätte dich umgebracht, ohne dass du es bemerkt hättest.“

Sie blieb starr sitzen. „Erwartest du dir etwas von deiner Hilfe?“, flüsterte sie nach langem Schweigen. „Bin ich dir zu etwas verpflichtet, außer meinem Dank? Muss ich …“

„Nein!“ Ihre Worte schmerzten ihn, auch wenn ihre Befürchtung sicher nicht unberechtigt war. Er wollte sie – ja. Was er nicht wollte war, dass sie ihn fürchtete. Sie hatte ihn nie gefürchtet, obschon sie wahrlich Grund dazu gehabt hatte. Doch jetzt kam eine kleine Welle von Angst ins Rollen. Sie würde größer werden. Verdammt, er hätte sie gern angefasst, einfach nur ihre Haut berührt, um sie zu trösten. Doch ihr Blick verbot es ihm, schuf eine unüberwindbare Barriere.

„Möchtest du, dass ich dich nach Hause fahre?“ Vielleicht hätte er es sogar getan, wenn sie ihn darum gebeten hätte.

Ihr Schweigen schien eine Ewigkeit anzudauern. Die reinste Folter. „Nein“, flüsterte sie irgendwann. „Ich will sehen, wer du wirklich bist. Ich muss es sehen, denn ansonsten kann ich es doch nicht wahrhaben.“

„Du weißt nicht, wovon du redest.“

„Dann zeig es mir.“ Ihre Hand zitterte, als sie sie ausstreckte und auf seinen Unterarm legte. „Es ist nicht fair. Du hast eine Illusion für mich gezeichnet, der ich vollkommen ausgeliefert bin. Du hast mich manipuliert.“

„Viel weniger, als du denkst. Du bist stark, es gelang mir nur ein einziges Mal."

„Das stimmt nicht, du tust es ständig. Du merkst es nur nicht, weil du nicht ahnst, wie manipulativ allein deine Augen sind. Aber egal was du bist oder was du getan hast, es gelingt mir nicht, etwas Schlechtes in dir zu sehen, sosehr ich es auch versuche. Du musst es mir zeigen. Bitte."

„Und wenn es gefährlich ist?", provozierte er. „Wenn auch ich gefährlich bin? Ist dir je der Gedanke gekommen, dass man uns aus gutem Grund seit Jahrtausenden verfolgt?"

Sie schluckte und sprach so leise weiter, dass er sie kaum verstehen konnte. „Ich habe dir meinen Abgrund gezeigt, Nicholas. Es hat gut getan, dir zu vertrauen und ich habe es nicht bereut. Ich gebe das nicht so schnell auf, egal was du bist."

Er nickte langsam. Wenn er ehrlich zu sich war, wollte er nichts lieber, als ihr sein wahres Selbst zu zeigen. Er wollte sich ihr öffnen, auch er wollte vertrauen. Einmal nur. Doch sie und der Dämon in seinem Leib, das war schlicht zu konträr, um nebeneinander existieren zu können. Sie würde kaum akzeptieren, was er sorgfältig vor der Welt verbarg, auch wenn sie jetzt danach verlangte.

Er wollte sie nicht verlieren. Welch Ironie, dass er genau das riskieren musste, um sie zu behalten. Russisches Roulette, der Lauf auf einen kleinen Punkt in ihm gerichtet, der sich Sehnsucht nannte. Er würde abdrücken.

„Wir müssen ziemlich weit fahren. Ich werde angreifbar in meiner wahren Gestalt, ich muss zu einem sicheren Ort, um sie dir zu zeigen."

„Dann haben wir Zeit zum Reden“, stellte sie nüchtern fest.

Er fuhr auf der A7 nach Norden. Sie fluchte auf den zähfließenden Verkehr und jeden Wagen, der die linke Spur ohne eindeutige Überholabsichten benutzte. Nicholas schmunzelte, wenn sie über unfähige Autofahrer schimpfte oder ihn darauf hinwies, dass er fünf Stundenkilometer langsamer fuhr, als er durfte. Er hatte es nicht eilig. Sie ebenso wenig, aber offenbar musste sie ihrer Nervosität Luft machen. Sie war nicht der Typ Frau, der viel heulte, die Angst machte sie stattdessen wütend. Er hätte sie gerne beruhigt, aber wusste nicht wie. Vielleicht durch eine Berührung? Mit seinem Blick zeichnete er den Schwung ihrer Wangenknochen nach. Die Konturen von Hüften, Taille und Brüsten. Die Linie, in der ihre Schulter in den Hals überging. Seine Finger zuckten vor Verlangen, es seinen Augen gleichzutun. Er schloss sie um das Lenkrad, bis das Leder knirschte. Er fragte sie nicht mehr nach ihrer Verletzung und hoffte, ebendies würde sie dazu bringen, ihm zu verraten, was passiert war.

Je weiter sie fuhren, desto mehr verflüchtigte sich der Großstadtdunst. Die Luft wurde klarer, auch wenn Wolken am Himmel hingen und die Dämmerung früh einläuteten.

Bei Schleswig hielt er an einer Autobahnraststätte, tankte und sie aßen gemeinsam zu Abend.

„Eine Frage“, murmelte sie über ihrem Hawaii-Toast. „Musst du essen oder ist das reine Show?“

Er verschluckte sich am Kaffee und sie lächelte. Erstmals wieder. Eine vorwitzige Locke fiel ihr in die Stirn und schmiegte sich an ihre Wange.

„Dieser Körper", gab er nach mehrmaligem Räuspern zurück, „hat fast die gleichen Anforderungen wie jeder andere auch. Krankheiten gegenüber bin ich immun und meine Wunden heilen schneller, denn das Blut unterscheidet sich von menschlichem. Der Rest des Körpers aber nicht. Würde ich nicht essen, bekäme ihm das nicht. Er würde sterben und ich bräuchte schnellstens einen neuen."

Das Lächeln verging so schnell es gekommen war. „Wie? Könntest du jeden Körper nehmen? Jeden, den du willst?"

Er sah sich kurz um, doch niemand der Anwesenden schien ihr Gespräch zu belauschen. „Die Seele muss schwach sein", erklärte er, so gut es sich erklären ließ. „Manche Menschen sind körperlich stark, nur wenige seelisch. Du zum Beispiel. Bei den Starken ist es nicht so einfach."

„Aber möglich? Wäre es bei mir möglich?"

„Bei starken Menschen funktioniert es nur, wenn man ihnen den Lebenswillen nimmt." Verdammt, das wollte sie wirklich nicht wissen. Ihr Gesichtsausdruck sprach leider eine andere Sprache. „Es funktioniert bei jedem Menschen, wenn du ihn dazu bringst, sich aufzugeben. Wenn du ihn an den Punkt bringst, an dem er sterben will. Nur letale Verletzungen sollte man unterlassen, denn dann nützt der Körper uns nichts mehr. Er muss lebensfähig sein."

Sie legte die Gabel beiseite und klemmte sich die widerspenstige Locke hinters Ohr. Er hätte sie am liebsten wieder vor ihr Gesicht gelegt. „Warum haltet ihr euch nicht an Menschen mit Todessehnsucht? Wäre doch … praktisch."

„Eine innovative Idee." Die pragmatische Art, mit der sie es hinnahm, bewunderte er. Ob er ihr sagen sollte, dass er diesen Vorschlag bereits einige Male umgesetzt hatte? Nein, besser keine Empathie vorgaukeln, die nicht existierte. Er klaute sich die dekorativ geschnittene Tomate von ihrem Tellerrand und sprach mit vollem Mund weiter. „Weißt du, wer sich umbringen will, sieht selten gut genug aus, als dass man seinen Körper haben will. Die meisten Selbstmordkandidaten haben zu gute Gründe für ihr Vorhaben."

Sie erwiderte sein Grinsen nicht, schüttelte sich leicht und verschränkte die Arme auf dem Tisch. „Du kannst also jederzeit den Körper wechseln. Dann bist du unsterblich?"

„Nichts was lebt, ist unsterblich. In meinem Dämonenleib kann man mich theoretisch töten … auch wenn sich das als schwierig erweisen dürfte. Im Schlaf oder in einer Ohnmacht kann man mich töten, weil ich den Körper nicht rechtzeitig verlassen kann. Und dann gibt es noch den Bann, mit dem wir ausgeschaltet werden können."

„Eine Art Koma?"

„Wachkoma. Körperlose Lähmung. Bei vollem Bewusstsein. Zumindest so lange, bis man den Verstand verliert."

Ihr nächster Atemzug war laut. „Ist dir das je passiert?"

Er nickte knapp, nur die Andeutung einer Bewegung.

Sie verstand, dass er darüber nicht reden würde und wechselte das Thema. „Wie alt bist du?"

„Auslieferungsjahr 1734."

Ihre Augen wurden rund. „Ist nicht wahr! Du wirkst nicht wie …" Sie formte die Zahl lautlos mit den Lippen, schüttelte den Kopf und die Haarsträhne fand zurück an ihren Platz auf ihrer Wange. „Nein, kannst du ja auch nicht. Vergiss es. Aber du sprichst nicht als kämst du aus einer anderen Zeit."

„Hm. Vielleicht kann ich es ja noch?" Er legte die Fingerspitzen aneinander und sah sinnierend in die Luft.

„Dem Wunsch der Dame gern entsprechend, geb ich meine Lippen hin, dem Jargon vergang'ner Tage, denen ich entsprungen bin. Doch deucht mich, diesem werten Weibe, läg womöglich mehr daran, wenn ich ihr auf eig'ne Weise, zeig, ob ich modern sein kann."

Sie lachte. „War das spontan? Gar nicht mal so schlecht."

Er ballte eine Faust und grinste. „Strike!"

Bevor sie weiterfuhren rauchte er auf dem Parkplatz eine Zigarette, was sie missmutig stimmte. Verwunderlich, dass sein kleines menschliches Laster sie mehr zu stören schien, als die Tatsache, was er war. Er grübelte die nächsten Kilometer darüber, während sie permanent zwischen den Radiosendern hin und herwechselte und über das Programm herzog. Schließlich griff er zu ihr herüber und öffnete das Handschuhfach, aus dem ein Sammelsurium aus CDs herausrutschte, die klappernd in den Fußraum purzelten. Sie lächelte entzückt, wühlte in dem

Durcheinander herum und fischte eine hüllenlose CD heraus.

„Incubus?“

Er versuchte sich an einem Haifischgrinsen und war erleichtert, weil sie nicht gesehen hatte, was unter ihrem Sitz lag. Eine hochmoderne Schusswaffe und ein antiker Dolch.

„Warum nicht? Passt doch, oder? Nirvana, Black Sabbath und Iron Maiden liegen etwas weiter unten, falls du es lieber lauter magst.“

Sie legte die CD ein. „Nein, ist schon in Ordnung.“

Sie stellte nicht mehr viele Fragen und Nicholas beantwortete die wenigsten davon mit der Ehrlichkeit, die er ihr gern entgegengebracht hätte. Stattdessen wich er aus, redete um die Wahrheit herum und verfluchte die kurzen Impulse in seinem Inneren, die nichts anderes wollten, als ihr alles in die Hände zu legen. Sein Selbst, seine Geheimnisse, seine Vergangenheit und seine Zukunft. Und alles, was er je getan hatte, einschließlich der Tatsache, dass er nichts davon bereute. Doch er behielt es für sich. Es würde sie überfordern.

Irgendwann sank ihr Kopf zu den Klängen von ‚Dig‘ ans Beifahrerfester.

„If I turn into another, dig me up from under what is covering the better part of me.“

Welch Ironie. Er hätte den blöden Song gern abgeschaltet, am liebsten mit der Faust direkt ins Radio gehämmert, bis es Ruhe gäbe. Doch er drehte es nur leiser.

Er spürte, dass sie schlief, doch erst nachdem sie sich eine halbe Stunde nicht bewegt hatte, begann er, es zu glauben. Wie konnte sie so ruhig schlafen, wenn ein personifizierter Alptraum neben ihr saß? Und, er biss die Zähne zusammen, was hatte sie nur derart erschöpft?

Nicholas hielt auf einem zwischen Birken und Pappeln versteckten Parkplatz. Der Wind rauschte in den Kronen und jagte Wolkenfetzen über den tiefblauen Himmel. Es war schon fast dunkel. Als er den Motor abstellte, wachte sie auf, schüttelte den Kopf und blickte ihn verwundert an.

„Wo sind wir?"

„An der Nordsee, knapp hinter der dänischen Grenze. Ich komm oft hierher. Normalerweise ist es hier sicher für mich."

Sie zog die Brauen zusammen. „Was bedeutet das?"

„Niemand von den Clerica lebt in dieser Gegend. Zumindest bin ich hier noch keinem begegnet. Solange nicht einer von ihnen zufällig hier rumläuft, bleibt meine Verwandlung unbemerkt."

„Wie erkennst du sie, diese Clerica?"

„Im Zweifelsfall, wenn sie auf mich zu rennen und seltsam mit den Händen in der Luft herumfuchteln. Wenn ich aus meinem Körper geschleudert werde, wird's brenzlig."

Sie legte sich zwei Finger ans Kinn. „Du erkennst sie erst, wenn sie dich angreifen? Ganz schön riskant, oder nicht?"

„C'est la vie. Aber das ist nicht das Problem, denn auch sie werden meiner nur in der dämonischen Gestalt gewahr. Den Schattenkörper spüren sie über weite Entfernung, weil er die stärkste Aura hat. Damit bemerken sie auch die Verwandlung. Manche können den Astralkörper sogar aus einer gewissen Distanz beeinflussen. So allerdings“, er klopfte sich mit einer Hand auf die Brust, „kann ich einfach an ihnen vorbeispazieren. Perfekt getarnt.“

„Verstehe.“

Daran zweifelte er.

Sie folgte ihm ohne zu zögern in die Dunkelheit. Der Weg führte zwischen ein paar Bäumen hindurch, dann eine Holztreppe den Deich hinauf. Die Stufen waren alt, abgetreten und einige wackelten und knarrten bedrohlich. Ob er ihr seine Hand anbieten sollte? Ehe er sich entschieden hatte, war sie schon oben angekommen, wo salziger Wind an ihrem Haar und ihrer Kleidung zerrte. Joana atmete tief ein und sah aufs Meer. Das dünne Halstuch flatterte und gab den Blick auf die darunter liegenden Druckmale frei. Der Anblick rief erneut die bildliche Vorstellung wach, mit welcher Brutalität sie angefasst worden war, und ließ ihn die Fäuste ballen.

„Ist dir nicht kalt?“

Sie strahlte. „Nein. Ich liebe Wind. Es ist fast, als würde er mich be…“ Beschämt biss sie sich auf die Lippen.

„Was wolltest du sagen?“ Er wusste es genau: Berühren, wie ein Geliebter.

„Ach, nichts.“

Er wandte sich ab und stapfte den Deich hinunter. Sie blieb an seiner Seite. Ihre Schritte verursachten kaum ein Geräusch im Kies, der bis zum Wasser führte, wo die Brandung gegen vereinzelte scharfkantige Felsen schlug und Gischt in die Luft spie. Es war nicht die Art von Strand, die Touristen aufsuchten, denn er war voller toter Quallen, Kelp, dem ein oder anderen Fischgerippe und all dem, was die See sonst noch ausspuckt. Das Meer gab an diesem Küstenabschnitt unverhohlen preis, wie grausam es wirklich war und heuchelte keine Sanftmut vor. Nichts anderes machte den Ort besonders für ihn. Ehrlichkeit. Einsamkeit.

„Ich komme her, wenn mir danach ist, zu flüchten“, sagte er leise, sodass sie näher an ihn herantreten musste, um die Worte trotz des Tosens der Wellen und des Pfeifens des Windes zu verstehen. „Hier kann ich mein Äußeres eine Weile liegen lassen und mein Inneres dem Wind ausliefern.“

„Beneidenswert.“ Sie lächelte. „Und das darf ich sehen?“

„Gib mir noch eine halbe Stunde, okay?“

Eine gestohlene halbe Stunde, die sie noch bleiben würde. Skepsis überzog ihr Gesicht, aber sie nickte.

Nebeneinander schlenderten sie die Küste entlang. An dem gleichmäßigen Heben und Senken ihrer Brust erkannte er, dass das Atmen ihr hier viel leichter fiel, als im Wagen. Zunächst bückte sie sich ab und zu nach einem Stein oder einer Muschel. Sie betrachtete ihren Fund und strich mit den Fingern darüber, ehe sie ihn wieder hinlegte. Sie warf nichts davon fort, sie gab es einfach zurück, als wäre es ein Frevel, diesem Ort etwas wegzunehmen. Nach einer Weile zog sie sich die Schuhe aus und traute sich näher ans Wasser heran. Sie spielte mit den Wellen, ließ sie um ihre Knöchel spülen und hüpfte zur Seite, wenn sie am Bund ihrer Caprihose leckten. Behutsam glitt sie mit der Hand durch das Wasser und kostete es mit einem verschämten Lächeln von ihren Fingern.

Nicholas betrachtete sie heimlich. Wenn sie sich unbeobachtet fühlte, breitete sie die Arme aus und drehte sich im Kreis. Ein Tanz, allein für die Möwen aufgeführt, die auf einer nahen Sandbank hockten und neugierig herüber gafften. Um Joana zuzusehen, unterbrachen sie sogar die Suche nach Krebsen. Sie sah fast glücklich aus und er verfluchte sich selbst, weil er das wieder zerstören würde.

Seufzend ließ er sich im Kies nieder. Joana setzte sich im Schneidersitz zu ihm und sagte, dass sie den Ort wunderschön fand. Das Haar hing ihr wirr im Gesicht und erinnerte ihn an ihren Anblick, nachdem er mit ihr geschlafen hatte. Das Bild weckte ein Kribbeln in seinem Schoß und ein davon losgelöstes in seinem Brustkorb. Wunderschön traf es gut.

Inzwischen war der Himmel vollkommen dunkel geworden, aber der Schein von Mond und Sternen berührte die Wasseroberfläche, sodass sie genug sehen konnten, solange nicht gerade eine Wolke vor dem Mond hergetrieben wurde. Das fahle Licht betonte die tiefen Schatten unter ihren Augen und nahm ihrer Haut den goldenen Schimmer. Ihre Unterlippe zitterte leicht. Verdammt. Ihr war kalt und sie war erschöpft. Sie sollte nicht hier sein. Aber auch an keinem anderen Ort der Welt.

„Du siehst so ernst aus, als müsstest du in einen Krieg ziehen“, sagte sie, einen Hauch von Lächeln in der Stimme. „Und zwar unbewaffnet.“

Er lachte leise. „Ich bin bis an die Zähne bewaffnet mit Angst.“

Es war so absurd. Seit Jahren hatte er sich nicht mehr so elend gefühlt, trotzdem lachte er. Nie war seine menschliche Hülle enger gewesen, nie hatte er sich mehr danach gesehnt, ihr zu entfliehen. Und nie war er dankbarer gewesen, für den Schutz den sie bot.

Er warf ihr den Autoschlüssel vor die Füße und fing einen fragenden Blick auf. „Du brauchst ihn, falls du nach Hause fahren möchtest. Aber warte damit, bis ich zurück in diesem Körper oder weit genug fort bin. Bitte bleib einfach dort sitzen und beweg dich möglichst wenig. Lauf keinesfalls weg. Meine Selbstbeherrschung ist instabil und wenn du rennst, dann könnte das …“ Er sprach nicht weiter. In Mondlicht getaucht erbleichte sie. Sie hatte verstanden.

„Du willst das gar nicht, oder?“ Ihre gewisperten Worte gingen im Lied der Wellen fast unter.

„Nein. Denn es wird dir Angst machen. Und doch. Weil ich will, dass du mich kennst. So wie niemand anderes mich kennt.“

„Niemand? Niemand kennt diese Seite an dir?“

„Niemand, dem ich den Rücken zuwenden würde. Hör zu, Jo. Du wirst nur einen Schatten sehen, mehr nicht. Das, was dahinter liegt, werde ich dir nicht zeigen. Nie. Der Schatten ist nicht gefährlicher als ich es bin, also hab keine Angst.“

Ihr Blick zuckte kurz zu Boden, sie schluckte. „Ich habe keine Angst. Du bist immer noch der Gleiche.“

„Mitnichten.“

Er rutschte näher zu ihr, berührte ihr Gesicht mit den Fingerspitzen und nahm es schließlich zwischen seine Hände. Sie ließ es zu und allein das hätte ihn ob ihres Mutes fast die Flucht ergreifen lassen.

„Nur für den Fall, dass das hier Lebewohl ist“, flüsterte er und näherte sich ihren Lippen.

Er musste die Augen schließen, weil ihn die Konfusion in ihren so nervös machte. Doch auch blind spürte er ihre Unruhe weiter wachsen. Sie hatte gelogen. Sie hatte Angst. Er wollte sich mit einem lautlosen Seufzen zurückziehen, als plötzlich ihr Mund auf seinem lag.

Der Kuss war weich, warm und unschuldig, genauso wie ihr Körper, der sich an seine Brust lehnte. Sein Herz polterte, als wollte es ihm um die Ohren fliegen.

„Für die Wahrheit ist es eh schon zu spät“, hauchte sie an seine Lippen. „Ich bin längst in deinem Netz eingesponnen. Das Gift wirkt schon. Was immer du tust, ich glaube nicht, dass es noch aufzuhalten ist.“

Er küsste sie behutsam und ließ sich ebenso zart zurückküssen. Dann legte er den Kopf in ihren Schoß. Genoss für einige Sekunden das Gefühl ihrer Finger, die durch sein Haar und über seine Wange strichen. Verweilte einen Moment in der Illusion, einfach liegen bleiben zu können.

„Sieh zum Horizont“, sagte er. „Wenn es stürmisch und dunkel ist, dann verschwimmt da draußen die Grenze zwischen Land, Wasser und Himmel. Dann ist es fast, als gäbe es dort keine Grenzen. Als wäre das alles in der Lage, miteinander zu verschmelzen.“

Er schloss die Augen und biss die Zähne zusammen. Adrenalin schoss durch seinen Körper und löste die Fesseln, die den Dämon hielten.

20

Sie hatte alles erwartet. Nur nicht, dass es ihr den Boden unter den Füßen wegreißen würde. Es hatte so leicht geklungen, ruhig sitzen zu bleiben, abzuwarten und einfach hinzunehmen, was immer auch geschah. Wie hätte sie auch ahnen sollen, was wirklich passieren würde?

Nicholas krümmte sich plötzlich unter schmerzerfülltem Stöhnen. Sein Körper zuckte und er stieß Geräusche hervor, die ihr Tränen in die Augen trieben. Sie versuchte, ihn an den Schultern festzuhalten und spürte Panik in sich aufsteigen. Das konnte nicht normal sein. Vielleicht ging etwas schief. In dem Moment, als er leblos auf ihre Oberschenkel sackte, brach gleichzeitig auch jeder vernünftige Gedanke in sich zusammen.

Es ging wie ein Stromschlag durch ihren Körper und hinterließ dieses seltsame Vibrieren in ihren Knochen, sowie einen stechenden Schmerz, weil ihr Blut kalt zu werden schien. Eiskalt. Sie hatte das schon einmal erlebt. Zwei Tage zuvor, im Keller der Clerica, als Tina den Dämon befreit hatte. Doch das hier war so viel stärker, so viel überwältigender. Und noch etwas anderes kam dazu. Sorge. Ihr Herz krampfte sich zusammen. Seines schlug nicht mehr.

Den finsteren Brodem, der aufstieg, beachtete sie zunächst kaum. Der Schock fokussierte ihren Blick allein auf Nicholas' Gesicht. Alles darum herum verschwamm, wie ausgeblendet. Er sah nun friedlich aus, als würde er schlafen. Ganz anders als Sascha damals. Aber seine Haut war viel zu blass. Sein Körper lag bewegungslos in ihrem Schoß und gab seine Wärme bereits hin. Joana konnte nichts dagegen tun. Spielte ihr die Dunkelheit einen Streich oder wurden seine Lippen schon blau? Oh Gott, er würde sterben!

Er war tot. Nein. Leer.

Eine schemenhafte Bewegung ließ Joana aufsehen. Sie schnappte heftig nach Luft und bekam sie kaum mehr aus den Lungen gepresst. Die dunkle Schwade zitterte im Wind, zog sich zusammen und nahm Gestalt an. Keine zwei Meter von ihr entfernt kam der Dämon zum Stehen und sah auf sie herab. Joana keuchte, das Atmen wurde schwer, so schwer.

Sein Körper erinnerte an einen Schatten und war doch viel dunkler. Sie konnte kaum hindurchsehen, dennoch erkannte sie, dass er nicht von fester Materie war. Der Wind verwischte seine Konturen, drohte, ihn mit einer einzigen Böe in Stücke zu reißen. Trotzdem erkannte sie seine Umrisse deutlich. Er war gewaltig. Seine Körpergröße, die knapp über zwei Meter betrug, wirkte fast so bedrohlich, wie die beiden kurzen Hörner auf seiner Stirn. Etwas tiefer wiesen zwei schwarze Höhlen schemenhaft auf die Existenz von Augen hin. Sie waren leer. An der Stelle, wo sein Gesicht war, gab sich keine Regung zu erkennen, kein Gefühl, gar nichts. Er bewegte sich nicht und Joana schüttelte unwillkürlich den Kopf. Das konnte nicht alles sein. Nicht dieses leere, bedrohliche Schattenwesen. Wo war er? War es die Dunkelheit, die all das verschluckte, was ihn ausmachte?

Mit aller Vorsicht schob sie den schweren Kopf von ihrem Schoß und ließ ihn behutsam in den Kies sinken, die Augen auf den im Wind flatternden

Schatten gerichtet. Dann stand sie auf. Zeitlupenartig. Ihre Lippen formten wie von selbst lautlose Worte.

„Ganz ruhig, ganz langsam. Oh Shit – was tue ich hier?“

Als sie zögernd einen Schritt auf ihn zumachte, zuckte er zurück. Er hob eine riesige Hand. Lange Finger loderten wie dunkle Flammen im Wind. Joana konnte die Krallen daran nicht sehen, doch sie ahnte, dass sie da waren. Die Geste sollte sie zurückhalten, sie wusste es und trat dennoch einen weiteren Schritt vor. Und noch einen. Ihr Atem rasselte, hastig und zu laut, aber sie bemerkte es kaum. Seine erhobene Klaue schloss sich zur Faust.

„Keine Angst“, hauchte sie, nicht wissend, wen sie damit beruhigen wollte.

Sie streckte ihre Hand aus, machte einen letzten Schritt nach vorne. Ihre Fingerspitzen näherten sich seinen Umrissen.

Der Moment der Berührung jagte einen Blitz aus Feuer und Eis durch ihre Finger, strömte durch ihren Arm und schoss mitten in ihr Herz. Es drohte, zu zerspringen und verweigerte den nächsten Schlag.

Stille.

Dunkelheit.

Sie stürzte zurück, wurde gepackt und schrie auf. Irgendetwas zerrte an ihr, hielt sie aufrecht.

Atmen, erinnerte sie sich selbst. Atmen, atmen, atmen. Nur nicht aufhören. Nur immer weiter atmen.

Der Schock ließ keinen weiteren Gedanken zu. Ob Sekunden oder Minuten vergangen waren, konnte sie nicht sagen, als ihr Bewusstsein sich langsam wieder weitete. In ihre Oberarme und Schulterblätter biss ein scharfer Schmerz. Sie versuchte zu schreien, doch der Laut ersoff kraftlos in der Luft. Nur ein Wechselspiel aus Wimmern und pfeifenden Atemzügen war zu hören.

Ihr Kopf war schwer und wollte auf die Brust sinken. Auch die Augen zu öffnen kam einer Kraftanstrengung gleich. Ein Röcheln kam über ihre Lippen, als es ihr schließlich gelang. Ein Laut des Entsetzens.

Er hatte sich erneut verwandelt. Kein gesichtsloser Schatten mehr, sondern das Wesen, welches den Schatten geworfen hatte. Dolchscharfe Raubtierzähne in einem lippenlosen Maul. Die Hörner auf seiner Stirn waren spitz. Er umklammerte ihre Arme. Es tat weh. Sie hob die Hände, ließ sie gegen seine Brust fallen. Um ihn wegzustoßen, fehlte ihr die Kraft. Im Mondlicht schimmerte die lederartige Haut schwarz und gräulich. Darunter spürte sie die Wölbungen stahlharter Muskeln. Es war sinnlos zu kämpfen, er war viel stärker.

Und sie wurde schwächer. Unerbittlich presste es ihr die Brust zu. Mit jedem krampfhaften Versuch, Luft zu holen, wurde ihr Körper schwerer. Gleichzeitig verloren ihre Gedanken an Gewicht; der Gedanke ans Sterben gab seinen Schrecken auf und ließ nur Wehmut zurück. Ihr Kopf sank in den Nacken und ihr Blick ging gen Himmel. Tausend Sterne. So weit weg wie all die tausend Träume, die sich nie erfüllt hatten. Sie schloss die Augen.

Der Dämon grollte tief. Sein Griff wurde fester und er schüttelte ihren Körper. Krallen ritzten die

Haut ihrer Schultern. Bedeutungslos. Dann legte er sie plötzlich ab. Ihr Kopf schlug irgendwo gegen und Steine bohrten sich kalt und spitz in ihren Rücken. Das Wesen verschwand. Joana glaubte, in einer Welle aus Verzweiflung zu ertrinken.

Langsam und alleine zu sterben, zu ersticken, war eine grausame Vorstellung. Und eine noch schrecklichere Realität.

So nicht!, flehte sie in Gedanken. Nicht allein! Bitte nicht!

„Jo! Joana, komm schon!"

Sie keuchte, als unvermittelt etwas Nasses, Kaltes über ihr Gesicht gerieben wurde. Jemand riss an ihr herum, zog sie in die Aufrechte und zerrte an ihrer Kleidung. Sie bekam etwas an den Mund gepresst und hörte das vertraute Geräusch, mit dem ihr Asthmaspray aus der Dose gepumpt wurde. Krampfhaft versuchte sie, den Sprühstoß einzuatmen. Es pfiff und rasselte in ihren Lungen. Das Aerolsol gab weiteren Sprühnebel frei, wieder und wieder. Das war zu viel, viel zu viel. Sie drehte den Kopf zur Seite und ihr Gesicht lag an nackter Haut.

„Genug", japste sie und bemühte sich um die richtige Atmung, damit das Medikament wirkten konnte.

„Es tut mir leid", flüsterte die Stimme. Sie klang rau und atemlos. „Es tut mir so leid."

„Nicholas?"

„Ich bin's. Ganz ruhig, Joana. Nicht reden, nur atmen, ja?"

Sie würgte und er wischte ihr erneut mit seinem nassen Hemd über das Gesicht. Joana schmeckte Salz. Es brannte in den Augen, doch das war nichts, verglichen mit dem Brennen in ihrer Brust. Aber jeder Atemzug wurde ein wenig leichter als der vorhergehende. Nicholas hielt sie im Arm und auch, wenn ihr die Absurdität der Situation bewusst war, fühlte sie sich sicher wie lange nicht mehr. Sie hielt sich an ihm fest und schmiegte ihre Wange an seine Brust. Seine Haut war kühl, aber sein Herz schlug ungestüm und kraftvoll. In seinem Atem fand der ihre einen Rhythmus, den sie halten konnte. Das Rauschen der Wellen lullte sie ein. Was immer auch geschehen war, die Welt drehte sich weiter. Es ging weiter, auch für sie. Selbst im Arm eines Dämons. Ein nervöses Lachen kratzte in ihrer Kehle.

Er streichelte über ihren Rücken, berührte dabei die Verletzungen, die seine Klauen ihr zugefügt hatten. Sie zuckte vor Schmerz zusammen und er versteifte sich.

„Verzeih mir“, murmelte er mit zusammengebissenen Zähnen und vergrub das Gesicht in ihrem Haar. „Ich wollte dir nicht wehtun. Verdammt, ich wollte nur …“

„Ist gut“, flüstere Joana heiser. Sie warf mühsam einen Blick über ihre Schulter. Das T-Shirt war zerrissen. Unter den Fetzen waren die Spuren riesiger Krallen in ihre Haut geritzt. Aber nur an einer Stelle liefen ein paar Tropfen Blut ihren Rücken hinab. „Sind nur Kratzer.“ Das Sprechen schmerzte im Hals. Sie lehnte sich wieder gegen seinen Körper.

Nicholas starrte auf seine rechte Hand. „Ich wollte verhindern, dass du stürzt. Ich wollte mich nicht materialisieren, es war ein Reflex, um dich aufzufangen.“

Sie griff nach seinen Fingern und legte seinen Handrücken an ihre Wange. „Es ist okay, Nicholas."

„Mitnichten. Das, was du gerade vor dir siehst, hat keine vollständige Kontrolle über den Dämon, Joana. Nicht über den Leib, der dich verletzt hat. Der kennt nur Gier, ist vollkommen zügellos. Er hätte dich umbringen können. Ich hätte dich umbringen können."

„Hast du nicht", krächzte sie. „Hör auf."

Er nickte, rieb ihr fahrig über den Arm. Sie schloss die Augen.

„Was ist denn überhaupt passiert?", wollte er wenig später wissen. „Warum bist du zusammengebrochen? Du warst so mutig, und dann …"

Joana schluckte schwer. Ein Gefühl, als kratzten Fingernägel in ihrem Hals über Schleifpapier. „Asthmaanfall." Das war gelogen – wie so vieles. Doch die heftige Reaktion ihres Körpers auf seinen Schattenleib wollte sie nicht erwähnen. Vielleicht hatte es damit zu tun, dass sie eine Clerica war. Um dies zu offenbaren fehlte einfach noch zu viel. Wie würde er darauf reagieren? Wie würde … das Ding in ihm darauf reagieren?

Joana erzitterte am ganzen Körper. Es waren nicht allein die Geschehnisse der letzten Minuten, die ihre Dämme und jede mühsam aufrechterhaltene Selbstkontrolle zusammenstürzen ließen. Aller Schrecken der letzten Tage brach ungezügelt hervor und entlud sich in einem hysterischen Weinkrampf.

Er zog sie mit leisem „Schschsch, es ist vorbei", näher an sich und wiegte sie in seinen Armen.

Es war fast drei Uhr nachts, als Nicholas den Wagen vor Joanas Haustür parkte. Die Rückfahrt war schweigsam verlaufen und wenngleich sich Joana nach dem Zusammenbruch tatsächlich viel befreiter fühlte, war sie schrecklich erschöpft. Sie brauchte ihre ganze Willenskraft, um nicht durch den Flur zu taumeln. Beim kleinsten Schwanken würde er sie wieder hochheben und tragen, wie er sie auch vom Strand zum Auto getragen hatte, nachdem sie sich ausgeweint hatte. Es war ihr so peinlich gewesen. Ihre Auffassung von Emanzipation hatte ihn jedoch kalt gelassen, ihr entrüstetes Quieken und jeder Widerspruch ebenso.

Ihre Hände zitterten so sehr, dass sie die Wohnungstür nicht aufbekam. Schließlich nahm er ihr den Schlüssel aus der Hand und öffnete die Tür.

„Bleibst du?“ Die Worte stahlen sich unüberlegt über ihre Lippen, dabei hatte sie sich diese Frage fast die ganze Fahrt über gestellt.

Nicholas bejahte, als wäre es selbstverständlich. Dann stutzte er. „Es sei denn, du fürchtest dich und willst, dass ich gehe.“

„Nein“, gab sie zu und lächelte schwach. „Es klingt sicher seltsam, aber ich habe mir schon als Kind immer vorgestellt, dass ein Monster unter meinem Bett hockt. Das war mir einfach lieber, als ganz allein zu sein.“

„Interessant.“ Er schmunzelte und zog sanft eine ihrer Locken zwischen seinen Fingern glatt. „Ich werde aber nicht unter deinem Bett schlafen, das kannst du vergessen.“

Aller Schwäche zum Trotz bestand Joana auf eine Dusche, hüllte sich danach in ihren Bademantel und schlich unsicher zurück ins Wohnzimmer.

Er saß auf dem Sofa, den Kopf auf der Rückenlehne abgelegt, die Augen geschlossen. Joana lächelte unweigerlich, da öffnete er träge die Lider und sah sie an. In seinem Blick lag eine Wärme, die sie noch nie an ihm gesehen hatte. Wie konnte Ozeansturmblau im Zwielicht einer einzigen voltschwachen Tischleuchte so warm scheinen? Gleichzeitig sprach aus seinem Gesicht eine solche Müdigkeit, dass Joana selbst ein Gähnen unterdrücken musste.

Er trat zu ihr und schob sie langsam Richtung Schlafzimmer. Sie ließ ihn gewähren, war viel zu erschöpft, um sich eigene Gedanken zu machen. Nachdem er sie bäuchlings aufs Bett geschoben hatte, lockerte er den Bademantel und schob ihn ein Stück nach unten, sodass die Kratzer auf ihren Schulterblättern frei lagen. Joana erzitterte, als sein Mund sich ihrer Haut näherte. Sie richtete sich leicht auf und griff nach ihrer Bettdecke.

„Vielleicht sollte ich das besser mit Octisept einspüh…"

„Nein", raunte er und drückte sie sanft nieder. „Entspann dich. Ich tu dir nicht weh."

Sein Atem streichelte ihre Schulter, einen Moment darauf seine Lippen und die Spitzen seiner Haare. Er fuhr die Striemen mit der Zungenspitze nach. Joana wollte sich dem entziehen, doch die kühle Wärme dieses seltsamen, aber so innigen Kusses fühlte sich zu gut an. Es brannte im ersten Moment, doch sogleich setzte Linderung ein.

Ein tiefes, leises Vibrieren erklang aus seiner Kehle. „Verzeih mir, Jo. Ich werde dich nicht anrühren. Aber du solltest wissen, dass ich so gern mehr von dir hätte."

Seine gehauchten Worte, sowie das Knurren hatten etwas Bedrohliches, doch gleichzeitig wirkten sie beruhigend. Einschläfernd.

Sie seufzte erleichtert, als er seinen Atem gegen ihre feuchte Haut blies. Er streichelte ihr Haar in monotonen Bewegungen, die sie paralysierten. Was auch immer er tat, aber wach zu liegen und darüber zu grübeln war nicht mehr möglich. Jeder Gedanke war schwer wie Blei, so ließ sie alle fallen. Wohltuende Entspannung nahm von ihr Besitz.

„Nicholas?", murmelte sie, schon mehr im Schlaf gefangen, als in der Realität. „Woher kommst du?"

Er lachte leise. „Warum ich auf der Erde bin und nicht in der Hölle, wo ich hingehöre?"

„Hmhm."

„Weil ich gerufen wurde. Beschworen."

„Von wem? Warum?"

Er strich ihre Locken zur Seite und küsste ihren Nacken, worauf sie wohlig seufzte. „Wenn du auch noch etwas über das Wie erfahren willst, dann wäre ich bereit, dir heute Nacht zu zeigen, wie ich in diese Welt kam. Sei dir aber gewiss, dass es keine schönen Bilder sind. Möchtest du sie dennoch sehen?"

Joana nickte.

„Dann entführe ich dich heute Nacht nach Portugal, ins Jahr 1734", wisperte er.

Seine Lippen berührten ihre Schläfe und sie spürte ein seltsames Prickeln im Kopf. Wie hauchfeine Nadelstiche, aber nicht unangenehm.

„Schlaf jetzt, Jo. Und keine Angst, dir wird nichts geschehen. Ich hocke mich unter dein Bett und bleibe wach."

Sie versuchte sich an einem Lächeln, damit er begriff, dass sie längst keine Angst mehr hatte, und gab sich dem Schlaf hin. Ebenso dem Traum, den er ihr schenkte.

21

Joana flog.

Vom Wind getragen ließ sie sich einfach treiben. Schwerelos und körperlos, ohne die Luft um sich herum zu spüren, so als wäre sie in Wirklichkeit gar nicht da. Sie war ein Schatten in einem Traum. Doch dieser Traum war viel mehr als das, er war real. Eine Erinnerung, aber nicht ihre eigene.

Sie konnte nicht einschätzen, ob sie sie selbst war, jemand anderes oder gar etwas anderes. Alles was sie wusste, war, dass sie existierte.

Unter ihr lag ein Wald aus petrolfarbenen Zedern und blassen Pinien, wie ein duftender Teppich aus grünen Flicken. Sie trieb darüber hinweg und gelangte an eine Steilküste, die viele Meter in die Tiefe führte. Scharfkantige Klippen ragten aus dem Meer und brachen die Wellen. Die Brandung schlug gewaltig gegen die Felsen, ihre Kraft ließ das Ufer zittern. In den oberen, trockenen Gefilden der Klippe nisteten Seevögel, die sich von dem tosenden Lärm nicht stören ließen. Am Horizont versank die Sonne rotgolden im Meer und malte irreale Farbspiele auf den Himmel, die das Wasser verwischt widerspiegelte. Irgendwo in diesem Meer aus Farben erkannte Joana einen Schwarm springender Delfine, sowie die hellen Segel eines Dreimasters, vermutlich eine Karavelle.

Auf einem der höchstgelegenen Küstenabschnitte sah sie ein Feuer und die Bewegungen einer Person. Unweigerlich wurde sie nähergezogen. Es war nicht länger der Wind, dem sie sich gerne ausgeliefert hatte, der sie zog. Es war eine Kraft, gegen die sie sich auflehnen wollte, ohne dass es ihr gelang.

Sie näherte sich den flackernden Flammen, bis sie das Knistern trotz der tosenden Brandung hören konnte. Eine schwarzhaarige Frau mittleren Alters tanzte mit geschlossenen Augen um das Feuer. Der vergilbte Unterrock ihres Leinenkleides schleifte über den Boden und wirbelte gemeinsam mit ihren flinken, nackten Füßen Staub auf. Sie sang leise Worte in einer Sprache, die Joana nie gehört hatte. Romani. Woher sie das wusste, war ihr nicht klar. Vielleicht ahnte sie es, weil im Hintergrund ein Planwagen stand, der an das traditionelle fahrende Volk denken ließ. Ein mageres Pferd tastete mit den Lippen nach trockenen Grashalmen.

Etwas abseits ragte eine einsame Korkeiche auf dem mit verdorrten Farnen und Flechten überzogenen Boden in die Höhe. An ihre knochigen, ineinander verschlungenen Wurzeln saß ein junger Mann gelehnt. Seine Hände waren gefesselt, sein Kinn lag kraftlos auf der nackten Brust. Joana erschrak. Im ersten Moment sah sie in dem Mann das jüngere Abbild Nicholas'. Doch die Ähnlichkeit war nur oberflächlicher Natur. Das strähnig in die Stirn hängende Haar war nicht tiefschwarz, sondern dunkelbraun, und schimmerte im Licht der untergehenden Sonne rötlich. Das Kinn war breiter, die Gesichtszüge härter, obgleich er allenfalls zwanzig Jahre jung war. Sein Teint war fahl, fast grün, und seine Augen von tiefen Schatten umrandet. Schweiß bedeckte seinen Körper.

Die Frau glitt mit langsamen Schritten auf ihn zu. Die Messingringe um ihre Unterarme und Fußgelenke schlugen zusammen und untermalten mit leisem Scheppern ihre Bewegungen.

„Loris!", rief sie ihn mit schmeichelnder Stimme. Sie hob sein Kinn an, streichelte den Schweiß von seiner Stirn. Er öffnete stöhnend die Augen und sie lächelte ein warmes Lächeln in einem Gesicht, das die Jahre allenfalls härter gemacht hatten. Schön war sie trotzdem, mit der sonnengebräunten Haut und den dunklen Augen.

„Mutter?", keuchte er. Sein Gesicht war schmerzverzerrt, er krampfte sich um seine Mitte zusammen. Auch er sprach diese unbekannte Sprache, doch Joana verstand ihn, als würde jemand seine Worte in ihrem Kopf übersetzen.

„Ich bin es, mein schöner Loris."

„Was hast du getan?" Er zerrte kraftlos an den Fesseln, die seine Hände hielten. „Mutter!"

„Es war Gift, mein Sohn. Starkes Gift. Aber hab keine Angst. Gleich ist es vorbei und du gehst deinen Weg zu Gott."

„Was?" Sein Kopf ruckte hin und her. „Nein! Mutter! Du kannst doch nicht …"

Ihr Lächeln bekam etwas Hässliches. „Einundvierzig Jahre, mein liebster Sohn, habe ich nur für die Familie gelebt. Erst meinem Vater gehorcht und dann deinem. Das ist nun vorbei. Ich werde meinen eigenen Weg wählen und meine eigenen Befehle geben. Loris, ich habe einen Dämon aus dem Schattenreich zu mir gerufen. Er ist bereits hier und wartet auf sein Opfer. Auf dich."

„Nein!" Der junge Mann brüllte panisch auf, als die Frau ein Messer aus den Falten ihres Rockes zog. „Nein, tu das nicht! Warum? Warum ich?"

Sie schob die ausgefransten Ärmel ihrer Bluse hoch und entblößte Henna-Malereien auf ihren Unterarmen. Joana erkannte die flammenden Wellen sofort. Entsetzen packte sie. Diese Hexe würde ihren eigenen Sohn töten, um den Dämon zu beschwören und in seinen Körper zu zwingen.

„Du gehörst mir, Loris. Ich habe dir dein Leben geschenkt. Ich werde es dir wieder nehmen. Um neues Leben daraus zu schaffen. Ewiges Leben. Er wird schön sein, so schön wie du. Aber er wird ganz allein mir gehören. Er wird mir gehorchen und so sein, wie ich ihn rufe. Er wird mächtig sein, weil ich ihn erschaffen werde, aus meinen Träumen und Wünschen!"

„Nein, Mutter! Bitte nicht! Bitte!"

Die Schreie nützten ihm ebenso wenig wie die Versuche, von ihr fort zu robben. Sie griff ungerührt in sein Haar und stieß ihm das Messer dicht neben der Wirbelsäule in den Rücken. Ein gellender Schrei schreckte Vögel auf. Sie zog die Klinge langsam wieder aus seinem Fleisch und der Blutstrom bahnte sich sogleich den Weg über die zuckende Muskulatur. Sie hob das Messer erneut und rammte es in den oberen Schulterbereich. Tränen liefen dem jungen Mann über das Gesicht. Er schrie wie ein Tier, bettelte um sein Leben, doch sie schlug wieder und wieder zu. Die Stiche waren genau platziert, sie hatte nicht vor, ihn damit zu töten. Sie wollte ihn nur schwächen. Hätte Joana einen Körper gehabt, wäre ihr übel geworden. Blut sickerte aus den Wunden, vermischte sich mit seinem Schweiß und tropfte zu Boden. Er wand sich unter Schreien, die irgendwann mehr der Angst entwuchsen, als dem

Schmerz. Schließlich wurde das Brüllen zu einem schwachen Wimmern und die Fluchtversuche zu verzweifeltem Zittern. Sich schutzsuchend zusammengerollt, verbarg er das Gesicht hinter seinen gebundenen Händen und betete stimmlos.

Die Frau sah ihm eine Weile mit ernster Miene zu. Nun glitt ein erneutes Lächeln über ihre Lippen. Ihre Blicke huschten herum, die Schatten der Eiche absuchend. Sie lief zum Feuer, entzündete eine Fackel und brachte diese nebst einer verkorkten Flasche zu ihrem Sohn.

„Ich rufe die fünf Elemente an", rief sie. „Das Feuer!" Sie stieß ihm die brennende Fackel jäh vor die Brust. Ein unmenschlicher Schrei, der alle bisherigen in den Schatten stellte, zerschnitt die Luft. Auch Joana wollte schreien, doch sie brachte keinen Laut hervor. Der Mann warf sich bäuchlings zu Boden, doch die Frau trat ihm mit dem Fuß an die Schulter, sodass er auf den Rücken rollte. „Das Wasser!" Sie kippte den Inhalt der Flasche über seine Brust und er zuckte, der Ohnmacht nah. „Die Erde!" Ihre Finger gruben sich tief in den trockenen Boden und sie warf eine Handvoll davon auf seinen Körper. Dann hob sie die Arme gen Himmel. „Die Luft!" Eine plötzliche Sturmböe jagte über die Klippe und riss am Haar des jungen Mannes. Er keuchte und warf seiner Mutter einen letzten, flehenden Blick aus tränennassen Augen zu. „Und den Geist, den ich gerufen! Erscheine!"

Ein Schatten jagte über das Szenario hinweg, floh in alle Richtungen, wurde jedoch immer wieder zurückgestoßen. Die Hexe warf den Kopf in den Nacken, ihr Gesicht war vor Anstrengung zu einer

Fratze verzerrt. „Ich beschwöre dich beim Namen Nybbas!“, schrie sie.

Der Himmel verdunkelte sich jäh. Sturm tobte, so zornig wie hilflos.

Der zuckende Schatten nahm direkt vor der Frau Gestalt an, bekam die windverwaschenen Konturen, die Joana kannte.

„Du, den ich rufe“, rief die Hexe gegen den Wind an. „Gebiete über meine Träume. Vernichte meine Feinde und nähre dich an ihrer Qual. Errette meine Seele und führe sie in den ewigen Untergang. Greife nach der Frucht meiner Lenden, nimm sein Fleisch und sein Blut als mein Geschenk. Sein Name, mit deinem Blut auf den Leib geschrieben, wird dich bannen und zu dem meinen machen. Erhebe dich! Mein Sohn. Mein Geliebter. Mein Dämon!“

Der Schatten warf sich auf den Körper und drang in ihn ein. Der Mann drückte den Rücken durch, krümmte sich wieder zusammen und schrie gellend auf. Sein Körper zuckte und warf sich in obskuren Bewegungen herum. Ein Veitstanz. Der einsame Kampf schien sich Ewigkeiten hinzuziehen, ehe der Mann schließlich nach einem letzten Aufbäumen wie tot liegen blieb, das Gesicht in die blutgetränkte Erde gedrückt. Der Sturm ebbte ab, eine unwirkliche Ruhe hüllte alles ein. Die Welt schien den Atem anzuhalten.

Vorsichtig trat die Hexe näher, stieß den reglosen Körper mit dem nackten Fuß an. Abrupt warf er sich herum und rutschte mit lautem, unregelmäßigem Keuchen rückwärts. Er bewegte sich unbeholfen, konnte den Körper, in dem er war, kaum kontrollieren. Die Handfesseln schnitten tief in seine

Gelenke. Sein dreckverschmiertes Gesicht war von Angst und Unverständnis gezeichnet. Er stöhnte heftig, presste die Fäuste gegen die große, verdreckte Brandwunde auf der Brust und jaulte auf, die Augen entsetzt auf die versengte Haut gerichtet.

„Was - ist - das?“, stieß er hervor.

Joana zog es sämtliche Eingeweide zusammen. Der Mann sah aus wie zuvor, doch nun war er jemand anders. Es war der, den sie als Nicholas kannte, wenngleich in einem ihr fremden Körper. Ihn so zu sehen, entfachte einen noch viel größeren Hass auf die Hexe, als sie ihn ohnehin schon entwickelt hatte.

„Das kennst du nicht?“, schnurrte diese lächelnd. „Man nennt es Schmerzen, mein Liebster. Du wirst sie überstehen, sie werden vergehen.“ Sie kniete bei ihm nieder, legte ihre Hand an sein verzerrtes Gesicht. „Willkommen bei den Kindern Gottes auf unserer Erde. Hier weht ein rauer Wind. Deshalb bist du hier. Zu meinem Schutz, für meine Rache und zu meinem Vergnügen.“

Er schüttelte den Kopf und wich ein weiteres Stück zurück. Die Hexe setzte sich ungerührt auf seinen Schoß und hob erneut das Messer. Er sah sie voller Unverständnis an. Ein erschreckter Schmerzenslaut entfuhr ihm, als sie die Klinge in einer fließenden Bewegung quer über seine Brust zog. Blut quoll hervor. Es war nun viel dunkler, fast schwarz. Sie tauchte ihren Finger hinein und malte mit aller Sorgfalt fünf geschwungenen Buchstaben auf seine Haut. LORIS.

Seine Augen wurden starr. Sie beugte sich vor und berührte sein Ohr mit den Lippen. „Nun wirst du mir gehorchen, ist es nicht so?“

„Ja“, hauchte er mit erstickter Stimme.

Sie lächelte ihn an. Mit einer Hand glitt sie über seine Brust, streichelte die Haut, die sie zuvor verletzt hatte. Er biss die Zähne zusammen und erwiderte ihren Blick. Sein Mundwinkel zuckte, da krallte sie die Nägel in sein verbranntes Fleisch. Sein Körper bäumte sich auf. Sie griff in sein Haar, riss seinen Kopf zu sich und leckte ihm Schweiß und Tränen von den Wangen.

„Deine Aura hat sich verändert“, flüsterte sie an seinen Lippen, die er fest zusammenpresste. „Sie war immer grün. Doch nun ist sie von dunkelstem Blau. So blau wie der Mantel der Jungfrau. So blau wie das Meer, nach dem du schmeckst.“ Sie teilte seine Lippen grob mit der Zunge und küsste ihn hungrig.

Eine Berührung weckte Nicholas. Verdammt, er hatte hier nicht einschlafen wollen. Er lag in seiner Jeans an der äußersten Kante ihres Futons, mehr auf dem Holzrahmen, als auf der Matratze, und hatte doch herrlich geschlafen.

Das Licht des anbrechenden Tages bahnte sich seine Wege durch die Löcher der Jalousien, fand sich in schwachen Flecken auf dem Teppich wieder und tauchte das Schlafzimmer in sanftes Gold.

Ebenso weich und warm strichen ihre Finger über den Drudenfuß auf seiner Brust. Sein symbolisches

Andenken an das Brandmal, das Lorenna seinem ersten Menschenkörper vor so vielen Jahren zugefügt hatte. Joana ließ ihre ganze Hand über seine Haut gleiten und er zwang sich, stillzuliegen.

Sie fuhr über seine Schulter, seinen Oberarm und zeichnete die Linien an seinem Unterarm nach. „Hast du sie gehasst?", fragte sie. Die Bettdecke war bis zu ihrem Hals hochgezogen.

Er lächelte müde, war sich sicher, dass sie die Antwort nicht hören wollte, und gab sie ihr trotzdem. „Fast so sehr, wie ich sie geliebt habe."

Sie zog wie erwartet die Brauen zusammen. „Obwohl sie dich so gequält hat? Hat sie sich später geändert?"

„Nein. Oh nein, wirklich nicht." Er schluckte hart, um nicht zynisch zu lachen. „Aber sie hat mich geprägt. Sie hat mich geschaffen. Alles was ich fühlte, lag in ihrer Hand. Wenn sie wollte, dass ich ihre Berührungen genoss, dann genoss ich sie, selbst wenn es Folter war. Sie schickte mich morden und ich tat es. Wenn sie wollte, dass ich sanft war, dann war ich sanft. Und wenn sie wollte, dass ich sie liebte, dann tat ich auch das. Ich war die Erfüllung ihrer Träume, der sadistischen, der tödlichen, sowie der liebevollen. Ich hasste sie für die Macht, die sie über mich hatte, doch ich lernte das Schauspiel, bis ich mir meine Darstellung selbst glaubte."

Joanas Gesicht verzog sich. „Wie habt ihr gelebt?"

„Wir waren Roma", erzählte er und reiste in Gedanken zurück. „Fahrendes Volk. Wir blieben nie lange an einem Ort, auch wenn man uns nicht folgte. Es gab sehr bald niemanden mehr, der uns hätte verfolgen können. Doch wir genossen es, zu reisen.

Den Hufschlag des Pferdes auf dem Pflaster oder auf dem federnden Waldboden. Die Städte und Dörfer, jedes für sich einzigartig. Die Illusion, frei zu sein, und gehen zu können, wohin wir auch wollten."

Joana seufzte leise auf. Er kannte ihre Sehnsucht nach all dem.

„Sie hat den kleingeistigen Menschen die Karten gelegt und aus der Hand gelesen. Und ich ... war der Gaukler. Der beste Taschenspieler, den man in Portugal und Spanien kannte, auch über die Grenzen hinaus. Und ein noch weit besserer Taschendieb."

Sie lächelte. „Das kann ich mir gut vorstellen. Was ist dann passiert?"

„Ich weiß es nicht. Sie verlor plötzlich den Verstand. Also, auch noch den Rest von dem, was vorher dagewesen war. Sie wurde ..." Er musste abbrechen. Momentaufnahmen schossen durch seine Erinnerung wie eine Salve an Schnellfeuerschüssen.

Sein Leib, der menschliche, wie auch der andere, blutend im Staub oder gefesselt in sengender Hitze. Ihre Zunge, in Wunden leckend, die er sich zugefügt hatte, weil sie es verlangte. Ihr Körper, der sich an seinem vergnügte, während sie ihn zwang, zu weinen und zu winseln oder nach einem Tropfen ihres Blutes zu betteln.

Er schüttelte heftig die Demütigungen von sich. Vergangenheit. Es war so lange her.

„Sie ist dann irgendwann einfach gestorben", fuhr er fort. „Fiel vom Pferd und war mausetot. Ich fand sie erst Tage später. Von dem Tag an lernte ich, was es bedeutet, frei zu sein. Zwar ist keine irdische

Freiheit mit der des Chaos' zu vergleichen, aus dem unsereins stammt. Aber verglichen mit der Zeit bei Lorenna war es überwältigend, allein weil ich wieder empfinden konnte, wie ich wollte."

Joana sah ihn aus großen Augen an. „Warum hast du mir diese Bilder gezeigt?"

„Ich wollte dir etwas schenken", meinte er und konnte nur mit den Schultern zucken, weil er den Grund dafür selbst nicht vollends begriff. „Und ich dachte, du gehörst vielleicht nicht zu den Frauen, die auf rote Rosen stehen."

Sie lächelte warm. „Du kennst mich. Du hast mir deine Vergangenheit geschenkt? Deine ersten Erinnerungen?"

Viel mehr. „Ich habe dir den Schlüssel zu einer Tür geschenkt, hinter der meine größte Angst gefangen ist. Vielleicht brauchst du ihn mal."

Joanas Blick wurde ratlos. Es erleichterte ihn, dass sie vermutlich nicht ansatzweise verstand, was er ihr wirklich zu Füßen gelegt hatte. Die Vorstellung, welche Macht nun in ihren Händen lag, erregte ihn und jagte ihm gleichzeitig einen kalten Schauer über die Haut.

Ihr Gesicht verdunkelte sich. „Diese Frau, sie hat dich vollkommen ausgenutzt, oder? Sie war grausam."

„Nicht aus meinem Blickwinkel, Joana. Alles was sie mit mir tat, war ihr gutes Recht, ob es mir nun gefiel oder nicht. Ich kann sie dafür hassen, aber nicht verurteilen."

„Mein Gott, Nicholas", schnaubte sie. „Sie hat ihren eigenen Sohn geopfert und …"

„Aus Angst, ihr eigenes Leben zu verwirken. Welches Leben ist mehr wert als das eigene? Oder wäre es besser gewesen, einer anderen Frau den Sohn zu nehmen? Nein, nur leichter."

„Sie hätte überhaupt niemanden opfern dürfen."

„Dann sollte ich deiner Meinung nach nicht hier sein?"

Sie presste die Lippen zusammen.

„Jo, wir alle betreten diese Welt blutverschmiert. Keiner von uns sucht es sich aus. Die Dunkelheit zu verurteilen ist leicht, gewiss. Aber sie hat nicht weniger Daseinsberechtigung als das Licht. Das sind Tatsachen, die keiner Verurteilung bedürfen."

„Dann findest du es in Ordnung, was sie getan hat?"

„Ich bin der, der dafür geblutet hat. Aber auch der, der dadurch lebt. Sie hat mich in diese Welt gebeten. Kann ich ihr das vorwerfen? Es wird aus so viel nichtigeren Gründen und mit so viel feigerem Hintergrund getötet."

Sie versteifte sich abrupt, suchte eine Weile nach Worten. Er ahnte, wo ihre Gedanken waren. In der Vergangenheit, in der sie in ihren Augen selbst getötet hatte. Ihr Körper lag neben ihm, aber ihre Seele suchte im Nichts nach ihrem Kind. Ihre Emotionen waren so stark, dass er kaum glauben konnte, wie leicht es ihm fiel, ihnen zu widerstehen. Wie schwer die Menschen doch an Moral und Schuld trugen. Nicht nur an ihrer eigenen.

Er streichelte ihre Wange und sie kehrte zu ihm zurück, schmiegte ihre Hand wieder an seine Brust. Die Berührung weckte Lust nach mehr, die in dieser Intensität für den Moment nicht anständig war.

„Sie hätte dich trotzdem nicht quälen dürfen“, beharrte Joana. Ihre Fingerspitzen streiften die Stelle, unter der sein Herz schlug.

Nicholas rollte sich auf die Seite, um sie besser ansehen zu können. Ihr Bademantel lag zusammengeknüllt am Fußende. Das Wissen, dass sich unter der Decke nichts als cremige Haut versteckte, war die wahre Qual und legte einen Schleier auf seine Stimme.

„Wir alle tun, wozu wir die Macht haben. Wenn jemand nicht quält, manipuliert und unterjocht, dann nur, weil er es nicht kann.“

„Das stimmt nicht.“

„Doch es stimmt. Glaube mir, ich habe viele gesehen, Menschen sowie meinesgleichen.“

Sie schob trotzig die Unterlippe vor und Feuer loderte in ihren Augen. Beides zusammen nahm ihm endgültig die Lust, weiterzureden.

„Vielleicht hast du sie zu einseitig gesehen.“

Darauf schwieg er, weil jeder spontane Widerspruch ihm unzulänglich erschienen wäre und er zum Nachdenken nicht mehr genug Blut im Hirn hatte. Vielleicht hatte sie auch recht.

Sie lächelte zufrieden, als er nichts entgegnete und fragte: „Kann es jeder? Mit dem Ritual, das sie vollführt hat, einen Dämon beschwören?“

„Es gibt nur ganz wenige, die das können.“ Er strich über ihren Oberarm. „Wir nennen sie Nekromanten. Es ist eine Art besonderes Talent.“ Der ihre Haut verhüllende Stoff verrutschte durch seine Hand. Unabsichtlich. „Die Rituale und Worte, die gesprochen werden“, ihr Dekolleté und der Ansatz ihrer Brüste lagen frei, „sind gleichgültig.“ Durch die dünne Bettdecke brannte die Wärme ihrer Haut in seinen Handflächen. „Die wenigsten, die diese Macht haben“, sie streichelte über seinen Bauch und er zog scharf Luft ein, „wissen selbst darum.“

Sein Atem ging schwer. Ihre Mundwinkel zuckten amüsiert. Sie leckte sich über die Unterlippe. Die kleine Geste berührte ihn fast körperlich. Und zwar genau zwischen den Beinen.

„Jo?“ Seine Stimme war kaum mehr als ein atemloses Hauchen. Er musste sie haben, er würde vergehen, wenn er sie nicht sofort besitzen konnte. „Jo, ich will dich. Jetzt. Wenn das nicht in deinem Sinne ist, dann binde mich irgendwo an. Ansonsten …“

22

Innerlich zuckte Joana zusammen. Doch es war keine Angst, eher ein heftiger, aber willkommener Schreck über die Geradlinigkeit seiner Worte. Sie strich ihm die Haare aus dem Gesicht, um seine Augen sehen zu können. Ganz langsam, ohne eine hektische Bewegung, so als berühre sie ein wildes Tier, das sie nicht reizen durfte. Sein Blick dahinter war dunkel und spiegelte viel mehr wider, als schlichtes Begehren. Eine Welle der Erregung durchströmte sie. Ob es Angst oder Freude darüber war, dass er sie wollte, war ihr egal.

Auf einen Ellbogen gestützt beugte sie sich über ihn und glitt mit der freien Hand in seinen Nacken. Sie zögerte. Atemzug um Atemzug, jeder davon etwas lauter als der vorherige. Sein Blick hing an ihrem Mund, sie biss sich unwillkürlich auf die Unterlippe. Zögerte es heraus, um den Moment zu intensivieren.

„Wenn du ein Mann wärst, Joana, dann würde ich mich dir hingeben“, erklärte er. Es klang fast feierlich.

Sie lachte nervös auf. „Entschuldige. Hättest du mich lieber männlich? Stehst du mehr auf Jungs?“ Es sollte ein Scherz werden. Sein Schulterzucken erschreckte sie ein wenig.

„Ich unterscheide nicht zwischen den Geschlechtern.“ Mit den Fingerspitzen berührte er ihre Brust durch die Decke, in die sie gehüllt war. Sein Blick ließ nicht daran zweifeln, dass er diesen durchaus sehr weiblichen Körperteil an ihr mehr als zu schätzen wusste. „Wenn man selbst jeden beliebigen

Körper annehmen kann, würde es keinen Sinn machen, sich festzulegen, meinst du nicht? Ich hoffe es stört dich nicht, aber ich hatte auch Männer. Viele Männer."

Eine Sekunde war sie baff. Dann eroberten ein paar Bilder ihren Kopf, die so heiß waren, dass er prompt zu glühen begann.

„Aber, und das ist der Grund, warum ich dir das sage", fuhr Nicholas fort, „ich habe mich nie einem Mann hingegeben. Du. Du dürftest mich nehmen. Und zwar wie immer du auch wolltest."

Sie drückte ihr Gesicht in seine Schulterbeuge, damit er nicht sah, wie stark sie errötete. Der Gedanke hatte etwas unglaublich Erotisches und für einen Moment bedauerte sie, für ihr ganzes Leben eine Frau bleiben zu müssen. Es war die seltsamste Liebeserklärung, die sie je gehört hatte, aber aus irgendeinem Grund rührten sie seine Worte zutiefst.

Vorsichtig legte sie ihre Lippen auf seine. Der Kuss war nur einen Moment zaghaft, sie wollte augenblicklich mehr. Die Finger in sein Haar wühlend, drang sie mit der Zunge in seinen Mund. Er schmeckte so aufregend fremd und gleichzeitig, als würden sie seit Jahren nebeneinander aufwachen und sich jeden Morgen neu entdecken. Seine Lippen waren weich, während die kleinen Bartstoppeln auf ihrer Haut kratzten. In Joanas Bauch tanzte alles im Rhythmus, den ihre Zungen vorgaben. Seine Hand strich über ihre Schultern, behutsam an den Kratzern vorbei, die Decke langsam vor sich her schiebend. Er seufzte genüsslich, als ihr Oberkörper frei lag und zog sie an sich. Joana glitt mit dem Mund seine Kehle hinab, leckte und küsste ihm den Geschmack seiner Haut von der Brust. Er schmeckte ehrlich und männlich. Und ein klein wenig noch nach der Gischt vom Vorabend. Doch da war noch etwas anderes. Etwas, das ganz leise verriet, dass dicht unter der glatten Haut noch mehr versteckt war. Auch die Hämatome, die seinen Brustkorb zeichneten, zeugten davon. Mit leichtem Druck fuhr sie darüber.

„Du kämpfst so viel."

Er sog zischend Luft ein. Atemlos war seine Antwort. „Man kann nur mit dem Tod den Krieg gegen sich selbst gewinnen."

Heute Morgen herrscht für dich Frieden, beschloss Joana still.

Mit der Zunge umkreiste sie seine Brustwarzen, zog sie zwischen die Zähne. Ihre Finger spielten in dem weichen Haarflaum, der unterhalb seines Nabels tiefer führte. Sie zog die Decke mit dem Fuß von ihrem Körper. Seine Hände strichen sogleich über ihre Hüften und ihren Po, als hätte er nur auf die Erlaubnis gewartet. Die Zärtlichkeit seiner Berührungen war überwältigend. Er bebte vor Verlangen und der Wunsch, hart über sie herzufallen stand in klaren Lettern in graublau verschleierten Augen. Aber er hielt sich zurück und überließ es ihr, das Tempo zu bestimmen. Noch. Wie lange er sich im Zaum halten würde, war eine interessante Frage, deren Antwort sie noch herausfinden wollte. Ihre Hand schlich zunächst federleicht über die harte Beule in seiner Hose. Dann kratzte sie mit den Nägeln über den Jeansstoff und entlockte ihm ein überraschtes Keuchen.

Er rollte sich mit einer erschreckend heftigen Bewegung aus dem Bett, blieb für einen Moment mit offenem Mund stehen und sah sie an. Betrachtete jeden Zentimeter, von oben bis unten. Joana rang den kurzen Impuls nieder, die Decke wieder über die Schwachstellen ihres Körpers zu ziehen. Sein Blick war zu zärtlich und gleichzeitig zu hungrig, um sich ihm entziehen zu können. Sie legte den Kopf ins Kissen zurück und beobachtete mit wachsender Erregung, wie er die Jeans aufknöpfte und von den Hüften streifte, die Shorts darunter gleich dazu. Geschmeidig ließ er sich wieder neben sie aufs Bett sinken, hielt ihre Hand jedoch fest, die sie nach seinem Körper ausstreckte, und betrachtete sie nachdenklich.

„Dies ist der Point of no return", murmelte er an ihrem Handrücken und hauchte einen Kuss darauf.

Mit den Fingern malte er Symbole auf ihren Puls, seine Zunge umspielte erst ihre Fingerknöchel und leckte dann an den Kuppen. Joana entfuhr ein Seufzen. Dieser Mann konnte selbst einen Handkuss zu purem Sex machen. Ihr Unterleib glühte bereits feucht vor Verlangen.

„Ich meine es ernst. Jag mich lieber zur Hölle, Jo. Denn wenn du es nicht tust, dann gehörst du in wenigen Augenblicken mir. Und ich gebe nie mehr her, was ich einmal mein eigen nenne."

Mit Testosteron getränkte Machoallüren würden wohl noch zur Diskussionsgrundlage werden. Aber nicht jetzt, also lachte sie nur herausfordernd. Es blieb ihr fast im Halse stecken, als er seine Zunge fest in den engen Zwischenraum von Zeige- und Mittelfinger grub. Mehr brauchte es nicht mehr, sie fühlte sich im gleichen Moment bereit für ihn. Wollte ihn.

„Wer weiß", stieß sie atemlos hervor, „vielleicht ist es auch umgekehrt und ich werde dich besitzen. Sorgt dich der Gedanke nicht?"

Sie ließ ihn nichts erwidern, sondern drückte ihn zurück, wozu sie alle Kraft brauchte, da er sich dagegen auflehnte. Die Muskeln seines Oberkörpers spielten verführerisch unter ihren Händen. Sie presste ihn mit einem Knurren und ihrem ganzen Körpergewicht ins Kissen, beugte sich über ihn und hielt ihn an den Schultern nieder, um jede der sanft geschwungenen Linien von Brust und Bauch mit der Zunge nachzuzeichnen. Himmel, wie konnte dieser Mann derart schön sein?

Er gab die halbherzige Gegenwehr auf und grub die Hände in die Bettwäsche, als ihre Haare seine Erektion streiften. Ihre Lippen wanderten tiefer und berührten zaghaft dünne, seidenglatte Haut. Ein unterdrücktes Stöhnen machte sie mutiger, sie streichelte sein Geschlecht, leckte und saugte an empfindlichstem Fleisch. Der Geschmack seiner Erregung berauschte sie, bis sie es keinen Moment länger aushalten konnte, ihn nicht in sich zu spüren. Sie glitt auf seinen Schoß, schmiegte ihren Unterleib gegen seinen und küsste ihn heftig. Mit einem Stoß drang er in sie ein und warf sie damit fast von sich herunter. Joana drückte seine Hüften mit den Händen herab und entzog sich ihm ein Stück. Nicht so schnell.

„Schsch." Sie ließ die Hüften wieder niedersinken und richtete sich auf. Langsam, Millimeter für Millimeter, bis er ihr Inneres vollständig ausfüllte. „Beweg dich nicht", flüsterte sie. „Heute nehme ich dich."

Sie wollte ihn umbringen. Auf hinterhältige Weise, indem sie ihn unter ihrem weichen Hintern festnagelte und sich kaum mehr bewegte, als ihre heißen Muskeln um ihn herum anzuspannen und wieder zu lockern. Er biss bei jeder subtilen Regung ihres feuchten Inneren die Zähne fester zusammen. Ihre Augen waren geschlossen, ihr Mund leicht geöffnet. Sie schien vollkommen entspannt und genoss das Spielchen, mit dem sie ihn süßen Höllenqualen auslieferte.

Mit den Fingerspitzen strich sie federleicht über seine Brust und seine Arme. Es war kein Streicheln, es war nur die Ahnung leichter Berührungen. So zart, kaum wahrnehmbar. Hin und wieder schien er nur die abstrahlende Hitze ihrer Haut zu fühlen. Der Traum, sie würde ihn lieben. Doch aller Zärtlichkeit zum Trotz wirkten sich ihre Fingerspitzen zerstörerisch auf seinen Verstand aus. Sie verdammten jeden einzelnen seiner Muskeln zur Regungslosigkeit. Noch nie war er so berührt worden. Es sollte nicht aufhören, nicht in diesem Leben. Die Langsamkeit, mit der sie ihn provozierte, riss die Grenzen seiner Beherrschung nieder und steckte neue ab. Der Mann, der er früher war, hatte vor dieser Frau kapituliert und mit eingezogenem Schwanz heulend das Feld geräumt.

Seine Lust wurde zu schmerzhaftem Pochen. Er umfasste ihre Hüften und drängte sie zu intensiveren Bewegungen. Sie seufzte und ließ den Kopf in den Nacken sinken und ihr Becken um seine Härte kreisen. Ein Tropfen Schweiß lief glitzernd zwischen ihren Brüsten hindurch. Er berührte ihn, umkreiste mit feuchten Fingerspitzen ihre dunklen Warzenvorhöfe und die harten Knospen. Sie bewegte sich schneller, tiefer. Ihr Atem wurde zu leisem Stöhnen, verschlungen von dem seinen. Sie trieb ihn in eine körperliche Spannung, die jenseits von allem lag, was er ertragen konnte. Es wollte ihn schier zerfetzen, in Stücke reißen, und er würde begeistert zusehen und jubeln, wenn es ihn zerstörte.

Die Gefühle, die ihn provokant umschmeichelten, hatte er nie zuvor erlebt. Sie schmeckten in der Luft nach ihr und nach ihm selbst. Köstlicher als alles andere. Sie boten sich ihm an, verlangten nach ihm. Wie lange würde es ihm gelingen, sie ihr nicht zu entreißen? Drei Herzschläge? Vier oder fünf?

Mit einem verschleierten Lächeln zog sie ihn in die Aufrechte, schlang die Beine um seine Taille, schmiegte ihre Brust an seine und küsste ihn. Er erwiderte den Kuss und schmeckte den Hauch seiner eigenen Männlichkeit auf ihren Lippen, küsste sie wild, wie auch ihre Bewegungen gemeinsam an Zurückhaltung verloren. Immer hemmungsloser stieß sie sich an seinem Körper ab, hob die Hüften und drohte, ihn zu verlassen. Und nahm ihn sogleich wieder und wieder ganz in sich auf. Tiefer und ekstatischer wurde ihr Rhythmus. Schneller und härter. Sie drückte seinen Mund an ihre Brust und krallte die Nägel in seinen Nacken, als er darüber leckte.

„Fester“, keuchte sie. „Bitte.“ Er warf die Vorsicht nur zu gern von sich, um ihr zu geben, was sie wollte.

Er spürte ihren Höhepunkt und schrie selbst leise auf, als sie sich so fest um ihn zusammenzog, dass ihm Sternchen vor den Augen tanzten. Nach Luft ringende, kleine Sternchen, jedes einzelne kurz vor einer Supernova. Zwischen zwei leisen Schreien vernahm er seinen Namen an seiner Schulter. Völlig ahnungslos, was sie damit in ihm auslöste, klammerte sie sich an seinen Hals, ließ sich in seinen Armen fallen und entlud ein Feuerwerk an Gefühlen, denen er sich nicht länger verschließen konnte. Sie explodierten für ihn. Packten, umklammerten und erfüllten ihn, ohne dass er es hätte verhindern können.

Ihr Strahlen drang in ihn ein und leuchtete aus seinem Körper zurück.

Zeitgleich kam Nicholas die Erkenntnis, dass diese Art von Gefühlen nicht zu denen zählten, die er ihr hätte nehmen können. Diese Emotionen gehörten ihm. Sie waren für ihn entstanden. In ihrem Kopf und in ihrem Herzen zwar, aber dennoch ganz allein und nur für ihn. Dass er sie nahm, würde ihr nicht schaden, denn sie bekam die gleichen von ihm zurück. Und nahm sie ebenfalls.

Oh ja. Sie nahm ihn. Mit Gewalt. Mit zärtlicher, liebevoller Gewalt, was es nur brutaler machte.

„Jo!“, keuchte er fassungslos. Es war fast ein Schluchzen.

Jede Faser seines Körpers ging in Flammen auf. Ein ekstatisches Inferno auf seinem Höhepunkt, kurz vor der rettenden Druckwelle einer Explosion.

Der aufwallende Orgasmus entriss ihm die Kontrolle über seine Muskeln, er presste sie so hart an sich, dass es eine zierlichere Frau vermutlich zerquetscht hätte. Irgendetwas in seinem Inneren wimmerte erleichtert, als er kam. Er selbst dagegen hätte laut gebrüllt, doch sie verschloss seinen Mund mit ihrem, sodass nur ein ersticktes Grollen aus seiner Kehle stieg.

„Pscht! Die Nachbarn“, flüsterte sie, als sein Höhepunkt langsam abflaute.

Er lachte, laut und atemlos – was gingen ihn die bescheuerten Nachbarn an? – und küsste ihr den Schweiß von der Stirn.

Joana hätte ewig in seinen Armen liegen können. Sie streichelte die Innenseiten seiner Unterarme, bewunderte die Schönheit der blauen Flammenwellen und malte mit den Fingern ihre eigenen Bilder dazu. Er schnurrte vor Genuss. Sie wusste, dass auch der unsichtbare Teil von ihm unter ihren Fingern dahin schmolz, denn Menschen schnurrten nicht.

Seine Nähe und der schwere Duft ihrer Vereinigung ließen sie vergessen, wer sie waren. Es war bedeutungslos, solange sich seine vibrierende Brust an ihren Rücken schmiegte. Seine Lippen liebkosten ihren Nacken mit einer Zärtlichkeit, die sich kribbelnd durch ihren Körper zog, sodass sie ihren Po näher an seinen Körper drängte, um ihr Interesse an einer Fortsetzung zu signalisieren. Nicht nur sie war bereit.

Ein äußerst unromantisches Knurren aus ihrer Magengegend störte jedoch die Idylle.

„Hunger?", raunte er in ihr Ohr. „Gute Idee."

Sie seufzte. „Leider wird sich im Kühlschrank nichts finden. Aber im Wohnzimmer müsste zumindest noch etwas Obst und Schokolade sein. Das hat mir Ben …" Sie schrak bei dem Namen zusammen. „Nicholas? Benedikt ging es ein paar Tage nicht gut. Hast du ihn etwa auch …?"

„Hab ihn noch auf der Kartbahn vernascht." Seine Stimme klang unbekümmert, sie spürte jedoch, dass seine Brust sich leicht verspannte. Kein Schnurren mehr. „Auf jede Art und Weise, bevor du mich fragst. Aber bitte, wirf mir das nicht vor. Ich kann treu sein, wenn ich will. Zumindest körperlich. In emotionaler Hinsicht nicht, der Schatten verlangt nach artgerechtem Futter."

Sie zog seine Hand an ihren Mund und strich mit den Lippen über seine Pulsadern. „Ich weiß. Ich kann es akzeptieren. Es wäre nur nett, wenn du die Finger von Leuten lassen würdest, die ich kenne."

Er zog tief Luft ein. Gab keine Antwort. Joana erstarrte. Für einen Moment hörte sie nur das Ticken der Uhr.

„Das kann ich nicht versprechen", sagte er dann leise, ließ sie los und setzte sich im Bett auf.

Auch Joana richtete sich auf und drehte sich zu ihm um. „Was soll das heißen?"

„Ich entscheide nicht bewusst, wem ich welche Emotionen nehme. Mein Instinkt leitet mich, vielleicht auch das Schicksal, wenn du daran glauben möchtest. Ich hinterfrage nicht. Ich nehme wann und wen ich will, und treffe keine Auswahl, verstehst du?“

Joana verstand gar nichts.

Er verzog das Gesicht zu einem bedrückten Lächeln. „Willkür würde mich vor die Verantwortung stellen, entscheiden zu müssen. Sie würde Sorge mit sich bringen, falsch entschieden zu haben. Jeden Tag aufs neue. Jo, in meiner Welt ist kein Platz für Schuldgefühle.“

„Das verstehe ich ja, aber du kannst für meine Freunde wohl eine Ausnahme machen.“ So viele sind das schließlich nicht, fügte eine innere Stimme sarkastisch hinzu.

„Warum?“ Es standen weder Spott noch Provokation in seinem Gesicht. Nur sanfter Ernst. Joana wurde nervös. „Sind sie bessere Menschen, weil sie deine Freunde sind? Und wenn nicht, warum sollte ich dann nicht lieber die besseren Menschen schonen? Hat jemand anders es mehr verdient? Wer? Lieber der Sohn einer anderen Mutter?“

Sie setzte zu einer Antwort an, schloss den Mund wieder und schluckte.

„Jo, es ist so einfach, zu verurteilen, was falsch ist. Aber zu schwer, zu sehen, was das Richtige wäre. Willst du diese Entscheidung für mich treffen? Gilt deine Auffassung, was richtig ist, über meine, weil du ein Mensch bist?“

Keine Erwiderung hätte vermocht, auf diese Fragen zulängliche Antworten zu geben. „Aber du entscheidest auch, dass du von mir nichts nimmst“, sagte sie schließlich. Ein armer Versuch.

Sein Lächeln wurde bitter und verschwand dann. „Ja, und das allein macht mich verdammt angreifbar."

„Dann bleib dabei, tue es für mich. Ich kann nicht hinnehmen, dass du meinem besten Freund schadest, meinem einzigen Freund. Ich will mich nicht vor dir fürchten, ich will den Menschen in dir sehen und nicht das …"

„Das Monster?" Er sprang aus dem Bett und griff nach seiner Hose. „Ebendies ist das Problem. Es geht nicht um deine Freunde. Es geht ums Prinzip." Seine Stimme klang resigniert und kühl. „Du erwartest von mir, etwas zu sein, das ich nicht bin. Wenn du schon nicht hinnehmen kannst, dass ich täglich Menschen ihrer Gefühle beraube, was wirst du dann erst tun, wenn ich jemanden töte?"

Die Gleichgültigkeit, mit der er sprach, jagte eisige Schauer über ihre Haut. Sie zog die Decke bis an ihr Kinn hoch. „Das … das wirst du doch nicht tun, oder?"

„Fakt ist, ich habe es getan und ich werde es mit an Sicherheit grenzender Wahrscheinlichkeit wieder tun. Ich würde dir Versprechungen machen, wenn ich könnte, aber das kann ich nicht. Oder soll ich lügen? Schöne Illusionen malen? Bilder von dem, was du dir erträumst?"

Er zog sich die Jeans über die Hüften. Joanas Blick klebte an seinem flachen Bauch, über dem er die Knöpfe schloss. Sie verfluchte ihn dafür, dass er sich derart aufreizend anzuziehen vermochte; und sich selbst, weil ihr in diesem todernsten Moment solche Trivialitäten auffielen. Vielleicht, weil sie die Wahrheit nicht sehen wollte.

Nicholas ließ sich auf die Bettkante fallen. „Ich will dir nicht wehtun“, murmelte er, ohne sie anzusehen.

„Dann geh einfach einen Kompromiss ein. Mach ein Zugeständnis.“

Er fuhr herum und griff in ihren Nacken wie in das Fell einer Katze. Seine Stirn presste sich hart gegen ihre. Angst durchfuhr sie, und die schmerzhafte Erkenntnis, wie zerbrechlich Vertrauen doch war. Kaum entstanden, bekam es bereits Risse. Er fesselte sie in seinem Griff, der so grob wie leidenschaftlich war, dass ihr die Tränen in die Augen schossen.

„Du hast keine Ahnung, wie viele Zugeständnisse ich für dich mache.“ Sein Atem stieß heiß an ihre Lippen. „Aber ich kann nicht ändern was ich bin, ob ich will oder nicht. Und nein, ich will es nicht. Deine Moral ist nicht meine. Sie macht keinen Sinn für mich, also zwing sie mir nicht auf. Nimm den, der ich bin, nicht nur die schöne Hülle.“

Nur die letzten seiner Worte erreichten Joana wirklich. Dass er sie buchstäblich in der Hand hatte war erschreckend. Zugleich aber auch erregend, und das machte die Situation noch demütigender. Eine Mischung aus Furcht, Wut und Verzweiflung kochte in ihr hoch, gewürzt mit Sehnsucht nach ihm. „Und wenn ich das nicht kann?“

Er zog einen Mundwinkel hoch und lächelte blasiert. „Was verleiht dir nur so viel Arroganz zu denken, dass das noch länger deine Entscheidung ist? Hast du meine Worte schon vergessen?“ Seine Hände suchten sich ihren Weg in ihr Haar. Ganz langsam schloss er die Finger zu Fäusten und zog ihren Kopf unnachgiebig in den Nacken.

„Lass mich los. Nicholas, bitte lass mich los."

„Nein." Seine Lippen berührten ihre Kehle, er leckte mit festem Druck über die wunden Stellen. „Ob du willst oder nicht, du gehörst mir."

Es knallte. Joana hörte ihr Herz donnern. Spürte ein seltsames Brennen in ihrer rechten Handfläche. Surreal. Er ließ sie langsam los und sie starrte ihn an. Erst als der Abdruck auf seiner Wange erschien, die weißen Umrisse einer Hand, von hellem Rot umzeichnet, begriff Joana, dass sie ihm wirklich ins Gesicht geschlagen hatte. Nicht zu zart. Ihre Finger pochten.

„Ich gehöre niemandem." Ihre Stimme zitterte und war viel zu hoch.

Er sah sie ohne jede Regung an. Eine Ewigkeit schien zu vergehen, ehe er gefährlich leise sagte: „Das würde ich dir neiden, wenn es denn stimmte."

Er drehte sich abrupt weg und durchmaß das Schlafzimmer in wenigen Schritten. Sie hörte, wie er im Wohnzimmer seine Sachen zusammensuchte. Dann erschien er noch einmal im Türrahmen.

„Überleg dir, ob du mich willst. Mich. Etwas anderes habe ich nicht. Das Monster in mir gehört dazu, auch wenn es plump und ungeschickt sein mag und deinem Sinn für Ästhetik und Moral nicht entspricht. Das bin ich, und dafür werde ich nicht um Verzeihung betteln. Wenn du einfach nur einen aufregenden, gefährlichen Lover willst, um ihn weichzuspülen, dann such weiter." Seine Stimme klang mit jedem Wort bitterer. „Ich komme heute Abend wieder. Soweit hast du mich bekommen.

Wenn ich dir nicht gut genug bin, dann sei am besten gar nicht hier." Er drehte sich weg, verharrte jedoch ein weiteres Mal, ohne sie anzusehen und schnaubte höhnisch. „Ach, und Joana! Du bist der Mensch, also triff gefälligst die richtige Entscheidung."

Die Tür schlug zu, wenig später hörte sie den Motor seines Wagens laut aufröhren. Es klang als hätte er Schmerzen.

Verletzter Stolz blieb zurück. Stolz, der sich nach alldem, was ihm schon passiert war, für unverwundbar gehalten hatte, und nun die bittere Lektion lernte, dass dem nicht so war. Er verdrängte den Duft der letzten Stunden aus dem Schlafzimmer und vergiftete die Luft, sodass sie in Joanas Augen brannte und ihre Nase laufen ließ.

In ihrem Herzen glühte etwas anderes. Der Kampf zweier Kontrahenten, die sich darum duellierten, wer bleiben durfte. Moral gegen Liebe.

23

Es überraschte Alexander, dass Nicholas zum Meeting erschien. Er war sogar beinahe pünktlich. Mit gelangweiltem Gesicht und einem Starbucks-Kaffeebecher in der Hand schlenderte er zu seinem Platz neben Lillian, wo er Alexander genau gegenüber saß. Matt beachtete er nicht. Nur Elias fing sich einen giftigen Blick ein, unter dem dieser zusammenzuckte, wie unter einer Ohrfeige. Feiger Hund. Doch Alexanders Stimmung war zu gut, um sich von schlechter Laune anstecken zu lassen. Matts Neuigkeiten klangen so vielversprechend, dass er auch um Nicholas' Respektlosigkeit vom Vortag kein großes Aufheben machte. Er brauchte ihn nun, in welcher Hinsicht auch immer.

„Wie ich sehe, hast du dich doch noch von deinem kleinen Spielzeug losreißen können", bemerkte er. „Hat sich unser Kämpfchen wenigstens gelohnt?"

Nicholas zuckte mit der Schulter und grinste. Elias gähnte, legte einen Unterarm auf den Tisch und bettete den Kopf darauf. Lillian widmete sich ihren langen Fingernägeln. Nur Matt thronte erhaben auf seinem Lederdrehstuhl und blickte höflich, aber ohne großes Interesse in die Runde.

„Ein süßes Schätzchen", hielt Alexander am Thema fest, so wenig es die anderen auch interessierte. „Verstehe, dass du sie dir nicht wegnehmen lässt. Aber gib mir Bescheid, wenn du ihrer überdrüssig bist. Für mich reicht es selbst dann noch."

„Du willst, was ich übrig lasse?“ Nicholas verzog herablassend den Mund. „Mal sehen.“

Regte sich soeben etwas in seinen Augen? Alexander warf Lillian einen scharfen Blick zu. Sie verengte die Lider, ohne aufzusehen und signalisierte damit knapp, dass sie verstanden hatte. Sie würde die Ohren spitzen.

Alexander hakte nach. „Warum auch nicht? Oder willst du eine Inane aus ihr machen?“

Erneutes Schulterzucken. „Schon möglich.“

Lillian blickte zu Nicholas auf. „Darf ich Christina dann haben?“

„Als wandelnde Blutkonserve? Vergiss es, Lill.“

„Könnt ihr das bitte unter vier Augen ausmachen?“

Alexander verkniff beim Gedanken an Blut im Mund angeekelt die Lippen. Das entsprach nicht seinem Sinn für Ästhetik und jeder wusste das. Ein widerliches Geschöpf, diese Nabeshima, wie auch alle anderen vampirartigen. Aber sie waren nützlich.

Er räusperte sich. „Wie auch immer. Wir sind nicht hier, um uns über Menschen zu beharken. Unser Freund Matt hat neue Informationen und ist dankenswerterweise bereit, diese mit uns zu teilen. Ich nehme ungern zu viel vorweg, aber was er euch nun offenbart, wird euch – verzeiht die Umgangssprache – aus den Socken hauen.“ Er beobachtete die Reaktionen der anderen genau. Elias hob den Kopf an, Lillian legte ihren schief und Nicholas lehnte sich zurück und verschränkte die Arme.

Alexander lächelte huldvoll in seine kleine Runde und nickte Matt zu. Dieser deutete eine respektvolle Verbeugung an. Entzückend, diese arabische Höflichkeit, auch wenn das kauzige Äußere nicht dazu passte. Der Paymon brauchte dringend einen passenderen Körper.

Matt erhob sich langsam von seinem Stuhl und reizte die Spannung aus, indem er lange schwieg. Schließlich lächelte er sanft.

„Der erste Fürst wandelt unter uns. Mein Herr, der Luzifer, ist frei."

Niemand reagierte. Niemand sagte ein Wort. Nicholas bewegte sich als erster, er senkte mit dem Hauch eines Grinsens den Kopf. Seine Lippen bewegten sich lautlos, Alexander las das Wort ‚Interessant'.

Schließlich brach Lillian die Stille. „Was soll das heißen? Seit wann ist der Luzifer befreit? Und wo ist er?"

Matt strahlte sie an. „Es ist, wie ich es sagte. Bei meiner Bannung vor neunzig Jahren war mein Herr noch frei. Die Gerüchte, er wäre seit Jahrhunderten gebannt, sind demnach unwahr."

„Der Luzifer weiß von diesen Lügen", erklärte Alexander. „Er wusste es immer. Doch er stellt sie nicht richtig, weil sie ihm Schutz bieten. Er lebt still und zurückgezogen. Aber er lebt. Er hat immer gelebt."

Nicholas lehnte sich vor, stützte die Ellbogen auf den Tisch und verschränkte die Finger. „Wenn das wahr ist, dann frage ich mich, was uns dieses Wissen nützen soll."

„Zweifelst du an meinen Worten?", fragte Matt scharf.

Nicholas hob beschwichtigend die Hände. „Keineswegs. Aber sie klingen nicht, als hätte der Fürst noch Interesse an seinem Titel. Sonst hätte er gewiss längst ein Heer um sich versammelt. Bei seiner Macht sollte das ein Leichtes sein." Er sah Alexander hochmütig an. „Warum denkst du, dass er nur auf dich wartet?"

„Du irrst dich", antwortete Matt an seiner Stelle. „Du kennst ihn nicht, den Luzifer. Krieg und Macht waren nie die Dinge, nach denen er die Hände ausstreckte. Der Luzifer verlangt nach seinem Vergnügen. Der Kampf ist nicht mehr als ein Werkzeug für meinen Herrn, ebendies zu erreichen."

„Das klingt sehr sympathisch. Vielleicht sollten wir ihn dann besser in Ruhe lassen", erwiderte Nicholas und zog belustigt eine Braue hoch. „Nachher stören wir ihn noch beim Frönen irdischer Genüsse." Er leckte sich aufreizend über die Unterlippe und Elias kicherte.

„Das sehe ich nicht so." Alexander stand auf und verbot Nicholas mit einem Blick weitere Respektlosigkeiten. „Mag sein, dass der Fürst zufrieden ist, wie auch immer er nun lebt. Doch möglicherweise ist er auch offen für die Optionen, die wir anzubieten haben. Erinnern wir uns an den Preis, den er für seine Macht über das Dämonenreich bezahlen muss."

Elias runzelte die Stirn. „Was für'n Preis?"

„Um zu ganzer Stärke zu finden", klärte Lillian ihn auf, „muss der Luzifer Seelen zu sich nehmen. Ganz ähnlich wie du."

Nicholas räusperte sich. „Der Unterschied ist nur, dass er auf Unschuldige steht. Nicht ganz deine Geschmacksrichtung."

„Besserwisser", giftete Lillian. „Nun denn, der größere Unterschied besteht darin, dass der Fürst die Seele nicht mit Gewalt nehmen kann. Der Mensch muss sie ihm freiwillig geben. Das ist des Luzifers Schwäche. Ohne Seelen, die ihm geschenkt werden, hat er nicht mehr Macht, als du sie hast, Elias."

„Und hier kommen wir ins Spiel", bemerkte Alexander händereibend. „Wir und die kleine, nette Forschung, mit der wir …"

„Ihr wollt mit meiner Droge den Luzifer bestechen und für Kriegszwecke vor euren Karren spannen?" Nicholas lachte laut. „Den Menschen den Willen nehmen, damit sie dem Fürsten begeistert ihre Seelen in den Hals stopfen. Na super! Plötzliches Massensterben, wie überaus unauffällig. Tolle Idee, Alex. Mir geht einer ab vor Begeisterung."

In Matts Augen blitzte Zorn auf. Nicholas grinste ihn provokant an. Alexander nahm all das wohlwollend zur Kenntnis. Zwei starke Dämonen mit Konflikten endeten meist in einem einzigen, dafür aber viel stärkeren Dämon. Doch vorerst musste er seinen Nybbas wohl etwas bremsen.

„Vergiss nicht, für wen du diese Forschungen hast durchführen lassen, Nicholas. Die Ergebnisse gehören mir."

Nicholas sprang auf. „Vor ein paar Tagen wolltest du noch, dass ich das Projekt abblase. Außerdem ist der ganze Plan hinfällig. Die Droge wirkt noch nicht. Es kann Jahre dauern, bis wir …"

Setz dich wieder hin!, wies Alexander mental an. Nicholas ächzte leise, ein Zittern durchlief ihn und er sank zurück in seinen Stuhl.

„Wir haben doch Zeit.“ Alexander zuckte mit den Schultern. „Ich werde die Projektleitung an Lillian übergeben. Du wirst mit Matt reisen und den Fürsten suchen. Du bist doch unser begnadeter Rhetoriker – du wirst ihn schon überzeugen.“

„Wenn wir ihn überhaupt finden“, knurrte Nicholas.

Ja, die kleine Machtdemonstration schien ihn zu ärgern. Wie schön.

Matt lächelte Nicholas breit an. „Das lass mein Problem sein, du Cicero. Ich kenne meinen Herrn, ich würde ihn überall finden. Wann brechen wir auf?“

„Moment“, meinte Nicholas und hustete affektiert. „Ist jemandem in den Sinn gekommen, dass ich kein Interesse daran habe, mit unserem Matty hier um die Welt zu reisen?“

Matt schnappte nach Luft. „Chyly jázdh! Wie kann der verdammte Bastard es wagen, mich zu beleidigen?“

Lillian tätschelte ihm die Hand und Elias starrte genervt in die Luft.

Alexander hob die Stimme. „Willst du meinen Befehl ignorieren, Nicholas?“

Pure Überheblichkeit blickte auf ihn zurück. „Und wenn?“

„Undank ist der Welten Lohn“, seufzte Alexander. „Mein Junge, mach mich nicht schwach. Wer hat dich aus deinem Grab gehoben? Wer hat dich aus purem Wahnsinn befreit?“

Nicholas mahlte mit den Zähnen und Alexander musste sich beherrschen, um seine nicht zu fletschen. Nicholas war heute reizbar wie nie und bot ihm damit eine Gelegenheit nach der anderen, ihn in seine Schranken zu weisen. Irgendetwas lenkte ihn ab.

„Du bist mir zu Dank verpflichtet. Und du kennst deinen Platz. Matt entscheidet über eure Route und trägt die Verantwortung, wann ihr aufbrecht."

In Nicholas' verärgertem Gesicht regte sich nichts mehr. Erst nachdem Alexander ihn sekundenlang nicht aus seinem Blick entließ, nickte er kaum wahrnehmbar. Matt wirkte zufrieden.

Alexander löste das Meeting auf und Nicholas verließ in langen Schritten den Raum. Auch die anderen gingen, er hielt nur Lillian zurück.

„Was denkst du?", fragte er mit gesenkter Stimme. „Sagt er die Wahrheit im Bezug auf die Frau?"

Sie wiegte den Kopf hin und her. „Ja, ich denke schon. Oder er lügt sehr gut."

„Finde es heraus. Folge ihm, wenn er zu ihr geht. Wir brauchen ein Druckmittel, um seinen Gehorsam sicherzustellen. Er entgleitet mir und ich will ihn nicht den Jägern ausliefern müssen. Er ist zu wertvoll. Nimm dir auch diesen erbärmlichen Engel vor. Ich will sicher sein, dass er auf meiner Seite steht."

Lillian nickte, doch ihr Gesicht verzog sich unglücklich. Sie empfand etwas für Nicholas, dieser erwiderte jedoch nichts davon. Allein aus diesem Grund vertraute Alexander blind auf ihre Loyalität. Nichts war rachsüchtiger, als eine abgewiesene Dämonenfrau.

Weiterhin besaß er ein Lockmittel, für das die Nabeshima ihren eigenen Körper in Fetzen reißen würde. Aufreizend strich er sich über die Kehle, ohne sich seinen Ekel anmerken zu lassen.

„Ich wünsche dir Erfolg, Lillian. Es soll dein Schaden nicht sein."

„Dein Blut? Du bietest mir tatsächlich dein Blut an?" Ihre Augen weiteten sich ehrfürchtig, vor Aufregung lispelte sie noch mehr, als sonst.

Er lächelte. „Wie wäre es mit seinem Blut? Erfülle nur deine Aufgabe richtig."

Das Saphirgrün um ihre Pupillen leuchtete begierig auf. „Ich werde dich nicht enttäuschen."

Nein, ganz sicher nicht.

Heute Abend, hatte er gesagt. Seit achtzehn Uhr tigerte Joana nun in ihrer Wohnung herum und wartete. Der Tag hatte sich wie zäher Kaugummi in die Länge gezogen. Kaugummi, den man so lange im Mund gelassen hatte, bis er bitter geworden war. Sie war bei ihrer Mutter gewesen und hatte mit ihr stundenlang über diese Clerica-Geschichte gesprochen. Natürlich hatte Mary alles gewusst. Jeder schien es gewusst zu haben, von ihr selbst einmal abgesehen.

Nicholas hatte sie nicht erwähnt. Nicht nur, weil es nicht möglich war, ehrlich über ihn zu sprechen. Wenn es nach Joana ging, sollte niemand aus ihrer Familie je von ihm erfahren. Sie sollten ihm nicht zu nahe kommen. Wer wusste, wie das enden mochte.

Später hatte sie mit Agnes telefoniert. Diese glaubte immer noch, dass Theodor sie neppte und war dementsprechend schlechter Laune. Sie ging davon aus, dass ihr Mentor selbst für Joanas Wandlung verantwortlich war und die Vorwürfe auf sie abzuwälzen versuchte, um den Verdacht von sich zu lenken. Es tat Joana leid, dass sie ihr nicht die Wahrheit sagen konnte.

So viele Lügen. Und noch mehr Sorgen. War er das wert?

Gegen halb neun ging sie nach draußen, setzte sich auf die Stufen der Haustür und wartete dort. Er sollte gar nicht erst reinkommen, lieber wollte sie ein Stück mit ihm spazieren gehen, auch wenn die Luft feucht war und nach Regen roch. Aber zumindest würden sie dann reden und nicht voreilig im Schlafzimmer verschwinden. Sie ärgerte sich über den blöden Gedanken. Sie war ja wohl noch in der Lage, mit dem Mann zu sprechen, ohne sofort an Sex zu denken. War sie? Sie schnaubte bitter. Das kurze, indigoblaue Chiffonkleid, in dem sie steckte, sprach eine andere Sprache. Seit wann trug sie sowas wieder? Wenigstens passte es noch.

Sein Wagen fuhr viel zu schnell in die kleine Seitenstraße ein, bremste abrupt und schoss rückwärts in eine Parklücke. Er stieg aus, hatte sie aber noch nicht entdeckt. Joana drückte sich ein wenig tiefer in den Hauseingang, um ihn zu beobachten. Mit einem saftigen Fluch knallte er die Tür zu. Dann sah er in die Richtung ihres Hauses, legte den Unterarm gegen das Autodach und ließ die Stirn darauf sinken. Nur ein, zwei Sekunden lang stand er so. Neben dem Ungetüm von Geländewagen wirkte seine Statur fast zierlich. Er atmete tief aus und rieb sich mit beiden Händen über die Augen. Als seine Arme sanken, wirkte sein Gesicht, als hätte er Schmerzen.

Joana stutzte. Dann erst fiel ihr ein, warum er so niedergeschlagen aussah. Natürlich, er musste davon ausgehen, dass sie nicht da war. In ihrer Wohnung war es stockfinster. Sie schlug sich für ihre Blödheit vor die Stirn und sprang auf.

„Nicholas?“ Als sie aus dem Schatten trat, starrte er sie an wie einen Geist. „Hi.“

Er blieb am Wagen stehen. „Du bist hier?“

„Ja, sieht so aus. Und du bist wirklich gekommen.“

Eine winzige Delle erschien zwischen seinen Brauen und zeugte von Skepsis. „Du hast nicht ernsthaft dran gezweifelt, oder?“

Er hatte recht, was Joana zum lächeln brachte. „Gehen wir ein Stück?“

Seinem Gesichtsausdruck nach wollte er zunächst widersprechen. Er sah furchtbar müde aus. Doch dann nickte er und trat an ihre Seite. Sein Blick floss aus dem Augenwinkel an ihrem Körper herab. Unaufdringlich und doch so präsent, als würde er den Stoff ihres Kleides mit den Fingern berühren. Er murmelte etwas, doch Joana verstand nur „... wie Wasser“.

Sie gingen schweigend ein paar Straßen zwischen roten Backsteinbauten entlang, bis sie zu einem kleinen Park kamen. Über Joanas Rücken lief ein kühler Schauer. Dieser Ort war bis in die Siebzigerjahre ein Friedhof gewesen. Einzelne Grabsteine standen noch, aus irgendeinem Grund fielen sie ihr immer nur abends ins Auge. Das Zwielicht der Dämmerung schien matt von dem Marmor wider.

Nicholas sah sie mit hochgezogener Augenbraue an. „Willst du, dass ich mich heimisch fühle?“

Sie griff nach seiner Hand und beantwortete ihm damit ohne ein Wort die unausgesprochene Frage, die ihn bis dahin umgeben hatte wie eine Aura aus Unbehagen.

„Ich will, dass dieser besorgte Ausdruck aus deinem Gesicht verschwindet. Was muss ich dafür tun?"

Seine Mundwinkel zuckten, es sollte wohl ursprünglich ein Lächeln werden. „Halte meine Welt an", sagte er leise. Sie war sicher, dass sie es nicht hatte hören sollen.

„Was, wenn ich das tatsächlich könnte?" Ihr Herz schlug bis in ihren Hals, doch er schien die Anspielung nicht zu verstehen.

Ein Paar kam ihnen entgegen und lenkte Joanas Aufmerksamkeit auf sich. Ein Mann und eine Frau, sie gingen dicht beisammen, sein Arm lag um ihre Schultern. Erst als sie nur noch wenige Schritte entfernt waren, erkannte sie, dass da noch jemand war. Jemand kleines. Die Frau trug einen Säugling in einem Tragetuch vor ihren Bauch gebunden. Das Köpfchen war von einer Mütze bedeckt, Joana sah nur zwei winzige, nackte Beinchen links und rechts aus dem Stoff lugen. Die Füße waren kaum größer als ein Zeigefinger lang war. So klein. So zerbrechlich. Sie schluckte. Im gleichen Moment drückte Nicholas ihre Hand und zog sie an seine Seite. Auch wenn es nur die Füßchen eines Babys waren, es war das erste Mal, dass sie den Blick nicht abwenden musste. Sie konnte gar nicht mehr wegsehen. Die kleinen Zehen bewegten sich, als würden sie nach ihr greifen oder winken.

Hallo du kleines Wesen, antwortete sie im Stillen und merkte, wie ihr Blick verschwamm. Aus dem Augenwinkel erkannte sie, dass die Mutter ihr zulächelte, aber sie erwiderte es nicht. Das war dann doch noch zu viel. Sie drehte den Kopf an Nicholas' Schulter. Er legte einen Arm um ihre Taille und berührte ihren Bauch, in dem sich ein schwerer Kloß zusammenziehen wollte.

„Ist schon gut", hauchte er in ihr Haar und löste die Anspannung auf.

Einen Moment fragte sie sich, ob er wohl nachvollziehen konnte, warum Schuld an ihr nagte. Ob er sie verstand. Dann entschied sie, dass es nichts zur Sache tat. Er war da, in mehr als körperlicher Hinsicht, das war das Entscheidende. Er hatte wahrgenommen, dass sie ihn brauchte und das Einzige getan, was möglich gewesen war. Er hatte sie gehalten, und es hatte sich gut angefühlt. Sicher. Die Geste war klein und unscheinbar, aber sie besiegte jeden Zweifel, den sie noch gehabt hatte.

Er war es wert.

„Alles okay?", fragte er, als die kleine Familie vorbeigegangen war.

„Ja." Ihre Augen waren feucht, daher ließ sie den Blick gesenkt. Er sollte nicht glauben, dass sie traurig war. Das war es nicht. Eher die Gewissheit, gut entschieden zu haben, wenn womöglich auch nicht richtig. Dicht gefolgt von Erleichterung über einen ersten Schritt Richtung Frieden mit sich selbst. Waffenstillstand.

Über eine halbe Stunde schlenderten sie schweigend umher und umkreisten den kleinen Park in der Zeit gefühlte siebenundzwanzig Mal. Es wurde langsam dunkler. Die Straßenlaternen außerhalb der Grünanlage waren angesprungen und schienen eine Barriere zu bilden, die keiner vor ihnen durchbrechen wollte. Die Dunkelheit im Inneren wob ein Netz und wurde dichter. Sie gab Sicherheit. Joana versuchte, sich wohlzufühlen und einfach seine Nähe zu genießen, aber Nicholas' Anspannung verhinderte es.

„Was ist denn los?", fragte sie ihn irgendwann. „Bist du noch sauer auf mich? Ich wollte dich heute Morgen wirklich nicht kränken."

„Du hast nichts falsch gemacht", gab er rasch Antwort und knurrte frustriert. „Alexander will, dass ich fortgehe, Jo."

„Was?" Er machte wohl Witze. „Du kannst nicht fortgehen. Das geht nicht, nicht jetzt." Sie schnaubte, wollte den Gedanken gar nicht ernst nehmen. „Ich habe mich gerade entschieden, dass deine Nähe mir wichtiger ist, als die Moralvorstellungen, mit denen ich seit sechsundzwanzig Jahren lebe."

„Wirklich?"

„Ja, wirklich. Ich kann nicht versprechen, dass ich alles hinnehme. Vermutlich werde ich dir hin und wieder deinen süßen Hintern aufreißen, wenn du es übertreibst. Und so manches Mal werde ich dir sicher Unrecht tun, oder du mir, wenn unsere Welten aneinander prallen. Aber ich bin mehr als bereit, es drauf ankommen zu lassen. Ich … ich will dich. Dich!"

Er lachte leise, aber es klang bitter. „Ich hatte befürchtet, dass du das sagen würdest."

„Befürchtet? Heute Morgen klang es noch so, als hättest du darauf gehofft."

Er ließ sich schwerfällig auf eine Bank sinken. In diesem Augenblick war der Gedanke, dass er über 270 Jahre alt war, nicht mehr so abwegig. Jedes einzelne Jahr schien schwer auf ihm zu lasten. Joana kletterte auf die Sitzfläche der Bank, setzte sich auf die Rückenlehne und legte ihm eine Hand in den Nacken.

„Willst du mich etwa nicht mehr?“ Die Frage war rhetorischer Art.

Er stöhnte, zog ihre Finger vor sein Gesicht und küsste hingebungsvoll ihre Handfläche. „Mehr als alles andere. Aber Alex verlangt von mir, dass ich auf eine Suche gehe. Könnte länger dauern. Ob es überhaupt eine Wiederkehr gibt, steht irgendwo da oben.“ Er legte den Kopf in den Nacken und sah in die paar Sterne, die durch eine Wolkenlücke blinzelten.

Joana fror plötzlich in ihrem dünnen Kleid. „Gibt es keine andere Lösung?“

Er zog ihren Oberkörper zu sich runter, sodass ihr Kinn auf seiner Schulter lag. „Doch. Ich finde schon eine. Bestimmt.“ Er klang nicht gerade überzeugt.

„Sag deinem Alexander, dass er dich in Ruhe lassen soll“, raunte Joana. „Sonst bekommt er's mit mir zu tun.“

„Uuh“, spottete Nicholas liebevoll. „Meine Jo ist gefährlich.“

Sie wurde schlagartig ernst. „Ja, ist sie.“ Sie zog ihre Wange vor dem Kuss zurück, den er ihr geben wollte. Es war Zeit für eine weitere Wahrheit. „Nicholas? Wenn ich nicht ganz das wäre, was du denkst, das ich bin … würdest du mich dann trotzdem noch wollen?“

Oder würdest du mich dann umbringen?

24

Zu seinem eigenen Erstaunen fand Nicholas die ganze Sache äußerst komisch. Vor allem war es die beste Ablenkung von seinen Problemen, die sie ihm hätte auftischen können. Während sie von den letzten Tagen erzählte, ihm von sich erzählte, wollte er ab einem bestimmten Punkt nur noch lachen. Vielmehr wollte er lachen, sie lieben, hiernach den Kerl zerfetzen, der sie fast erwürgt hatte und sie mit seinem Blut an den Händen erneut lieben.

Aber das alles musste warten. Stattdessen blieb er auf dieser Parkbank neben ihren Beinen sitzen, wünschte sich genau dazwischen und zog mit viel Mühe ein der Situation entsprechend ernstes Gesicht.

Ab und an nickte er oder kommentierte ihre Worte mit etwas Geistreichem wie „Verstehe“, „Unglaublich“ oder „Hmpf!“ Als sie jedoch von dem Angriff erzählte, verspannten sich seine Arme so sehr, dass sie sich weigerte weiterzusprechen, bis er sich beruhigt hatte. Dann sprang sie auf und demonstrierte, wie sie sich mit dem Schrumpfkopf verteidigt hatte. Die theatralischen Kampfsportbewegungen und Geräusche, die sie dabei zum Besten gab, stammten definitiv aus Karatekid oder einem noch schlechteren Film. Sie sah so schrecklich wehrlos aus. So weich und verletzlich. Er lachte gehorsam, aber eigentlich wurde ihm bei ihrer Show verdammt übel.

Dass sie tatsächlich eine Clerica war, machte erschreckend viel Sinn. Rückblickend hätte ihm die

Idee durchaus selbst kommen können. Schon ihr bemerkenswerter Widerstand gegen seine mentalen Befehle hätte ihn skeptisch machen müssen. Clerica widerstanden typischerweise, das machte sie erst gefährlich. Aber sie war seinen Kräften gegenüber ja auch nicht vollständig verschlossen gewesen, zumindest nicht vor der Wandlung. Interessant.

Es beruhigte ihn, dass sie weit weniger hilflos war, als sie aussah, und sich im Ernstfall auch gegen andere würde verteidigen können. Daher bestand er darauf, dass sie lernen sollte was nötig war, auch wenn sie das vollkommen anders sah.

„Sag mal, hast du mir zugehört?", echauffierte sie sich und setzte sich wieder auf die Rückenlehne der Bank. „Ich könnte dich bannen oder fesseln oder sonstige Schweinereien mit dir veranstalten."

Schweinereien lagen ganz auf seiner Wellenlänge. Er fuhr mit seiner Hand unter diesem herrlich flatterigen Kleid die Innenseite ihres Oberschenkels hoch.

„Dazu musst du keine Jägerin sein. An was genau hattest du gedacht? Und wann geht's los?"

Sie schnalzte mit der Zunge. „Du bist unmöglich!" Ihr Blick war so warm, dass es in seinem Brustkorb zu glimmen begann. „Dann macht es dir wirklich nichts aus?"

Er lehnte das Gesicht an ihr Knie und umfasste den dazugehörigen Knöchel mit beiden Händen. „Ganz im Gegenteil. Ich bin froh, dass ich dich nicht mehr gegen deinen Willen manipulieren kann. Nicht, dass ich es vorgehabt hätte. Aber ich bin so inkonsequent", er seufzte tief, „und auch ein klein bisschen cholerisch."

Sie zupfte von hinten an seinen Haaren. „Nur ein bisschen. Vor allem aber bist du viel zu vertrauensselig.“

Oh, wie sie irrte. Sie würde es in seinem Gesicht lesen können, wenn er sich jetzt umdrehte, aber er tat es nicht. Er wollte es ihr lieber sagen, auch wenn seine Stimme revoltierte und heiser wurde.

„Ich habe noch nie jemandem wirklich vertraut, Jo. Das ist neu für mich. Wie eine unbekannte, wahnsinnig gute Droge. Ich bekomme grade nicht genug davon und wenn sie mir den Hals brechen will, dann soll sie es ruhig.“

Es begann zu regnen. Schwere, warme Tropfen, aber sie gingen noch nicht zurück. Er wäre gerne zu ihr nach Hause gegangen, zweifelsohne. Doch sich dem Vorgeschmack noch länger hinzugeben, und sich auszumalen, was er später mit ihr tun würde, hatte einen eigenen Reiz. Das Wasser glitzerte in ihrem Haar, auf ihren Schultern und bat still darum, hinfort geküsst zu werden. Er trank den Regen, der nach ihr schmeckte. Ihr Kleid schmiegte sich wie eine zweite Haut um ihren Körper. Eine glänzend dunkle, feuchte, schlüpfrige Haut. Sein eigenes Hemd klebte ebenfalls nass und durchscheinend an seiner Brust. Er genoss ihre Blicke, die vielleicht ein wenig so aussahen, wie das Spiegelbild seiner eigenen. Und die keuschen Berührungen durch den Stoff.

Zum Henker mit ihm, dann war er eben verloren.

Alle Dämonen der Erde waren vergessen. Später würde sich eine Lösung finden. Auch wenn es bedeuten mochte, Joana unter seiner Jacke zu verstecken, und mit ihr ans andere Ende der Welt zu verschwinden. Sollten sie doch alle zur Hölle fahren. Er spazierte geradewegs Richtung Himmel. Und den Himmel, das wusste selbst ein Höllenwesen sehr genau, den ließ man keinesfalls warten.

Lillian blieb noch lange in der Hofeinfahrt verborgen stehen. Durch ihre Bluse spürte sie die poröse Oberfläche der Backsteinwand, an der sie lehnte. Der intensive Geruch von mit dem Schmutz der Straße vermischtem Regen drehte ihr fast den Magen um. Sie zügelte ihre Empfindungen wieder auf ein halbwegs menschliches Maß. In dieser modernen, lauten und stinkenden Welt war es nicht möglich, ständig mit den katzenscharfen Sinnen herumzulaufen, zumal diese auch den Schatten stärkten. Er fauchte in ihrem Inneren vor Zorn. Langsam verengte sie die Pupillen und blendete auch störende Nebengeräusche wieder aus.

Sie vergrub das Gesicht in den Händen. Die Nabeshima in ihr zu besänftigen fiel schwerer, als ihre Sinne zu zäumen. Es tat weh. Sie fragte sich, warum es so weh tat, denn schließlich hatte sie doch gewusst, dass Nicholas Verrat begehen würde. Ihr Schatten verlangte Vergeltung für ihr Leid.

Lautlos huschte sie den Weg zu ihrem Motorrad zurück. Auf dem nassglänzenden Asphalt vermischten sich die weißen und roten Lichter der vorbeifahrenden Autos zu fließenden Farbspielen. Sie beobachtete diese, gleichzeitig in ihrem Unterbewusstsein nach einer Zukunftsvision tastend. Doch alles was sie sah, war sich selbst, in großer Höhe fliegend.

Das nächtliche Firmament erstreckte sich über ihr und wenn sie nach unten blickte, machte sie die pulsierenden, blickenden und dahingleitenden Lichtquellen der Großstadt aus. Im Regen verschwimmend, weil sie höher gen Himmel stieg.

Eine Flucht? Eine Jagd? Oder gar ein Spaß? Sie konnte es nicht sagen. Ihr Inneres verriet ihr nicht mehr. Nicht ohne das Risiko, auszubrechen, wenn sie ihm zu viel Macht überließ.

Alexander erwartete sie in seinem Büro. Es fühlte sich seltsam an, so spät durch die abgedunkelten Flure der Geschäftsräume zu laufen, vorbei an den stillen, leeren Räumen. Lillian schlich. Sie fühlte sich unbehaglich. Gern gab sie ihre Informationen nicht preis. Doch die Jahrhunderte ihrer Existenz hatten sie gelehrt, dass es für jemanden wie sie nur einen sicheren Weg durch die Zeit in Richtung Zukunft gab. Dieser Weg lag unter den Schwingen der Mächtigen, der Starken.

Zaghaft klopfte sie mit den Fingerknöcheln gegen die Tür zu Alexanders Büro und trat ein. Alexander sah über sein Notebook fern. Welche Programme er im Hintergrund noch offen hatte, wusste sie nicht. Aber er arbeitete nahezu ununterbrochen, auch wenn es selten den Anschein machte. Sie ließ sich auf dem Ledersessel gegenüber seines Arbeitsplatzes nieder und wartete auf sein Kopfnicken und die Erlaubnis zu sprechen.

„Deine Ahnung hat dich nicht betrogen", sagte sie. „Die Frau steht ihm nahe. Ich fürchte fast, er … liebt sie."

„Bist du sicher?“ Alexander hob eine Braue. „Vielleicht spielt er nur mit ihr.“

Lillian schüttelte den Kopf. Der Schatten in ihr knurrte und jammerte zugleich. „Ich sage dir, dass er nicht spielt. Es ist ihm ernst. Ich kann es nicht beschwören, da ich nur einen Teil des Gesprächs belauschen konnte, aber ich fürchte, sie weiß, was er ist.“

Alexander legte die Hände zu einem Spitzdach zusammen und schürzte die Lippen. „Das klingt allerdings eindeutig. Aber ich hatte es schon vermutet, als er hier gestern den Helden spielte.“

„Du hättest sie sofort ausschalten sollen“, fauchte Lillian. Die Wut stieß ungezügelt aus ihr heraus und Alexander verzog tadelnd das Gesicht. Rasch schlug sie eine Hand vor den Mund. „Verzeih. Ich wollte dich nicht kritisieren. Aber es ist noch schlimmer, als du dachtest. Sie ist eine Clerica!“

Lillian konnte zusehen, wie die Farbe aus Alexanders Antlitz wich. Das elektrische Licht begann zu flackern. „Eine Clerica?“, donnerte er los. „In meinem Haus? Er bringt eine Clerica hierher?“

Die wuterfüllte Macht ließ Lillian erzittern. Ihre Eingeweide zogen sich schmerzhaft zusammen. Sie wollte sich krümmen, auf den Boden kauern und verstecken, bis der Moment vorbei war, doch sie zwang sich, sitzen zu bleiben.

„Nicholas hat es selbst heute erst erfahren“, sagte sie, sobald sie wieder sprechen konnte. „Und sie ist noch nicht ausgebildet. Offenbar noch ungefährlich.“

Alexander atmete lautstark auf und raufte sich das Haar. „Noch. Dann müssen wir schnell handeln.

Wer weiß, wie viele Informationen sie bereits weitergegeben hat. Ruf alle zusammen, Lillian. Wir verlassen die Stadt heute Nacht."

Sie nickte, starr vor Schreck. Soweit hatte sie in ihrer Eifersucht gar nicht gedacht. Sie musste jemanden einstellen, der ihre Tiere versorgen würde, bis sie zurückkommen und sie holen konnte. Sie musste sich von ihnen verabschieden. Sie musste …

„Lillian!", brüllte Alexander. „Hast du mir zugehört? Informiere Matt und Elias. Sie sollen herkommen, sofort! Wir erledigen das Weibsstück und verschwinden."

„Und Nicholas?"

Alexander fletschte die Zähne. Es knallte leise, der Bildschirm seines Notebooks wurde schwarz und eine nach verbranntem Plastik stinkende Rauchschwade stieg auf. Er fegte den zerstörten Computer mit einer Handbewegung vom Tisch.

„Den rufe ich her. Er wird hierbleiben, damit die Clerica auch was finden, wenn sie sich schon die Mühe eines Besuchs machen."

„Darf ich?"

Nicholas zupfte am unteren Saum ihres durchnässten Kleides. Das raue Timbre seiner Stimme trieb Joana beinahe in die Versuchung ‚Nein' zu sagen. Nur um auszuprobieren, was er dann tun würde. Beinahe.

„Du sollst", lächelte sie. Schließlich hatte sie ihn soeben auch von seinem durchnässten Hemd befreit.

Ganz langsam zog er das Kleid nach oben. Löste Millimeter für Millimeter den feuchten Stoff von ihrer Haut, auf der er klebte. Es prickelte und sie schauderte leicht. Kälte war nur ein Grund dafür.

Unter halbgeöffneten Lidern sah er sie an, wie sie in cremeweißer Spitzenwäsche vor ihm stand.

„Sahnehäubchen auf Karamell", murmelte er tief. „Köstlich."

„Ja", seufzte Joana und senkte einen gespielt bekümmerten Blick auf ihre Hüften. „Köstlich war es, sich das anzufuttern. Aber es war mehr Schokolade als Karamell und Sahne."

Er strich ihre Rundungen mit den Fingerspitzen entlang. „Mein Dank gilt der Schokolade. Wusstest du, dass schon die Maya ihre Götter mit Kakao besänftigten? Und die Azteken berauschten ihre Menschenopfer mit gewürzter Schokolade, ehe sie hingegeben wurden."

„Vielleicht haben sie den Göttern so besser geschmeckt?"

Sie strich über seine Lippen, er öffnete sie, saugte ihren Finger in seinen Mund. Unter leichten Bissen brummte er eine gedehnte Zustimmung. „Oh ja."

Er schob seine Hände um ihre Taille auf ihren Rücken und zog sie näher. Ganz langsam, zögernd, als könne er nicht entscheiden, ob er sie lieber mit den Augen oder mit seinem Körper berühren wollte. Joana nahm ihm die Entscheidung ab und schmiegte sich an seine Brust. Auch er war nass geworden und stand in regenfeuchter Hose vor ihr, doch seine Haut war bereits wieder warm. Sie seufzte behaglich. Stehend fiel ihr auf, wie perfekt sein Körper zu ihrem passte. Seine Brust war exakt so breit, dass sie sich bequem mit den Schultern anlehnen und von seinen muskulösen Armen einrahmen lassen konnte. Wenn sie ihm ganz nah gegenüberstand, lagen ihre Lippen genau auf der Höhe seiner Schlüsselbeine und der dünnhäutigen Kuhle, die dazwischenlag. Eine der Stellen, die sein Inneres hörbar schnurren ließen, wenn sie mit der Zunge die Haut streichelte.

Hier, hinter den geschlossenen Türen ihrer Wohnung, war es, als könne ihnen niemand etwas anhaben. Die Anweisung dieses Dämonenchefs, die zuvor noch wie ein Damoklesschwert über ihnen geschwebt war, hatten sie draußen ausgesperrt. Sie war da, sie kratzte an der Tür, aber sie ließen sie einfach nicht herein.

„Ich fühl mich gerade auf völlig unangebrachte Art himmlisch", flüsterte sie an seine Schulter, gleichzeitig mit den Fingerspitzen den Bund seiner Hose nachfahrend. „Weißt du das?"

Er gluckste leicht. „Zufälligerweise weiß ich das sehr genau. Du solltest lernen, deine Gefühle vor mir zu verbergen, wenn du nicht willst, dass ich in dir lese, wie in einem offenen Buch."

„Lies in mir. Lies mir vor, was ich nicht sehe." Sodann stutzte sie. „Mir fällt da gerade etwas ein, was deinen … Appetit betrifft. Kannst du einem Menschen eigentlich auch einfach nur negative Gefühle nehmen? Angst zum Beispiel, oder Besorgnis?"

Sie verstummte, als sie seine Veränderung wahrnahm. Es war kein Anspannen seiner Muskeln, es war kein Versteifen seines Körpers. Aber irgendetwas an Nicholas zuckte zusammen und all die unbeschwerte Lust schien vergangen. Im nächsten Moment war der Eindruck wieder verschwunden, als hätte er die Gedanken weggewischt wie Regentropfen.

„Was ist?“, fragte Joana dennoch. „Ich hab was Falsches gesagt, oder?“

Er lächelte warm, aber eine Spur Bitterkeit schimmerte in seinen Augen mit. „Ich bin kein Philanthrop, Jo, und ich sollte nicht versuchen, einer zu sein.“

Sie legte die Hände an sein Gesicht. „Es ist etwas passiert, richtig? Erzähl es mir.“

Sein Lächeln wurde ehrlich. „Wie kannst du mich so durchschauen?“

„Ich habe den besten Lehrmeister auf diesem Gebiet und ich lerne schnell. Also, erzähl es mir. Jetzt. Sonst werde ich dich zwingen. Ich kann das, glaub mir.“ Sie grinste, aber er erwiderte es nicht länger.

„Du wirst mich verurteilen“, sagte er. Er befürchtete es nicht, er schien es zu wissen.

Joana unterdrückte ein Schaudern. Was war so schlimm, dass er glaubte, sie damit noch schockieren zu können? „Finde es heraus.“

Er ließ sich ungeachtet seiner nassen Hose auf dem Sofa nieder und Joana rollte sich neben ihm zusammen und legte ihren Kopf in seinen Schoß.

Tief atmete er ein und ließ die Luft langsam durch halbgeöffnete Lippen wieder ausströmen. „Als ich diesen Körper hier an mich nahm, war er noch sehr jung. Gerade mal achtzehn. Ich fand ihn in einem Bostoner Ghetto und ich wollte ihn, denn er war leicht zu bekommen. Unter einer dicken Schicht aus Dreck war er schön. Ich mochte seine Augen.“ Er zwinkerte. „Der Junge hatte trotz seiner wenigen Jahre ein Leben hinter sich, das du deinem schlimmsten Feind nicht wünschen würdest. Er war mit Drogen zugepumpt, als ich ihn genommen habe, hätte es ohnehin nicht mehr lange gemacht. Aber da war noch dieses Mädchen. Seine Zwillingsschwester."

„Laureen?", vermutete Joana.

Er nickte. „Ich weiß nicht, woran es lag, aber ich fühlte immer noch einen Rest seiner Verbundenheit zu ihr. Ich hatte nichts mit ihr, ich habe sie nie angerührt. Ich habe sie nur aus der Familie fortgebracht, in der sie draufgegangen wäre. Und ich habe ihr irgendwann die Wahrheit über mich gesagt."

„Du kannst nicht gut lügen, oder?"

„Oh doch. Lüge und Illusion machen mein Leben aus. Ich bin der Gaukler." Er demonstrierte seine Worte anhand eines kurzen Lächelns, so falsch und verzaubernd wie das einer Karnevalsmaske. Ebenso schnell legte er es wieder ab. „Aber wenn mir jemand etwas bedeutet, dann will ich es nicht mehr. Nun, sie war begeistert von dem, was ich ihr offenbarte. Für sie war ich immer noch ihr Bruder mit plötzlichen Superman-Kräften. Sie war schrecklich naiv, aber auch ebenso neugierig. Doch dann fand sie heraus, dass sie die Kraft besaß, ebenfalls Dämonen zu beschwören. Ich habe versucht sie davon abzuhalten. Ich wollte in ihr nichts von Lorenna sehen, die dem Wahnsinn verfallen war. Vielleicht war ich auch eifersüchtig, womöglich wollte ich sie selbst besitzen. Sie tat es trotzdem, sie beschwor den Ilyan, einen der Racheengel."

„Elias?"

„Ja. Sie löschte alle Menschen aus, die ihr wehgetan hatten. Sie starben durch die Hand des Ilyan. Indem er ihnen die dunkle Seele aussaugte oder sie schlichtweg auf körperliche Weise tötete, wenn sie innerlich nicht schlecht genug waren. Du kannst dir nicht vorstellen, welch erhabenes Bild er abgibt, mit seinen silbrigen Schwingen und der Maske, wie aus Platin. Das Blut tropfte von seinen Händen und er sah aus wie eine Gottheit. Laureen hatte einen Sinn für gefährliche Schönheit. Leider vergaß sie darüber hinaus seine Stärke. Doch um Menschen zu töten, reichte es locker." Er sah verträumt ins Leere, ehe sein Gesicht wieder einen Ausdruck von Gleichgültigkeit bekam.

„Die Rache half ihr nicht. Ihr Schmerz wurde immer gewaltiger und auch noch von Schuld durchwachsen, die weder ich, noch ihr eigener Dämon verstehen konnten. Ich wollte ihr diesen Schmerz nehmen. Es war das erste Mal, dass ich einem Menschen die Gefühle nahm, um ihm zu helfen. Ich nahm gezielt nur die negativen, ich wollte sie von all dem befreien."

Während er sprach, bemerkte Joana, wie sein Atem flacher wurde. Er kannte sie sehr wohl, die Gefühle von Schuld und Bedauern. Sie drangen ihm aus jeder Pore. Joana war nur nicht sicher, ob er selbst wusste, was da an ihm nagte. Sie legte ihre Arme um seine Taille.

„Es hat mich mitgerissen", sprach er ruhig weiter. „Es war zu viel. So intensiv, so stark. Reinste Verzweiflung, die sie mir offen vor die Füße geworfen hat. Sie war leer, als ich von ihr abließ. Vollkommen leer. Ich habe das mit vielen Menschen vor ihr getan und mit vielen nach ihr. Es war mir immer egal. Aber sie so zu sehen, war etwas anderes. Es hat mich zerrissen, es war …“ Er brach ab, zuckte mit der Schulter und strich mit unruhigen Fingern eine ihrer Haarsträhnen glatt.

Die stille Frage in Joanas Kopf wuchs ungewollt zu einem Wispern an. „Und dann?“

„Sie wollte so nicht weiterleben. Es hätte ihr gleichgültig sein müssen, doch manchmal regenerieren sich einzelne Gefühle und wirken dann völlig ohne jeden Einklang auf den Menschen ein. Sie werden daran verrückt, wenn kein Gleichgewicht besteht. Laureen hat eine Waffe genommen und auf sich selbst gerichtet.“

Joana schluckte. „Du gibst dir die Schuld daran.“

„Es war meine Schuld. Ganz allein meine. Und deshalb habe ich nicht erlaubt, dass sie eine weitere Sünde beging. Sie war trotz allem gläubig, musst du wissen. Etwas, das ich nie verstand. Sie wollte sterben, aber fürchtete sich, dass das Paradies ihr verschlossen bleiben würde. Also habe ich ihr die Pistole aus den Händen genommen, sie umarmt und den Abzug gedrückt. Die Kugel ging ihr direkt in den Kopf.“

Für einen Moment war Joana unfähig zu sprechen. Dass er getötet hatte, war ihr bewusst gewesen. Aber die Einzelheiten so vor sich zu sehen, war etwas anderes, als einen prosaischen Satz zu hören.

„Verstehst du es?“, wollte er nach langem Schweigen wissen.

Sie schüttelte den Kopf und zog seine Hand auf ihren Unterbauch. „So wenig wie ich mich selbst verstehe. Aber ich akzeptiere, was wir getan haben. Es ist vorbei."

Er rollte sich über ihr ein, sodass seine Lippen auf ihrer Stirn lagen. Minutenlang verharrten sie regungslos.

„Ich liebe das Chaos in deinem Kopf, wenn wir zusammen sind", hauchte er schließlich an ihre Haut. „Harmonische Ambivalenz, wie eine bittersüße Melodie. Oder ein Gemälde aus Sonnenlicht und tiefster Dunkelheit. Und ich will dir all das nicht mal mehr nehmen."

„Nein? Warum nicht?"

„Vielleicht, weil es in dir schöner leuchten kann, als es in mir je möglich wäre. Und weil ich selbst genug davon in mir habe. So viel, dass ich fast daran zerspringe."

Joana durchlief eine Welle von Glück, die jede Faser ihres Körpers erwärmte. Sie suchte mit den Lippen nach seinen und zerfloss unter seinem Kuss. Da surrte es plötzlich dicht neben ihrem Ohr. Sie seufzte zeitgleich mit Nicholas.

Welcher Idiot rief jetzt an?

25

Nicholas steckte das Handy zurück in die Hosentasche. „Alexander will, dass ich sofort ins Büro komme."

Joana zog die Stirn kraus. „Jetzt? Ich wünschte, du würdest bleiben."

„Es gibt nichts, was ich lieber täte", seufzte er gequält und lächelte zweideutig beim Blick auf ihren Körper, der nach wie vor in diesem Nichts aus Unterwäsche steckte. „Aber es wäre wirklich nicht klug, Alexander jetzt zu provozieren. Außerdem scheint es dringend zu sein, sonst würde er mich kaum um diese Uhrzeit noch aufmarschieren lassen. Vielleicht ergibt sich etwas, das die Situation ändert."

„Zum Guten oder zum Schlechten?"

„Du weißt, dass da nicht immer ein Unterschied sein muss."

Er küsste sie zart und spürte sogleich ihre flinke Zunge an seiner Unterlippe. Ihre Brüste an seiner. Harte Knospen unter weicher Spitze, die gemeinsam seine Haut in Brand steckten. Diese Hexe, sie arbeitete mit verdammt miesen Tricks. Zur Hölle, Alex würde sich auf etwas einstellen können, wenn sich das Treffen nicht als überlebenswichtig herausstellen würde. Andererseits hatte er das ungute Gefühl, dass es genau das war.

Joana schlug in die gleiche Kerbe, als er sie entgegen allem, was er wollte, langsam von sich schob.

„Ich weiß nicht recht, Nicholas, aber ich hab Angst."

„Das musst du nicht. Aber falls es dich beruhigt, habe ich einen Plan B!“ Er zog seinen Schlüsselbund aus der hinteren Hosentasche. „Hast du einen Stadtplan da?“

„Klar, warum? In der Schublade unter der Kaffeemaschine. Vorsicht, der Griff ist locker.“

Er holte den Plan und markierte eine Stelle am südlichen Stadtrand.

„Ich hab hier einen kleinen Zweitwohnsitz, den kennt außer mir kaum jemand. Zumindest niemand, der nicht menschlich ist.“ Er zwinkerte unbekümmert. „Es ist etwas schwer zu finden, weil es kein Straßenschild gibt, aber mit der Karte wirst du es schon schaffen. Wenn ich mich in einer Stunde nicht gemeldet habe, fährst du dorthin und wartest da auf mich.“ Er löste den entsprechenden Schlüssel von seinem Bund, drückte ihr erst einen feuchten Kuss und dann den Schlüssel in die Handfläche. „Fühl dich wie zu Hause.“

Joana war bleich geworden. „Ähm, diese Geocatching-Sache beruhigt mich jetzt nicht wirklich. Ich glaub ich will den Schlüssel lieber nicht haben.“

„Jo, nimm ihn“, bat er. „Vielleicht brauchst du ihn mal. Das soll nur meine Paranoia beruhigen. Außerdem sehne ich mich nach deinem Anblick. Nackt. In meinen eigenen vier Wänden. Und zwar im Whirlpool.“

Noch einmal drückte er ihre Finger um den Schlüssel zusammen und küsste ihren Puls. Sie lächelte gezwungen.

„Mach dir keine Sorgen. Bis nachher. Ich bin gleich zurück.“

Erst im Wagen ließ er die entspannte Fassade fallen und kniff die Lippen zusammen. Zur Hölle, was ging da nur vor sich? Eine so plötzliche Versammlung musste mehr als nur einen gewichtigen Grund haben. Irgendetwas war geschehen. Er überlegte, seine Waffe mit ins Büro zu nehmen, nur für den Fall, dass dort unangenehme Überraschungen warteten. Die 10mm Glock lag unter dem Beifahrersitz griffbereit. Letztlich ließ er sie nur da zurück, weil sie sich im Bund seiner Hose unter dem feuchten Hemd abgezeichnet hätte. Stattdessen griff er nach seinem Handy und rief Christina an, um die Schwachstellen in dem spontan gestrickten Plan B zu stopfen.

Die Verwaltungsräume von Meyers Pharmazeutika waren hell erleuchtet, aber mehr oder weniger verlassen, sah man von den drei Dämonen ab, die ihn bereits im kleinen Tagungsraum erwarteten.

Er begrüßte Alexander, Lillian und Matt mit einem knappen Nicken. „Kommt Elias noch?"

„Er sucht nach Christina", erklärte Lillian tonlos. „Sie war ebenfalls herbeordert worden, ist aber plötzlich verschwunden."

Nicholas kam das Ganze immer merkwürdiger vor. „Kann mir mal jemand erklären, was hier los ist, dass sogar meine Sekretärin mitten in der Nacht hergerufen wird?"

„Wir verlassen Hamburg", sagte Alexander so selbstverständlich, als würde er wöchentlich seinen Standort wechseln. „Und zwar heute Nacht."

Nicholas zog eine Braue hoch und sah von einem zum anderen. Doch die schienen bereits informiert.

Matts Gesicht war abgeklärt. Lillian sah ein wenig betreten aus der Wäsche und mied seinen Blick.

Die Tür wurde aufgestoßen und Elias erschien in der Tür. „Weg", meinte er. „Der Sicherheitsmann unten am Eingang hat sie eben rausgehen sehen."

Lillian biss sich auf die Unterlippe.

„Ich kann jetzt nicht auf deine Inane warten, Lillian", stellte Alexander barsch fest.

Ihre Inane?

Das war der Moment, in dem Nicholas eine erste Ahnung bekam, wie tief sein Karren im Dreck steckte. Lautlos formten seine Lippen einen Fluch. Er tastete in seiner Gesäßtasche nach dem Handy und schaltete es aus. Als er vom Tisch aufsah, fand er sich im Fokus von Alexanders scharfem Blick wieder.

„Was geht hier vor?", fragte er fest.

„Verrat, mein Freund", antwortete Alexander. „Du glaubst nicht, wie enttäuscht ich von dir bin."

Jeder Versuch, den Dämon zu entfesseln, um sich zu verteidigen, kam zu spät. Alexanders Kraft lähmte ihn. Nicholas sah aus dem Augenwinkel, wie Matt aufsprang und den Arm hob. Das Blitzen einer Eisenstange. Wo hatte der Hund die versteckt gehabt? Zur Bewegungslosigkeit verdammt konnte er nur warten, bis der letzte Bruchteil dieser Sekunde verging. Er konnte Alexander noch einen zornerfüllten Blick zuwerfen. Im nächsten Augenblick hörte er den dumpfen Schlag, mit dem Metall auf seinem Schädelknochen aufschlug. Etwas zeitversetzt kam der reißende Schmerz. Ein breites Grinsen im Gesicht seines Gegenübers. Es wurde schwarz um ihn.

Jo … in Sicherheit …

Sein Geist verabschiedete sich, als er mit der Stirn auf den Tisch knallte.

Nicholas war noch keine zwanzig Minuten weg, als es an der Tür klingelte. Erleichtert, dass es so schnell gegangen war, öffnete Joana. Zu ihrem Erschrecken stand die junge Frau im Flur, die sie am Empfang so harsch abgewiesen hatte. Kurz überkam Joana die Angst, auch sie könnte ein Dämon sein. Doch als sie in das ausdruckslose Gesicht der Blonden sah, kam ihr eine ganz andere Vermutung. Es war leer. Entsetzlich leer. Eine Welle von Mitleid schwappte über Joana hinweg und ließ sie mit hängenden Schultern in der Tür stehen bleiben. Mitleid und Mitschuld. Sie liebte den Mann, der dieser Frau alles genommen hatte, was das Leben lebenswert macht. Sie hielt ihn nicht auf, obgleich genau das ihre Aufgabe war. Ihr Erbe.

„Was kann ich für Sie tun?“, fragte sie unsicher.

„Hallo, Frau Sievers. Entschuldigen Sie die späte Störung. Mein Name ist Christina Schuhmann, wir haben uns ja bereits kurz kennen gelernt. Herr Nyrr schickt mich. Erschrecken Sie nicht, aber Sie müssen sich eine Weile verstecken.“

Nicht zu erschrecken war eine sehr optimistische Anweisung, auch wenn die Frau mit noch so freundlicher Stimme sprach. Joana lehnte sich gegen den Türrahmen. „Wo ist Nicholas?“

In Christina Schumanns Gesicht zuckte es kurz. „Er wird aufgehalten, aber es ist alles in Ordnung.

Mehr kann ich Ihnen nicht sagen, ich weiß selbst nichts weiter. Es tut mir leid, aber wir sollten sofort los."

Joana warf rasch ein paar Kleidungsstücke in ihre Adidas-Tasche. Außerdem stopfte sie Nicholas' Schlüssel, ihren eigenen, das Mobiltelefon, sowie ihr Portmonee in die Beintaschen ihrer Cargohose. Auch das Asthmaspray gesellte sich dazu. Sie hatte den bösen Verdacht, dass sie es noch brauchen würde. Die Sorge schnürte ihr jetzt schon die Luft ab, deshalb hatte sie auch nichts dagegen, dass Frau Schuhmann fuhr.

„Sie hätten anrufen können", meinte sie, als sie auf dem Beifahrersitz der schwarzen A-Klasse saß. Zumindest schien sie für eine Sekretärin überdurchschnittlich gut zu verdienen. Schicker Neuwagen, goldener Schmuck, Designerkleidung. Ob Nicholas dafür sorgte, dass sie zumindest alles hatte, was sie wollte? Ob er wollte, dass auch sie in Sicherheit war?

Verflucht. Jetzt suchte sie schon wieder den Gutmenschen in ihm, der er nicht war und nie sein würde.

„Es liegt abgelegen. Er fürchtet, dass Sie es allein nicht finden. Aber bitte, nennen Sie mich doch Christina." Schwang da Freundlichkeit in ihrer Stimme?

„Gerne, Christina. Ich bin Joana."

Es fühlte sich seltsam an, angelächelt zu werden und zu wissen, dass nicht wirklich Gefühl hinter der Mimik lag. Andererseits, wie oft wurde man verlogen angegrinst? Wie oft lächelte sie selbst der reinen Höflichkeit halber?

Joana lehnte den Kopf ans Beifahrerfenster und konzentrierte sich auf Grübeleien, die nicht stark genug waren, um sie von der Angst abzulenken.

„Kann ich ihm gar nicht helfen?“, flüsterte sie irgendwann mit erstickter Stimme.

„Nein“, sagte Christina ruhig. „Das ist nicht nötig.“

Der Weg führte zunächst durch die Stadt nach Süden. Joana saugte die vertrauten Bilder in sich auf; zur Beruhigung, was allerdings nicht funktionierte. Selbst das monotone hin und her der Scheibenwischer hatte etwas Enervierendes an sich. Spätestens als die Gegend ländlicher wurde und Christinas Wagen auf der Straße zwischen Feldern und Weiden oft für lange Zeit der einzige Hinweis auf menschliches Leben war, schwoll Unbehagen zu Nervosität an. Sie hatten die Stadt bereits verlassen und brausten über die Landstraße Richtung Harburg.

„Wie lange fahren wir noch?“ Shit! Hätte sie doch wenigstens mal einen Blick auf die Karte geworfen, dann wüsste sie, wo es hinging.

Christina bog von der Landstraße in einen Schotterweg ab, der direkt in den Wald führte. „Viertelstunde.“ Sie musste nun langsam fahren. Der Wagen wurde auf dem holprigen Untergrund heftig durchgeschüttelt und der Weg war unbeleuchtet.

Fast auf die Minute genau die angekündigte Zeit später hielt Christina vor einem kleinen, mit schlammgrünen Ziegeln gedeckten Haus. Joana bekam eine Gänsehaut. Es sah unwohnlich, fast gruselig aus, wie es in vollständiger Finsternis dalag, gut versteckt zwischen Nadelbäumen und umgeben von einer mannshohen Dornröschenhecke. Sie schien nach innen zu wuchern, den schmalen Garten zu fressen, um sich irgendwann in naher Zukunft über das Häuschen herzumachen. Nur zur Vorderseite wurde das Heckenungetüm durch einen schmiedeeisernen Zaun abgelöst, der sicher zwei Meter fünfzig maß und oben in speerähnlichen Spitzen endete. Am Haus waren alle Fensterläden geschlossen und im Licht des Autoscheinwerfers erkannte Joana massig Spinnweben, die sich leicht im Wind wiegten. Sie waren so groß, dass Joana unweigerlich das Bild von pfundsschweren Kreuzspinnen durch den Kopf krabbelte.

Oh Gott. Junggesellenbude mitten im Wald trifft auf Joana Sievers' Putzfimmel. Wo war der Whirlpool, damit sie sich darin ersäufen könnte?

„Lass uns reingehen", sagte Christina.

Der Motor erstarb, es wurde dunkel. Unbehaglich stieg Joana aus dem Wagen. Der Wald bei Nacht hatte etwas Verstörendes. Die Geräusche der Natur schienen ohrenbetäubend, auch wenn sie nicht laut waren. Das Tor quietschte, als Christina es ein Stück weit öffnete. Wie Fingernägel, die über eine Tafel kratzen. Sie quetschten sich durch einen schmalen Spalt und hielten aufs Haus zu. Christina schloss auf, wenigstens fand sie sofort den richtigen Schlüssel. Joana seufzte erleichtert, als sie den Lichtschalter betätigte und es hell wurde.

Im Inneren war das Haus richtiggehend schön. Holzverkleidungen zierten die Wände und auf den Böden lagen dunkle Steinfliesen. Christina führte sie in eine geräumige Küche, die in ein offenes Wohnzimmer überging. Neben dem Kamin stapelten sich

Holzscheite und davor stand eine abgewetzte, braune Lederkombination. Auf den dunklen Schränken lag dünn Staub und von der Hängeleuchte baumelten ein paar Spinnweben, doch im Gegensatz zur Außenansicht war das ganze Haus überraschend gepflegt und gemütlich. Er schien im Inneren nicht einmal zu rauchen. Es roch nur ein wenig seltsam. Leicht süßlich, aber dies schien eher der Muff des langen Frischluftmangels zu sein.

Joana sah sich um und suchte nach persönlichen Hinweisen auf Nicholas. Doch es sah nicht so aus, als sei er regelmäßig hier. Es gab weder eine Musikanlage, noch Bücher oder etwas anderes, woran sie seinen Geschmack hätte ablesen können. Er schien seine Zeit hier lediglich mit dem kleinen LCD-Fernseher totzuschlagen. Im Schrank darunter fand sich außerdem noch eine DVD-Sammlung, aber die war so umfangreich, dass sie keine Vorlieben erkennen ließ. Offenbar mochte er jede Art von Filmen. Von Bud Spencer über Star Wars bis hin zu den schaurigsten Horrorfilmen war alles da. Blair Witch Project lag obenauf. Sehr passend, hier mitten im Wald.

Wo er wohl jetzt war? Was mochte er tun? Ging es ihm gut?

„Komm, ich zeige dir, wo es ins Obergeschoss geht", meinte Christina. Auf dem Weg zur Treppe stieß sie eine verschlossene Holztür an. „Das hier ist sein Privatzimmer. Er erlaubt niemandem den Zutritt. Halte dich besser daran."

Joana schürzte die Lippen. Privatzimmer klang zu interessant, um nicht zumindest einen Blick hineinzuwerfen. Zumal Nicholas ihr ausdrücklich gesagt hatte, sie solle sich wie zu Hause fühlen. Sicher galt diese Regel nicht für sie.

„Das gilt für jeden“, fuhr Christina fort, als hätte sie ihre Gedanken belauscht. „Komm jetzt, Bad und Schlafzimmer befinden sich oben. Du findest in den Schränken alles, was du brauchst.“

„Und wo schläfst du?“

Christina lächelte, es sah fast ehrlich aus. „Auf dem Sofa. Widersprich bitte nicht, ich habe kein Problem damit. Ich würde ohnehin gerne noch etwas fernsehen. Außerdem wird er heute Nacht noch zurückkommen und neben dir liegen wollen.“

„Ich hoffe es“, flüsterte Joana. „Ich danke dir. Du bist wirklich sehr nett und …“ Sie musste heftig blinzeln. Rasch wandte sie sich um und lief, ihre Tasche über der Schulter tragend, die Treppen hoch. Sie knarrten unter ihren Schritten, fast wie die Holzstufen am Deich. Eine Träne stahl sich aus ihrem Auge und blieb in ihren Wimpern kleben, bis sie sie wegwischte.

Das Schlafzimmer stand offen, sie warf ihre Tasche neben das breite Bett, sich selbst darauf. Ihr Gewicht presste eine leichte Staubwolke aus der Tagesdecke, doch sie senkte das Gesicht hinein und weinte ein paar weitere Tränen aus Sorge und noch ein paar mehr aus Wut.

Wie konnte er nur? Sie wusste noch genau, wie leer sie gewesen war, als er ihre Gefühle an sich gerissen hatte. Jeder Gedanke daran ließ wieder die dünne Reifschicht um ihr Herz entstehen. Wie konnte Christina derart tapfer mit dieser schrecklichen, lebenslang schrecklichen, Situation umgehen? Wie konnte sie so weitermachen? Scheiß auf einen

Mercedes und viel Kohle, sie selbst würde das nie ertragen.

Und warum, warum, warum, verdammt noch mal, fraß die Angst um den, der der jungen Frau das angetan hatte, noch viel schmerzhafter an ihren Eingeweiden?

„Weil ich dich liebe, du verdammtes Monster", flüsterte sie in die Decken und suchte darin nach seinem Geruch. Doch da war nur Weichspüler und Staub.

Aus einem unsteten Halbschlaf schreckte Joana hoch, weil sie husten musste. Ein Blick auf das Handy: Es waren nur zwanzig Minuten vergangen und niemand hatte angerufen. Der Staub kratzte in ihren Atemwegen und nicht zum ersten Mal verfluchte sie sich für ihre empfindlichen Lungen. Sie hatte nicht fest geschlafen, und so war auch der Traum allenfalls ein Schatten seiner selbst gewesen. Nebulös, wie in Luft gezeichnet. Trotzdem konnte sie sich erinnern, vielleicht nur, weil das Szenario ihr so vertraut war.

Die Höhle, in der ihr Vater umgekommen war, als sein Freund einen Dämon entfesselt hatte. Etwas war diesmal anders gewesen. Der Traum hatte nicht mit dem Einsturz der Höhle geendet. Sie war noch dort geblieben, hatte keuchende Atemzüge und leiser werdendes Stöhnen vernommen. Und Verzweiflung gespürt. Oh Gott. Sie stellte sich vor, ihr Vater wäre damals nicht direkt gestorben. Wie lange konnte er dort noch ganz allein gelegen haben, zwischen kalten, feuchten Steinen?

Sie rappelte sich auf, schüttelte die Gedanken und den Traum ab und untersuchte den massiven Kleiderschrank, fand jedoch nur Handtücher, Bettwäsche und ein paar Männer-T-Shirts. Natürlich frisch gewaschen, ohne den Hauch eines tröstlichen Duftes. Joana wechselte ihr verknittertes Top trotzdem gegen eins davon aus. Im Haus war es ruhig geworden. Eine verstörende Ruhe, die sie die Treppe runterzog, Richtung Haustür. Vielleicht würde sie von unten einen Automotor hören. Oder das Kreischen des Tors, oder den Schlüssel im Schloss.

Die Treppe gab keinen Laut von sich, als sie herunterschlich; leise, um Christina nicht zu wecken. Sie schaltete keine Lampe an. Vor ihr fiel etwas Mondlicht durch das runde Glasfenster in der Haustür, das musste reichen. Am Fuß der Treppe war es natürlich noch ebenso still wie im ersten Stock und draußen war niemand. Zu ihrer Linken wartete die Tür zu seinem privaten Zimmer. Dort musste etwas von ihm sein, und wenn es nur ein Hinweis darauf war, womit er seine Zeit verbrachte. Wenn es wirklich niemand betreten durfte, hatte er es doch sicherlich abgeschlossen. Sie öffnete die Tür mit angehaltenem Atem. Verschlossen war sie nicht, aber sie ging schwer auf, eine Gummilippe streifte an ihrer Unterseite über den Boden. Joana tastete um die Ecke nach dem Lichtschalter.

„Oh Gott!“

Blut. Überall. Blut.

26

Sie schnappte nach Luft und ein widerlicher Gestank von Verfall brannte sich in ihre Lungen; genauso tief, wie das Bild sich in ihren Kopf fraß. Helle Fliesen, über und über besudelt mit verwesendem, süßsauer stinkendem Blut. Teilweise noch feucht und rotbraun, anderenorts dunkelbraun oder schwarz verkrustet. Es klebte an den Wänden, wie von zerschnittenen Händen im Todeswahn hingeschmiert. Es war überall an der Innenseite der Tür, schon aufgesaugt vom unbehandelten Holz. Es besudelte den Tisch, und den einfachen Stuhl. In der Ecke lag eine Matratze. Vollgesogen. Auf dem Tisch ein Messer. Dreißig Zentimeter lang. Sauber. Es glänzte hämisch inmitten all des Schmutzes und spiegelte das Licht unschuldig wieder. Gebettet lag es auf einem Stapel Zeitungen. Joana konnte die oberste Headline erkennen, denn sie war rotbraun nachgemalt worden.

Der Hamburger Ripper.

Sie stürzte herum, stolperte ein paar Treppenstufen nach oben. Dann fiel sie auf die Knie und übergab sich. Sie würgte, weinte, wischte sich das Gesicht am T-Shirt ab und erbrach erneut, bis ihr Magen nichts mehr hergab.

Mühsam rappelte sie sich auf, schwankte und ließ sich kraftlos zurück auf die Stufen sinken. Sie musste hier fort. In diesem Raum waren Menschen auf bestialische Art getötet worden. Als sie sich umsah, stand Christina im Flur, ein Handtuch in der rechten und eine Wasserflasche in der linken Hand.

„Oh Joana, es tut mir so leid“, stammelte sie mit schmerzverzerrtem Gesicht. „Ich wollte das nicht. Es tut mir leid, dich hergebracht zu haben, doch er hat es mir befohlen. Ich kann seinen Befehlen nicht widersprechen. Aber ich wusste bis heute nicht, was er mit dir vorhat. Ich dachte, bei dir wäre es tatsächlich anders. Oh, dieser verfluchte Lügner!“

Joana war unfähig, sich zu bewegen. Sie blieb auf der Treppe hocken und atmete einfach nur. Ein und aus, ein und aus, ungeachtet des Gestanks.

„Nicholas hat das nicht getan“, quetschte sie schließlich hervor.

Christina berührte ihren eigenen Arm. „Doch, das hat er. Er lässt niemanden wieder gehen. Er will das Blut. Er ist kein Mensch, Joana. Er kann nicht anders, er ist ein Monster.“

„Das ist nicht wahr“, wisperten Joanas Lippen. Der Rest von ihr war von Gedanken gefesselt, die diese Aussage eine Dummheit schimpften. Aber es konnte einfach nicht wahr sein, es durfte nicht wahr sein.

All seine Worte echoten in ihrem Schädel.

Ich habe getötet. Werde es wieder tun.

Die Kratzer auf ihren Schulterblättern brannten.

Der Dämon ist unkontrolliert und zügellos. Ich hätte dich umbringen können.

Sie würgte erneut, bei der Erinnerung an seinen Mund auf diesen Wunden.

Ich will mehr von dir.

War es nur ein Vorgeschmack gewesen?

Ich sage dir immer die Wahrheit. Nur nicht die ganze.

Der Traum – ihr aufgeschlitzter Arm!

Genug. Sie unterdrückte die Erinnerungen, die auf sie einprasselten wie scharfkantige Hagelbrocken.

Sie atmete. Ein und aus, ein und aus.

„Es tut mir so leid, Joana." Christina kam näher, setzte sich zu ihr auf die Treppe und reichte ihr die Flasche Mineralwasser an. „Ich wollte die Polizei rufen. Aber was sollen die schon ausrichten? Er würde sie töten, oder einfach einen neuen Menschen befallen. Ich kann ihn nicht aufhalten. Er würde uns überall finden. Glaube mir, ich würde mit dir fliehen, wenn ich könnte, denn ich soll die Nächste sein." Sie vergrub das Gesicht hinter den Händen und schluchzte. „Oh, wenn es doch nur eine Möglichkeit gäbe, diese Bestie zu stoppen."

Dämonenjäger, lautete diese Möglichkeit. Die Clerica würden ihn aufhalten. Einsperren würden sie ihn – bannen. Nur ein einziges Mal hatte sie mit ihm darüber gesprochen und wahre Furcht in seinen Augen gesehen. Vermutlich musste sie deshalb sterben. Sie hatte doch nicht ernsthaft geglaubt, er würde die Gefahr, die sie für ihn darstellte, einfach so hinnehmen?

Doch, das hatte sie sehr wohl.

Alles verschwamm um Joana. Da war nur noch Leere. Nicht einmal die Angst konnte diese Leere füllen. Sie sah an sich herab, konnte ihre Hände nur noch schemenhaft erkennen. Sie hörte Christina nicht mehr, roch den Gestank nicht länger. Alles was sie wahrnahm, war ihr Atem und das Pochen von dem eiskalten Klumpen in ihrer Brust, der eben noch ihr Herz gewesen war. Warum schlug es überhaupt noch?

Christinas Weinen drang durch die Stille. „Ich weiß nicht, was wir tun sollen“, wiederholte sie immer wieder, wie ein Mantra. Ihre Stimme war so undeutlich, als würde sie durch Wasser an Joanas Ohren gelangen.

„Aber ich weiß es.“ Das Zittern hatte aufgehört. Ein dumpfer Schmerz drückte ihr gegen die Innenseite der Stirn und raubte alle bewussten Gedanken.

Schock, erklärte sie sich selbst. Es war ein surreales Gefühl, als würde sie sich selbst zusehen, ohne eingreifen zu können. Ihr Körper hatte die Kontrolle übernommen, mit monotonen Bewegungen fingerte er das Handy aus ihrer Tasche. Wählte Agnes' Telefonnummer blind, ohne sich einmal zu vertippen.

Christina rüttelte an ihrem Arm. „Joana? Joana, geht es dir gut? Sag etwas! Wirst du ohnmächtig? Trink besser einen Schluck.“

Agnes meldete sich am anderen Ende der Leitung.

„Tante Agnes?“ Sie hörte ihre eigenen Worte kaum, so leise kamen sie über ihre Lippen. „Ich weiß nicht wo ich bin. Ich will es auch nicht wissen. Aber in Hamburg, bei Meyers Pharmazeutika, da findest du den, der mich soeben umgebracht hat. Er ist ein Dämon.“

Das Telefon fiel ihr aus den Händen, als Agnes aufgebracht eine Antwort schrie. Es hüpfte munter die Treppe herab. Vielleicht hatte Joana es auch zu Boden geworfen.

Er kam zu sich, weil irgendetwas seinen Brustkorb sprengen wollte. Sein Körper wurde wild durchgeschüttelt und nach hinten geworfen, jedoch sofort wieder in die Aufrechte gezerrt. Ein Schrei blieb ihm in der Kehle stecken. Die Luft fehlte, seine Lungen waren wie in einen Schraubstock eingespannt. Der Dämon wollte hinaus, und ohne einen Moment an bewusste Gedanken zu verschwenden, schloss er sich diesem Trieb an. Egal wo er war, nur weg hier. Er keuchte schmerzerfüllt auf, als der Schatten explodierte, jedoch von den Wänden aus Fleisch und Blut zurückgeworfen wurde.

Absurderweise kam ihm die Erinnerung an die Geburt aus Alien, nur dass sein Körper nicht aufriss. Was bedauerlich war, denn so tobte es weiter in ihm.

Mit aller Konzentration drängte er den Schatten zurück, zischte sich selbst ein zitteriges „Schscht" zu, ehe es ihm endgültig die Gedärme zerfetzen würde. Sein Inneres gab nach und ließ ihn zu Atem kommen. Ungern zwar, knurrend, aber es ließ von den Versuchen ab, den Körper einfach zu zerreißen. Es schien ja doch zwecklos.

Er schmeckte Blut in der Kehle, dummerweise war es sein eigenes. Es lief ihm in den Mund und in einem dünnen Rinnsal über die trockenen Lippen. Da sein Kopf vornüber auf der Brust hing, tropfte es ihm in den Schoß, auf die Hände, die er zu Fäusten geballt gegen seinen Bauch presste, und auf das glitzernde Metall um die Gelenke. Handschellen.

Oh Scheiße.

„Na, wieder da?", höhnte eine Stimme.

Sie gehörte zu einer Gurgel, die jeder Teil von ihm mit Freuden mehrfach umgedreht hätte, wenn seine Situation nur ein klein wenig besser gewesen wäre. Alexander.

Er zwang seinen Blick mühsam ein wenig höher und erkannte die Hosen von Matt und unter einem knielangen Rock die Schenkel von Lillian. Sie standen nah um ihn herum, bereit, sofort zuzufassen, falls er auf irgendeine Weise flüchten würde. Doch wie sollte er? Alexander hielt ihn fest in seinem mentalen Griff. Es schwächte den Whiro, einen anderen Dämon zu bezwingen, daher tat er es selten. Dies war keine kleine Demonstration von Macht, kein sadistisches Spiel. Es war ernst und sah übel für ihn aus.

Etwas weiter hinten in dem kahlen Raum, genau im Pegel eines Deckenstrahlers, stand Elias und gaffte. Das grelle Licht ließ seine blasse Haut schimmern. Er würde ihm nicht helfen, er hatte ihn nicht einmal gewarnt. Nicholas hatte nicht mehr genug Kraft, um Elias' Geist zu manipulieren.

„Mieser Verräter", wisperte er tonlos, ohne dass Elias' Verhalten ihn verwundert hätte. Er konnte ihm kaum verübeln, lieber endgültig frei sein zu wollen, statt ewig an seiner Seite zu kämpfen.

„Kann man so sagen", nahm Alexander seine Worte auf. Schweiß perlte von seiner Stirn, er brauchte seine ganze Kraft, um den Nybbas davon abzuhalten, auszubrechen. „Hängt ihn auf."

Ein Rasseln erklang, Nicholas sah nach oben. An einem schweren, eisernen Ring in der Decke hing eine Kette herab. Matt zog diese trotz aller Gegenwehr durch die Handschellen. Mit einem Ruck wurden Nicholas die Arme hochgerissen. Es krachte in seinen Schultern. Das Metall schnitt scharf in seine Gelenke. Das Blut, das daraufhin über seine Unterarme rann, fühlte sich fast an wie eine zarte Berührung.

Jo …! Nicholas gelang ein Blick auf Matts Armbanduhr. Wenn sie auf ihn hören würde, sollte sie gleich losfahren. Keiner von den anderen kannte seine Zweitwohnung, dort war sie sicher. Er hoffte sie würde auf ihn hören und schloss die Augen.

Tu einmal im Leben was ich dir sage, Jo!

Der nächste Ruck riss ihn auf die Füße. Erst als er lang ausgestreckt an der Wand stand, befestigte Matt die Kette mit einem Vorhängeschloss.

Alexander trat näher, nahm den Schlüssel an sich und steckte ihn ein. Er zog eine in Plastik eingeschweißte Einwegspritze, eine Nadel und ein kleines Fläschchen aus der Jacke seines Sakkos.

Das sah mehr als übel aus.

„Ich hab 'ne Nadelphobie, Schwester Alex“, gab Nicholas Spott zum Besten, zu dem er längst keinen Grund mehr hatte. „Mach es mir schön sanft, okay?“

„Piss dir nicht in die Hosen, Kleiner.“ Alexander zog ungerührt die Spritze auf. „Du wirst nur ein halbes Stündchen schlafen, während wir dein Mädchen herholen. Nicht, dass sie die Party verpasst.“

Nicholas' ganzer Körper verkrampfte. Jeder Muskel wollte nur eins: Alexander auseinander nehmen. Stattdessen hielt er sich im Zaum.

„Lass sie da raus. Sie weiß von nichts und hat noch weniger mit alldem zu tun. Ich weiß ja selbst nicht mal …“

Matts Faust in seinem Magen verdammte ihn zum Schweigen. „Halt die Klappe!“, zischte er.

Nicholas keuchte. „Was habt ihr vor?“

„Die kleine Clerica ausschalten, ehe sie gefährlich wird“, antwortete Alexander im Plauderton.

Scheiße, er wusste es.

„Und dich für deinen Verrat bestrafen und den anderen Clerica überlassen. Sie wollen sicher einen Schuldigen für ihren Tod. Such dir schon mal einen Haken aus, an dem sie baumeln soll. Upside down, versteht sich.“

Erst jetzt fielen Nicholas die anderen Ringe an der Decke auf. In einer Ecke des weißgetünchten, fensterlosen Raumes waren sogar Schellen in die Wand eingelassen. Das Licht der Neonröhren brach sich auf dem militärisch anmutenden Metallspind am anderen Ende des Raumes. Was darin war, wollte er nicht wissen. Sein Mund brannte vor Galle. Er wollte fluchen, brüllen und kämpfen. Aber nichts davon hätte ihm etwas genützt.

Herauszögern, er musste sie irgendwie aufhalten und Jo Zeit geben. Er sah Lillian hilfesuchend an, doch sie mied seinen Blick.

„Sagt mir wenigstens einen Grund“, verlangte er.

Alexander schnaubte abfällig. „Halt ihn fest, Matt.“

Matt griff von der Seite in Nicholas' Haar und zog seinen Kopf in den Nacken. Er warf sich in die Fesseln und versuchte, nach Matt und Alexander zu treten, doch alles was er traf, war Alexanders Hüfte. Ein weiterer Faustschlag folgte auf dem Fuße.

Nicholas wurden die Augen nass, er lachte laut, um sich davon abzuhalten, erbärmlich loszuheulen.

„Ihr könnt mich hier nicht ewig anketten. Ich werde hier rauskommen und dann scheiß ich auf alle Clerica der Welt. Ich werde euch jagen und erst Ruhe geben, wenn ihr mir von der anderen Jordanseite winkt."

Alexander schmunzelte und tätschelte ihm die Wange. „Kleiner, dieser Raum hier ist für exakt solche Situationen konzipiert. Die Wände sind aus Calzitgestein und auch die Tür ist damit überzogen und hermetisch verschlossen. Selbst im Schattenleib hättest du keine Möglichkeit hier rauszukommen. Aber die Clerica kommen rein. Umso schneller, wenn du dich wandelst und sie anlockst."

„Du hast diesen Raum zu diesem Zweck bauen lassen?" Nicholas spuckte blutigen Speichel nach Alexander, traf dessen Sakko und fing sich eine Ohrfeige.

„Meinst du, ich lasse mich mit euch wildem Haufen ein, ohne meine Möglichkeiten auszuschöpfen, ihn unter Kontrolle zu behalten?"

Matt lachte und Lillian schluckte so laut, dass Nicholas es hören konnte. Elias grinste in Richtung seiner Füße.

„Es könnte lange dauern, bis du den Dämon hinauslässt", bemerkte Matt mit verlogen weicher Stimme. „Aber spätestens, wenn der Durst dich martert, geht das von ganz allein."

Alexander winkte ab und brachte die Spritze in Position. Nicholas begehrte mit aller Kraft gegen die mentalen und körperlichen Kräfte auf. Er riss an den Ketten, schlug mit seinem Kopf und rammte sein Knie in irgendjemandes Weichteile.

Alexander jedoch blieb ganz ruhig. „Es wird schnell gehen“, sagte er, während die Nadel Nicholas’ Haut durchbohrte und sich eine kühle Flüssigkeit in seine Halsschlagader ergoss. „Wenn sein Mädchen kopfüber hängt und ausblutet wie eine Schweinehälfte, wird er nicht mehr zögern.“

Nicholas brüllte übelste Flüche. Die Worte waren bereits nicht mehr zu verstehen. Seine Zunge wurde taub und schwer.

„Es wäre interessant zu beobachten, was passiert. Ob er seine Bestie wohl soweit im Griff hat, sie nicht sofort zu fressen?“

Die Stimme wurde leiser. Nicholas sackten die Knie ein. Er spürte noch eine Weile den Schmerz in den Handgelenken, sowie den Dämon, der vergebens in ihm wütete. Schon ruhiger werdend. Resignierend.

„Wie schade, dass es zu spät ist, um eine Kamera aufzuhängen“, drang Alexanders Stimme wie aus weiter Ferne zu ihm durch. „Ich hätte so gerne gesehen …“

Stille.

Der Nebel des Schocks lichtete sich langsam und Kälte leckte an Joanas Haut. Sie schlang einen Arm um sich selbst und hielt sich mit der anderen an der Wasserflasche fest. Es war alles so nah. Der Geruch. Der Lichtschein, der aus diesem Zimmer voller Blut drang und von den Fliesen schien. Der Tod leuchtete aus diesem Zimmer, und so sehr sie sich auch im Schatten versteckte, er würde sie finden. Sie zog sich am Treppengeländer hoch und stolperte die Stufen hoch.

„Pack ein!“, rief sie Christina zu. „Wir verschwinden. Ich muss hier sofort raus.“

Sie holte ihre Tasche, machte am Badezimmer Halt. In eiskaltem Wasser wusch sie ihre Hände, um den Gestank dieses Hauses nicht mit nach draußen zu nehmen. Ihre Augen brannten. Sie kippte sich das Wasser ins Gesicht, immer und immer wieder. Tränen liefen haltlos über ihre Wangen, sie spülte sie fort. Mit dem Wasser kreiselten die Tropfen aus Verzweiflung eine Weile glitzernd durch das Waschbecken, und verschwanden dann gurgelnd im Abfluss. Joana sank kraftlos an die Wand, lehnte das Gesicht an die Kacheln und ließ sich zu Boden rutschen.

Sie wollte es nicht wahrhaben. Es tat so verdammt weh. Es durfte nicht wahr sein. Sollte er doch kommen und es zu Ende bringen.

Als wollte es ihrem innerlichen Schmerz ein Ventil nach außen geben, stach ihr etwas in den Oberschenkel. Sie griff an ihre Hose, und fuhr jäh zusammen. Der Schlüssel. Sein Schlüssel. Sie hatte ihn die ganze Zeit in der Hosentasche gehabt. Ein heißkalter Schauer lief ihren Rücken herab. Unter den Wassertropfen auf ihrem Gesicht bildete sich Schweiß. Vielleicht war es nur der verzweifelte Versuch, die Wahrheiten nicht glauben zu wollen. Vielleicht hatte Christina ebenfalls einen Schlüssel. Das musste es sein.

Aber ein winziger Funke entzündete in ihrem Kopf ein gleißendes Licht.

Was, wenn dies nicht sein Haus war?

Der Gedanke hatte etwas Erleichterndes, auch wenn das bedeutete, dass der wahre Mörder jemand anders war, und es womöglich auf sie abgesehen hatte. Aber das tat zunächst nichts zur Sache. Den Schlüssel in der Faust, immer zwei Stufen auf einmal nehmend, stürmte sie die Treppen herunter. Sie mied den Blick in den schrecklichen Raum, durchquerte den Lichtschein mit geschlossenen Augen und drückte die Klinke der Haustür runter.

Abgeschlossen.

27

Im ersten Augenblick war Joana versucht, hysterisch an der Klinke zu rütteln. Der zweite flüsterte ihr, dass das nichts helfen würde. Ruhe zu bewahren dagegen schon. Der Gestank von Blut und Tod war so widerlich, dass sie erneut würgen musste, aber inzwischen kam längst nichts mehr. Sie versuchte mehrmals, Nicholas' Schlüssel in das Türschloss zu rammen.

Er passte nicht.

Und auch wenn ihre Angst mit jedem vergeblichen Versuch zunahm, wenn ihre Hände fahriger wurden und zitterten, so hätte sie vor Erleichterung doch beinah geweint.

„Nur ein Dämon", stammelte sie leise vor sich hin. „Ich liebe nur einen Dämon. Keinen wahnsinnigen Massenmörder." Wie hatte sie ihm derart misstrauen können? Der Schock, tröstete sie sich selbst. Sie war überhaupt nicht bei sich gewesen.

Da stockte ihr der Atem. Die Clerica. Verdammt, das durfte nicht wahr sein. Sie hatte Nicholas die Clerica auf den Hals gehetzt.

„Joana?"

Sie fuhr herum. Ihr Herz übersprang einen Schlag und donnerte dann schmerzhaft gegen ihre Rippen. Christina stand keine drei Meter von ihr entfernt. Auf ihren Lippen lag ein schmales Lächeln. In ihrer linken Hand das Messer. „Wo willst du denn hin?", fragte sie ruhig. „Gefällt dir sein Haus nicht?"

„Das ist nicht sein Haus", gab Joana zurück und suchte mit den Augen nach einem Gegenstand, mit dem sie sich hätte verteidigen können.

Aber zu ihren Seiten war nichts, hinter ihr nur die Tür und vor ihr eine gefühlsberaubte Psychopathin. Nur Nicholas' Schlüssel war da, er grub sich tief in die Haut ihrer Handflächen, weil sie die Faust so krampfhaft darum ballte. *Vielleicht brauchst du ihn mal*, hatte er gesagt. Gott, sie musste hier raus und ihre Tante aufhalten.

„Warum tust du das? Was hab ich dir getan?"

„Nichts. Überhaupt nichts." Chistina drehte langsam das Messer zwischen den Fingern, sodass das Licht darauf spielte. „Ich will nur zurück, was mir zusteht. Das, was er mir weggenommen hat."

„Gefühle?" Joana keuchte ungläubig. „Und dafür tötest du Menschen?"

„Und für das Blut. Meine Freundin braucht das Blut. Aber Gefühle, ach ja. Du glaubst ja nicht, wie stark die Gefühle aus ihnen heraussprudeln, wenn sie schön langsam ausbluten und sterben. Aber du wirst es ja erleben. Wenn auch nicht überleben. Dein Blut wird meiner Freundin gut tun, sie freut sich schon darauf."

Joana stand starr. Es war nicht direkt Angst, die sie lähmte, sondern vielmehr die Unfähigkeit zu akzeptieren, was hier mit ihr gespielte wurde. Die verdammte Zeit lief ihr davon. Sie musste Nicholas warnen.

Diese schlanke, zarte Frau konnte doch unmöglich der gefürchtete Hamburger Ripper sein.

„Wie konntest du diese Menschen überwältigen?"

Christina zuckte mit den Schultern. „Hättest du noch Zeit dazu, könntest du Nicholas fragen. Er hat die Droge entwickeln lassen, die die Menschen so herrlich willensschwach macht. Gut, man muss sie sehr vorsichtig dosieren, sonst tötet sie zu schnell. In geringen Mengen wirkt sie dafür nicht lange. Aber, ach … eine kurze Halbwertzeit hat durchaus ihre Vorteile. Dann sind sie schneller wieder auf dem Damm und wehren sich. Stirb langsam, dann hast du mehr davon." Wieder lächelte sie zufrieden. „Welch bittersüße Ironie, dass er mit seiner Forschung ausgerechnet sein Herzchen umbringen wird. Ist dir schon schwummerig?"

Das Wasser! Aus Angst, wieder erbrechen zu müssen, hatte sie es nicht angerührt. Sie hauchte ein „Ja".

Christina machte einen Schritt auf sie zu. Joana gab ein Taumeln vor und lehnte sich mit dem Rücken gegen die Tür. Sie sah nur noch das Messer. Ein nach vorne hin spitz zulaufendes Filetiermesser. Blitzend, riesig groß und scharf. Und sie? Bewaffnet mit einem Schlüssel.

„Bitte, sei vernünftig. Leg das Messer weg. Nicholas wird nichts erfahren, wenn du mich einfach gehen lässt."

„Na eben drum kann ich dich nicht gehen lassen", widersprach Christina in selbstverständlichstem Ton. „Wo bliebe dann meine Rache?"

Joana stöhnte leise auf. „Darum geht es dir? Um Rache? Nun, ich muss zugeben, dass du sie wohl verdient hättest."

„Wie schön, dass du mir zustimmst. Dann leg dich hin", Christina deutete kühl in den schaurigen Raum, „und wir bringen es schnell und sauber hinter uns." Sie presste die Lippen zusammen, hart und kurz. „Dann hab ich endlich, was ich mir so lange gewünscht habe. Er ist hin. Ich bin dieses Leben so satt. Immerzu sehen zu müssen, was andere haben. Was andere bekommen und erreichen. Und ich? Ich laufe diesem Mann hinterher und bin ihm hörig, obwohl er mir scheißegal ist." Ihre Stimme wurde nicht lauter, obschon ihre Worte an Schärfe zulegten. „Aber da auch er in dieser Nacht sterben wird, haben wir es nun alle bald überstanden. Lillian wird mich holen und auch mein Leben beenden." Sie hob das Messer vor ihre Brust. „Los! Hinlegen! Du fällst eh bald um."

Joana begann zu zittern, was ihrem kleinen Schauspiel, ermattet auf den Boden zu sinken, mehr Glaubwürdigkeit schenkte. Sie senkte die Lider zur Hälfte und hoffte, Christina würde nicht bemerken, dass sie darunter das Messer scharf fixierte.

„Wer ist Lillian?", lallte sie. Oh Himmel, hoffentlich übertrieb sie es nicht und verriet sich dadurch.

„Lillian ist die, die mich fühlen lässt", sagte Christina und zog den Ärmel ihrer Bluse ein Stückchen hoch. Bissmale lugten darunter hervor. Dutzende. Sie erinnerten Joana erschreckend an die beiden kleinen Wunden auf Nicholas' Brust.

„Du fühlst den Schmerz?"

Christina kam näher, bis sie nur noch eine Armlänge entfernt war. Langsam ging sie in die Hocke. „Nur den Schmerz."

Das Messer bewegte sich schnell und wie von allein. Stieß nieder und traf. Gleichzeitig schoss Joana hoch und zog ihrer Gegnerin den Schlüssel quer durchs Gesicht. Christina zuckte zurück. Der Schmerz kam erst, als Joana schon heißes Blut auf ihrem Oberschenkel spürte. Sie warf sich auf den Rücken, schlug mit beiden Beinen gleichzeitig aus.

Ihr rechter Sneaker streifte die erneut erhobene Klinge, der linke traf Christina am Kinn. Diese schwankte mit einem Schmerzlaut zurück und fiel aufs Hinterteil. Schnaufend lachte sie auf und starrte auf ihre Hand. Bei Joanas Tritt hatte sie sich mit dem Messer selbst geschnitten.

Joana war bereits wieder auf den Füßen. Auf ihrem rechten Hosenbein breitete sich Blut aus, aber sie spürte den Schmerz kaum. Sie wich zurück, als Christina erneut mit dem Messer nach ihr stach.

Jetzt reichte es. Endgültig. Der letzte Hauch von Mitgefühl für diese Frau verschwand, gleichzeitig jede Hemmschwelle und die Angst. Wenn diese Irre einen Kampf wollte, sollte sie ihn haben.

Christina krabbelte ihr hinterher, in ihrem Wahn zu sehr gefangen, um überlegt zu agieren. Das Messer lag in ihrer Faust und beide Hände waren einen Moment am Boden. Joana trat sofort zu. Blondes Haar flog auf, als Christinas Kopf zur Seite geschleudert wurde. Sie schrie und prustete Blut. Joana stürzte an ihr vorbei. Wurde am Fuß gefasst und fiel auf die Knie. Eine Bewegung, aus dem Augenwinkel registriert, und Joana rollte sich zur Seite. Das Messer stieß mit einem hässlichen Knirschen auf die Fliesen, direkt neben ihrem Körper.

Das war knapp gewesen. Sie griff Christinas Handgelenk, schlug das Messer in der Hand der Verrückten ein zweites Mal mit aller Kraft gegen die Fliesen, in der Hoffnung es würde abbrechen. Stattdessen passierte etwas anderes. Christina rutschte von dem blutverschmierten Griff ab. Ihre Hand glitt an der Klinge hinunter und sie schrie gellend auf. Noch mehr Blut, die Waffe fiel zu Boden. Joana nutzte den kurzen Moment, den Christina auf ihre aufgeschlitzten Finger starrte, riss das Messer an sich und stürmte los.

Küche. Autoschlüssel vom Tisch. Fenster.

Als sie die schweren Holzläden aufstieß, taumelte Christina um die Ecke. Joana flankte aus dem Fenster, landete in der wuchernden Hecke und rannte zur Vorderseite des Hauses. Selbst die verdammte Hecke schien ihre Flucht verhindern zu wollen, die Zweige schlangen sich wie Tentakeln um ihre Füße. Sie stolperte, fing sich, verlor aber das Messer. Shit.

Sie hörte, wie Christina den Schlüssel von innen ins Schlüsselloch schob, als sie die Haustür passierte, rannte schneller und quetschte sich durch das Tor. Ein Druck auf den Autoschlüssel und die Lichter der A-Klasse blinkten auf. Sie warf sich auf den Fahrersitz und startete den Motor. Einen Atemzug lang gab sie sich Zeit, Erleichterung zu empfinden, obschon Christina kreischend aus dem Haus gerannt kam.

Mit Vollgas raste Joana los. Die Reifen drehten durch und spuckten Schotter in die Luft. Sie jagte den schmalen Waldweg zurück. Hob die Faust, den Handrücken nach hinten gerichtet, und streckte den Mittelfinger aus.

Die Viertelstunde Fahrt bis zur Landstraße machte sie in genau vier Minuten und siebzehn Sekunden. Hiernach musste sie ein wenig vom Tempo gehen, um nicht von der Polizei angehalten zu werden. Das fehlte gerade noch.

Als sie den Wagen auf der Straße vor dem gewaltigen Hochhaus abstellte, fand sie einen kurzen Moment, sich zu wundern. Ihre Lungen ließen sie nicht im Stich. Selbst nachdem das Adrenalin ein klein wenig nachgelassen hatte, war ihr Atem unter Kontrolle geblieben. Sie war lediglich etwas aus der Puste gekommen, als sie von einer Telefonzelle aus die Polizei informiert hatte, wo diese die Psychopathin einsammeln konnte. Schnell, in knappen Worten. Der Polizist war sicher nicht einverstanden gewesen, als sie nach den nötigsten Informationen einfach aufgelegt hatte, aber sie hatte keine Zeit für eine Zeugenaussage und keine Ahnung, was sie überhaupt hätte aussagen sollen. Jetzt musste sie einen Fehler wieder gutmachen und Nicholas warnen. Hoffentlich war es noch nicht zu spät.

Doch im sechsten Stock, wo die Büros der Meyers Pharmazeutika lagen, waren fast alle Fenster dunkel. Nur hinter einem leuchtete Licht. Das ganze Gebäude lag still und ruhig da, als würde es schlafen. Hinter dem Empfangstresen in der Eingangshalle hockte ein Wachmann und spielte auf einer kleinen Nintendo-Konsole. Joana nickte in seine Richtung, als wäre ihr nächtlicher Besuch selbstverständlich, und hielt auf das Treppenhaus zu. Aus Richtung der Aufzüge kam ihr ein Pärchen entgegen. Sie in einem braunen Kleid, dem ganz ähnlich, dass Joana wenige Stunden zuvor getragen hatte, und er bewundernd um sie herum scharwenzelnd.

Schaut nicht auf meine Hose, flehte sie innerlich, auch wenn das Blut auf dem schwarzen Stoff kaum zu erkennen war. Ihr Oberschenkel brannte. Es war nur ein Kratzer und hatte bereits aufgehört zu bluten, aber es schmerzte trotzdem und zwang sie zum Hinken. Doch das Paar hatte nur Augen füreinander. Joana fühlte sich schrecklich neidisch.

Was tat sie hier nur?

Die Stille im Treppenhaus hatte etwas Beruhigendes an sich. Sie würde es sofort hören, wenn sich jemand näherte. Schritte hallten unheimlich laut auf dem glatten Steinboden. Ihre eigenen leider auch. Bis zum fünften Stock stand ihr Oberschenkel in Flammen. Eine Tür wurde aufgeschlagen, so fest, dass sie irgendwo an eine Wand knallte. Schritte. Schnelle Schritte.

Joana blieb keine Zeit, sich zu verstecken, oder wegzurennen. Sie presste sich an die Wand. Als sie den jungen Mann erkannte, der die Treppen herunter stürmte und dabei mehrere Stufen einfach übersprang, atmete sie erleichtert auf. Elias. Er dagegen starrte sie an, als wäre sie ein Geist.

„What the fuck! Was machst du hier?“

„Euch warnen“, gab sie atemlos zurück. „Ihr müsst verschwinden. Sag Nicholas Bescheid. Die Clerica werden herkommen.“

Er zog die kräftigen Brauen zusammen. Der misstrauische Ausdruck hätte bei jedem anderen bedrohlich gewirkt, doch in Elias konnte Joana keine Gefahr sehen. Vielleicht war das naiv. Ganz sicher war es das, aber alleine würde sie Nicholas womöglich nicht rechtzeitig finden.

„Los jetzt, ich erkläre es dir später“, drängte sie. „Wir müssen verschwinden. Wo ist Nicholas?“

Elias schlug sich eine Hand an den Kopf und lachte nervös auf. „Unglaublich“, keuchte er leise. „Weißt du, dass zwei uralte Dämonen gerade auf dem Weg zu dir sind, um dich zu holen? Und du kommst einfach her. Hier! Her!“

Joana verstand kein Wort und war aus irgendeinem Grund darüber heilfroh. „Nicholas!", erinnerte sie Elias.

„Pscht! Bist du irre? Lillian ist noch im Büro und sichert Daten. Wenn sie uns hört, können wir alles vergessen."

„Wo ist Nicholas?", beharrte Joana geflüstert.

„Im Keller", knurrte dieser zurück. „Damn, bist du stur! Ich weiß nicht, wie ich ihn da rauskriegen soll, aber ich …"

Rauskriegen? Joana japste auf. „Zeig mir, wo er ist!"

Der Junge rieb sich über die Stirn. „Er kastriert mich, wenn ich dich nicht sofort hier wegschaffe."

„Schön", zischte sie leise und rannte die Stufen wieder nach unten. „Ich tu's, wenn du mir nicht zeigst, wo er ist. Such's dir aus!"

Elias stieß einen unflätigen Fluch aus und kam ihr nach. Nach anderthalb Etagen hatte er sie schon eingeholt und Joana hatte Mühe, mit ihm Schritt zu halten. Ganz unten wies eine Glastür zur Tiefgarage. Eine schwere Metalltür gegenüber trug den Hinweis „Kein Zugang". Elias sprach ein knappes Stoßgebet, von dem Joana nur „Bitte nicht abgeschlossen" verstand, und riss die Klinke runter. Offen. Dahinter tat sich ein kahler, graugestrichener Korridor auf. Die Neonröhren an den Decken flackerten. Unzählige Türen zweigten von dem Gang ab, einige waren beschriftet, andere nicht. Das Szenario hatte auf skurrile Weise etwas von einer Unterrichtsstunde in klassischer Alptraumdeutung. Elias rannte voraus, wählte irgendwann eine von den etlichen Türen und führte Joana durch einen weiteren Korridor, diesmal ohne jede Abzweigung. Schließlich blieb er am Ende des Ganges vor einer Metalltür stehen, die von einem breiten Eisenbalken verriegelt war. Elias schob ihn zur Seite. Joana fürchtete zunächst, die Tür wäre noch weiter abgeschlossen, denn sie ging nicht sofort auf. Um das schwere Metall zu bewegen, musste Elias sich mit seinem ganzen Körpergewicht dagegenstemmen. Sie schlüpfte hindurch, sobald genug Platz war. Und erstarrte.

„Oh Jesus!"

„Nah dran", knurrte Elias und drückte sich an ihr vorbei.

Er hielt auf Nicholas zu, der, die Hände mit Handschellen über dem Kopf gefesselt, leblos an einer Metallkette hing. Joana hatte ihn schneller erreicht, griff ihm ans Gesicht und an den Hals. Der Puls war schwach, aber hastig, seine Haut von einer dünnen Schicht kaltem Schweiß bedeckt und im grellen Licht so weiß wie Schnee. Er atmete unregelmäßig und viel zu flach.

„Was haben die mit ihm gemacht?", wisperte Joana.

Elias antwortete nicht, schob sie ein Stück zur Seite und verpasste Nicholas ein paar beherzte Ohrfeigen.

„Komm schon, Mann. Aufwachen!"

Ein Stöhnen antwortete ihm. Elias umfasste Nicholas' Mitte und half ihm, auf den Füßen zu stehen, um seine Arme ein wenig zu entlasten.

Joana hätte am liebsten geheult, geschrien und um sich geschlagen. Aber da das nichts nützen würde, streichelte sie Nicholas' Wangen und rieb seine Schultern und Oberarme so hoch sie reichte, um die

Durchblutung wieder anzuregen. Jede einzelne Ader wölbte sich hart und dunkel unter seiner Haut, als wollten sie platzen. Blut tropfte an seinen Armen herab, in die runtergerutschten Ärmel und malte dunkelrote Ranken und Schnörkel in sein weißes Hemd. Seine Hände waren blau und angeschwollen.

Ein dumpfer Schmerz presste gegen Joanas Schläfen und ließ sie schwindeln. Sie blinzelte heftig, um nicht zu weinen.

„Jo?" Er hob den Kopf leicht an und lächelte entrückt, fast als würde er träumen. Seine Lider hingen ihm schwer über die Augen, er bekam sie kaum auf. „Jo, bist du …?"

„Ich bin hier", flüsterte sie und räusperte den belegten Klang von ihren Stimmbändern. „Komm zu dir. Wir holen dich hier raus."

Er hatte keine Zeit gehabt, um Pläne zu machen. Er wusste nur eines. Das hier lief entgegen allem, was er sich vorgestellt hatte.

Sie durfte nicht hier sein. Keinesfalls!

Er konnte nicht leugnen, dass er sich ohnmächtig und unterbewusst danach verzehrt hatte, sie noch einmal zu sehen. Ihre Haut noch einmal zu spüren. Die Gefühle für ihn, die ihr Inneres leuchten ließen und seines in ihrem Glanz gleich dazu, noch einmal wahrzunehmen. Aber doch nicht so. Nicht hier.

Ihr Gesicht war hart. Der Schrecken der ganzen Situation hatte sich tief in ihre Züge gefressen und eine Maske aus bitterer Wut geformt, die alles Sanfte verdeckte. Neben Elias wirkte eher sie wie der Racheengel.

Sie nahm sein Gesicht in ihre Hände, streichelte über seine Brauen und Wimpern, die aufgesprungenen Lippen, und half ihm, den Kopf aufrecht zu halten, was das Atmen erleichterte. Zwischen ihren verspannten Lidern glitzerten die zurückgehaltenen Tränen für ihn.

„Es geht mir gut", versuchte er sie zu beruhigen. Nicht sehr erfolgreich, denn seine Stimme war nur ein Krächzen. Erbärmlich. Er ignorierte das Feuer, das an seinen Handgelenken fraß. Der Rest seiner Arme war längst taub. Was stimmte nicht? In Anbetracht der Umstände war er viel zu ruhig, regelrecht phlegmatisch.

„Wir holen dich hier raus", wiederholte sie durch zusammengebissene Zähne.

Elias schnaubte trocken. „Ach ja? Und wie? Soll er sich – Hokuspokus – in Luft auflösen?"

„Zum Beispiel", erwiderte Joana schroff und wandte sich wieder Nicholas zu. „Komm schon, du musst einfach nur raus aus deinem Körper, dann können wir flüchten."

Elias' verstörter Blick brachte sie zum Schweigen. „Du weißt jede Menge, oder?"

„Alles. Sie weiß alles", nuschelte Nicholas.

„Schon klar." Elias rollte mit den Augen und zog prüfend an Nicholas' Arm.

Er keuchte auf vor Schmerzen. Als hätte er das nicht schon selbst versucht.

„Das Problem ist nur", erklärte Elias Joana, „dass er nicht aus seinem Körper kann. Das hat Alexander schön verhindert. Er hat ihm einen Medikamentencocktail in die Vene gejagt, der ein Pferd lahm legen würde. Anästhetika. Inklusive Phentolamin in rauen Mengen, was jeden Adrenalinausstoß unterbindet."

Das erklärte alles. Nicholas stöhnte. Der Dämon lag in Ketten, wie auch sein Körper. Joana zuckte mit den Schultern, offenbar verstand sie überhaupt nichts. Elias ließ sie stehen und durchwühlte den Schrank am anderen Ende des Raumes. Er knurrte wüste Schimpftiraden und warf mit Gegenständen, weil er nicht fand, was er suchte. Weitere Ketten rasselten zu Boden, dazu Handschellen, sowie ein paar undefinierbare Fläschchen.

„Es ist eine bewusste Entscheidung, den Dämon rauszulassen, aber es braucht Adrenalin", hauchte Nicholas als Erklärung.

Joana biss sich auf die Lippe. Sie sah so stark aus, so kämpferisch, dabei war sie so weich und verletzlich. Und er hing hier wie ein nasser, schlaffer Sack und konnte sie nicht schützen. Sie schmiegte ihren Körper an seinen, besänftigte das krampfartige Beben seiner Muskeln mit ihrer Umarmung und drückte das Gesicht in sein schweißfeuchtes Hemd.

„Was machen wir denn jetzt?", schluchzte sie. „Wir müssen weg, die Clerica werden herkommen!"

Nicholas wäre das Blut aus dem Gesicht gelaufen, wenn dort noch welches gewesen wäre. Er riss sich zusammen.

„Das ist übel, aber nicht zu ändern. Du musst jetzt hier verschwinden, Joana, ehe Alexander dich findet."

Er sah Elias scharf an. Elias hasste ihn, er verachtete ihn. Doch würde er nie begreifen, dass er für

Nicholas wie ein Sohn war. Oder ein Bruder. Vielleicht auch mehr als das alles zusammen. Gezeigt hatte Nicholas ihm das nie, und nun würde er dafür zahlen, mit dem schwersten Akt, den er sich vorstellen konnte. Er würde ihm blind vertrauen und ihm alles, was er noch hatte, in die Hände geben müssen. Mit keiner Sicherheit, nur der vagen Ahnung, dass Elias Joana mochte. Sonst wäre er kaum hier.

„Du musst sie wegbringen."

Joana hob den Kopf und starrte ihn aus großen Rehaugen an. „Ich geh nicht ohne dich!"

„Doch", flüsterte er. „Sie suchen nach dir, sie werden dich töten, wenn sie dich in die Hände kriegen. Du musst verschwinden. Nimm meinen Autoschlüssel aus der Hosentasche und meine Geldbörse. Heb alles Geld sofort von meinem Konto ab und flieh. Weit weg, Jo. Sie dürfen dich nicht finden. Fahr immer weiter!"

„Ich werde nicht ohne dich gehen."

„Zur Hölle, Joana!" Seine Stimme wurde zu einem drohenden Fauchen. Es brannte in seiner trockenen Kehle. Und in seinem Herzen, da Joana zusammenzuckte und vor dem unmenschlichen Klang zurückschreckte, wenn auch nur für eine Sekunde. „Jo, bitte. Tu mir das nicht an. Ich will nicht mit ansehen müssen, wie sie dich …" Ein gutturales Geräusch nahm ihm die Worte. Er schluckte hart gegen die aufsteigende Panik, die ihn so anwiderte und ihm die Stimme versagen ließ. „Bitte, geh endlich!"

Joana schloss die zitternden Finger um seinen Nacken. „Kann ich nicht. Ich hab heute zu viel durchgemacht, um ohne dich gehen zu können. Himmel nochmal, ich brauche dich. Ich lass dich doch jetzt nicht hängen."

Er grinste bitter über ihre auf ironische Weise so treffende Wortwahl und entgegnete nichts weiter. Heftiger Widerspruch überzog seine Zunge mit einem öligen Film. Doch er wusste zu gut, dass keine Sprache der Welt die Worte hatte, die nötig waren, um sie von ihrer Überzeugung abzubringen. Sie war fest entschlossen und jeder Streit wäre umsonst gewesen.

„Elias?", fragte er leise. „Die Kette. Ist da was zu machen? Mit deinem Schwert?"

Der Junge presste die Lippen zu einer dünnen, blassen Linie zusammen, dann schüttelte er den Kopf. „Sorry, die schaff ich nicht. Dämonensicher. Da ist Diamant im Metall."

„Edel", seufzte Nicholas. Eine Möglichkeit hatte er noch. „Wie sagt man? Die Kette reißt an ihrem schwächsten Glied? Das wäre dann wohl mein Arm. Jo, dreh dich um, es wird hässlich."

„Was?" Joana keuchte und klammerte sich an ihm fest.

Elias winkte mit beiden Händen ab. „Vergiss es, Nick."

Nicholas biss die Zähne so fest zusammen, dass sie knirschten. „Mach schon! Wenn sie stur sein will, wird sie mich in Stücken raus schleppen müssen."

„Das wird nichts, Mann. Ich kann jetzt nicht aus meiner Haut. Mal abgesehen von den Clerica würden die anderen es sofort spüren und herkommen, Alex als erster. Wie soll ich dich rechtzeitig hier raus schaffen? Und wo willst du hin? Eine Blutspur zum nächsten Krankenhaus ziehen?"

„Der Schmerz könnte trotz der Droge ausreichend Adrenalin freisetzen", widersprach Nicholas. Er könnte es womöglich schaffen, den Nybbas zu entfesseln. Oh, und dann würde er Hackfleisch aus Alexander machen.

„Könnte. Oder du wirst ohnmächtig, bekommst 'nen Schock, verblutest direkt. Was weiß ich!"

Nicholas zog den Mund breit. „Du sagst doch immer: No risk – no fun." Dann wurde er ernst, seiner Stimme mischte sich unwillkürlich ein Zittern unter. „Elias, hör mir zu! Alex hat nicht vor, zu spielen. Das hier ist todernst. Ich lasse mich nicht bannen und noch weniger lasse ich zu, dass der Mistkerl Jo zwischen seine Pestfinger bekommt. Ich verlange von dir, dass du es verhinderst. Das ist ein Befehl."

Joana legte ihm zwei Finger vor den Mund. „Schsch, nichts davon wird passieren. Wir schaffen das irgendwie."

Er hätte ihr so gerne geglaubt. „Ich hab Angst vor dem Bann", flüsterte er in ihre Haare, sodass nur sie es hören konnte. „Mehr als vor dem Tod, was immer auch auf mich warten wird. Du weißt nicht, wie es ist, wirklich eingesperrt zu sein. Bewegungslos. Es hat kein Ende, vielleicht niemals. Du kannst nicht sterben, nicht schlafen und irgendwann nicht mehr denken. Jede Minute zieht sich wie eine Stunde, während die Jahre vergehen. Ich möchte lieber sterben."

„Hier w-w-wird nicht gestorben!“ Joanas Stimme bebte und war viel zu hoch. „Oh Gott, das ist alles nur meine Schuld.“

„Blödsinn, Jo.“

„Begreifst du es nicht?“, rief sie schrill, drückte sich von ihm weg und klammerte sich gleichzeitig an sein Hemd. Ihre Brust hob und senkte sich so schnell, dass er fürchtete, sie würde jeden Moment hyperventilieren. „Ich habe die Clerica hergerufen, Nicholas. Ich!“

Er konnte froh sein, dass er festhing, ansonsten hätte es ihn wohl umgehauen. „Du? Aber …?“

Elias klappte die Kinnlade runter. In seinen Augen lag ein bitterböser Vorwurf, der zwischen Nicholas und Joana hin und her schoss.

Joana schnappte nach Luft und wich zurück. „Es tut mir so leid. Es war … alles gelogen! Diese Frau … sie hat mich zu diesem Haus gebracht … da war überall das Blut … und … sie hat gesagt, dass du all diese Menschen … und mich …“

Nicholas verstand kein Wort. Joana stand kurz vor einem Nervenzusammenbruch oder einer ernsthaften Panikattacke. Sie zitterte so sehr, dass ihre Zähne klapperten. Ihre Angst rauschte in seinen Ohren, dröhnte ihm im Kopf und schmerzte in seiner Brust.

„Komm zu mir“, sagte er leise. Sie reagierte nicht und er sprach bestimmender. „Komm her! Jo, sieh mich an! Sieh. Mich. An! Es ist okay. Du kannst alles später erklären, aber für den Moment ist es gut, ja? Bitte bleib ruhig. Komm zu mir.“

Sie fiel ihm um den Hals und vergrub das Gesicht an seiner Schulter. Mit dem Mund suchte er nach ihrem. Als sie ihn küsste, war sie grob ob Verzweiflung und kümmerte sich nicht darum, dass seine Lippen aufgeplatzt und angeschwollen waren.

„Es tut mir so leid“, stammelte sie noch einmal, schien sich aber langsam wieder zu fangen.

„Es ist gut, Jo. Was auch passiert ist, es ist wirklich gut.“

Sie zog die Nase hoch und nickte tapfer, die Zähne fest zusammengebissen. „Wir müssen unbedingt diesen Schlüssel finden. Wisst ihr denn nicht, wo er sein könnte?“

Niemand gab noch Antwort. Alle Blicke schossen mit einem Wimpernschlag zur Tür, die soeben aufgezogen wurde.

Vorbei. Alles vorbei.

Alexander trat als erstes ein. Nicholas wollte brüllen, doch er stieß nur langsam Luft aus, bis seine Lungen leer waren.

„Er hat ihn“, sagte er resignierend.

Er schmiegte sein Gesicht in Joanas Haar und atmete langsam und tief durch die Nase ein. Eine letzte Berührung und ein letztes Mal der Duft ihres Körpers. Er sollte ganz tief in ihm sein, ihn vollständig ausfüllen. Trotz ihrer Angst war da noch die Ruhe, die sie ihm immerzu schenkte.

„Verzeih mir das alles“, flüstere er ohne einen Laut in ihr Ohr.

Einen Sekundenbruchteil später wurde Joana gepackt und heftig herumgerissen. Sie schrie auf. Elias drehte ihr den Arm auf den Rücken und schob sie von Nicholas weg.

Nicholas brüllte los, außer sich vor Zorn. Riss an den Ketten, bis er glaubte, seine Hände würden abreißen. Sollten sie doch. Das Metall schabte leise über Knochen.

„Du mieses Drecksschwein!“, schrie er. „Du verfluchter Verräter!“

Elias verzog sein Gesicht zu einem kalten Grinsen. „Ich bin die Rache“, warf er sich in die Brust. „Laureens Rache, mein Freund.“

Joana trat Elias mit den Fersen vor Schienbeine und Knie und kreischte die übelsten Schimpfwörter. Er hielt sie unerbittlich fest, zog ihre Arme so hoch, dass ungewollte Schmerzlaute über ihre Lippen kamen. Es juckte in Nicholas' Brust. Zaghaftes, erstes Kratzen, verursacht durch den Zorn und die Angst um sie. Sein Blut regte sich.

Alexander, Lillian und Matt bauten sich auf einer Linie auf und starrten ungläubig von einem zum anderen. Dann begann Alexander zu lachen. Ein hämisches, grausames Lachen, an dem dieser Scheißkerl gefälligst ersticken sollte.

„Na, das nenne ich clever“, sagte Alexander süffisant. „Wir suchen die ganze Stadt nach dem Mädel ab und sie ist längst hier und wartet schon auf uns.“

Nicholas presste das Gesicht gegen seinen tauben Oberarm. Er war zerrissen zwischen dem Drang zu schreien, zu wüten und zu toben und dem Wunsch, hemmungslos heulend um ihr Leben zu betteln, auf den Knien, wenn er hätte niederknien könnte. Stattdessen blieb er reglos stehen und rieb seine aufgescheuerten Handgelenke an dem Metall, das sie umklammert hielt. Brennender, beißender Schmerz. Das Kratzen in seinem Inneren reifte zu einem leichten Kribbeln heran.

28

Nicht schreien. Nicht schreien. Nur. Nicht. Schreien!

Diese Demütigung wollte sie sich nicht geben. Nicht sich selbst und nicht Nicholas. Er bebte. Sein Körper schien ein einziger Krampf, jeder Muskel und jede Sehne zeichnete sich überdeutlich unter seiner Haut ab. Aber er blickte fest geradeaus. Joana biss die Zähne zusammen, bis ihre Kiefer schmerzten. In ihrem Magen wuchs ein eiskalter Klumpen heran, so schwer wie Blei.

Irgendjemand sagte etwas. Sie verstand es nicht, doch Elias stieß sie plötzlich vorwärts. Sie stolperte auf die anderen Dämonen zu. Zitternd kam sie inmitten des Raumes zum Stehen. Nicholas' abgehackter Atem drückte in ihren Rücken und Alexander Meyers' Grinsen schlug ihr ins Gesicht. Er streckte die Hand nach ihr aus und sie spürte, wie er innerlich nach ihr verlangte.

Der Whiro.

Ohne bewusst zu entscheiden, warf sie sich herum, stürzte in Nicholas' Richtung. Sie hatte ihn fast erreicht, da griff Meyers von hinten in ihr Haar und riss sie mit einem Ruck zu Boden. Sie versuchte zu schreien. Der Laut erstarb und wurde zu einem Wimmern. Ihr Herzschlag pochte mit solcher Gewalt in ihrem Körper, dass ihr davon übel wurde. Panik schwappte wie eine eisige Welle über sie hinweg und hinterließ ein betäubtes Gefühl in ihrem Kopf. Meyers zerrte sie an den Haaren brutal über den Boden, von Nicholas weg, aber sie spürte den Schmerz kaum noch.

Nicholas riss mit rhythmischen Bewegungen an seinen Handschellen, das bleiche Gesicht verspannt. Schweiß lief seine Schläfen herab. Die Kette rasselte wie eine wütende Klapperschlange.

„Haltet ihn fest, bevor er noch ausbricht!“, wies Meyers an.

Elias trat sofort an Nicholas linke Seite, der andere Mann baute sich zu seiner rechten auf. Beide legten nur ihre Hände auf seine Schultern, doch allein damit schienen sie verhindern zu können, dass Nicholas seinen Dämon befreite. Auch die rothaarige Frau trat ein Stück näher. Ihre Lippen entblößten Fänge.

Nicholas' Blick verlor jeden Ausdruck, er fixierte einen Punkt am Boden und bewegte sich nicht mehr.

Meyers zog Joana auf die Füße. Der Kampf gegen die Tränen stand kurz vor einer Niederlage. Er zwang sie mit dem Gesicht in Nicholas' Richtung und umfasste ihre Handgelenke auf dem Rücken mit einer Hand. Ihr schwindelte beim Gedanken daran, dass er sie allein durch seine Berührungen schwerkrank machen konnte. Andererseits, rauskommen würde sie hier ohnehin nicht mehr. Endstation. Dies hinzunehmen hatte auf morbide Art etwas Tröstliches. Ihr Herzschlag beruhigte sich ein wenig.

„Lillian“, sagte Meyers, „er gehört wie versprochen dir. Aber übertreibe es nicht, denk an die Substanzen in seinem Blut.“

Die Rothaarige kicherte und tänzelte auf Nicholas zu. Mit bitterem Ekel in der Kehle konnte Joana nur zusehen, wie sie die obersten Knöpfe seines Hemdes öffnete und gierig über seine Haut strich. Joana schluckte schwer. Sie wusste, was die Frau vorhatte.

„Hoffentlich erstickst du dran", zischte Nicholas. „Und dir habe ich vertraut."

Es knallte laut, als sie ihm ins Gesicht schlug. Er versuchte, mit einem Knie nach ihr zu stoßen, doch der Dunkelblonde boxte ihm in die Seite und Nicholas fiel mit einem Ächzen in die Kette. Der Anblick von dunklem, fast schwarz schimmerndem Blut, das ihm unaufhörlich aus den Handgelenken die Arme herab rann, zog Joana sämtliche Eingeweide zusammen.

„Du hast mir nie vertraut", lispelte Lillian. „Du hast mich immer nur abgewiesen, Jahre um Jahre."

„Ich habe dich befreit, du Miststück!"

Sie lachte bitter. „Ja, das hast du. Gerade als ich den Zustand des Bannes zu akzeptieren gelernt hatte, da kamst du und zerrtest mich in diese Welt, die mir so fremd geworden war. Wo ich gejagt werde, statt verehrt. Wo meine Existenz eine Schande ist und sie meine Gabe einen Fluch schimpfen. Und immerzu weist du mich ab, dabei will ich dir nur nahe sein. Ganz nah, Nicholas." Ihre Stimme war fast zärtlich geworden. Sie schmiegte sich an seinen Körper.

Elias zog Nicholas den Kopf in den Nacken und raunte ihm etwas zu. Nicholas schloss die Augen.

„So ist es gut, anata", säuselte Lillian.

Sie schob sein Hemd beiseite und reckte sich auf die Zehenspitzen, sodass sie seine Schulter mit den Lippen erreichte. Joana erkannte nicht mehr, was sie tat, doch als Nicholas scharf Luft durch die Zähne zog, konnte sie es sich denken. Lillians rotes Haar wippte ganz leicht im Rhythmus ihrer Züge, während sie oberhalb seines Schlüsselbeins von seinem Blut trank. Er stand still wie ein Fels, die Lippen zusammengepresst.

Mit einem leisen Lachen ließ sie endlich von ihm ab, und biss blitzschnell wieder zu, rammte ihre Zähne hart in seine Schulter. Riss sie heraus und schlug erneut zu. Er stieß heftig die Luft durch weit geblähte Nasenlöcher aus. Ihre Hände waren unter seinem Hemd an seiner Taille verschwunden. Blut durchtränkte auch an diesen Stellen den Stoff. Irgendwann stöhnte er auf, es klang schmerzerfüllt.

Joana riss unweigerlich an den Händen, die sie hielten. „Aufhören!" Sie verfluchte sich für den nutzlosen Schrei, kaum dass er über ihre Lippen gekommen war.

„Ganz sachte, Schätzchen!", spottete Meyers.

Er umfasste ihren Bauch mit seinem Unterarm und zog sie an seinen Körper. Joanas Atem rasselte.

Nicholas hob den Kopf und sah sie unter flatternden Lidern an. Seine blass gewordenen Lippen formten lautlose Worte.

„Ruhig. Ganz ruhig, Jo."

„Es reicht jetzt", befahl Meyers der Dämonin endlich. „Du hast bekommen, was ich dir versprochen habe."

Die Frau schmollte kurz in seine Richtung, doch dann fügte sie sich, lehnte sich mit etwas Abstand an eine Wand, betrachtete ihre langen, spitzgefeilten Fingernägel und leckte das Blut von ihnen ab. Nicholas' Hemd war wieder über die Wunden gerutscht. Schwarzrote Flecken blühten an mehreren Stellen auf.

„Hol mir noch eine Kette, Lillian." Meyers Stimme bekam einen unangenehm schmeichelnden Ton. „Schon entschieden, wohin wir sie hängen sollen, Nicholas?"

Dessen Gesicht blieb eiskalt, doch seine Stimme bebte. „Lass sie gehen, Alex. Bitte, lass sie einfach gehen. Tu mit mir was immer du willst, aber lass sie gehen."

„Ganz ausgesprochen reizender Gedanke, das Schätzchen wieder gehen zu lassen." Meyers legte sein Kinn auf Joanas Schulter. Sie hätte sich gerne übergeben, oder ihm noch lieber mit einem Kopfstoß die Nase ins Hirn gerammt. Aber ihr Körper war steif vor Angst. „Aber nein, lieber nicht. Außerdem hatte ich heute noch nichts zum Abendessen."

Lillian trat näher und legte die Kette wie eine Schlange um Joanas Schultern. Eine eiskalte, stählerne Würgeschlange, die langsam über ihre Haut kroch. Joana starrte zu Boden, als Meyers seinen Arm hob. Er legte ihr eine Hand auf die Kehle.

„Nein!" Nicholas warf sich erneut erfolglos gegen die Fesseln und die Hände, die ihn hielten. „Lass deine Finger von ihr!"

Joana wandte den Kopf soweit es ging zur Seite, als Tränen aus ihren Augen drängten. Nicholas litt genug, er sollte sie nicht weinen sehen.

„Was kannst du mir empfehlen, Nicholas?" Die Hand strich ihren Körper hinab und verharrte auf ihrem Dekolleté. „Was an ihr ist jung, frisch und gesund? Oh", er stutzte, „die Bronchien schon mal nicht. Schade drum."

Nicholas keuchte. „Du Bastard! Rühr sie an und ich zeige dir, was es heißt, zu bereuen!"

Die Hand rutschte auf Joanas Brust. Drückte zu. Seine Lippen berührten ihr Ohr. „Waren wir auch immer bei der Krebsvorsorge?"

Sie flehte innerlich, in Ohnmacht zu fallen, als er ihr Ohrläppchen zwischen die Zähne nahm und daran leckte.

Ein animalisches Knurren stieg aus Nicholas' Kehle auf. Der Mann zu seiner Seite schlug ihm dafür hart ins Gesicht, Nicholas ignorierte ihn.

„Ich schwöre dir, du Feigling, dass ich dich töten werde!", zischte er in Meyers' Richtung. „Wenn nicht heute, dann an einem anderen Tag. In einem anderen Leben, wenn es sein muss."

Der Dämon biss zu und Joana schrie schrill auf.

Nicholas' Brüllen übertönte jedes andere Geräusch, es hallte von den Wänden wider, als käme es aus allen Richtungen.

„Hör auf", weinte Joana leise.

Er musste aufhören, sein Leid stachelte den anderen an. Merkte er nicht, dass er alles nur schlimmer machte?

Meyers nahm ihr Kinn in seine Hand und hob ihren Kopf an. „Was hast du gesagt, Schätzchen? Sieh ihn an, wenn du mit ihm redest und sprich laut und deutlich." Sein Griff zwang sie, aufzusehen, doch sie kniff die Augen zusammen.

„Sag schon, Schätzchen!"

Sie presste die Lippen aufeinander. Im nächsten Moment schlug er zu. Seine Hand peitschte auf ihre linke Wange, immer und immer wieder. Nicholas tobte wie ein Berserker, als würden die Schläge ihn treffen.

„Ich wiederhole mich nur ein Mal“, sagte Meyers schließlich atemlos. „Sieh ihn an und sag ihm, dass du ihn hasst, weil er dich hier reingeritten hat. Es ist seine Schuld, sag es ihm.“

Joana öffnete die Augen. Nicholas hing kraftlos in den Fesseln. Obgleich sie selbst gegen die Tränen ankämpfte, sah sie, dass seine Augen verschleiert waren, fast trübe. Wie unter Nebel verborgen. Er schien alle Beherrschung zusammenzunehmen. Sein Gesicht entspannte sich, er öffnete die Lippen und warf ihr den Hauch eines Lächelns zu, dass niemand außer ihr erkannt haben konnte. In seinen Augen blinzte es auf. *Sei stark!*, bedeutete dieser Blick. Vielleicht hatte sie es sich auch nur eingebildet.

Nein. Kein Nebel, erkannte sie. Gischt. Vom Sturm aufgetriebenes und mit der Luft vereinigtes, wildes Wasser. Er würde weiterkämpfen. Weil es nicht vergebens war. Er sah noch einen Weg. Ob er ihr damit Hoffnung machte oder lediglich eine quälende Illusion dergleichen, war nicht wichtig. Bald würde es vorbei sein, egal wie. Sie erwiderte das Lächeln.

Meyers Hand zerrte grob ihr T-Shirt nach oben, riss den BH runter und quetschte schmerzhaft ihre Brust.

„Du Perversling!“, fauchte Joana und fing sich dafür eine weitere Ohrfeige ein.

Ihre Wange brannte und pulsierte, ein paar Tränen rannen kühl über die geschwollene Haut. Die Blicke der Männer widerten sie fast so sehr an, wie

Meyers' Hand, die erneut an ihre entblößte Brust griff. Sie schloss die Augen.

„Warum tust du das nur?", jaulte Nicholas. „Was willst du von mir? Scheiße nochmal, sag mir was ich tun soll, und ich tu's! Was willst du?"

„Gar nichts." Meyers schnaubte amüsiert. „Es macht einfach Spaß, eine Clerica und einen Verräter gemeinsam in den Wahnsinn zu treiben. So wie Clerica und Verräter auch mich mein Leben lang immer wieder in den Wahnsinn getrieben haben. Was meinst du, Nicholas? Soll ich ihr Herzchen stehen bleiben lassen?"

Er kniff in ihre Brustwarze, bohrte seine Fingernägel tief in ihr Fleisch. Sie rammte die Zähne zusammen, um nicht aufzuschreien. Unterdrückte jeden Laut, bis ihr vor Schmerz schwindelig wurde. Ein Stöhnen drängte gegen ihre zusammengepressten Lippen.

„Sie stöhnt schon für mich", höhnte Meyers. „Willst du sie noch einmal schreien hören, Nicholas? Wenn ich sie nehme? Wenn ich sie richtig hart rannehme?"

Joanas Kopf fiel zur Seite. Er würde sie vergewaltigen. Vor Nicholas' Augen. Dunkelheit legte sich schützend über sie. Die Ohnmacht lockte verführerisch, streckte ihre Arme aus und zupfte auffordernd an ihr.

Komm schon, komm. Lass dich einfach fallen, dann ist es vorbei.

Sie öffnete kurz die Augen, nahm ihre Konzentration für einen letzten Blick auf Nicholas zusammen, und sah es. Tränen auf seinem Gesicht.

Und gleichzeitig ein wildes Lächeln von chimärischer Schönheit.

Ein plötzliches Grollen. Die Wände erzitterten. Das Licht flackerte. Nicholas warf sein ganzes Körpergewicht in die Kette, riss die Beine hoch und nahm den Kerl neben ihm zwischen seinen Knien in die Zange. Gleichzeitig machte Elias eine halbe Drehung um die eigene Achse und platzierte einen Karatekick direkt ins Gesicht des Mannes. Die Nase brach mit einem wundervollen Knirschen. Nicholas stieß ihn mit den Füßen von sich. Im nächsten Augenblick fiel sein Körper schlaff in die Fesseln.

Sein Schatten brach aus und tobte wie eine Sturmböe durch den Raum. Die Kälte schoss durch Joanas Körper, ließ jede Faser kribbeln und sie sofort wieder vollkommen klar werden. Irgendwo hinter Meyers musste der Schatten sich materialisiert haben, denn Joana wurde plötzlich nach vorne geschleudert. Ihr entfuhr ein euphorischer Laut, als sie auf die Knie stürzte. Die Kette rasselte zu Boden.

Elias stand direkt vor ihr, beachtete sie aber nicht.

„Jetzt knallt's." Er grinste lässig. Dann fiel sein Körper zu Boden, sein Schatten jedoch blieb stehen. Breitete riesige Schwingen aus und wurde zu Fleisch, Federn und glänzendem Metall. Die Maske auf seinem Gesicht zeigte ein schmales Lächeln. Er zog ein Schwert aus dem Gehenk an seiner Hüfte, es durchschnitt pfeifend die Luft.

Joana warf sich herum und wich auf dem Hintern zurück, bis sie mit dem Rücken an eine Wand stieß. Der helle Engel und die anthrazit-schwarze, klauenbewehrte Bestie, in der Joana nichts anderes als Nicholas mehr sehen konnte, standen Schulter an

Schulter ihren Gegnern gegenüber. Doch auch diese hatten ihre Menschlichkeit bereits abgeworfen. Die Dämonin, eine Frau mit dem Kopf einer Raubkatze, fauchte drohend. Neben ihr stand etwas, das an einen gekrönten Beduinenkrieger denken ließ. Er hob einen gebogenen Säbel, der an der Außenseite mit dolchspitzen Zähnen versehen war. Sein Vorstoß war schnell und geschmeidig. Die Klinge sang, als er sie herumwirbelte. Elias parierte den Angriff mit seinem Schwert. Funken stoben auf als Metall auf Metall krachte. Das Engelswesen wurde zwei Meter weit zurückgeschleudert. Mit erhobenem Säbel folgte sein Gegner ihm in langsamen Schritten.

Nicholas warf den Kopf herum, sodass schwarzes Haar um sein monströses Antlitz flog. Doch er wandte sich sofort wieder seinem eigenen Gegner zu: Dem Whiro. Das Wesen war Fleisch gewordene Abscheulichkeit. Seine rechte Körperhälfte war die eines kräftigen Kriegers. Die linke jedoch sah aus wie im Höllenfeuer geschmolzen. Faulende Fleischfetzen hingen von den Knochen und entblößten diese an den Wangen und am Schädel. Das linke Auge baumelte bei jeder Bewegung, nur von Sehnen und Nerven gehalten.

Der Whiro belauerte Nicholas, schlich vor ihm her und drängte ihn in eine Ecke des Raumes. Von Joana fort. Die verkrüppelte linke Hand stieß immer wieder vor, um nach Nicholas zu greifen. Doch dieser wich, seiner massigen Gestalt zum Trotz, behände aus.

Joana presste sich an die Wand in ihrem Rücken, dicht neben die leeren Körper von Elias und Nicholas. Ihr Herzschlag wurde zu einem donnernden Crescendo und pumpte Blut in heißen Stößen durch ihren Körper. Jeder einzelne ließ sie schmerzhaft wissen, wie hilflos sie war. Entsetzen lähmte ihre Glieder. Zu ihrer Linken lieferten sich Elias und der Beduinendämon einen wilden Schwertkampf. Umher wirbelnde Klingen. Elegante Drehungen, mit denen sie angriffen. Abgehackte Atemzüge. Zum Bersten angespannte Muskeln, wenn sie die Attacken parierten. Das Klirren, mit dem die Waffen aufeinander trafen. Ein Todestanz.

Der Whiro und Nicholas belauerten und umkreisten sich indes, wie Raubtiere kurz vor dem tödlichen Sprung.

Als die Dämonin sich von hinten an Nicholas heranschlich, schrie Joana seinen Namen. Doch nur das Katzengesicht ruckte zu ihr herum. Giftgrüne Augen fixierten sie. Ein Fauchen entblößte riesige, schneeweiße Reißzähne. Das Wesen machte einen Satz. In ihre Richtung. Joana riss die Arme über ihren Kopf. Kauerte sich zusammen, und …

Er sah sie nicht, er hörte sie nicht. Er spürte nur, dass eine Welle von plötzlicher Resignation von ihr ausging und ihm in den Rücken schoss, wie ein vergifteter Pfeil.

Er warf sich herum. Preschte vor und sprang. Er packte die Nabeshima im Flug, riss sie mit sich, an Joana vorbei. Joanas Körperwärme strahlte auf ihn aus, so nah waren sie ihr gekommen. Die Nabeshima fest umklammernd, rollte er über den Boden.

Seine Zähne schnappten ins Leere, da sie sich seinem Griff entwand, wie eine Schlange. Ihre Krallen an allen vier Gliedmaßen durchstießen ihm Haut und Muskeln, bis sie über Knochen kratzten. Tief grollend schleuderte er sie von sich, warf sie dem Paymon von hinten in die Beine. Der schwankte, fiel aber nicht.

Ein Blick in die verborgenen Augen des Ilyan.

Schütze sie! Bring sie weg!

Der Racheengel wollte widersprechen, der Nybbas knurrte.

Tu es!

Mit einem geschmeidigen Sprung war der Ilyan bei Joana, zog sie auf die Füße und schirmte sie mit seinem Körper von den anderen ab.

Der Nybbas sah sich allein der Nabeshima und dem Paymon gegenüber. Der Whiro näherte sich von hinten, die giftige Klaue erhoben. Langsam. Enervierend langsam.

Er musste mehreren Säbelschlägen des Paymon ausweichen. Duckte sich, glitt nach hinten weg. Von der Seite trafen ihn erneut scharfe Raubkatzenkrallen. Er wirbelte in einer Linksdrehung einmal um seine Achse, schlitzte den Körper seiner Gegnerin erst mit der linken, und Sekundenbruchteile später mit der rechten Pranke tief auf. Sie taumelte zurück, geifernd vor Wut.

In dem kurzen Augenblick, als er dem Paymon den Rücken zuwenden musste, traf der schartige Säbel in seine Schulter. Er brüllte auf, gleichzeitig vernahm er Joanas Schrei schmerzlicher als seinen eigenen. Spürte ihre Angst. In der glänzenden Krone des Paymons spiegelte sich des Whiros hässliche

Fratze. Langsam kam der Feind näher. Wissend, dass er stärker war, er musste sich nicht eilen.

„Erst du, Nybbas“, krächzte der Whiro. „Dann dein Engel und zum Schluss dein Mädchen.“

Vor ihm hob der Paymon erneut den Säbel. Schwarze Augen glühten voller Zorn.

„Lass ihn mir!“, verlangte der Whiro. „Du darfst ihn nicht töten. Aber ich darf es!“

Der Nybbas vergaß sich. Furchtlos warf er sich auf den Paymon, die Klinge ignorierend, die sich quer über seine Brust zog. Er spürte nichts mehr. Schlug blind zu, trieb seine Krallen tief ins Fleisch seines Gegners. Immer wieder. Doch der Paymon schlug zurück, ob er es durfte oder nicht. Sein Säbel zerfetzte Haut und Fleisch. Der Nybbas riss die Gewänder seines Feindes zu blutgetränkten Lumpen, die gemeinsam mit der Haut bald nur noch um rohes Fleisch schlackerten. Dunkles Blut spritzte ihm ins Gesicht, brannte in seinen Augen und nahm ihm die Sicht. Es schmeckte wie sein eigenes. Er bohrte seine Zähne tief in die Schulter des anderen. Zermahlte das Gelenk zwischen den Kiefern, bis ihm herausstakende Knochensplitter in die Zunge schnitten. Seine Hand schoss vor, trieb die Krallen in den Brustkorb des Paymon. Direkt ins Herz. Er spürte, wie es sich um seine Finger zusammenzog. Letzte, absterbende Zuckungen. In einer Drehung warf er den schlaff gewordenen Körper brüllend von sich.

Der Paymon schlug an die gegenüberliegende Wand, seine Krone ging in Flammen auf, noch ehe er den Boden berührt hatte. Putz und Asche rieselten wie Schnee auf den sterbenden Dämon herab und legten einen Leichenschleier auf seinen Körper. Absurde Friedlichkeit.

Zeitgleich riss ein Brennen an des Nybbas Eingeweiden. Er brüllte auf, fiel fast vornüber und starrte an sich herab. Der Säbel steckte bis zum Anschlag in seiner Seite, durchbohrte seinen Körper. Und er glühte. Widerlicher Gestank von versengendem Fleisch stieg auf. Seinem Fleisch. Sein Blut kochte. Er packte den Griff der verfluchten Waffe, die Hitze verbrannte ihm die Handfläche, doch gleichzeitig stillte sie auch die Blutung der tödlichen Bauchwunde. Zentimeter für Zentimeter zog er den Säbel aus seinem Leib, damit das Glühen die erneuten Wunden, die die Säbelzähne rissen, wieder schließen konnte.

Ein heiseres Lachen erklang – der Whiro stand genau vor ihm.

„Jetzt stirbst du."

Hastiger Blick. Joana. Wilde und panische Gesten. Er musste sie wegbringen … hier wegbringen … weg!

Der Ilyan verteidigte sie mit dem Schwert gegen die Nabeshima. Kämpfte verbissen den Weg zur Tür frei. Der Nybbas wusste, der Ilyan würde sein Leben für diese Aufgabe geben.

Danke, mein Freund! Ich liebe dich dafür, das sollst du wissen.

Ein kurzer, tiefer Blick antwortete ihm, ehe der Racheengel sich wieder ganz darauf konzentrierte, die Katzendämonin zu attackieren. Mit einem Fauchen floh sie vor ihm zurück.

Der Whiro sprang ihn an. Er wich schwerfällig aus und entkam der teuflischen Klaue um Millimeter.

Mit einem Mal schrie die Nabeshima schrill und klagend auf, wie getroffen.

„Sie kommen“, rief sie. „Die Jäger, die Clerica – sie kommen!“

Sie stürzte zur Tür und riss sie auf. Noch im Rahmen wurde ihr Körper zu Schatten und floh.

Nur noch ein Gegner. Das hässliche Lachen war nah, wieder viel zu nah. Der glühende Säbel klebte noch immer in der Handfläche des Nybbas. Er konnte die verkrampften Klauen nicht mehr davon lösen. Bedeutungslos. Er griff den Whiro an. Doch seine Arme waren schwer geworden, der Säbel zog sie herab. Er hatte viel Blut verloren, es quoll immer noch in pulsierenden Stößen aus seiner Brust und rann ihm aus der Schulterwunde. Er sah es, er wusste es auch. Aber spürte es nicht mehr. Die Konturen des Feindes verschwammen. Er griff an, hieb mit dem Säbel in seine Richtung, doch dort, wo er den Whiro gerade noch gesehen hatte, traf er nun ins Leere. Dann zerfiel die Waffe endlich zu Asche und ließ den Schmerz von tief verbranntem Fleisch zurück. Aus den aufgescheuerten Brandblasen tropfte Blut und Wasser.

Der Ilyan eilte ihm zu Hilfe, doch er knurrte nur.

Bring sie fort! Sie muss fort sein, wenn die Clerica kommen!

Er setzte zu einem weiteren Schlag an, hob die Faust. Doch sie wurde von der Linken des Whiros abgefangen. Der Kampf war entschieden. Die verkrüppelten Finger schlossen sich um sein Handgelenk. Sie schmerzten wie eiskaltes Feuer. Ein Fingernagel schnitt in seinen Puls und jagte das Gift wie flüssige Glut durch seine Venen. Er spürte, wie der Lavastrom durch seinen Körper gepumpt wurde und sich seinem Herzen mit jedem Schlag näherte.

Der Whiro verzog das Gesicht. Die rechte Hälfte seines Mundes lächelte, die linke fletschte die Zähne.

„Begrüße dein Ende, Nybbas. Mein Gift ist dein Ende."

Der Nybbas knurrte, drohend und dunkel. Ein plötzliches Zusammenziehen in seiner Brust ließ das Geräusch zu einem gurgelnden Röcheln absterben. Die Glut hatte sein Herz erreicht. Ihm wurde kalt. Blut stieg seine Kehle hoch und ergoss sich stoßweise über seine Zunge.

Er hörte einen hellen Schrei, wie von weit her, so weit weg. Ein Krachen ertönte, als er auf die Knie fiel. Die Klaue des Whiros näherte sich seinem Haupt. Er fror. Es war entsetzlich kalt.

Die Stimme. „Nicholas! Nicholas, nein!"

Nicholas? War er das?

Und dann berührte ihn etwas. Hüllte ihn ein. Hell und wärmend. Seine Augen weiteten sich in ungläubigem Staunen.

29

Joanas Gedanken waren leer. Theodors Worte *Eine so unbegabte Schülerin hatte ich noch nie!*, hatten die ganze Zeit in ihrem Kopf Echos hin und her geworfen. Nun waren sie fort.

Sie trug das Erbe dieser Clerica in sich und sie würde, zum Teufel nochmal, auch eine verdammte Clerica sein, wenn sie ihn damit retten konnte!

Cistó …

All ihre Wut bündelte sich in dem einen Blick, mit dem sie dem Whiro tief in die Augen schnitt. Wie mit einer Klinge. Ihr Blick war die Waffe und sie war die Kriegerin.

Cistó!

Ihre Finger zeichneten losgelöst von ihren Gedanken die Glyphe in die Luft. Nicht rund, wie Theodor es ihr gezeigt hatte. Scharfe Konturen. Ihr Flammenschwert.

CISTÓ!

Eine Welle aus purer Energie floss durch ihren Körper, strömte aus ihren Händen und suchte nach dem anvisierten Ziel. Sie konnte sie sehen, konnte das schimmernde Leuchten erkennen, das auf Nicholas und dieses widerliche Fratzengesicht zuschoss. Es schillerte blau und silbrig. Das Licht teilte sich vor Nicholas Rücken, schien ihn nahezu zärtlich zu umschmeicheln. Sie hörte ihn leise stöhnen. Dann nahm der Schimmer mit einem Mal an Intensität, Kraft und Geschwindigkeit zu und schoss dem Whiro genau in die Brust. Der keuchte auf, schwankte rückwärts und fiel zu Boden. Dort blieb er still liegen.

Elias versuchte sie festzuhalten, doch sie entwand sich seinem Griff und rannte zu Nicholas. Dicht vor ihm blieb sie stehen, vor Entsetzen wie gelähmt. Selbst am Boden kniend war er kaum kleiner als sie. Sein Blick war bar jedem Anzeichen von Schmerz, obwohl er schrecklich zugerichtet war. Seine Brust war nur noch dunkles, rohes Fleisch, an seiner Seite prangte eine größtenteils zugebrannte Wunde und aus seinen Mundwinkeln rann unaufhörlich Blut. Viel zu viel Blut. Joanas Magen krampfte sich zusammen, wie von einem Faustschlag getroffen.

Ganz langsam hob er die linke Hand. Sie nahm die riesigen, scharfen Krallen daran nur halb wahr. Mit dem Handrücken berührte er ihre Wange. Es fühlte sich hart und rau an und sein Arm zitterte unkontrolliert. Um seiner bebenden Bewegung Halt zu verleihen, umfasste sie sein Gelenk und tastete dabei nach seinem Puls. Er war viel zu schnell für ein derart großes Geschöpf. Und so flach.

„Es wird alles gut", hörte sie sich sagen.

Mit Zeige- und Mittelfinger glitt sie in seine Handfläche hoch. Wie weich sich die Haut hier anfühlte. Dünnem, zartem Wildleder gleich.

Und dann spürte sie seine Stimme. Nicht akustisch, in ihren Ohren war nur ein tiefes, sanftes Vibrieren. Fast ein Schnurren, wenn es auch nicht von Entspannung zeugte. Aber in ihrem Kopf wurden Worte laut, die nicht ihren eigenen Gedanken entsprungen waren.

Ich danke dir.

Sie konnte nicht anders, sie umfasste seinen Nacken mit der freien Hand und zog ihn näher an sich, ohne auch nur einen Gedanken an das Maul voller scharfer Reißzähne zu verschwenden. Fuhr mit den Fingerspitzen vorsichtig über die kleinen Hörner, die unter dem verfilzten Haar versteckt lagen. Beugte sich weiter vor und küsste seine Stirn.

„Nein, ich danke dir“, flüsterte sie an die lederartige Haut.

Ein plötzliches Beben durchlief den massigen Körper. Elias riss Joana im letzten Moment zur Seite, als Nicholas nach vorne stürzte und mit einem dumpfen Geräusch auf dem Boden aufschlug.

„Oh nein! Nein!“ Joana fiel neben ihm auf die Knie und schüttelte fassungslos die große Schulter. „Tu das nicht. Tu das bloß nicht! Wage es nicht, jetzt aufzugeben!“

Sie schlug auf seinen massigen Oberarm ein, nachdem er sich nicht regte, streichelte fahrig über sein Haar und bemerkte kaum, dass ihr Tränen über das Gesicht rannen.

Kein Geräusch. Kein Atemzug. Nichts.

Nur salzige Tropfen, die über Joanas Lippen liefen und auf den dunklen Körper fielen.

„Damn!“, brüllte Elias. „Mann, falscher Zeitpunkt, um den Dramakönig zu spielen.“ Er griff in den Nacken des Nybbas und schüttelte seinen Kopf. „Wenn du stirbst, Dreckskerl, dann bringe ich dich um. Jetzt reiß dich zusammen!“

Ein Röcheln zeugte von einem Rest von Leben.

„Tu etwas!“, flehte Joana Elias an und griff nach seinem Arm. „Er stirbt, tu was!“

Seine feste Haut war eiskalt, ebenso kalt wie das Gesicht der eisernen Maske.

„Er muss in den Menschenkörper zurück, aber er schafft es nicht allein“, murmelte er. „Der Schatten ist eng mit dem Dämon verbunden und viel zu schwach, wenn sein Gegenstück zu stark verwundet ist.“

„Kannst du denn nichts tun?“, schluchzte Joana.

Er nickte knapp. „Doch. Ich kann ihn in seinen Körper zurückbringen. Aber das erfordert Kraft und dann haben wir beide keine Reserven mehr, um erneut aus den Körpern zu fahren. Der Dämon muss sich im Menschenleib erst erholen. Wenn die Clerica kommen, müssen wir unsere Rollen überzeugend spielen. Sonst … schlaf gut. Du verstehst?“

Der Racheengel wartete keine Antwort ab. Ein tiefer Atemzug und er wurde durchsichtig. Konturlos schmiegte er um Nicholas herum, lief wie Wasser über ihn hinweg und durch ihn hindurch. Der dunkle Leib wurde ebenfalls durchscheinend und zerfloss zu Schatten, der sich mit dem anderen vereinigte. Joana machte einen Schritt zurück und wagte kaum zu atmen. Eine schwache, undefinierte Nebelschwade kroch dicht über dem Boden auf die leeren Körper zu. Langsam und träge waren die Bewegungen, ohne jede Kraft.

Elias keuchte als erstes, riss den Kopf hoch und rang um Atem. Dann ging ein Zittern durch Nicholas’ Körper. Auch er sog pfeifend Luft ein, hustete, würgte und stöhnte schmerzerfüllt auf.

Elias sprang auf die Füße. Für einen Moment starrte er Nicholas einfach nur an. Joana huschte schnell an dessen Seite, umfasste seinen Körper und half ihm, aufrecht zu stehen, damit sein Gewicht nicht länger an seinen verletzten Armen zerrte.

„Geht es irgendwie?“

Nicholas krächzte einen unflätigen Fluch. Dann versank sein Blick in Elias goldbraunen Augen. „Warum hast du das getan?“, stieß er heiser hervor.

„Es verbessert unsere Chancen, vertrau mir. Vertrau mir einfach.“ Elias lächelte. „Ich würde dich immer retten.“

Joana verstand nichts und fühlte sich überflüssig. Nicholas schob den Kopf vor soweit er konnte und küsste Elias auf den Mund. Nicht brüderlich, nicht freundschaftlich, sondern innig, mit geschlossenen Augen. Elias blieb für einen Moment steif stehen, dann erwiderte er den Kuss für einen kurzen Moment zaghaft. Joana drohten, die Augen aus dem Kopf zu springen. Einen Wimpernschlag später wandte Elias sich räuspernd ab und warf ihr einen verschämten Blick zu.

„Der Schlüssel!“, rief er und lief rasch zu Meyers' leerem Körper, der neben der Tür lag. Er hockte neben ihm nieder und durchwühlte gerade die Taschen, da erklang ein krächzendes Knurren.

„Der Bann wirkt schon nicht mehr?“, wisperte Nicholas schockiert.

Elias blickte auf, dem erwachenden Whiro direkt ins Gesicht. Joana sah, dass er den kleinen Schlüssel für die Handschnellen zwischen den Fingern hielt, doch der feindliche Dämon stand zwischen ihnen und versperrte ihm den Rückweg. Himmel, sie hatte geglaubt, es würde länger anhalten. Die Fratze des Whiros drehte sich langsam zu ihr und Nicholas herum. Grinste hässlich. Sein Ziel stand fest.

Elias aber drückte ein Knie auf die Schultern des leeren Körpers, packte ihn am Kinn und riss den leblosen Kopf hoch.

„Hey, Whiro!", rief er lässig, worauf der sich umsah. „Brauchst du den nicht mehr?" Mit einer ruckenden Bewegung brach er das Genick.

Der Whiro, in diesem Moment seines schützenden Körpers beraubt, warf sich herum.

„Dafür wirst du sterben!", fauchte er und stürzte auf den Jungen zu.

„Elias", flüsterte Joana. Das Blut in ihren Adern gefror.

Nicholas brüllte: „Lauf!"

Der Feigling stürzte zur Tür, zerrte daran und quetschte sich durch einen schmalen Spalt. Er floh. Der Whiro riss die Tür mit einem Ruck auf, sodass sie gegen die Wand schlug. Dann nahm er die Verfolgung auf. Er jagte in der Fahne aus Angst, die hinter dem Flüchtenden her wehte. Elias stürmte den Gang entlang, der Whiro preschte hinter ihm her. Sein nackter Menschenfuß rutschte über den blankgewienerten Boden, die Krallen seiner zweiten Seite kratzten Furchen in den Stein. Er sah nichts als den Feigling vor sich. Und seine giftige Klaue, die sich nach ihm ausstreckte. Wie hatte der Köter es wagen können, seinen Körper zu entweihen? Sein Eigentum zu zerstören? Sein Blut pumpte den Zorn in Druckwellen durch seinen Leib, immer und immer wieder. Er würde ihn zerfetzen, sein Fleisch zerreißen und verschlingen. Und danach würde er seinen Schatten jagen, wenn der Ilyan diesen überhaupt noch aus der menschlichen Hülle bekäme.

Elias rannte um sein Leben. Der Whiro witterte seinen Schweiß, er stachelte ihn zusätzlich an. Er lief schneller, es trennten ihn nur noch wenige Meter von seiner Beute, die soeben eine Tür aufstieß und gleich nach sich wieder zuschlug. Der Whiro trat sie einfach aus den Angeln. Sie flog, verfehlte den Jungen knapp. Der keuchte und beschleunigte. Der Whiro roch förmlich, wie Elias der Atem in den Lungen brannte, so als wären sie roh und blutig. Er hetzte ihn, wie ein Bluthund den verwundeten Fuchs. Nach einer weiteren Tür waren sie im Treppenhaus und stürzten knapp hintereinander die Stufen hoch. Ein kurzes Aufbäumen der Gedanken störte die Jagd. Menschen könnten ihn sehen. Der Whiro verwarf die Befürchtung sofort. Wichtiger war es, den Bastard zwischen die Hände zu bekommen. Dafür würde er die ganze Stadt auslöschen, wenn es nötig war. Ihre Füße auf dem Steinboden, sein Knurren, sowie das Keuchen des Fliehenden hallten durch alle Etagen. Sangen dem Jungen ein wildes, letztes Schlaflied. Elias stolperte über seine Füße, fiel nach vorne.

Der Whiro sprang, Hand und Klaue ausgestreckt. Elias warf sich herum, stieß an die Wand und rollte sich die Stufen wieder herab. Im gleichen Moment entdeckte der Whiro den Mann, der von oben die Treppen runter stürmte. Er sah nichts als seine Hände und deren Bewegung.

Zum zweiten Mal in wenigen Minuten fesselte ihn die Macht eines Clericas und nahm ihm langsam seine Kraft. Sein Körper wurde schwer. Im Fall sah er, wie seine Beute sich einem zweiten Jäger heulend vor die Füße warf.

„Helfen Sie mir … oh bitte, helfen sie mir!“, winselte er. „Das Monster! Das Monster!“ Mit zitternden Händen griff Elias an den Knöchel des Clericas und spielte ihm das verängstigte Opfer vor.

Dieser erbärmliche Feigling!

Der Whiro hätte vor Abscheu am liebsten gekotzt. Aus dem Augenwinkel sah er noch das kurze, überlegene Grinsen des jungen Dämons, aber auch die Reaktion des Clerica. Er fiel nicht auf die Show herein und trat den Jungen von sich fort. Doch da wurde der Whiro steif, fiel nach hinten und rollte die Treppen herab. Der erste Clerica folgte ihm und hob die Hände. In der Linken hielt er bereits das tönerne Gefäß. Er vollführte die Glyphe, die den Whiro in seinen Schattenleib zwang. Dann bannte er ihn in das Gefäß. Es wurde schwarz und still um ihn herum. Er konnte sich nicht mehr rühren. Er blieb allein mit all seiner Wut und seinem Hass.

Joana klammerte sich an Nicholas’ Körper, doch er schien sie kaum zu beachten. Sein Blick klebte an der Tür, hinter der Elias, verfolgt von dem schrecklichen Whiro, verschwunden war. Sie hatte versucht, ihnen nachzulaufen und eine weitere Cistó-Glyphe zu zeichnen. Vergebens, Elias und der andere Dämon waren zu schnell gewesen.

Außer ihren Atemzügen war es still in dem grauenerregenden Raum. Überall war Nicholas’ Blut, das dämonische, sowie das halbwegs menschliche. Der von ihm getötete Dämon hatte sich in Nichts aufgelöst. Die leeren Menschenkörper vom Whiro, der Katzenfrau und dem dritten Dämon lagen am Boden, wie Marionetten, denen man die Fäden durchtrennt hatte.

„Er wird es schaffen", flüsterte Joana.

Er musste es einfach schaffen, denn ohne ihn würde es ihr nie gelingen, Nicholas aus den Handschellen zu befreien. Das Zittern setzte ein, als das Adrenalin langsam wich. Sie umklammerte Nicholas, doch der hatte selbst kaum noch Kraft, um ihr welche abzugeben.

„Und wie?", gab er hart zurück. „Er hat keine Chance."

„Kannst du aus deinem Körper heraus, wenn du dich an meinen Gefühlen stärkst?", fragte Joana. „Kräftigt dich das soweit, dass du ihm helfen kannst?"

Er schnaubte nur trocken. „Vergiss es."

„Aber warum nicht? Verdammt, warum nicht? Wir müssen etwas tun!"

„Gute Idee. Ich hänge hier noch ein bisschen rum und warte auf den Whiro oder auf die Clerica. Du solltest jetzt verschwinden."

„Ich denke gar nicht daran. Ich bleibe bei dir. Wenn die Clerica kommen, können wir sie vielleicht täuschen. Wie du gesagt hast, du spielst das Opfer."

„Ich mach mich gerade gut als Opfer, was? Und was, wenn wir sie nicht täuschen können?"

„Schsch", machte Joana und strich zart über seine Wange. Sie spürte seine Angst. So viel Angst. „Dann bleibe ich bei dir. Ich lass dich nicht allein.

Und wenn sie dich wirklich einsperren, dann werde ich dich finden und befreien. Ich schwöre es dir!"

Ein schmales Lächeln glitt über sein Gesicht, doch es erreichte seine Augen nicht. Der Sturm in ihrem Inneren war abgeflaut, hatte sämtliche Kraft verloren.

„Du warst unglaublich", flüsterte Joana, nachdem sie das Schweigen nicht mehr aushielt. Er schnaubte und sie legte eine Hand auf seine Brust. „Ich meine es ernst. Das da drin. Es ist wirklich furchterregend, aber gleichzeitig von unglaublicher Schönheit. So stark. Und du hattest recht, Elias sieht tatsächlich aus wie eine Gottheit. Meine Güte, ich dachte wirklich, er wäre auf der Seite der anderen."

„Das war er auch", sagte Nicholas. „Er hätte sich dem Whiro angeschlossen, wenn es ihm möglich gewesen wäre. Aber er hatte keine Wahl. Der Whiro ahnte nicht, wie stark diese gewisse Art von Macht über einen anderen sein kann."

Sie runzelte verständnislos die Stirn, doch ehe sie weiter nachhaken konnte, wurde die Tür aufgeschoben. Joana krallte die Hände in Nicholas' blutdurchtränktes Hemd.

Drei fremde Männer und Agnes betraten den Raum. Agnes schrie erschrocken auf, als sie Joana entdeckte.

„Oh Gott, Tante Agnes, endlich!", stieß Joana hervor. Die Erleichterung war echt, ebenso die Tränen, die ihre Wangen herabrannen.

Entsetzen stand im Gesicht ihrer Tante. „Geh da weg, Kind."

„Agnes, i-i-ihr müsst ihm h-helfen", stammelte Joana. „Die Dämonen haben ihn …"

Einer der Männer, ein blonder Hüne, trat mit erhobenen Händen vor.

„Geh'n Sie da weg! Das wird einer von denen sein. Die woll'n uns täuschen."

„Blödsinn!", bellte Joana.

Sie erkannte, dass der zweite Mann eine Tonflasche in der Hand hielt und eine weitere, die halb aus der Tasche seiner Jeansweste ragte. Ob sie einen der Dämonen gebannt hatten? Den Whiro? Gar Elias, oder beide? Wer auch immer überwältigt worden war, er musste gekämpft haben. Gesicht und Hemd des dritten Mannes waren blutverschmiert und sein Atem ging schwer. Er lehnte sich mit der Schulter gegen die hintere Wand und stützte sich mit einer Hand auf dem Oberschenkel ab.

„Geht's, Mann?", fragte der mit der Jeansweste. „Mach uns bloß nicht schlapp, nachdem du den Dämon fertiggemacht hast."

Der Verletzte nickte. „Wird schon."

Nicholas keuchte leise. „Hey, ich bin wirklich total froh, euch zu sehen. Aber ihr könnt mich langsam mal hier runterholen."

Einer der Männer malte ein Zeichen in die Luft. Nicholas krümmte sich mit einem kehligen Schrei zusammen, soweit die Fesseln es zuließen. Joana umklammerte ihn voller Entsetzen.

„Ich wusste es doch – noch 'n Dämon!", rief der Mann und erhob erneut die Hände.

Joana schirmte Nicholas mit ihrem Körper ab, aber sie war zu klein. „Lasst ihn in Ruhe!", schrie sie. „Ihr Feiglinge, er ist wehrlos! Macht, dass ihr wegkommt!"

„Joana, geh zur Seite“, keifte Agnes. „Er hat dich in seiner Gewalt, du musst dagegen ankämpfen!“

Sie schüttelte krampfhaft den Kopf. „Bitte, geht weg! Ihr versteht es nicht. Bitte … hört mir zu! Es ist alles nur meine Schuld, ich habe …“

Der erste Mann zeichnete eine zweite Glyphe. Joana spürte Nicholas in ihrem Rücken erzittern.

„Bitte“, versuchte sie es noch einmal geflüstert, breitete die Arme aus und drängte sich mit dem Rücken gegen seine Brust. „Ihr macht ihm Angst. Hört auf!“

Sie spürte die Energie, die die Glyphe freisetzte und sodann die Präsenz des an die Oberfläche gezwungenen Dämons. Die Eiseskälte schoss in ihren Körper. Im gleichen Moment wurde der Schatten gegen ihren Rücken geschleudert. Ihr Herz krampfte sich zusammen, setzte einen Schlag aus und sie fiel der Länge nach hin.

Ein Zucken in ihrer Brust. Ein schmerzhaftes Ringen um Luft, und sie riss den Kopf in die Höhe. War ein Sekundenbruchteil vergangen oder waren es Minuten? Bedeutungslos, denn es war vorbei. Alles war vorbei.

Nicholas war weg, nur der leere Körper hing in der Kette. Eine verwaiste Hülle.

Agnes kniete neben ihr nieder. „Joana, es ist vorbei“, sagte sie. Es klang mehr wie eine Frage. Sie strich ihr über die Haare. „Er hat keine Macht mehr über dich.“

„Lasst ihn frei“, stammelte Joana atemlos und versuchte, sich aufzurichten. Ihre Glieder gehorchten ihr nicht, sie sackte wieder zu Boden. „Bitte, ihr müsst ihn gehen lassen!“

„Gottverdammt, ich wusste es!“ Agnes bedeckte die Augen mit einer Hand. „Du warst nicht in seiner Gewalt, du stehst auf ihrer Seite. Oh Gott, ich hätte es ahnen müssen!“

Zwei der drei Männer verzogen voller Abscheu die Gesichter. Sie schüttelten die Köpfe, der Hüne spuckte auf den Boden. Nur der Verletzte im hinteren Bereich des Raumes war zu sehr mit sich selbst und seinen Schmerzen beschäftigt. Joanas Blick klebte auf den Gefäßen in den Händen der anderen beiden Männer. In einem davon war Nicholas gefangen. Aber in welchem? Sie versuchte sich aufzurappeln, sie musste sie erreichen.

„Was machen wir mit ihr?“, fragte einer der Männer. Er wich vor ihr zurück, als hätte sie die Pest. „Wir können sie kaum mitnehmen, nachher randaliert sie im Wagen.“

„Die Reiniger werden sich darum kümmern und sie vor den Rat bringen“, gab der Hüne ungerührt zurück. Kopfschüttelnd blickte er auf Joana nieder, als wollte er nun geradewegs auf sie spucken.

„Ich will es nicht glauben.“ Agnes blinzelte heftig und rieb sich mit fahrigen Bewegungen den Nasenrücken und die Stirn. „Wie habe ich mich so in dir täuschen können? Dein Leben lang habe ich dich vor diesen Mächten geschützt. Und wie dankst du es mir? Indem du ihre Vasallin wirst und uns verrätst. Uns herlockst, wo sie auf uns warten. Aber wir waren stärker, Joana. Damit haben diese Monster nicht gerechnet.“

Ein plötzlicher Weinkrampf schüttelte Joana und nahm ihr die Worte.

Agnes lächelte bitter, aber auch in ihren Augen glitzerten jetzt Tränen. „Ich habe deinen Verrat in meinem Traum gesehen, aber ich wollte es nicht wahrhaben. Der Keim der Dunkelheit war bereits in dein Herz gepflanzt. Auch Arnd hat es in dir gesehen. Wir haben ihm nicht geglaubt, sondern deiner Lüge. Du hast uns ausspioniert für diese Ungeheuer."

„Nein, Tante Agnes, so war es nicht", schluchzte Joana. „Begreif doch … ich liebe ihn."

Agnes sog scharf Luft ein, als hätte Joana ihr ins Gesicht geschlagen. „Du kannst dem Rat alles erklären", sagte sie kalt und erhob sich. „Die Reiniger werden in einer guten Stunde hier sein, überlege dir eine gute Ausrede. Ich will nichts mehr von dir hören. Für mich bist du gestorben. Und mit dir das Erbe meines Bruders und der letzte Teil von ihm. Ich hätte es wissen müssen. Du bist eben doch nur die dunkle Brut deiner Mutter. Aber das Gute gewinnt immer, Joana. Wer sich den bösen Mächten anschließt, hat es nicht anders verdient." Sie drehte auf dem Absatz herum und eilte zur Tür. „Kommt!", wies sie ihre Männer scharf an.

„Agnes, das kannst du nicht machen!", rief Joana, doch sie wurde ignoriert. Starr vor Entsetzen konnte sie nur zuschauen, wie die Clerica den Raum verließen und die Tür hinter sich schlossen.

Sie blieb allein zurück. Leere füllte die Mauern aus, wog schwerer als Blei und drohte, sie zu erdrücken.

Joana kämpfte sich auf die Füße und lehnte das Gesicht gegen Nicholas' Brust. Er wurde bereits kalt, sein Gesicht wächsern. Die Angst lag noch in seinen Zügen. Was die Reiniger mit seinem Körper anstellen würden, wollte sie nicht wissen.

Für den Mut, mit dem er sie verteidigt hatte, war er eingesperrt worden. Die Vorstellung war unerträglich. Ihn einzusperren war, als sperrte man die vier Elemente ein, aus denen er geschaffen worden war. Als wollte man Sturm in einer Phiole bannen. Sein freiheitsliebender, leidenschaftlicher Geist in enger Dunkelheit verborgen, wo das Nichts an ihm fressen würde. Unerträglich.

Gott allein wusste, wie lange er so verharren musste und ob von ihm etwas übrig bleiben würde. Interessierte sich Gott für das Schicksal eines Dämons? Er musste einfach. Und sie musste Nicholas finden, auch wenn sie nicht wusste, wo sie zu suchen beginnen sollte.

Ihre Eingeweide standen in Flammen. Er hatte solche Angst davor gehabt. Viel mehr noch, als vor dem Sterben.

Plötzliche Klaustrophobie packte nach ihr und schüttelte sie. Der leere Körper machte ihr Angst, die anderen noch viel mehr. Sie stolperte durch den Raum, fiel fast über irgendeine Leiche und schmiss sich schreiend gegen die Tür. Sie war verschlossen und blieb es auch. Joana trat gegen das Metall, warf sich mit der Schulter dagegen und hämmerte mit den Fäusten an die Wände, bis ihre Fingerknöchel bluteten.

Irgendwann, unbestimmte Zeit später, gaben ihre Kräfte nach. Sie sank in der hintersten Ecke des Raumes auf den Boden, schlang die Arme um ihre angezogenen Beine und wiegte sich in monotonen Bewegungen vor und zurück. Wie tot heftete ihr

Blick auf der bloßen Wand. Da war ein winziger Riss im Beton, kaum so lang wie ein Finger und hauchdünn wie ein Haar. An ihm hielt sie fest, weil sie in diesem Grab keinen anderen Anblick ertrug. Tränen kamen keine mehr. Vielleicht war sie auch längst leer, ihr Geist in einer Flasche eingesperrt, oder einfach gestorben. Ihr Körper hatte es nur noch nicht gemerkt. Er schien nicht mal die Kraft für einen Asthmaanfall übrig zu haben, der vielleicht zu einer erlösenden Ohnmacht geführt hätte. Joana hielt an den Schmerzen fest, weil ansonsten nichts zurückgeblieben war.

30

Ein plötzlicher Kälteschauer weckte Joana aus ihrer Agonie. Als die Tür wenig später geöffnet wurde, musste sie erkennen, dass sie neben dem Schmerz durchaus noch Angst empfinden konnte.

Doch es war keine Gruppe von Reinigern, die den Raum betraten, sondern der dunkelhaarige Clerica, der bei Agnes gewesen war. Der Verletzte. Er kam langsam näher, die leeren Hände zu beiden Seiten ausgestreckt, wie zum Zeichen, dass er unbewaffnet war. Joana kniff die Lippen zusammen und umklammerte ihre Knie mit den Armen. War sein Gesicht eben auch schon so übel zugerichtet gewesen? Sein Hemd war an der Seite völlig zerrissen, darunter klaffte eine große Wunde in seiner Seite.

„Was willst du von mir?“, wisperte sie. Ihre Stimme war rau und brüchig. „Hau ab!“

„Ganz ruhig“, sagte er leise. „Ich habe etwas für dich, aber bekomm keinen Schreck, okay? Dir passiert nichts.“

Unwillkürlich huschte ihr Blick zu den Taschen seiner Hose. Nein, da konnte keines der Tongefäße sein. Er griff dennoch hinein und zog einen kleinen Schlüssel heraus. Joana presste sich eine Faust vor den Mund. Der Schlüssel. Wie konnte dieser Mistkerl ihr jetzt den Schlüssel bringen, da es zu spät war?

Er wies, wie um Erlaubnis bittend, in Nicholas’ Richtung. Joana kämpfte sich auf die Füße. Der Mann hatte Nicholas vor ihr erreicht und machte sich an den Fesseln zu schaffen. Er musste sich auf die Zehenspitzen stellen, um das Schloss zu erreichen. Es gelang ihm zunächst nicht, es zu öffnen, wohl weil so großes Gewicht auf dem Metall lastete. Zwischen zusammengebissenen Zähnen murmelte er heftige Flüche. Doch dann sprangen die Handschellen mit einem Klicken auf. Joana versuchte, Nicholas' Körper zu halten, sodass er nicht wie weggeworfen zu Boden fiel, aber sie wurde von seinem Gewicht mitgerissen. Sein Kopf schlug auf dem PVC auf. Der Clerica zog zischend Luft durch die Zähne. Er griff nach Joanas Arm und zog sie langsam aber unnachgiebig ein Stück zurück.

„Lass mich los!" Sie wollte schreien, aber es kam nur noch ein Wimmern. „Warum tust du das?"

„Ich dachte, du brauchst ihn vielleicht noch."

Joanas Augen schossen ungläubig von dem Mann zu dem leeren Körper am Boden und wieder zurück. Der Clerica zog einen Mundwinkel zu einem schiefen Lächeln hoch. Oh bitte, flehte Joana in Gedanken, bitte keine quälenden Hoffnungen mehr. Doch dieses Lächeln …

Der Mann ließ sie los und krachte im gleichen Moment zu Boden. Joanas Herz legte eine ausgiebige Kunstpause ein.

Der Schatten schien so schwach, dass sie ihn gerade noch erkannte. Sie fühlte seine Präsenz nur durch einen Hauch von kühlem Kribbeln in ihren Muskeln. Aber er war da. Er war kaum dunkler als die Luft und nur an der schlierigen Bewegung knapp über dem Boden auszumachen. Doch er kämpfte sich voran und schlängelte sich zaghaft zwischen einem Lederschuh und der schwarzen Jeans an Nicholas' Haut.

Und dann durchlief ein Hauch von Zittern den ganzen Körper.

Joanas nächster Herzschlag jagte einen Stromstoß durch ihren Körper, der sie auf die Knie warf. Sein Brustkorb bebte. Es folgte ein krampfhafter Atemzug.

„Nicholas?“, wisperte sie und streckte vorsichtig die Hand nach ihm aus. Konnte es wahr sein?

Er stöhnte. Sie rutschte an ihn heran, berührte zaghaft seine Wange. Noch wagte sie nicht zu glauben, dass er es tatsächlich war. Er fühlte sich kalt an. Seine grotesk angeschwollenen Hände zuckten in ihre Richtung. Sie waren durch das von den Fesseln abgedrückte Blut dunkelblau und knapp oberhalb der Gelenke bis auf die Knochen aufgeschürft. In sein Gesicht schlich sich langsam Bewegung, wenn auch noch keine Farbe. Aber sein Mund und seine Lider zuckten.

„Nicholas?“

„Ich bin’s“, brachte er hervor, kaum mehr als ein Flattern seiner Lippen.

Joana entrang sich ein Laut, irgendwo zwischen einem Schrei, einem Schluchzen und euphorischem Jubel. Sie zerrte mit aller Kraft seine Schultern auf ihre Oberschenkel und seinen Kopf an ihre Brust. Er ächzte unterdrückt. Wohl war sie viel zu grob mit seinem geschundenen Körper, doch das war ihr egal. Ihm offenbar auch, denn sein Keuchen bekam die Melodie eines schwachen Lachens.

„Z-z-zur Hölle, d-das ist immer so k-kalt“, bibberte er. Er hob unbeholfen eine Hand an, ließ sie jedoch sofort wieder sinken.

„Das kriegen wir schon hin“, schniefte Joana. Sie drückte ihn an sich und rubbelte mit der freien Hand über seine Brust und die Arme, um ihn zu wärmen.

„Ja, ich muss den Körper … nur erst wieder auf Betriebstemperatur bekommen. Das dauert ein bisschen … wenn er so lange … leer war.“

„Wie bist du entkommen? Wie hast du das geschafft?“ Joana nahm vorsichtig eine seiner geschwollenen Hände, legte sie auf seine Brust und massierte behutsam seine Finger.

Er stöhnte, es war ein Ton irgendwo zwischen Schmerz und Erleichterung. „Bevor ich es dir erzähle, nur eins noch. Ich liebe dich auch.“

„Was?“

Er kämpfte die Lider nach oben und das Ozeansturmblau glühte dunkel. „Du hast gesagt, du würdest mich lieben, und ich sagte: Ich liebe dich auch.“

„Du hast es gehört?“ Joana schüttelte ungläubig den Kopf. „Du warst die ganze Zeit im Körper dieses Clerica?“

Er ließ die Augen seufzend wieder zufallen, als wäre es einfach noch zu schwer, sie offen zu halten. „Nachdem Elias mich in den Schattenleib gerettet hat – im letzten Moment gerettet, Jo, ich hab fast schon die Engelchen singen hören – hab ich seinen Körper genommen.“

Joana fiel darauf nichts zu sagen ein, wenngleich tausend Fragen in ihr tobten. Sie hatten einfach die Körper getauscht. „Warum?“

„Ich bin mental stärker als er, sowie der bessere Kämpfer“, erklärte Nicholas. „Nur nützte mir das in Ketten nichts, daher musste ich seinen Körper nehmen, ehe die Clerica auftauchten. Wie ich gesagt habe. Es verbesserte unsere Chancen."

„Dann hat der Whiro dich gejagt?"

Ihr schwindelte. Es ergab absurderweise sogar Sinn. Nicholas war völlig anders gewesen, nachdem Elias geflohen war. Aber wie hätte sie auch ahnen sollen, dass dies nicht dem Schock zuzuschreiben war, sondern der Tatsache, dass Elias in seinem Körper gesteckt hatte?

„So würde ich das nicht nennen", sagte Nicholas und grinste verschlagen. „Ich habe ihn gelockt, direkt in die Arme der Clerica. Zum Glück war in dem Moment nur die Vorhut eingetroffen. Während der eine den Whiro verfolgte und bannte, kämpfte ich gegen den zweiten. Ich konnte seine Hände festhalten, sodass er seine Glyphen nicht nutzen konnte. Und dann gelangte ich an seine Waffe. Mehr musst du nicht wissen. In jedem Fall hat er irgendwann aufgegeben und ich konnte seine Gefühle nehmen. Danach war mein Schatten stark genug, um in seinen Körper zu fahren. Der Jäger war so schwach, dass er es nicht mehr verhindern konnte."

Er hatte recht, Details wollte sie wirklich nicht wissen. Fahrig küsste sie seine Stirn. „Du hast sie alle getäuscht? Oh, du bist wirklich ein Spieler. Aber jetzt haben sie doch Elias!"

Wieder lächelte Nicholas. „Nein, haben sie nicht. Wir fuhren in zwei Wagen in unterschiedliche Richtungen. Der Mann, der den Wagen lenkte, in dem ich saß, trug die Phiole bei sich, in der sie den Ilyan eingesperrt hatten. Ich habe einen entgegenkommenden Autofahrer manipuliert und einen Unfall verursacht. Der war wirklich äußerst entgegenkommend. Dreck nochmal, hat das gekracht!“ Er tastete mit den Fingern an seinen Kopf. „Der Clerica-Trottel war nicht angeschnallt, sie kratzen seine Reste vermutlich gerade vom Heidenkampsweg. Ich hab mir die Phiole geschnappt, bei einem Zeugen ein Auto …“, er grinste wie verschämt, „sagen wir, ausgeliehen, und bin sofort zurückgekommen.“

Bei Gott, er war genial. Alle Welt hatte angenommen, er wäre hilflos angekettet gewesen, Joana selbst allen voran. Aber nicht Nicholas. Nicholas spielte Tricks.

„Warum bist du zurückgekommen?“, wisperte sie. „Warum bist du nicht sofort geflohen?“

Er klopfte sich mit einer Hand unter verhaltenen Schmerzlauten auf die Brust und grinste noch etwas breiter.

„Darum. Ich brauche meinen Körper.“ Dann hob er den Arm, bis die Rückseiten seiner geschwollenen Finger Joanas schmerzende Wange berührten. „Und zwar deshalb. Ich will nichts mehr, als hier zu verschwinden, Jo. Aber nicht ohne dich. Und ein völlig fremdes Gesicht würde dir nicht gefallen, ist es nicht so?“

Endlich wagte Joana ihn zu küssen. Sein Mund war kühl, als sie ihren darauf senkte und sanft seine Lippen mit der Zunge nachfuhr. Vorsichtig, wegen seiner Verletzungen. Mit jeder Sekunde ihres Kusses wurden seine Lippen wärmer.

„Außerdem hatte ich dem Ilyan etwas versprochen“, fuhr er schließlich fort.

„Du hast gesagt, du würdest ihn immer retten. Hast du es geschafft?“

Er nickte. „Er ist frei und als Schatten geflohen, um die anderen beiden Clerica von hier wegzulocken, sodass ich den Körper hoffentlich unbemerkt wechseln konnte. So schlapp wie ich war, werden sie es kaum bemerkt haben. Du wirst ihn wiedersehen, aber glaub nicht, dass du ihn erkennen wirst. Elias gibt es nicht mehr. Derzeit existiert nur der Ilyan. Er verschafft uns etwas Zeit."

„Dann sollten wir sie nutzen", entschied Joana.

Auch wenn Agnes und der andere Clerica abgelenkt waren, sie hatte die Reiniger nicht vergessen. Außerdem wollte sie nichts anderes, als endlich von diesem grauenerregenden Ort zu verschwinden, wenn sie auch nicht die geringste Idee hatte, wo sie hingehen sollten. Nur weg. Weit weg.

Sie half Nicholas aufzustehen. Er war immer noch blass und wirkte schwach, doch mit jeder Minute schien es ihm besser zu gehen.

Vielleicht schon wieder zu gut, denn er zog ein Messer aus dem Gürtel des leblosen Clericas und trat an den Körper von Alexander Meyers. Immer noch stand dessen Kopf in einem anatomisch unmöglichen Winkel vom Körper ab. Nicholas setzte die Klinge unterhalb seines Brustbeins in einem schrägen Winkel an und trieb sie mit einem Stoß in die Brust des Toten. Er keuchte laut, das Messer so fest in der Faust zu halten, musste ihm wahnsinnige Schmerzen bereiten.

Joana wandte sich angeekelt ab. „Was tust du da? Der Typ ist schon tot, Nicholas!"

„Komm her", verlangte er leise, in nahezu verführerischem Ton. „Komm. Vertrau mir."

Sie schluckte, gehorchte und hockte sich dicht neben ihm nieder. Er drückte zwei bebende Finger tief in die Stichwunde und zog mit dem dunklen Blut des Dämons eine breite Linie auf Joanas Stirn und dann eine auf seiner eigenen.

Sie schauderte heftig, doch er lächelte sie sanft an. „Nur ein Ritual in unseren Reihen. Eine Ehrung für dich und mich, da wir ihn besiegt haben. Und Schmäh für ihn, damit er das nicht so schnell vergisst."

„Okay", murmelte Joana gedehnt und unterdrückte den Drang, das klebrige Blut fortzuwischen. „Ein archaischer Versuch der Traumatabewältigung also."

„So kann man es nennen."

Einen Moment sah er ihr tief in die Augen, dann küsste er ihre Stirn. Ein Hauch von Blut schimmerte dunkel auf seinen Lippen. Er drückte sie sanft aber bestimmt auf ihre, ehe sie zurückweichen konnte. Ebenso schnell wie er begonnen hatte, endete der Kuss und ließ einen seltsamen, süßwürzigen Geschmack zurück. Joana blieb keine Zeit zu reagieren. Nicholas leckte sich selbst kurz über die Unterlippe und sagte:

„Aber jetzt nichts wie weg hier."

Arm in Arm liefen sie den verlassenen Korridor entlang und hielten auf die Tiefgarage zu. Joana war nicht klar, ob sie sich an Nicholas festhielt, oder ihn stützte. In der Garage sahen sie sich zwischen den geparkten Wagen und den klobigen Betonpfeilern um. Doch auch hier war um diese nachtschlafende Zeit niemand mehr. Vielleicht hatten die Clerica dafür gesorgt.

Nicholas gelang es nicht, mit seinen zitternden Händen den Autoschlüssel aus seiner Hosentasche zu bekommen. Joana musste ihm helfen, entriegelte den BMW per Knopfdruck und öffnete die Beifahrertür. Mit seinen Verletzungen würde Nicholas niemals fahren können.

„Auto, Körper, Zigaretten, Ausweis, Waffe, Geld“, zählte er auf, und ließ sich widerstandslos in den Wagen schieben. „Und meine Frau. Ich glaube, ich habe alles Wichtige. Wir können verschwinden.“

Er warf ihr einen langen Blick zu, aus dem pure Unsicherheit schneite und sein Gesicht leer zurückließ.

„Wenn du denn mit mir kommen willst.“

„Tabula Rasa?“, fragte Joana und hob eine seiner Haarsträhnen an, um in die dahinter versteckten Augen zu sehen. Das Lächeln schlich sich vollkommen unbewusst in ihr Gesicht. Sie bemerkte es selbst erst, als es aus seinem Gesicht widerstrahlte. „Ich will nichts lieber, als bei dir zu sein.“

Sie küsste ihn kurz und so heftig, dass sie Blut schmeckte. Dann eilte sie um den Wagen herum und stieg ein. Als sie den Motor startete, grollte dieser so laut, tief und erhaben auf, dass es in ihrem Magen kribbelte. Ihr Blick fiel auf einen schwarz glänzenden Bentley, der einige Reihen weiter längs zur Fahrspur parkte.

„Ist das Whiros Auto?“, fragte sie aus einer Ahnung heraus und verstärkte den Griff ums Lenkrad.

„Es war sein Auto“, korrigierte Nicholas.

„Hm.“ Joana überlegte, ihn zu fragen, wie er Lackschäden gegenüberstand. Andererseits hatte er sie auch nicht um Erlaubnis gebeten, bevor er ihr das Dämonenblut auf die Stirn und die Lippen geschmiert hatte. „Schnall dich an!“, verlangte sie kühl.

Er hatte Probleme mit dem Gurt, sodass sie ihm helfen musste. Dann gab sie Gas und schoss aus der Parklücke. Neben dem Bentley riss sie das Lenkrad zur Seite. Der Kotflügel des BMWs knallte schräg gegen die Fahrertür. Der große Geländewagen wurde trotz der Wucht der Kollision lediglich leicht durchgeschüttelt. Unter Scheppern, Knirschen und dem Kreischen des Metalls zerkratzte Joana die Limousine der Länge nach. Sie warf ihrem Werk einen Blick durch den Rückspiegel zu und schenkte sich dann selbst ein diabolisches Lächeln.

Friss das, Whiro, du miese Bazille!

Nicholas starrte sie aus großen Augen an. „Jo? Was war das denn?“

„Meine Art archaischer Traumatabewältigung.“

Er pustete sich das Haar aus der Stirn. „Interessant. Geht's dir jetzt besser?“

„Viel besser.“ Mit gemäßigtem Tempo lenkte sie den Wagen aus der Tiefgarage heraus. „Wohin fahren wir?“

Nicholas hob die Schultern und begann, seine Hände vorsichtig zu kneten und zu bewegen. „Ich habe keine Ahnung. Aber davon jede Menge. Wohin willst du?“

„Einfach geradeaus“, flüsterte Joana. „Immer weiter, ohne ein Ziel.“

„Weißt du, genau da wollte ich immer schon mal hin.“

Sie hielten sich in südwestliche Richtung und Joana erzählte von den Erlebnissen mit Christina. Nicholas hörte schweigend zu.

Die Straßen waren leer und spielten in der Dunkelheit der Nacht Friedlichkeit vor. Licht und Schatten tanzten überall und malten ihre Bilder auf Asphalt und Hauswände, wie vergängliche Graffitis. Nach kurzer Zeit verließen sie die Stadt und der BMW teilte mit seinem Scheinwerferlicht die Schwärze der Landstraßen.

Nicholas rollte seinen langen Körper auf dem Beifahrersitz soweit er konnte zusammen, bis es ihm gelang, den Kopf auf der Armlehne zwischen den Sitzen abzulegen.

Sie massierte mit der Rechten sanft seinen Nacken, kämmte mit den Fingern durch sein blutverklebtes Haar und streichelte seine Stirn. Wenn sie schalten musste, stabilisierte sie das Lenkrad mit dem Knie und betätigte den Knüppel mit links. Ihn jetzt nicht zu berühren, würde ihr körperliche Schmerzen verursachen und ihm sicherlich ebenso. Als sie an einem Bahnübergang warten mussten, beugte sie sich zu ihm herunter und küsste seine Schläfe.

„Entschuldige“, sagte er leise und seufzte. „Ich wünschte, ich wäre es, der dich hier wegbringt.“ Er legte seine Hand so vorsichtig er konnte dicht neben ihrer Schnittwunde auf ihren Oberschenkel. „Ich sollte deine Wunde versorgen, deine Tränen einzeln wegküssen und all das Blut mit warmem Wasser und duftender Seife von deinem Körper waschen. Ich sollte dich in ein weiches Bett legen, dich in Seide hüllen und dich lieben, bis du alles, was passiert ist, vergessen kannst. Ich wünschte, ich hätte dich nicht in diesen Alptraum gezogen …“

„Schsch!“, machte Joana leise und streichelte immer wieder über seine Lider, damit er sie geschlossen ließ. „Ich will, dass du schläfst. Du hast eine schreckliche Nacht hinter dir.“

Er lachte humorlos. „Ach, dann war deine besser?“

„Das Fahren entspannt mich. Und wer weiß, wann du mich wieder hinters Lenkrad deines Wagens lässt. Wenn du die Beulen und Kratzer erst siehst, vermutlich erst in hundert Jahren. Außerdem habe ich nicht gekämpft wie ein Löwe und bin kaum verletzt worden. Bitte Nicholas, lass mich einfach fahren. Ich will nur hier weg. Alles andere holen wir nach. Ich freu mich schon drauf. Aber jetzt schlaf ein bisschen, versuch es wenigstens.“

„Nein.“ Er machte Anstalten, sich wieder aufzurichten. „Ich bleib mit dir wach.“

„Leg den Kopf hin“, befahl Joana und drückte ihn mit sanfter Gewalt nieder. „Ich will dich berühren. Ich will fühlen, wie du dich unter meiner Hand entspannst. Tu für mich so, als würdest du schlafen. Nur ein paar Minuten.“

Er seufzte, ließ aber gehorsam das Gesicht wieder auf die Armlehne sinken und schloss die Augen. Wieder und wieder strich sie über die verspannten Züge seiner Brauen und die kleine Delle in seiner Stirn, bis sein Gesicht irgendwann weich und sein Atem ruhig und gleichmäßig wurde.

Erst dann erlaubte sie sich selbst ein paar Tränen und die Worte, die ihr noch einmal über die Lippen wollten. „Ich liebe dich“, flüsterte sie lautlos in die

Stille und spürte ein Zucken seiner Wange unter den Fingern.

Nicholas schlief und Joana fuhr die ganze Nacht hindurch.

31

Nicholas hatte die Unterarme auf den Bartresen gelegt. Seine Fingerspitzen berührten das kühle Glas zwischen seinen Händen, in dem nur noch wenige Tropfen Osborne Veterano glitzerten wie kleine Bernsteinsplitter.

„Kippe?", fragte der Tourist neben ihm auf Englisch und hielt ihm ein Päckchen Lucky Strikes unter die Nase.

Nicholas nahm wortlos eine heraus und ließ sie sich anstecken. Er sog den Rauch tief ein und fuhr fort, dem Engländer bei seinem Monolog halbherzig zuzuhören. Hin und wieder ermutigte er ihn durch einen knappen Kommentar zum Weitersprechen. Der Typ erzählte von seiner Frau, die ihn im Urlaub mit einem heißblütigen Latino betrogen hatte. Er redete sich ins Elend und Nicholas wollte dies noch ein wenig reifen lassen, ehe er sich daran gütlich tat. Dreck nochmal, er war hungrig.

Der Barkeeper hatte es aufgegeben, die Gläser der beiden letzten Gäste unaufgefordert nachzufüllen. Inzwischen warf er bereits demonstrative Blicke auf die billige Armbanduhr an seinem fleischigen Handgelenk. Der Engländer Paul seufzte schwer.

„Tut mir echt leid, Mann", murmelte Nicholas, ohne zu wissen, worum es ging. „Klingt wirklich, als würdest du geradewegs durch die Hölle spazieren, was?"

Paul nickte, verlangte wie erhofft einen weiteren Drink für Nicholas und einen doppelten für sich und jammerte weiter.

Nicholas wusste weder, wie viel er schon getrunken hatte, noch wie spät es war. Seine Gedanken hingen im Hotelzimmer fest. 23:19 war es, als Joana mit einem heiseren Schrei aufgewacht war und sich zitternd an ihm festgeklammert hatte.

„Hey“, sagte er leise. „Hey, Jo, es ist gut. Ich bin da, ich bin da.“

Wie er immer da war, wenn sie schweißnass erwachte und panisch nach ihrem Asthmaspray tastete, das er meist schon in der Hand hielt. Sie presste sich an seinen Körper und er ließ sie nie wissen, mit welch hilflosem Zorn ihn ihre Träume quälten. Er konnte nichts dagegen tun. Er konnte sie mit schönen Träumen versorgen, aber ihr Alptraum bahnte sich immer wieder seinen Weg an die Oberfläche. Es wunderte ihn keineswegs. Was sie vor gut zwei Wochen durchgemacht hatte, schrie nahezu nach Alpträumen. Es wunderte ihn nicht, aber es machte ihn verrückt.

Er streichelte ihr Haar und hielt sie fest, bis das Zittern irgendwann aufhörte.

In den letzten Tagen hatten sie alles getan, um Entspannung zu finden. Dieses kleine spanische Hotel in Cartagena an der Costa Cálida war perfekt dazu, daher waren sie auch einige Tage hiergeblieben, statt direkt weiterzureisen. Klassisch mediterran sorgte die Gegend für das ultimative Urlaubsfeeling. Sie konnten beinahe vergessen, dass sie nüchtern betrachtet auf der Flucht waren. Beinahe.

Tagsüber streiften sie durch die im Modernista-Stil gehaltene Altstadt, bummelten durch den Hafen, besichtigten alte Römerbauten oder die Kathedrale.

Sie badeten in türkisblauem Meer, in dem die Sonne wie tausend Diamanten funkelte. Und sie gingen einkaufen. Grundsätzlich verdrehte sie die Augen beim Anblick der kurzen Sommerkleider, die ihm so gut an ihr gefielen. Sie verließen die kleinen Läden mit halblangen Khakihosen der preiswertesten Sorte und Hemden, die sie wohl beide tragen konnten. Er war nun im Besitz eines T-Shirts mit der Aufschrift ‚Come to the dark side - we have cookies'. Sie fand das irre komisch. Ihr Zugeständnis an ihn war das filigrane Armkettchen aus Platin, das einen wundervollen Kontrast zu ihrer Haut bildete. Sie akzeptierte es wohl nur, weil sie es für Silber hielt. Vom Leuchtturm La Literna aus hatten sie beobachtet, wie die Sonne frühmorgens aus dem Meer gestiegen war.

Es waren wundervolle Tage und er genoss jeden einzelnen, ebenso wie sie.

Noch war es fast wie Urlaub, noch fehlte ihr das frühere Leben nicht. Sie hatte ihrem Freund Benedikt einen Abschiedsbrief geschrieben. Manchmal telefonierte sie mit ihrer Mutter, die all den Wahrheiten und ihrem Fortgehen erschreckend offen gegenüberstand. Nicholas hatte seine Vermutungen Mary Sievers betreffend, aber er sprach sie nicht aus.

Er selbst dachte oft an den Ilyan. Ob er ihn wiedersehen würde? Ihm war nicht klar, ob er sich danach sehnte oder sich fürchtete. In Hassliebe mit einem Racheengel verbunden zu sein, galt nicht als erstrebenswert. Andererseits war sonst niemand seiner ehemaligen Partner geblieben.

In den Nächten liebten sie sich mit einer Vorsicht, die ihn gleichermaßen im positiven, wie auch im negativen Sinne in den Wahnsinn trieb. Er genoss es, sie derart scheu zu berühren. Behutsam, um keine Wunde aufzureißen, die noch nicht vollständig verheilt war. Es würde Zeit brauchen. Gleichzeitig machte es ihn verrückt, denn er wollte nicht glauben, sie sei zerbrechlich. Sie sollte stark sein, und er wollte sie hart nehmen. In sie stoßen, bis sie seinen Namen schrie, gleichermaßen aus Schmerz wie Lust seine Haut zerkratzte und nach ihm schlug. Er wollte seine Finger in ihr Fleisch drücken, auf dass die Male jedem anderen unmissverständlich klar machten, dass sie ihm gehörte, so wie er ihr. Und dass er nicht fackelte, sein Eigentum zu zeichnen und zu verteidigen.

Er wollte sehen, dass sie stark war. Dass er stark war. Stark, denn anderenfalls würden sie untergehen. So schön diese Zeit war, er wusste zu gut, dass sie ein Ende finden würde. Vielleicht schon bald. In jedem Fall zu bald.

Er hatte den Paymon getötet und das Blut seines Bruders erkannt. Der Luzifer würde den Bruch des unausgesprochenen Schwurs nicht hinnehmen. Manchmal war Nicholas, als spüre er seinen Atem schon im Nacken. Dass der Fürst ihn finden und bestrafen würde, war lediglich eine Frage der Zeit. Er konnte nur hoffen, dass es nicht zu Joanas Zeit geschehen musste.

23:19. Und sie lag weinend an seiner Brust und rieb ihm mit dem Geschmack ihrer Tränen seine eigene widerliche Schwäche unter die Nase, ohne es zu wollen.

Er bat sie, ihm endlich von ihren Träumen zu erzählen. Und sie erzählte.

Ihre Träume handelten nicht von den Anschlägen auf ihr Leben. Nein. Nicht von der Folter, der sie ausgesetzt gewesen war und nicht von der Angst, gejagt zu werden, ob von Clerica oder Dämonen.

Sie handelten vom Tod ihres Vaters. Von der Karsthöhle, in der er begraben worden war, als der besessene Körper seines Freundes einen Dämon befreit hatte.

Nicholas kannte diesen Traum. Er hatte es längst vergessen, doch mit jedem ihrer Worte wurden die Erinnerungen klarer, die Bilder schärfer und die Stimmen lauter. Er fühlte sich selbst wieder im Schattenleib unter der Gefangenschaft der herabgestürzten Steine keuchen. Wie lange hatte er dort verharren müssen? Tage, Wochen oder Monate? Er wusste es nicht mehr, für den Schatten hatte Zeit eine andere Bedeutung. Doch er erinnerte sich wieder an die letzten Worte, die der Mann gesagt hatte:

„Ich werde nicht eher ruhen, bis mein Tod gerächt ist, Dämonenpack!“

Ihr Vater. Den Nicholas getötet hatte. Und dessen Geist nun seine eigene Tochter heimsuchte. Die er wiederum liebte.

Ironie? Aber von der bittersten Sorte.

„Noch einen!“, verlangte Nicholas, ohne aufzusehen. Der Barkeeper gab ein langgezogenes Seufzen von sich und kippte sein Glas ein weiteres Mal voll. Ungehalten vor sich hin murmelnd wandte er sich wieder ab und verschwand hinter einem speckigen Vorhang im Hinterzimmer.

Wie sollte er ihr je wieder unter die Augen treten? Wie sollte er ihr sein düsteres Wissen vorenthalten? Wie konnte er nur darauf hoffen, dass sie die Wahrheit vielleicht akzeptieren würde?

Er hatte diesmal nicht ihrem Kumpel ein paar Gefühle genommen. Er hatte ihren Vater getötet. Menschen hingen üblicherweise an ihren Erzeugern. Getötet. Ihren Vater. Er war für ihre Alpträume verantwortlich, er selbst war ihr Alptraum.

Nicholas fluchte auf das Schicksal mit seinem morbiden Humor.

Er war bei ihr geblieben, bis sie wieder schlief. Dann hatte er es nicht mehr ausgehalten. Sein Inneres hatte randaliert, als wollte es seine Eingeweide in Stücke reißen. Statt jedoch nach draußen zu gehen und der Menschlichkeit mit all ihren Schwächen für eine Weile im Wind zu entfliehen, war er in die Hotelbar gegangen. Er konnte nicht flüchten, nicht einmal mehr wenige Minuten lang. Sein entfesselter Schatten könnte andere anlocken. Clerica oder Dämonen würden ihn spüren. Seine ganz persönliche Lieblingstodsünde, die achte – levitas, der Leichtsinn – würde im schlimmsten Falle nicht mehr nur ihn teuer zu stehen kommen, sondern vor allem Joana.

Sich zu betrinken war nicht halb so berauschend wie ein Flug durch die Nacht. Nicht annähernd so tröstend und schon gar nicht befreiend. Aber es war sicherer.

„Mein Honey“, seufzte der Engländer neben ihm. „Wie konnte sie nur! Sie fehlt mir so.“

„Ja ja, nicht mehr lange, Heulsuse“, knurrte Nicholas. Er legte dem Mann eine Hand auf den Unterarm und die andere in den Nacken. Er brauchte kaum nach den Gefühlen zu verlangen, sie strömten dankbar in ihn über, als wären selbst Trauer und Verzweiflung sich zu schade, für diesen Jammerlappen. Der Engländer knallte mit dem Kopf auf die Tischplatte.

Nicholas ließ sich von seinem Barhocker rutschen, warf irgendeinen Geldschein auf den Tresen und schlurfte Richtung Lobby.

Noch ein kurzer, sehnsüchtiger Blick Richtung Eingangsportal. Draußen herrschte eine milde, sternenklare Nacht und lockte ihn. Nein. Zu gefährlich.

Er zog sich schwankend die gewundene, breite Treppe hoch, die Joana als Vom Winde verweht Treppe bezeichnet hatte. Sehr passend, denn genau das wäre er auch gerade sehr gern.

So leise er konnte betrat er das Zimmer und schälte sich aus Jeans und T-Shirt. Genauere Blicke auf ihren vom Laken nur halbbedeckten Körper meidend, ließ er sich in den bequemen Korbsessel neben dem Fenster fallen und seufzte lautlos. Er sah durch das Fensterglas gen Himmel. Gleichgültig blickten Mond und Sterne auf ihn zurück.

„Wo bist du?“, schreckte ihre leise Stimme ihn irgendwann auf. Er hatte nicht bemerkt, dass sie wach geworden war.

„Hier“, gab er zurück. „Ich bin hier.“

„Nein, das bist du nicht. Du bist ganz weit weg. Kannst du zu mir kommen?“

Er lächelte freudlos. „Vielleicht besser nicht.“

„Gut.“ Das Bettzeug raschelte und sie erhob sich. Nackt. „Dann komme ich zu dir.“

Lasziv ließ sie sich auf seinem Schoß nieder, küsste ihn und leckte den Geschmack des Alkohols von seinen Lippen. Sich ihr zu entziehen wäre vernünftig gewesen, doch der Schatten spielte gegen ihn und der Körper sowieso. Sein Glied reckte sich bereits gierig ihrem Schoß entgegen.

„Jo … Joana, das ist keine gute Idee. Nicht heute Nacht. Es kämpft in mir, es will raus, ich …“

„Dann gerade heute Nacht“, flüsterte sie und streichelte eine pochende Stelle an seinem Brustkorb.

„Ich glaube nicht, dass ich heute sanft sein kann.“

Ihre Finger gruben sich in sein Haar, zogen seinen Kopf so weit über die Sessellehne in den Nacken, dass er unter ihr lag, wie zu einer rituellen Hinrichtung bereit.

„Manchmal“, hauchte sie in sein Ohr, „denke ich zurück an unsere erste Nacht. Wie du mit mir gespielt hast. Ich denke an deine Unbeschwertheit. Und dann fürchte ich mich davor, sie nie wieder an dir zu spüren. Ich habe Angst, dass ich sie zerstört habe. Dass Liebe deiner Leidenschaft Fesseln angelegt hat.“

Sie griff nach seinen Handgelenken. Die Wunden waren verheilt, jedoch schmerzten die Narben noch immer. Sie wusste es und drückte mit aller Kraft zu, während sie seine Arme zu beiden Seiten ausstreckte.

„Das würde ich der Liebe nie verzeihen. Ich will jeden Teil von dir. Den zärtlichen Mann, der mich liebt und den Dämon in ihm, der mich begehrt. Ich will Nicholas und den Nybbas."

Mit einer trägen Hüftbewegung rieb sie provozierend über seine Erektion. Himmel! Sie war heiß und bislang nur ein ganz klein wenig feucht.

„Vielleicht tue ich dir weh."

„Vielleicht ist ein feiges Wort." Sie schob seine Shorts nach unten. „Ich bin nicht feige. Nimm mich jetzt, und genau so, wie du es brauchst."

Seine Erektion glühte und sein Inneres knurrte wie von Sinnen. Er warf sich über sie, sie krachten mitsamt dem Sessel zu Boden. Im nächsten Moment versenkte er sich in ihrem Fleisch. Sie keuchte lauter als er. Sie war noch nicht soweit, die Reibung schmerzte und alles was er nicht wollte, war, ihr wehzutun. Trotzdem zog er nur ihr Knie höher und rammte beim zweiten Stoß noch tiefer in ihre Mitte. Er musste tiefer in ihr sein, tiefer. So tief, dass ein Teil von ihm immer in ihr verweilen würde, selbst wenn sie ihn wegschickte. Sie würde ihn wegschicken. Die Gewissheit ließ ihn nur härter werden, frenetischer nach ihrem Körper verlangen. Er wollte mehr als das, er wollte ihre Seele nehmen und ihr seine aufdrängen. Wenn nötig mit Gewalt, wenn es anders nicht möglich war.

Sie kam nach wenigen Stößen. Zu sehen, wie sie sich unter ihm aufbäumte, wie sie sich für ihn aufbäumte, entlud seinen Höhepunkt im gleichen Moment. Mit einem Schrei zwischen zusammengebissenen Zähnen drang jede Anspannung, jeder Zorn und jede Angst aus seinem Körper. Er sackte auf ihrer Brust nieder und staunte still über den Moment friedlicher Ruhe. Dann hob er sie vom Boden auf und trug sie zum Bett.

Sie lag hingegeben in seinen Armen. Ihr Atem ging schwer und ihre Wangen glühten. Aus ihren Augen schimmerte alles, was er von ihr wollte.

Warum nur muss alles Kostbare sterblich sein und enden?

Weil das die Dinge wertvoll macht, beantwortete er sich selbst seine Frage. Die Vergänglichkeit, die jedem Augenblick Bedeutung beimisst.

„Nicholas", wisperte sie und taute mit der Wärme ihrer Stimme die letzten seiner eisigen Gedanken fort. „Denk nicht nach. Träum mit mir. Lass uns träumen, das hier würde ewig sein. Manchem Traum liegt Wahres inne."

„Das träum ich immerzu", antwortete er an ihren Lippen. „Nur sorge ich mich vor dem Aufwachen."

Sie lächelte und zeichnete langsam seine Schläfen nach. „Keine Angst. Ich erlaube nicht, dass dich jemand weckt."

Er ließ die Wange an ihr Herz sinken und lauschte. Jeder Schlag vergänglich, wie der Moment. Doch immer folgt einer auf den anderen.

Immer.

Die Autorin

Verspielt. Maßlos. Begeisterungsfähig – nein, frenetisch. Amoralisch. Erschreckend unsensibel. Blauäugig (in jedem Sinne) und ungeduldig. Ich bin Baujahr 1980, aber wenn ich Alkohol kaufen möchte, muss ich immer noch meinen Ausweis zeigen. Den Zwang, ein guter Mensch sein zu müssen, habe ich vor Jahren abgelegt, seitdem kann ich wirklich nett sein. Meine große Klappe und meinen Sarkasmus darf man mir sowohl positiv als auch negativ auslegen und ich verberge meine Arroganz unter Schüchternheit und die Schüchternheit unter Arroganz. Vermutlich rede ich zu viel und sage zu wenig.

Ich schreibe mit ganzem Körpereinsatz. Paralysiert von meiner Muse, bewegungslos – bis auf meine Finger, die auf die Tasten einhacken. Nächtelang. Hemmungslos. Oder auch mal fluchend, herumrennend, lachend, jammernd, Türen zuschlagend, mich selbst hassend, oder vor Euphorie auf dem Sofa hüpfend. Das sieht leider sehr albern aus. Und wenn ich dann noch beginne, Dialoge nachzuspielen …

Außerdem habe ich einen Heidenspaß an Formulierungen. Verspielter Stil? Ja. Gradlinig verschnörkelt. Meine Figuren sind mehr als nur das. In ihrer penetranten Sturheit sind sie mir oft lieber als reale Gesellschaft und wichtiger als Schlaf oder Nahrungsaufnahme. Sie sind meine Engel und meine Dämonen, nicht selten in einer Person. Gerne nehmen sie mir die Arbeit ab und drängen den Plot in völlig neue Richtungen. Wie ich, tun sie grundsätzlich was sie wollen.

Wenn ich schreibe brauche ich dazu immer Musik und grundsätzlich Kaffee. Ich bete zur heiligen Senseo.

Die Phase, in der ich mich vor Drama, Action und Romantik fürchtete, habe ich schon lange überwunden. Real romance is not for sissies!

Danksagung

Ich kann nicht sagen, wie dankbar ich meiner Familie bin; meinem Mann und meinen drei Kindern, die es mal mehr, mal weniger gelassen akzeptieren, mich mit meinen dominanten, imaginären Freunden teilen zu müssen.

Weiterhin danke ich meiner Mom, die meine wirren Rohfassungen Korrektur liest und mich mit Musik versorgt, die mich inspiriert. Sowie all denen, die mich mit Kritik und Lob an meinen Geschichten bislang so herrlich in den Wahnsinn getrieben haben. Allen voran meiner Freundin & Muse Mo, die ebenso besessen schreibt wie ich, und dennoch immer wieder die Zeit findet, mich aus dem Haus zu locken.

Danke an den hübschen BMW-Händler, der nur ein bisschen irritiert schaute, als ich ausprobierte, ob es möglich ist, sich auf dem Beifahrersitz eines BMW X5 zusammenrollen.

Zuletzt ein Dankeschön an die Frauen vom Sieben Verlag, ganz besonders an meine Hebamme … ähm, Lektorin, für den riesen Spaß, den es gemacht hat, aus einem Manuskript ein Buch zu erschaffen und damit meinen Kindheitstraum wahr zu machen.

Engelsbrut
City of Angels 01
Andrea Gunschera
ISBN: 978-3-940235-89-3
408 Seiten

Eine Mordserie erschüttert Los Angeles. Jede Nacht sterben zwei Obdachlose in den Straßen von Downtown. Der Mörder geht mit außergewöhnlicher Brutalität zu Werk.
Die Reporterin Eve Hess kreuzt bei ihren Ermittlungen die Fährte zweier Männer, die beide nicht menschlich zu sein scheinen. Da ist Kain, ein Killer, so schön wie skrupellos, getrieben vom brennenden Wunsch nach Rache. Und Alan, der mehr ist als der erfolgreiche Maler, der Szenen aus den Ghettos von L.A. auf seine Leinwände bannt.
Der eine hat den Auftrag, sie zu töten, den anderen liebt sie gegen jede Vernunft. Bald muss sie sich fragen, wem sie noch trauen kann. Doch ganz gleich wie die Würfel fallen, dies können sie nicht aufhalten: Die Wiedergeburt eines gefallenen Engels.